FAMILIEN-FREIZEIT-GUIDE

BERLIN MIT KIND 2021

In Pandemie-Zeiten leidet auch die Spontanität: Vielerorts sind Onlinebuchungen notwendig. Bitte informiert euch aktuell über die jeweils geltenden Regelungen. Alles, was ihr mit Kindern in Berlin und Umland unternehmen könnt – unsere 1.000 Tipps und Ideen für jedes Alter, Wetter und Interesse.

berlinmitkind.de

Inhalt

Kultur

Kultur erleben

Aktiv

Die besten Orte für aktive Familien

Shopping

Die besten Shops in allen Bezirken

Hier findet ihr: Babyausstattung und Umstandsmode, Kinderkleidung, Kinderschuhe, Secondhand, Spielwaren, Buchläden, Wohnen, Kinderbrillen, Outdoorausrüstung, Selbermachen, Taschen

Editorial

128 / Naturschutzzentrum Ökowerk

Wir schauen voller Zuversicht auf 2021, in der Hoffnung, dass die Pandemie so eingedämmt wird, dass all die fantastischen Orte und vielfältigen Veranstaltungen für Kinder und Familien öffnen und stattfinden können, die wir euch hier in diesem Familien-Freizeit-Guide, in unserem HIMBEER Magazin und auf berlinmitkind.de ans Herz legen möchten. Wir haben wieder alles für euch aktualisiert, was dieses Jahr umso wichtiger war, da leider doch einige Orte vorläufig oder dauerhaft schließen mussten. Aber es gibt auch Erfreuliches und Neues in der Stadt und hier im Buch zu entdecken – neue Kindermuseen machen auf, das Humboldt Forum im Berliner Schloss eröffnet ab Dezember 2020 phasenweise und vor allem die Kulturschaffenden der Stadt haben viele innovative Formate auf die Beine gestellt. Und natürlich haben wir auch neue spannende Geschichten für euch eingefangen und dabei besonderen Augenmerk auf Diversität und Nachhaltigkeit gelegt. Viel Spaß beim Lesen und Erkunden!

Anja Ihlenfeld und Claudia Steigleder, Herausgeberinnen

Alles rund ums nachhaltige Leben: Läden, Initiativen, Tipps

Natür-lich!

Tauscht euch aus

Wie viele Dinge hat man, die man nur selten im Jahr braucht? Wenn so viele Menschen auf engem Raum leben wie in den Innenstadtvierteln, liegt der Gedanke, aus einem Nachbarschaftspool zu schöpfen, eigentlich auf der Hand. Genauso wie, dass Tauschen und Schenken oft viel sinnvoller sind als Sachen wegzuschmeißen oder neu zu kaufen. Und schön ist es doch auch, seine Nachbarn besser kennenzulernen. Vernetzt euch unter ***nebenan.de***

Aus der Region 1

Es gibt viele regionale Produkte auf den Berliner Wochen- und Ökomärkten – auf dem ganzjährig stattfindenden Neuköllner Regionalmarkt wird ausschließlich Frisches und Handgemachtes aus Berlin und Umland angeboten. *Jeden Samstag, 10:00-16:00, DIE DICKE LINDA, Regionalmarkt am Kranoldplatz, 12051 Berlin-Neukölln, dicke-linda.de*

Holzliebhaber 2

Statt Massenware sucht ihr nachhaltige Massivholzmöbel aus Berlin? Dann seid ihr richtig bei woodboom: Das junge Label produziert in der Werkshalle in Berlin-Lichtenberg sowie in zwei befreundeten Schreinerwerkstätten im angrenzenden Polen. Die Wege sind kurz und die Produktion erfolgt nur auf Nachfrage. Stark ist woodboom auch, wenn es um Maßanfertigungen geht – sei es das Kinderhochbett oder andere passende Einbauten in Privat- oder Geschäftsräumen. ***woodboom.de***

Zusammen trödeln

Private Flohmärkte vor Häusern, in Höfen oder Gärten gibt es ja schon lange – das Nachbarschaftsprojekt Hofflohmärkte bringt diese zusammen, sodass ein ganzes Viertel gemeinsam trödeln und die Schätze der Nachbarn für sich entdecken kann. Infos und Termine unter ***hofflohmaerkte.de***

Nachhaltigstes Getränk 3

Das gesündeste, am besten kontrollierte Lebensmittel kommt in Berlin aus dem Wasserhahn. Nachhaltiger als jedes noch so fair produzierte Getränk, immer ohne Einkaufsstress und Geschleppe verfügbar! Einzig die teilweise alten Wasserleitungen könnten euch einen Strich durch die Rechnung machen. Doch da bieten Spezialisten wie das Wasserkontor Beratungen und Kontolluntersuchungen an. Unterhaltsames und Wissenswertes rund um das Lebenselixier findet ihr auf der Kinder-Website klassewasser.de der Berliner Wasserbetriebe, die immer mehr neue Trinkbrunnen in der Stadt aufstellen. *Wasserkontor, Bötzowstr. 29, 10407 Berlin-Prenzlauer Berg, wasserkontor.de, Berliner Wasserbetriebe, bwb.de*

Gewürzpioniere 4

Bio, nachhaltig und in Berlin produziert: Auf dem historischen Borsiggelände in Tegel, wo einst die Akten der Rentenversicherung für Berlin und Brandenburg lagerten, haben die Spicebar-Gründer ihre Bio-Gewürz-Manufaktur errichtet. Dort werden aus nachhaltig produzierten Rohstoffe köstliche Bio-Gewürzmischungen hergestellt, die ihr online oder im Shop in den Schönhauser Allee Arkaden beziehen könnt. *Spicebar, 1. OG Schönhauser Allee Arkaden, Schönhauser Allee 80, 10439 Berlin-Prenzlauer Berg, spicebar.de*

Selber machen statt kaufen! DIY-Orte für Material und Kurse ab Seite 152

Nusspaten 5

Vor den Toren der Stadt liegt der erste bio-vegane Hof in Brandenburg. Hier, im Löwenberger Land, werden Wal- und Haselnüsse angebaut, für die ihr Baumpatenschaften übernehmen könnt. Belohnt werdet ihr dann mit superleckeren Nüssen. Am besten, ihr macht euch selbst ein Bild und stattet dem Hof Windkind mal einen Besuch ab. Hin kommt man besonders gut mit dem Fahrrad ab Grüneberg. Und natürlich könnt ihr jederzeit Bio-Nüsse und Öle über die Website bestellen. *Hof Windkind, Neuendorfer Weg, 16775 Löwenberger Land, hofwindkind.com*

Lebensmittelretter

Zu schief, zu krumm, zu unansehlich, mit abgelaufenem Mindesthaltbarkeitsdatum – in Deutschland werden tonnenweise noch genießbare Lebensmittel weggeschmissen. Dem stellt sich SIRPLUS entgegen und bringt sie – und übrigens auch Drogerie- und Kosmetikprodukte – in seinen Rettermärkten vergünstigt wieder auf den Markt und als Retterboxen zu euch nach Hause. *SIRPLUS-Rettermärkte: in Friedrichshain, Neukölln, Prenzlauer Berg, Steglitz und Wilmersdorf, sirplus.de*

Berlin summt 6

Vielfalt bedingt Vielfalt, die für das Überleben unserer Umwelt existentiell ist. Je mehr unterschiedliche Wildbienen unterwegs sind, desto größer die Diversität der Pflanzen, die sie bestäuben. Und wir alle können uns daran beteiligen – Tipps zum bienenfreundlichen Gärtnern, Veranstaltungen und vielem mehr findet ihr unter ***berlin-summt.de***

Bewusstsein schärfen und Natur erleben: Gemeinschaftsgärten ab Seite 98

Allesandersplatz 7

Berlin ist Hauptstadt der Zwischennutzung und Hauptstadt der Pioniere in Sachen Tausch-, Repair- und Recycling-Kultur. Im Materialhaus am ehemaligen Haus der Statistik finden eine Vielzahl von gemeinwohl- und zukunftsorientierten Projekten Raum. Hier haben Material-Retter-Initiativen ihr Lager wie die Schlesische 27, Kunst-Stoffe e. V., Material Mafia oder das Raumlabor. Auch Leila Tauschladen-Gründer Nikolai Wolfert und sein Mitstreiter Geread Roscoe bespielen von hier cosum – die Plattform zum nachhaltigen Leihen und Schenken. ***WERKSTATT Haus der Statistik, Karl-Marx-Allee 1, 10178 Berlin-Mitte, hausderstatistik.org, berlin.cosum.de***

ALLESANDERSPLATZ

7

Verschwendung reduzieren

Bäckereien, Supermärkte, Restaurants, Hotels – all diese Betriebe stehen oft vor dem Problem, was sie mit ihren unverkauften Lebensmitteln und Mahlzeiten anstellen sollen. Dank der Too Good To Go-App haben sie die Möglichkeit, sogenannte „Wundertüten“ zu packen, die ihr als Verbraucher dann abholen und so an leckeres Essen zu günstigeren Preisen kommen könnt. ***toogoodtogo.de***

Je grüner die Höfe 8

Nicht nur bei Starkregen wird klar – die Stadt gehört entsiegelt! Jeder Hinterhof mit Wiesenflächen und begrünten Wänden statt tristem Beton ist zudem ein Gewinn für menschliche wie tierische Stadtbewohner. Gute Tipps und Beratung bekommt ihr bei der Grünen Liga, die auch das jährliche Umweltfestival organisiert. ***Grüne Liga Berlin, Prenzlauer Allee 8, 10405 Berlin-Prenzlauer Berg, grueneliga-berlin.de***

Umweltbewusst durchs Jahr

Einmal jährlich tritt die Stiftung Naturschutz Berlin als Veranstalter des Langen Tag der StadtNatur besonders ins öffentliche Bewusstsein, ist aber natürlich das ganze Jahr über umtriebig in Sachen Umweltschutz und -pädagogik. Der Umweltkalender zeigt die Veranstaltungsvielfalt von Freizeit- und Bildungsveranstaltungen in Berlin. Weiterer Lektüre-Tipp für alle, die mitwirken möchten, Berlin zu einem nachhaltigeren Ort zu machen: das zweimal im Jahr erscheinende Trennt-Magazin der BSR rund um die Themen Abfall-Vermeidung, -Trennung und -Recycling. Schön gestaltet und lesenswert! ***umweltkalender-berlin.de, trenntmagazin.de***

9

Nachhaltig einkaufen! Neu in Berlin: die BSR Nochmall auf Seite 193

Vegan Avenue

Ein Häuserblock für bewusste Konsumenten: Von Kosmetik über Mode, Getreidemühlen bis hin zu Lebensmitteln – Veganes und Nachhaltiges findet ihr in der Schivelbeiner Straße direkt am Arnimplatz. *SauberKunst, Schivelbeiner Str. 35, sauberkunst.de; DearGoods, Schivelbeiner Str. 35, deargoods.com; KoMo, Schivelbeiner Str. 34, komo.bio; Veganz, Schivelbeiner Str. 34, veganz.de, alle in 10439 Berlin-Prenzlauer Berg*

Ohne Verpackungsmüll 10

Selbst in Biomärkten findet man unfassbar viele in Plastik und überflüssiges Verpackungsmaterial eingehüllte Lebensmittel. Wem das gehörig gegen den Strich geht, der kauft auf den Berliner Ökomärkten oder in Unverpackt-Läden ein, von denen es erfreulicher Weise immer mehr in der ganzen Stadt gibt. *Original Unverpackt, Wiener Str. 16, 10999 Berlin-Kreuzberg und Großbeerenstr. 27A, 10965 Berlin-Kreuzberg, original-unverpackt.de; FAIR unverpackt, Düsseldorfer Str. 12, 10719 Berlin-Wilmersdorf, fair-unverpackt.de; Der Sache wegen, Lychener Str. 47, 10437 Berlin-Prenzlauer Berg, der-sache-wegen.de; unverpackt berlin, Bölschestr. 120, 12587 Berlin-Köpenick, unverpackt-berlin.com*

Diversity? Just do it!

Ausgrenzung von Minderheiten, Rassismus und Diskriminierung von Schwarzen und People of Color sind Themen, denen man etwas entgegensetzen muss: Diversität! Ein Gespräch über die Idee, diese Herausforderung anzunehmen.

Spätestens mit der Tötung George Floyds und den darauf folgenden weltweiten Black Lives Matter-Demonstrationen ist vielen von uns bewusster geworden, dass sich in unserer Gesellschaft etwas tun muss. Gegen den vorherrschenden strukturellen Alltagsrassismus, gegen Ausgrenzungen. Doch wie? In Deutschland haben 21,2 Mio. Menschen und somit 26 Prozent der Bevölkerung Migrationshintergründe. Bei den unter Dreijährigen liegt der Anteil bei 39 Prozent, in Städten ab 500.000 Einwohnern bei 49 Prozent. Wie ändert man die Vorurteile anderer und wird sich eigener bewusst?

Olaolu Fajembola und Tebbi Niminde-Dundadengar finden, Kinder sollten sehr früh die Möglichkeit bekommen, gesellschaftliche Vielfalt als etwas völlig Natürliches und Positives zu erleben. Deswegen gründeten sie 2018 tebalou, einen Online-Shop mit Spielwaren für Kinder in einer diversen Gesellschaft. Mit Büchern, Mal- und Bastelmaterialien, Spielzeug und Spielen. Produkte für alle Kinder, unabhängig von Geschlecht oder Hautfarbe, Familienkonstellation oder Religion. Der kleine Begriff Vielfalt umfasst ein irre großes Spektrum. Für unser Interview treffen wir Tebbi alleine, Olaolu kann wegen coronabedingter Vorsichtsmaßnahmen in der Familie nicht dabei sein.

Wie habt ihr zwei euch gefunden? Es war klar, dass wir uns irgendwann treffen werden, weil wir ganz

2018 haben Olaolu Fajembola und Tebbi Niminde-Dundadengar tebalou, den Online-Shop für Diversität im Kinderzimmer, gegründet.

Freunde in allen Farben

Die Produkte, die man im Online-Shop tebalou findet, sind sorgfältig ausgesucht und zumeist ebenso sorgsam hergestellt. So wie die plastikfrei aus Biostoffen hergestellten Puppen des Hamburger David Amoateng. Der Afrodeutsche war solange vergeblich auf der Suche nach schönen diversen und nachhaltigen Puppen für seine Nichte, bis er einfach sein eigenes Label LITTLE ASHÉ organic friends gründete. *littleashe.com*

viele gemeinsame Bekannte und Freunde haben. Ich hatte schon ganz viel von ihr gehört, sie selber aber nie getroffen. Irgendwann saß ich in ihrem Wohnzimmer. Zwei Stunden haben wir gequatscht, gequatscht, gequatscht. Alle anderen im Raum waren vergessen. Als wir beim Rausgehen die Schuhe anzogen, meinte ich, dass ich gerne einen Online-Shop hätte, in dem es all die Sachen gibt, die ich andauernd verzweifelt suche für unsere Kinder. Ihre Antwort war: „Ich auch!". An dem Abend haben wir es per Handschlag im Türrahmen beschlossen.

Wann seid ihr tatsächlich gestartet? Es waren einfach noch ganz viele andere Sachen in unserem Leben los. Ich steckte noch im Vollzeit-Psychologie-Studium und gleichzeitig hatte ich die drei Kinder zu Hause; Olaolu ist Kulturwissenschaftlerin und leitete vorher verschiedene Kulturprojekte in Berlin, zuletzt war sie auch für den Afrika-Hub der Berlinale tätig. Aber ein Jahr später fingen wir an, ein Gründerinnenseminar zu belegen und schrieben unseren Businessplan. 2018 starteten wir.

Die Psychologin und die Kulturwissenschaftlerin setzen auf ein konstruktives und positives Umdenken: 1.000 Artikel gibt es dafür im Sortiment, anfänglich waren es 200.

Es geht uns um die Narrative. Das sieht man gut bei Tiergeschichten, wenn Vergleiche gezogen werden. Für uns fühlt es sich so an, als wenn es in den Bereich der Rassentheorie hineingelangt: Wir sind quasi als Menschen so verschieden wie eine Giraffe und eine Maus, und es ist eigentlich ein Wunder, dass wir zusammenkommen.

Umso wichtiger ist es, genau zu kuratieren? Ja. Wir treffen eine starke Vorauswahl, weil wir oft erleben, dass das Cover sehr vielfältig ist, doch beim Blick ins Buch ist da dann nichts mehr mit Vielfalt. Diversity Make-up nennen wir das. Dabei ist es ja kein großer Aufwand, die Zeichnungen müssen ohnehin gemacht werden. Warum können diese dann nicht auch divers gestaltet werden? Wir geben den Verlagen Rückmeldungen, was wir schwierig finden. Es ist wichtig, dass die Verlage uns langsam sehen und uns um Rat fragen. Und das tun sie. Als wir anfingen mit dem Shop, wurden wir zunächst nicht richtig ernst genommen. Durch die Auszeichnung von der Bundesregierung (als Kreativpiloten, Anm. der Red.) hat sich ganz viel geändert. Olaolu hat gerade einen Gastbeitrag im Börsenblatt veröffentlicht.

Tebbi, wie bist du aufgewachsen? Ich kam mit vier Jahren aus Botswana nach Deutschland. Ich sprach kein Deutsch, hatte in einem ganz anderen Kontext gelebt. Ich glaube, es war auch nicht alles schrecklich, aber schon schwierig als Schwarzes Mädchen in den Achtzigern in Delmenhorst. Meine Eltern sind mit dem Auszug ihres jüngsten Sohnes wieder zurückgegangen. In meiner Kindergartenzeit wurde das Spiel „Wer hat Angst vorm schwarzen Mann?“ gespielt. Damals gab es noch keine Sprache dafür, keine Vokabeln. Ich konnte nur sagen, irgendetwas stimmt nicht damit, es fühlte sich nicht gut an. Aber solche Sachen wurden nie ausgesprochen oder thematisiert. Erst im Nachgang habe ich Vieles erkannt. Uns wurde zum Beispiel regelmäßig von fremden Leuten in die Haare gefasst. Ich fand es schrecklich übergriffig. Ich konnte all das erst im Teenageralter abstrahieren, was da los war, wenn ich mit meinem Bruder in einen Laden ging, und uns die Verkäufer auf Schritt und Tritt verfolgten. Oder wie unterschiedlich die Erlebnisse waren, wenn ich mit meiner Schwarzen Mutter unterwegs war oder dem weißen Vater. Ich war total angepasst und habe immer versucht, besonders artig zu sein und alles besonders toll zu machen, weil ich ja schon merkte, es war immer ein bestimmter Blick auf mich gerichtet. Als ich nach dem Abitur die ersten Bücher in den Händen hatte „Farbe bekennen“ von Audre Lorde, May Ayim oder im Studium die erste Vorlesungen von Grada Kilomba hörte. Die Literatur dieser Frauen hat unheimlich viel mit mir gemacht.

Auch als aufgeschlossener Mensch kann man noch eine Menge lernen, nicht wahr? Es gehört ins Bildungssystem. Ins Fach Gesellschaftskunde. Es ist ein Alltagsthema, das im Schulwesen komplett ausgeklammert wird. Es gibt viele Kinder, die ausgeschlossen und ausgegrenzt werden. Dabei haben wir in Deutschland Inklusion im Gesetzbuch stehen. Ich fände es wichtig, auch für meine drei Kinder, wenn wir alle mit Menschen mit Behinderung noch mehr in Kontakt stehen würden. Aber auch in den Medien sind sie oft nicht sichtbar. Nun haben wir dadurch, dass wir individuell auf Social Media Kanälen wählen können, auch die Möglichkeit, behinderten AktivistInnen zu folgen und zuzuhören. Wir kennen auch Leute, die sind Schwarz, Sinti und haben ein behindertes Kind: Es gibt viele Intersektionen, wo

Vielfalt malen

Mit den Hautfarben-Buntstiften können Kinder sich und ihre Freunde so malen, wie sie wirklich sind. Die Erlöse fließen zu 100 Prozent in die gemeinnützigen Integrationsprojekte von Go-Volunteer e.V.. *hautfarben-buntstifte.de*

Menschen mehrere Dinge in sich tragen. Wir wollen niemanden ausschließen. Einelternfamilien sind eigentlich fast Standard in Deutschland.

„Wir hatten beide den Wunsch, Empowerment-Arbeit zu machen. Mit dem Fokus auf positive Veränderung."

Wir haben uns über Jahrzehnte nicht mit Kinderbuch-Literatur explizit auseinandergesetzt, weil wir als junge, ungebundene Frauen mit anderen Dingen beschäftigt waren. Aber zu sehen, dass sich in 30 Jahren nichts oder nur sehr wenig geändert hat, ist frustrierend. Und unsere Kinder machen immer noch die gleichen Rassismus-Erfahrungen, die wir gemacht haben. Jetzt ist es höchste Zeit, dass sich etwas ändert. Es braucht gut gebildete Kinder.

Unser Ansatz ist natürlich eher die Freizeit-Literatur und die für die Jüngsten. Dinge sollten intersektionaler gedacht werden: Heute wird ein Buch für behinderte Kinder gemacht, morgen eins für schwarze Kinder. Das sollte verwoben werden und als Normalität immer da sein. Bei der Geschichte, wie Karlchen aufs Töpfchen gehen lernt, kann Karlchen eine Behinderung haben. Und einen Schwarzen Vater. So sieht unsere Gesellschaft ja auch aus. Darum würden wir uns wünschen, dass wir diese Aufteilung gar nicht mehr bräuchten, sondern ein Buch, das für mehrere Bereiche passt. Im Moment gibt es nur ein Entweder Oder.

Was fehlt noch auf dem Markt, um von wirklicher Diversität sprechen zu können? Was wir viel zu wenig sehen, sind unverfängliche und normale Darstellungen von muslimischen Kindern. Und das verwundert uns doch sehr, weil wir eine riesige muslimische Gemeinde in Deutschland haben, eine sehr diverse muslimische Gemeinde. Diese Kinder tauchen aber in Büchern nicht auf. Auch Kinder mit türkischem Background fehlen, das ist ja auch wirklich eine der größten Gruppen. Es gibt natürlich Bücher oder

Geschichten. Dann ist da auch ein Murat mit dabei. Aber es ist eine bestimmte Lebenserfahrung, die diese Kinder haben, die sich gar nicht widerspiegelt. Wir können uns nicht vorstellen, dass es keine Kinderbuch-Autorinnen mit türkischem Background in Deutschland gibt. Das ist verrückt! Es fehlt total, weil wir diese Kinder in unserer Nachbarschaft um uns herum haben.

„Für uns ist wichtig, dass sich die Gesellschaft in Kinderbüchern widerspiegelt."

Auch asiatisch-deutsche Menschen sind im deutschen Kontext unsichtbar. Und bei Behinderungen ist es oft so, dass der Klassiker der Rollstuhl ist. Sonst gibt es insgesamt wenig, was sehr schade ist, weil da so viel Verschiedenes möglich wäre. Für diese Kinder wäre es auch so wichtig.

Ich wünsche mir, dass unsere Kinder über andere Lebensrealitäten lesen können. Es muss jemandem, der mit türkischem Background in dritter, vierter Generation in Deutschland lebt, endlich mal gesagt werden. Es hat ihnen aber auch noch nie jemand gesagt: Du gehörst dazu. Das passiert aber nicht. So bleiben sie immer immer ein Stück „Die Anderen".

Wie arbeitet ihr mit dem KIMI-Siegel für vielfältige Bücher zusammen? Der Aktivist Raul Krauthausen und die Journalistin Suse Bauer haben über Vielfalt in Kinderbüchern auf der re:publica gesprochen. Die riesige Resonanz brachte sie auf die Idee, ein Kinderbuch-Festival zu machen. Um es nachhaltiger zu gestalten, gründeten sie 2019 das KIMI-Siegel. Seitdem sind wir bei ihnen beratend und koordinierend mit im Team, natürlich ehrenamtlich.

Im Jahr 2020 wurden 150 Bücher von 2019 ausgezeichnet. Seitdem gelten wir von tebalou umso mehr als ExpertInnen. Wir machen Beratungsarbeit für frühkindliche Bildungsarbeit. Oder berieten Redakteure von Kika, die für die Programmgestaltung Hilfe suchten. Kitas bestellen bei uns und Grundschulen Materialien für den Hort. Hier ist der Querschnitt der Gesellschaft beieinander. Es ist kein Wohlfühlthema, sondern ein gesellschaftspolitisches Thema. Im Wohnzimmer angefangen zu haben, mit überschaubarem Budget, Schritt für Schritt, war sehr viel Arbeit, aber die Entscheidung war genau richtig. Das merkt man am Feedback. Man spürt, dass die Leute dafür bereit sind. Dass wir beide uns getroffen haben, das war kein Zufall. Das war Schicksal.
Interview: Sabine Neddermeyer

Erlesene Vielseitigkeit

Der kleine, 2019 gegründete Berliner Zuckersüß Verlag bringt toll illustrierte und unterhaltsam geschriebene Kinderbücher heraus, die Selbstliebe, Körperbilder, Geschlechterrollen, Antirassismus und Diversität thematisieren und zeigen, wie bunt die Gesellschaft ist.
zuckersuessverlag.de

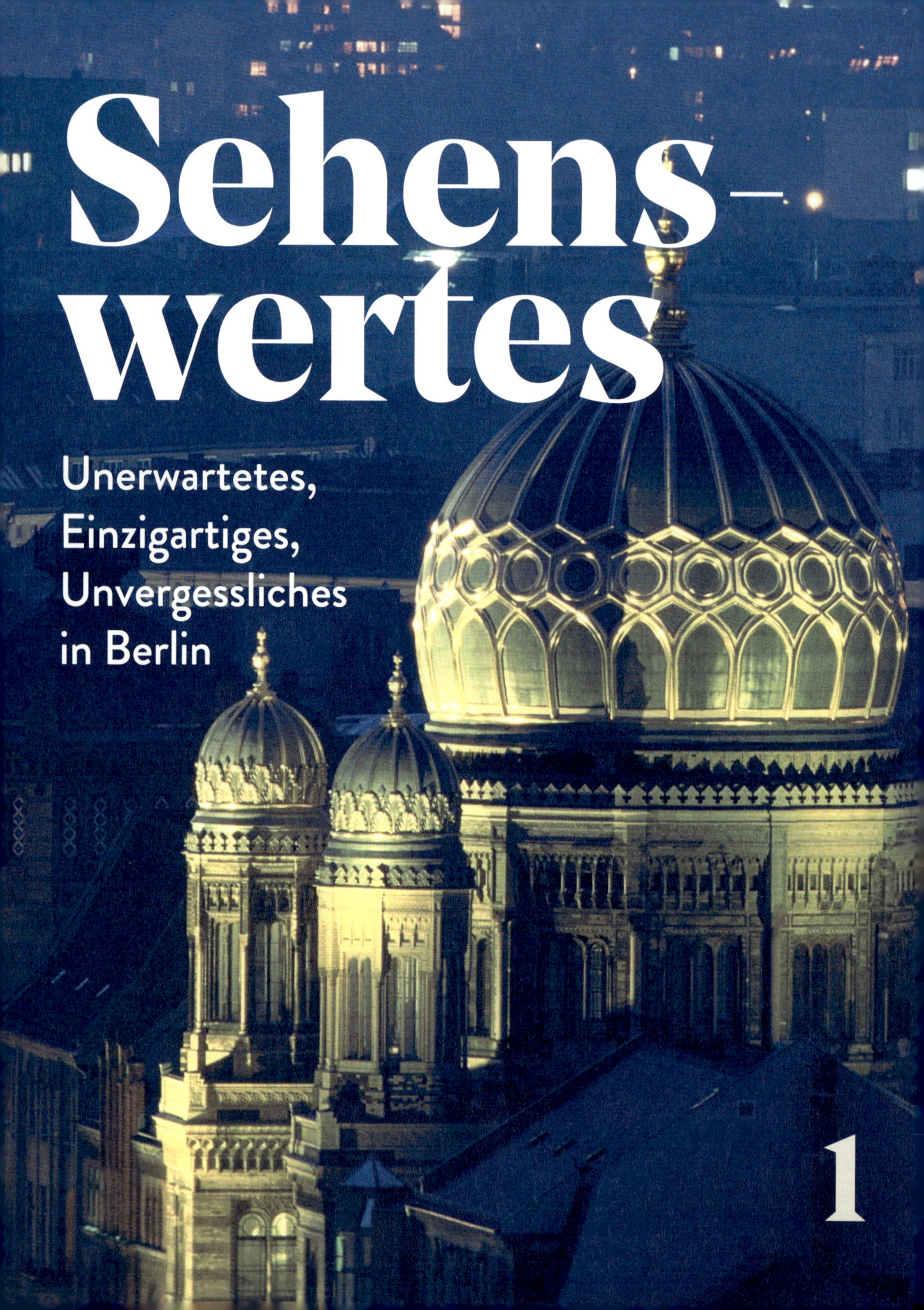

Sehens-werteswertes

Unerwartetes,
Einzigartiges,
Unvergessliches
in Berlin

1

Goldkuppel 1

Sie fällt schon von weitem auf, die glänzende, goldene Kuppel, die den prächtigen Bau in der Oranienburger Straße ziert. Einst war er die größte Synagoge Berlins, heute ist er Sitz des Centrum Judaicums mit sehenswerter Dauerausstellung und spannenden temporären Ausstellungen. *Centrum Judaicum, Oranienburger Str. 28-30,10117 Berlin-Mitte, centrumjudaicum.de, Seite 86*

Natürlich sehenswert 2

Alles andere als ein Geheimtipp, aber natürlich müsst ihr es mit Kindern gesehen haben. Nicht nur, weil hier beeindruckende Dinosaurier-Skelette gezeigt werden, zählt es zu Recht zu den Top-Tipps für Familien. Das Museum für Naturkunde hat aber nicht nur für Dino-Fans eine Menge zu bieten. Ein weiteres Highlight ist die Biodiversitätswand, die mit den dort etwa 3.000 ausgestellten Tieren aus allen Lebensräumen als Teil der Ausstellung „Evolution in Aktion" eine Ahnung davon vermittelt, wie artenreich unsere Welt war und ist. Beeindruckend ist der Besuch immer, besonders aber im Rahmen einer Taschenlampenführung (für Kinder ab acht Jahren), wenn das Museum eigentlich schon geschlossen hat. *Museum für Naturkunde, Seite 64*

Erinnerungen teilen 3

Berlin hat sich in den Jahrzehnten seit der Wiedervereinigung wahnsinnig verändert – die Teilung der Stadt ist tatsächlich kaum noch sicht- und nachvollziehbar. Umso wichtiger, an originaler Stelle umfassend zu informieren und sie erlebbar zu machen. Die Freiluftausstellung und das Dokumentationszentrum in der Bernauer Straße tun dies auf eindrückliche Weise. *Gedenkstätte Berliner Mauer, Seite 59*

Herumgondeln 4

Berlin ist Flachland, da erwartet man eigentlich keine Seilbahnfahrt. Und doch – vom Kienbergpark kann man über den Ausblick am Wolkenhain auf dem Kienberg (wo es auch eine Sommerrodelbahn gibt!) zu den Gärten der Welt gondeln. Die ihrerseits mit internationaler Gartenkunst und grandiosen Spielplätzen große und kleine Besucher zu bezaubern wissen. *Gärten der Welt, Seite 90, Seilbahn Berlin, Seite 139*

Aussicht mit Dreh 5

Schön ist es ja eigentlich nicht am Alexanderplatz – stünde hier nicht das Berliner Wahrzeichen schlechthin, müsste man dem Platz nicht unbedingt einen Besuch abstatten. Die Fahrt auf den Fernsehturm und auch die Einkehr im Drehrestaurant Sphere lohnen jedoch sehr! Der Ausblick ist spektakulär. Und tatsächlich isst man dort sogar recht gut. *Berliner Fernsehturm, Seite 85*

Zuckerbäcker-Allee

Die ersten Kilometer vom Alexanderplatz Richtung Moskau sind ein beachtenswertes Architekturdenkmal: Der Anfang der 50er-Jahre entstandende Zuckerbäckerstil der Stalinzeit prägt die Karl-Marx-Allee, die von vielen erklärenden Schautafeln gesäumt wird. In einem der Häuser findet ihr übrigens das Computerspielemuseum, das einen Abstecher wert ist. *Karl-Marx-Allee, 10243 Berlin-Friedrichshain, Computerspielemuseum, Seite 56*

Lohnt den Weg

Er gilt zu Recht als schönster Platz Berlins. Ansehnlich umrahmen Französischer und Deutscher Dom das Konzerthaus, in dem regelmäßig auch für Kinder Melodien erklingen, schon die Kleinsten werden hier musikalisch bedacht. Im Deutschen Dom lohnt die eintrittsfreie Ausstellung „Wege – Irrwege – Umwege" des Bundestags einen Besuch. *Gendarmenmarkt, Seite 86*

Geschmackvoll

Am Rand des Zoos liegt eine Concept Mall, die ein anderes Shoppingerlebnis als die immer gleichen Ketten bietet und schon als Architekturdenkmal sehenswert ist (für besonders Architekturinteressierte werden Führungen angeboten). Spannend für Kinder ist hier zudem der Blick in den Zoo von der Dachterrasse und vom Kantini Foodcourt mit seinen internationalen Köstlichkeiten. *Bikini Berlin, Budapester Str. 38-50, 10787 Berlin-Charlottenburg, bikiniberlin.de*

Mittendrin 6

Altes Museum, Neues Museum, Alte Nationalgalerie, Bode-Museum und Pergamonmuseum bilden ein einzigartiges Museumsensemble im historischen Zentrum. Dort werden nicht nur bedeutsame Sammlungen beherbergt, sondern es wird auch verstanden, diese Kindern und Jugendlichen mit interessanten Führungen und Workshops nahezubringen. Als Besucherzentrum dient die von David Chipperfield neuerbaute James-Simon-Galerie – sehenswerte Inhalte in sehenswerter Architektur! *Museumsinsel, museumsinsel-berlin.de*

Bleibender Eindruck

Die Kaiser-Wilhelm-Gedächtniskirche wurde im Zweiten Weltkrieg zerstört und bewusst nicht wieder aufgebaut – als Mahnmal gegen Krieg und Ort der Versöhnung. Bei Führungen kann man nach Anmeldung das Innere der Turmruine besichtigen. Zu besonderen Anlässen finden Familiengottesdienste statt. *Gedächtniskirche, Seite 86*

Berührend

Ein einzelnes Schicksal, ein paar handgeschriebene Zeilen, Alltagsfotos und -geschichten vermögen manchmal mehr zu erzählen als die große Geschichtsschreibung. Historie vermitteln, Antisemitismus entgegenwirken, Zivilgesellschaft stärken – diesen Ansprüchen hat sich das Anne Frank Zentrum verschrieben. In der Nähe des Hackeschen Markts erzählt die ständige Ausstellung „Alles über Anne" von ihrem Leben, der Zeit und den Umständen, in denen sie lebte und starb. Und erklärt, warum ihr Tagebuch so berühmt wurde und heute noch eine solche Bedeutung hat. *Anne Frank Zentrum, Seite 54*

Spione und Drachen 7

Nicht nur als Relikt des Kalten Krieges ist die einstige Abhörstation auf dem Teufelsberg im Grunewald interessant. Dort kann man coole Street-Art und Ausblicke auf die Stadt bewundern. Schön mit Kindern ist auch der benachbarte Drachenberg, wo man – nomen est omen – prima Drachen steigen lassen und picknicken kann. *Teufelsberg und Drachenberg, Seite 139*

Freiräume 8

Über Berlin wurde in punkto Flughafen viel gespottet – Berlin-typischer und unbedingt sehenswert ist die Nachnutzung des einstigen Flughafen Tempelhofs. Die riesige Fläche mitten in der Stadt bietet Frei- und Spielraum für Groß und Klein und hat sich als einzigartiger Zugewinn für alle erwiesen. Wir sind schon sehr gespannt, wie sich die Vorhaben auf dem Gelände des nächsten stillgelegten Flughafens entwickeln werden. Ins Terminalgebäude von Tegel soll die Beuth Hochschule einziehen, die Urban Tech Republic zukunftsträchtige Unternehmen anziehen und im Schumacher Quartier sind mehr als 5.000 neue Wohnungen geplant. *Tegel-Nachnutzung: tegelprojekt,de, Tempelhofer Feld, Seite 93*

8

Wahrzeichen 9

Mitten im Tierpark am Großen Stern stehend ist das Nationaldenkmal weithin sichtbar. So zählt die Siegessäule mit der goldenen Viktoria zu den bekanntesten Wahrzeichen Berlins, dessen Urspung als Ehrung der deutschen Siege gegen andere Nationen hingegen kaum noch präsent ist. Geblieben ist der super Ausblick, der einen belohnt, wenn man die 285 Stufen der Wendeltreppe im Inneren der 69 Meter hohen Säule erklimmt. *Siegessäule, Seite 86*

Wahljahr 10

Berlin ist nicht nur eine Stadt der Kreativen, hier arbeiten auch die meisten politischen Entscheider der Republik. Ihre Arbeitsstätten, die man sonst nur aus den Nachrichten kennt, findet man im Regierungsviertel. Vor allem der Reichstag lohnt einen Besuch mit Kindern, erst recht im Jahr der nächsten Bundestagswahl. *Regierungsviertel und Bundestag im Reichstagsgebäude, Seite 85*

Grabungsfeld

Ein großes städtebauliches Projekt ist im Gange: Die breite Autoschneise, die Grunerstraße und Mühlendamm hinter dem Roten Rathaus schlagen, wird zurückgebaut und der historische Molkenmarkt soll wieder entstehen. Um die Gestaltung des neuen Stadtviertels wird noch gerungen. Spannend ist es allemal, diesen Prozess zu beobachten. Bei Führungen kann man nach Anmeldung das Grabungsfeld vor dem Alten Stadthaus besichtigen. *Planungsgebiet Molkenmarkt, molkenmarkt-berlin.de*

Berlins Burg

Die Renaissance-Festung mit dem Juliusturm als ältestem Gebäude Berlins ist schon an sich sehenwert, tatsächlich bergen ihre dicken Mauern aber noch einiges mehr, das das Interesse von Kindern weckt: allem voran der Fledermauskeller! *Zitadelle Spandau, Seite 86*

Erwartet 11

Sie wurde einige Male verschoben, nun ist die Eröffnung des Humboldt-Forums ab Dezember 2020 geplant. Zunächst eröffnen die Berlin-Ausstellung und die Ausstellung zur Geschichte des Ortes, bevor 2021 in weiteren Etappen die anderen Etagen folgen. *Humboldt Forum im Berliner Schloss, Seite 60*

Stadtrundfahrt

Nicht ganz so bekannt wie der 100er oder 200er fährt auch der 300er-Bus an vielen Sehenswürdigkeiten der Stadt vorbei. Die Linie 300 verkehrt im engen Takt von der Philharmonie über Potsdamer Platz, Unter den Linden und East Side Gallery bis zur Warschauer Straße. Hop on, hop off ist dabei natürlich auch möglich. *BVG Buslinie 300, bvg.de*

Unbegreiflich 12

Natürlich sollte respektvoll mit dem Stelenfeld umgegangen werden, das an das Schicksal der ermordeten Juden Europas erinnert. Kinder dürfen hier aber dennoch Kinder sein, findet selbst der Architekt des Mahnmals Peter Eisenman. Das Grauen begreiflicher zu machen, versucht auch die Ausstellung im darunter liegenden Ort der Information. *Holocaust-Mahnmal, Seite 85*

Unser Berlin

Berlin ist weltbekannt, hier wird die Weltpolitik mitbestimmt und Menschen aus aller Welt bereichern das Stadtleben. Knapp die Hälfte der fast 600.000 Kinder und Jugendlichen, die in Berlin leben, haben Eltern mit ausländischen Wurzeln. So wie Alissar, Soraya, Liam, Nevia, Wyatt, Syri-Su, Celine und Pia, die hier aufwachsen, lernen, spielen, sporteln, ihre Freunde und Spaß haben. Wir haben die acht kleinen Berliner aus allen Ecken der Stadt vor die Kamera gebeten und uns von ihren Lieblingsorten und -aktivitäten in ihrer vielfältigen Heimatstadt erzählen lassen.

Fotos: *Emily Kornya*

Pullover: *Du Pareil Au Même*
Jeans: *Jelly Mallow*
Schuhe: *Bobux*

Soraya, 13
Alissar, 10

LINKS
Shirt: *Velveteen*
Hose: *Andorine*
Schuhe: *Pepe*

RECHTS
Haarband: *Meri Meri*
Shirt: *Andorine,*
Hose: *Gaialuna*
Schuhe: *Pepe*

Syri-Su, 8

Shirt: *Yclu*
Jeans: *Andorine*
Socken: *Collegien*
Schuhe: *privat*

Wyatt, 6

Shirt und Jeans: *Jelly Mallow*

Nevia, 4

Shirt und Rock: Boboli
Socken: Collegien
Schuhe: privat
Kuscheltier: Moulin Roty

Pia, 9
Celine, 11

LINKS
***Kleid:** Andorine*
***Socken:** Collegien*
***Schuhe:** Pepe*

RECHTS
***Shirt:** Velveteen*
***Rock:** Gaialuna*
***Strumpfhose:** Collegien*
***Schuhe:** Pepe*

Liam-James, 7

Shirt: *Officina 51*
Jeans: *Jelly Mallow*
Schuhe: *Bobux*

Syri-Su 1

Syri-Su, die in Wedding aufwächst, sind die türkischen Wurzeln ihrer in Berlin geborenen Mutter etwas näher als die ihres aus Thailand stammenden Vaters. Richtig toll findet sie türkische Konzerte und feiert mit Freude Bayram. Sie spricht ein bisschen Türkisch und Thai, doch zu Hause fühlt sie sich im Deutschen. Die Achtjährige fährt gerne Rad, tanzt oder geht Schwimmen. Am liebsten trifft sich Syri-Su mit ihren Freunden und macht mit ihnen Stockbrot im Garten. Auch hoch im Kurs sind Ausflüge mit der Familie: Das Labyrinth Kindermuseum zählt ebenso zu ihren Lieblingsorten wie das Tropical Islands und Karls Erdbeerhof im Umland.

Nevia 2

Mit ihren in Berlin und Vietnam geborenen Eltern lebt Nevia unweit der Rummelsburger Bucht, wo sie gerne am Wasser oder auf dem Spielplatz ist. Die Vierjährige spricht Deutsch, Vietnamesisch, ein wenig Englisch und feiert gleichermaßen gerne das Laternenfest zu St. Martin wie das vietnamesische Neujahrsfest nach dem chinesischen Mondkalender. Nevia liebt es, Schwimmen zu gehen, am schönsten findet sie es im Strandbad Jungfernheide, aber sie mag auch die Hallenbäder, besonders die Schwimm- und Sprunghalle am Velodrom.

Celine und Pia 3

Die beiden Schwestern wachsen im idyllischen Lübars auf, wo ihre aus Polen und Bremerhaven stammenden Eltern mit ihnen zu Hause sind. Da ihre Mutter mit ihnen Polnisch spricht, sind Celine und Pia zweisprachig. Außerdem eint sie ihr künstlerisches und musikalisches Talent – die Mädchen spielen Klavier, tanzen, singen und malen in ihrer Freizeit. Doch nicht nur selbst zu musizieren mögen Celine und Pia: Ihr liebster Familienausflug führt zu einem Konzert der Berliner Philharmoniker.

Wyatt 4

Wyatts Mutter stammt aus Braunschweig, sein Dad aus den USA, wo Wyatt ihn gerne besucht. An amerikanischen Traditionen wie Thanksgiving und Halloween hat der Sechsjährige aber auch in Berlin großes Vergnügen. Er wohnt in Tempelhof, da ist es im wahrsten Sinne des Wortes naheliegend, dass er das Tempelhofer Feld besonders liebt. Dort kann man prima Baseball spielen, biken, Drachen steigen und ferngesteuerte Autos fahren lassen. Der bilingual aufwachsende Sportfan ist generell gerne draußen, am Wasser, im Park oder – ein weiterer Lieblingsort des Grundschülers – im Zoo.

Alissar und Soraya 5

Den dreisprachig aufwachsenden Schwestern, deren Eltern gebürtige Berliner mit türkischen und arabischen Wurzeln sind, verbringen gerne draußen Zeit – ihre Lieblingsorte sind der Volkspark Schöneberg-Wilmersdorf und der Lassen-Park. Soraya tanzt Hip-Hop und lernt gerade Klavierspielen, wohingegen Alissar mit Vorliebe singt, malt, bastelt und kocht. Apropos Essen – noch ein Tipp der beiden: Wer wie sie zu Hause lecker Türkisch kochen möchte: Der Multi-Kulti-Supermarkt Öz Gida (özgida.de) in der Hauptstraße ist super!

Liam-James 6

Liams Eltern sind zwar beide in Berlin geboren, der Siebenjährige ist sich aber der philippinischen Wurzeln seiner Familie bewusst, spricht ein wenig die Sprache, geht gerne Philippinisch essen und kann sich gut vorstellen, mal in dem südoastasiatischen Land zu leben. Aktuell ist er aber mit seinem Wohnort in Buckow hochzufrieden. Für ihn das Wichtigste: Hier sind seine Freunde, mit denen er seine Zeit auf dem Dracula-Spielplatz, dem Bolzplatz oder im Schwimmbad verbringt. Winters geht Liams liebster Ausflug zur Eislaufbahn in Neukölln und sommers an den Wannsee

Platz da!

Kita-Krise! In Berlin einen Betreuungsplatz zu ergattern, kann einen schier verzweifeln lassen. Über die Krabbelgruppe auf die Pole Position der Warteliste, mit regelmäßigem Spielplatz-Small-Talk zur Tagesmutter oder dank akribisch geführter Excellisten zum Durchtelefonieren in die Wunscheinrichtung? Oder kann man einfach nur Glück haben? Zwei Familien erzählen, mit welchen Strategien sie zum Ziel gekommen sind.

Glücksspiel? Wer einen Kitaplatz ergattert, macht jedenfalls Luftsprünge vor Freude.

Bereitschaft zum Mitmachen ist Trumpf: Erna und Marta sind glücklich in ihrem Kreuzberger Kinderladen.

„Mein grundsätzlicher Tipp für die Suche: Lasst das mit den Excellisten!" Steffen lacht. „Wenn ihr Interesse an einer Einrichtung habt, zeigt euch offen für die Arbeiten, die dort anstehen könnten, stellt euch persönlich vor und sucht aktiv den Kontakt." Für Marta, mit fünf Jahren die Älteste von drei Kindern, hat er in seiner direkten Kreuzberger Nachbarschaft einen Kinderladen gefunden. Ihre dreijährige Schwester Erna besucht die gleiche Einrichtung. Und auch Johan, der Kleinste, soll sehr wahrscheinlich dort betreut werden.

Die ganze Familie ist im Kinderladen engagiert: Steffen und Klara mit Erna, Marta und Johan.

Erst abgewimmelt, dann half der Zufall nach

„Ich finde es wichtig, sich nicht zu früh schon zu sehr zu verbeißen", erklärt Steffen. Klara, seine Partnerin und Mama der Drei, ist rückblickend froh über so viel Ruhe bei der Platzsuche. „Er war sicher, dass sich alles fügen würde – und genau so war es dann auch", erzählt sie. Während viele Familien den Einrichtungen hinterher telefonieren müssen, mit wachsender Verzweiflung immer wieder bei einzelnen Kitas vorbeigehen, Kuchen spenden oder irgendwie anders versuchen, nach oben auf die Warteliste zu kommen, bekam die Kreuzberger Familie den Kinderladenplatz durch einen glücklichen Zufall.

Eine Kundin von Steffens Kollege, die gleichzeitig auch eine Kieznachbarin war, hatte Steffen direkt angesprochen und gefragt, ob die Familie noch einen Platz suchte und Marta nicht in den Kinderladen ihrer Kids kommen wollte. „Lustigerweise hatte ich mich genau da schon mal vorgestellt wie jeder andere Vater auch und war knallhart abgewimmelt worden", so Steffen augenzwinkernd.
„Vier Tage später stand ich dann wieder auf der Matte." Damals hatte sich spontan ein Umzug angekündigt, dadurch war nun plötzlich doch Platz für Marta – etwas, das so oder so ähnlich häufiger vorkommt. „Es kann sich auf jeden Fall lohnen, nicht nur im Sommer, wenn die großen Wechsel anstehen, oder zum ersten Geburtstag nach einem Platz zu suchen", sagt Klara. Bei ihnen war es damals Fe-

Als Eltern selber gründen

Wird die Suche nach dem Betreuungsplatz zur Unmöglichkeit oder will vom Konzept her einfach keine Einrichtung passen, entscheiden sich manche dafür, eine sogenannte Eltern-Initiativ-Kindertagesstätte (amtlich für eine EKT) zu eröffnen. Gründen, aber keine Ahnung, wie? Der Dachverband Berliner Kinder- und Schülerläden (kurz: DaKs) bietet persönliche Beratungen und für 15 Euro einen verschriftlichten Leitfaden zur Kinderladengründung in Berlin. *daks-berlin.de*

Überall bei allen herumzufragen, war die erfolgreiche Strategie bei der Suche für Rufus.

bruar – zu dem Zeitpunkt war Marta anderthalb. Gleichzeitig dreht sich im Kinderladen nicht alles um das richtige Timing. „Dadurch, dass es nur so wenige Eltern gibt, durch Geschwisterkinder noch mal weniger, muss es auf Elternebene passen. Da spielt bei der Platzvergabe auch viel Sympathie rein" meint Steffen. Am wichtigsten aber sei die innere Einstellung, Teil einer Gemeinschaft sein zu wollen

Mehr als nur ein Betreuungsplatz

Dass für die Familie ein Kinderladen die beste Option sein könnte, stand schon früh im Raum. „Wir konnten uns das super vorstellen, weil uns die Idee hinter einer solchen Einrichtung total anspricht", sagt Klara. „Als Zugezogene haben wir keine Großeltern in Berlin und uns nach etwas Familiärem gesehnt. Der Kinderladen ist für uns ein kleiner Anker im anonymen Großstadtleben." Da es sich bei der Einrichtung um eine Elterninitiative handelt, ist regelmäßiger Einsatz gefordert. Dessen sollte man sich bei der Wahl eines Kinderladens bewusst sein, meinen beide. „Wenn die Köchin ausfällt, springen wir Eltern ein. Und wenn ein Erzieher krank wird, muss eine Lösung dafür gefunden werden", so Steffen. „Jede einzelne Partei trägt Verantwortung, damit der Laden läuft." Das erfordert eine gewisse Flexibilität, die sicherlich nicht jede Familie leisten kann, weiß Klara. „Wir haben das Glück, dass Steffen selbstständig arbeitet und ich in Teilzeit bin. Dadurch können wir auch mal spontan einspringen, wenn es irgendwo hakt", sagt sie.

Wenn das Thema den Alltag beherrscht

Dass die Betreuungsplatzsuche zum Glücksspiel werden kann, wissen auch Antonia und Benni. Mit ihren zwei Söhnen Rufus und Rasmus, 4 Jahre und 1 1/2, leben sie in Neukölln. Während der Kleine gerade bei der Tagesmutter eingewöhnt wird, zu der schon sein Bruder gegangen ist, wird Rufus seit seinem dritten Geburtstag in einer größeren Kita betreut. Tatsächlich war es so von Anfang an geplant – zwischendurch standen die Zeichen allerdings auf Bruchlandung.

„Wir waren uns irgendwann sicher, dass es nie mit einem Platz klappen würde, nirgendwo", erzählt Antonia. Schon mit Rufus' Geburt hatte für die Familie die Suche begonnen. Über Listen der Bezirke informierte sie sich über Tagesmütter, ließ sich zusätzlich auf die Wartelisten einzelner Kitas setzen. Alle vertrösteten sie, meldeten sich nicht wie versprochen zurück – oder sagten direkt ab. „Bei einer Kita bin ich sogar regelmäßig zur Krabbelgruppe gegangen", so Antonia. „Es hieß, die Leitung würde überprüfen,

Antonia ist froh, dass Rasmus als Geschwisterkind der Platz bei Rufus' Tagesmutter früh sicher war.

„Die erste Zeit mit Baby sollte man eigentlich nicht an Sorgen um einen Kitaplatz verschwenden müssen", findet Antonia

wer sich regelmäßig einträgt und die Namen mit der Warteliste abgleichen. Daneben sollte man sich auch noch alle paar Wochen telefonisch melden."

Gebracht hat es nichts, im Gegenteil. „Es war total nervig, sicherlich für alle. Aber ob auf dem Spielplatz oder sonstwo: Das Thema Betreuungsplatz war überall präsent. Ich habe mir total Druck gemacht."
Einen Plan B gab es für Antonia und Benni damals nicht. Sie wollte nach einem Jahr Elternzeit wieder in den Job einsteigen. „Gleichzeitig wollten wir unser Kind auch nicht irgendwohin schicken", erzählt Antonia. „Eine Kitaleiterin meinte dann zu mir, ich solle das Jahr meinem Kind und nicht der Suche nach einem Betreuungsplatz widmen. Aber das sagt sich so leicht." Die Angst davor, keinen Platz zu finden, sei immer präsent gewesen.
„Halb aus Verzweiflung fing ich an, wirklich allen im Kiez von unserer Platzsuche zu erzählen", so Antonia. Die Strategie ging auf. Über eine Nachbarin lernte sie ihre heutige Tagesmutter kennen – einen Platz bekam Antonias Familie aber erst mal nicht: „Nachdem ich bei ihr angerufen hatte, das Konzept toll fand und wir uns bei einem kurzen Treffen sofort sympathisch waren, sagte sie uns ab, weil sie doch schon jemand anderen hatte." Der Wendepunkt kam wenige Monate später – bei einem Termin zum Haareschneiden. „Ich erzählte meiner Friseurin von

unserer Suche. Da fiel ihr ein, dass eine ihrer Kundinnen Tagesmutter ist. Über sie kam telefonisch der Kontakt zustande – dabei stellte sich heraus, dass es sich bei besagter Tagesmutter um ‚unsere' Tagesmutter handelte", so Antonia. Unerwartet war bei ihr ein Platz frei geworden. Sie erinnerte sich an Rufus. Damit war die Sache klar. „Am Ende hatten wir ein Sauglück – auch weil es mit ihr direkt gefunkt hat."

Noch einmal mit Gefühl

Bereut haben sie die Entscheidung für eine Tagesmutter nie. „Sie hatte nur drei Kinder unter drei. Wir waren uns sicher, dass die Größe und Altersgruppe zu Rufis sensibler Art am besten passen würde. So war es dann auch", erklärt Antonia.
Anderen Eltern kann sie deshalb nur raten, aufs Gefühl zu hören – und für den Fall kleiner Nachzüglerinnen und Nachzügler den Kontakt zur betreuenden Person pflegen. „Bei Rasmus habe ich schon mit positivem Schwangerschaftstest bei unserer Tagesmutter angeklopft. Es war total klar, dass er auch zu ihr gehen sollte. Zwischen uns hatte sich längst eine Art Freundschaft entwickelt", so Antonia. „Wir standen dann ganz oben auf ihrer Liste – und es hat völlig unkompliziert geklappt."

Mit einer Portion Vitamin B war auch die Kita für den Großen schnell gefunden: Eine Nachbarin hatte der Familie erzählt, dass in ihrer Einrichtung eine neue Gruppe gegründet werden und die Chancen auf eine Unterbringung gut stehen würde. „Das war ein klassischer Fall davon, zur richtigen Zeit am richtigen Ort zu sein – mit einem Anruf war der Platz für uns reserviert", so Antonia. Am Ende konnte die Familie sogar aus zwei Kitas auswählen. Den anderen Platz hatte Antonia mit Hartnäckigkeit ergattert: Zweimal habe sie sich persönlich vorgestellt, häufig gemeldet – „und der Draht zur Leitung war einfach gut". Wenn sie einen Geheimtipp für die Suche geben sollte, wäre es allerdings der, mit möglichst vielen Leuten darüber zu reden. „Auch wenn ich mir dabei immer etwas doof vorkam: Am Ende waren wir dadurch erfolgreich."

Berlin hat ein Platzproblem

So ausgetüftelt und vielversprechend manch individuelle Strategie auch sein mag: In Berlin herrscht de facto ein Kitaplatzmangel. Und nicht jede Familie verfügt über die Zeit, die Kraftreserven oder auch das Geld, monatelang auf eigene Faust zu suchen. Es dürfte nicht sein, dass oft nur Beziehungen und persönliche Sympathien über die Vergabe von Betreuungsplätzen entscheiden. Stattdessen sollte es zu den dringendsten Aufgaben einer wachsenden Stadt zählen, dafür zu sorgen, soviel gute Betreuungsmöglichkeiten für seine Jüngsten zu schaffen, dass alle Platz haben und der Erfolg bei der Kitaplatzsuche nicht länger von glücklichen Zufällen abhängt. ***Fotos: Silke Weinsheimer, Text: Nina Heitele***

Kitaplätze in Berlin

Laut Angaben des Senats gab es im Sommer 2020 insgesamt 168.800 Plätze in Kindertageseinrichtungen. 134.160 entfielen auf Einrichtungen in freier Trägerschaft, 34.440 Plätze auf die städtischen Eigenbetriebe. Gebraucht würden gemäß der bisherigen Planung im Kitajahr 2020/21 allerdings rund 193.000 Plätze für Kinder von 0 bis 7 Jahren – angesichts neuer Bevölkerungsprognosen könnte die Zahl sogar noch wachsen. Knapp 16.000 der fehlenden Plätze sollen im Rahmen von Landes-, Bundes- und Schnellbauprogrammen entstehen.

Berlin mit Baby

Tipps rund ums Leben mit kleinen Kindern in Berlin

2

Lohnt sich 1

Sollte euch jemand nach einem Geschenk für frischgebackene Familien fragen – eine richtig gute Idee sind unserer Meinung nach Jahreskarten für Orte, die man immer wieder gerne mit kleinen Kindern besucht. Die viel zu gucken und tolle, saubere Spielplätze bieten – wie Zoo und Tierpark sowie die vier Parks, die man mit der Jahreskarte von Grün Berlin besuchen kann: Britzer Garten, Natur-Park Schöneberger Südgelände, Botanischer Volkspark Blankenfelde und Gärten der Welt. Letztere mit der Option, auch die Seilbahn das ganz Kalenderjahr nutzen zu können. ***gruen-berlin.de, Tierpark und Zoo, Seite 101***

Chaos und Aufbruch

Der Titel der noch bis Ende Mai 2021 laufenden Ausstellung bezieht sich nicht aufs Elternsein, sondern auf Berlins Großstadtgeschichte. Sicher wird auch die auf „Chaos & Aufbruch. Berlin 1920|2020" folgende Ausstellung ebenso sehenswert und im Rahmen der „Elternzeit Kultur" kostenlos zu besichtigen sein. Jeden letzten Dienstag im Monat können bis zu zwei Erwachsene mit Baby bei freiem Eintritt die jeweils aktuelle Sonderausstellung besuchen. ***Märkisches Museum, Am Köllnischen Park 5, 10179 Berlin-Mitte, stadtmuseum.de, Seite 62***

Kunstfreunde 2

Mit Baby müsst ihr nicht auf Kunstgenuss verzichten – auf Anfrage bietet das Potsdamer Museum für moderne und zeitgenössische Kunst die Fluxus++Eltern-Baby-Führung an, die etwa eine Stunde dauert und Eltern mit Kindern im ersten Lebensjahr ermöglicht, die Ausstellungen zu erkunden. Auch im Museum Barberini habt ihr die Gelegenheit, an den eigens für Leute mit Kindern im ersten Lebensjahr konzipierten Führungen „Junge Eltern zur Kunst" teilzunehmen. In beiden Museen lässt es sich danach gut im Museumscafé einkehren. ***museum FLUXUS+, Schiffbauergasse 4F, 14467 Potsdam, fluxus-plus.de, Seite 64, Museum Barberini, Alter Markt, Humboldtstr. 5-6, 14467 Potsdam, museum-barberini.com, Seite 62***

Babyfreunde

Es tut jungen Eltern gut, unter Leute zu kommen, Menschen in ähnlicher Lebenslage kennenzulernen und sich austauschen zu können über die Themen und Sorgen, die einen in den ersten Lebensmonaten und -jahren des Kindes beschäftigen. Und wenn man sich dabei noch sportlich, musikalisch oder kreativ betätigt, umso besser. Von Geburtsvorbereitung über Babymassage, Sport mit Baby bis zu bilingualen Musikkursen – in Berlin gibt es ein vielfältiges Angebot an Kursen: ***berlinmitkind.de/kursverzeichnis***

Kinofreunde

Klingt unentspannt und nach einer Zumutung für die anderen Zuschauer? Nun, die sind ja bei den Babykino-Vorstellungen in der gleichen Situation. Krabbeln, Stillen und Babygeräusche sind beim KinderwagenKino im Babylon, Baby Wolfgang im Wolf Kino und beim Il Babykino im Il Kino regelmäßig kein Problem, wenn dort bei verminderter Lautstärke, und gedimmten Licht aktuelle Filme gezeigt werden. So bleibt man auch mit Baby cineastisch am Puls der Zeit, ohne einen Babysitter bemühen zu müssen. ***Babylon, Rosa-Luxemburg-Str. 30, 10178 Berlin-Mitte, babylonberlin.de, Wolf Kino, Weserstr. 59, Berlin-Neukölln, wolfberlin.org, Il Kino, Nansenstr. 22, Berlin-Neukölln, ilkino.de***

Von Erstausstattung bis Kleinkindbett: Shopping-Adressen ab Seite 145

Von Anfang an Theater 3

Wir haben dieses winzig kleine Theater sehr ins Herz geschlossen, nicht zuletzt, weil dort schon die allerjüngsten Zuschauer im Babyalter ernstgenommen werden. Künstlerisch wertvoll, unterhaltsam und immer sehenswert sind die Inszenierungen für alle Altersklassen. ***Theater o.N., Kollwitzstr. 53, 10405 Berlin-Prenzlauer Berg, theater-on.de***

Mini-Tipps

Ob Kultur, Kurse oder Ausflugsziele – ihr möchtet immer von aktuellen Veranstaltungen und neuen Angeboten für Berlin mit kleinen Kindern erfahren? Dann sind unsere Mini-Tipps auf berlinmitkind.de und unser monatlicher Berlin mit Baby-Newsletter das Richtige für euch. Newsletter abonnieren unter ***berlinmitkind.de/newsletter***

Entspanntes Planschen 4

Entspannter geht es kaum – mitten in Berlin liegt das kleine Kinderbad im Monbijoupark, wo ihr mit kleinen Kindern gemütlich unter Bäumen auf der Liegewiese mit Blick auf den Fernsehturm rumlümmeln und im Becken ohne wild herumtobende Teenager planschen könnt. *Kinderbad Monbijou, Oranienburger Str. 78, 10178 Berlin-Mitte, berlinerbaeder.de, Seite 119*

Mama Repair Massage

Der wichtigste Rat für Eltern: Achtet auf euch selbst und gönnt euch Pausen! Ein schöner Ort, um schon in der Schwangerschaft und erst recht in der kräftezehrenden Zeit mit Baby mal die Seele baumeln lassen zu können, ist die Praxis Mamunette, die sich auf Massagen Schwangerer und junger, auch stillender Mütter spezialisiert hat. *Praxis Mamunette, Winsstr. 32, 10405 Berlin-Prenzlauer Berg, mamunette.de*

Work Life Child Balance

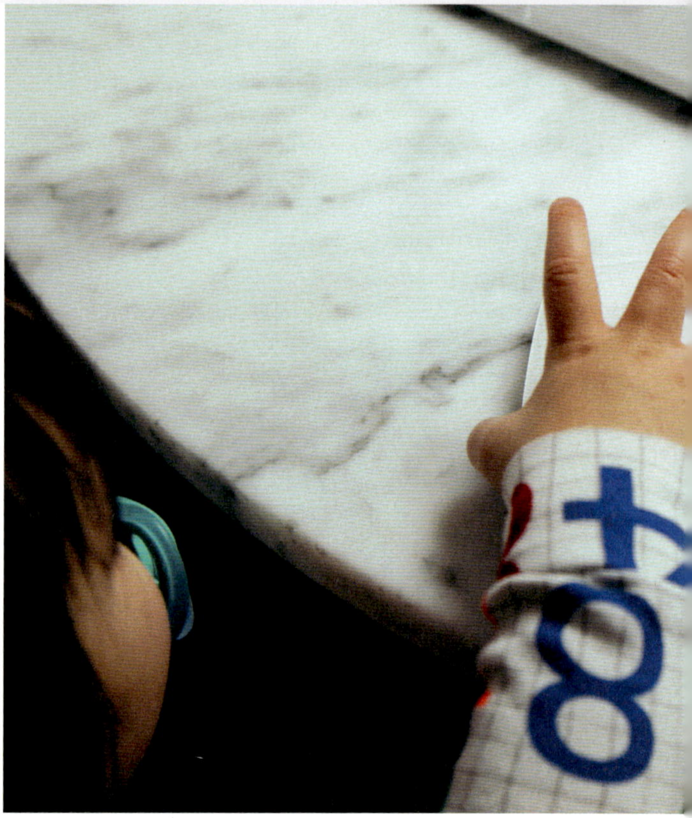

Work'n'Kid

Hier lautet das Konzept in der Tat Work-Child-Balance – der familienfreundliche Coworking Space im Samariter-Kiez bietet flexible Möglichkeiten, Arbeitsplatz und Kinderbetreuung zu nutzen. Gründerin Anne ist Zweifachmutter und bereichert mit Work'n'Kid seit Ende 2019 die kreative Berliner Coworking-Familie. ***Schreinerstr. 58, 10247 Berlin-Friedrichshain, worknkid.de***

little village

Ein neuer Ort für Eltern in Berlin, wo der Spruch vom Dorf, das es braucht, ernst genommen wird. Das little village ist ein barrierefreier Coworking Space mit Pikler Spiel- und Sandraum und Kinderbetreuung für Kinder ab sechs Monaten. Gegründet wurde dieser charmante Ort von vier Müttern, die wissen, was es braucht, damit sich Kinder und Eltern wohlfühlen. ***Kochhannstr. 6, 10249 Berlin-Friedichshain, littlevillage.berlin***

juggleHUB

Wir lassen das sympathische Team am besten in eigenen Worten ihre Coworking-Oase mit Kinderbetreuung beschreiben: Das Herz des juggleHUB ist eine lebendige Community aus Menschen mit Kindern und ohne, die aus verschiedenen Branchen kommen und unterschiedliches Know-How mitbringen. Hier gibt es kein Schubladendenken nach dem Motto „Eltern hier – Leute ohne Kinder dort“ , sondern Vernetzung und Austausch untereinander. ***Christburger Str. 23, 10405 Berlin-Prenzlauer Berg, jugglehub.de***

Coworking Toddler

Das Konzept der Coworking Toddler denkt Vereinbarkeit neu – die beiden Standorte in Prenzlauer Berg und Neukölln bieten liebevolle Kitabetreuung für die Kleinen und Coworkingarbeitsplätze für Eltern, die so eine Gemeinschaft mit den Kindern, anderen Eltern und Erziehern bilden können. *Greifenhagener Str. 48, 10437 Berlin-Prenzlauer Berg, Maybachufer 47, 12047 Berlin-Neukölln, coworkingtoddler.com*

Zaunkönig 5

Im afrikanischen Viertel erwartet euch ein Eltern-Kind-Café mit einem ziemlichen Highlight: In einem Raum befindet sich nämlich eine Röhrenrutsche und Platz zum Klettern. Für die Kleinsten gibt es zusätzlich einen separaten Spielbereich. Währenddessen können hungrige Eltern den selbstgemachten Kuchen bestellen, zudem werden im Zaunkönig verschiedene Frühckstückvariationen sowie eine Tagessuppe angeboten. Lecker! *Lüderitzstr. 14, 13351 Berlin-Mitte*

Raum Schwalbe

Im Winskiez, unweit des Leiseparks, betreibt Camilla Ribas seit 2016 den Raum Schwalbe. Dort vereinen sich die vielen Interessen und Talente der gebürtigen Brasilianerin zu einem Ort, an dem guter Geschmack, schöne Gespräche, Austausch auf allen Ebenen und kleine Kinder kein Widerspruch sind, sondern entspannt in Einklang gebracht werden können. *Winsstr. 9, 10405 Berlin-Prenzlauer Berg, raumschwalbe.de*

Rubens Ort für Familien

Im schönen Friedenau an der Grenze zu Steglitz befindet sich das Familiencafé Rubens in dem man in liebevoller Atmosphäre köstlichen Kaffee genießen und sich mit anderen Eltern austauschen kann, während sich die Jüngsten in der Spielecke vergnügen. Neben Heiß- und Kaltgetränken gibt es hier eine feine Auswahl an guten Speisen, wie Obstsalat, belegte Brötchen oder Kuchen. Im angeschlossenen Familienzentrum können Eltern und Kinder spannende Kurse belegen. *Rubensstr. 84, 12157 Berlin-Schöneberg, familiencaferubens.de*

Café Zwerg

Im Café Zwerg können Familien gemeinsame Zeit bei selbst gebackenem Kuchen genießen oder sich mit Speisen von der Karte verköstigen. Für Kinder gibt es einen Spielbereich, in dem an der Kletterwand gehangelt, im Bällebad geplanscht oder verschiedene Brettspiele gespielt werden können. Kindergeburtstage können hier toll gefeiert werden. ***Konrad-Wolf-Str. 7, 13055 Berlin-Hohenschönhausen, cafezwerg.de***

Café Kreuzzwerg

Dieses gemütliche Café in unmittelbarer Nähe des Gleisdreieckparks entstand aus der Idee heraus, endlich Familie und Beruf vereinen zu können. Inzwischen klappt das wunderbar bereits seit mehr als zehn Jahren. Die kleinen Gäste dürfen hier überall spielen. Nebenbei nascht man hier leckeren Kuchen oder vom Frühstücksbuffet, das immer samstags und sonntags bereit steht. Auch den Kindergeburtstag kann man hier feiern! ***Hornstr. 23, 10963 Berlin-Kreuzberg, cafe-kreuzzwerg.de***

Charlottchen

In diesem Familienrestaurant wird Kinderfreundlichkeit groß geschrieben. Familien können hier nicht nur zwischen köstlichen Saisonempfehlungen wählen, sondern im Kindertheater ein abwechslungsreichen Programm zwischen Kabarett, Theater und Konzerten erleben. Kinder, die das lange Stillsitzen am Restauranttisch leid sind, müssen nicht verzagen, sondern verschwinden in der Spiellandschaft mit Kletterwand und Burg. ***Droysenstr. 1, 10629 Berlin-Charlottenburg, restaurant-charlottchen.de***

Cafe Mini-Me 6

Mit viel Liebe zum Detail erstrahlt das Kindercafé Mini Me am Adenauerplatz und lädt große und kleine Besucher zu Spiel und Spaß ein. Für besondere Begeisterung sorgen die Indoor-Spielebenen. Eltern verköstigen sich hier mit Kaffee, Smoothies oder hausgemachten Küchlein, die auch eine Geburtstagsfeier versüßen, für die man die Räume auch gerne buchen kann. Für tanzbegeisterte Kids gibt es sogar einen Kinderdiskokeller. ***Damaschkestr. 4, 10711 Berlin-Charlottenburg, minimecafe.de***

Kultur

CH Charlottenburg, **FR** Friedrichshain, **HE** Hellersdorf, **HO** Hohenschönhausen, **KÖ** Köpenick, **KR** Kreuzberg, **LI** Lichtenberg, **MA** Marzahn, **MI** Mitte, **NK** Neukölln, **PA** Pankow, **PB** Prenzlauer Berg, **RE** Reinickendorf, **SB** Schöneberg, **SP** Spandau, **ST** Steglitz, **TE** Tempelhof, **TI** Tiergarten, **TR** Treptow, **WE** Wedding, **WI** Wilmersdorf, **WS** Weißensee, **ZE** Zehlendorf

Museen und Ausstellungshäuser

Akademie der Künste • Das kulturelle Vermittlungsprogramm der Akademie der Künste heißt Kunstwelten und bringt Kindern, Jugendlichen und Erwachsenen die Akademie und ihre Mitglieder näher. In Führungen, Lesungen, Filmvorführungen, Gesprächen, Werkstätten und künstlerischen Aktionen beschäftigt man sich mit den vielfältigen Themen der Ausstellungen. Auch in den Buchläden und dem Café der Akademie kann man seine Zeit gut verbringen. *Pariser Platz 4, 10117 Berlin-MI, T: 200571000, Hanseatenweg 10, 10557 Berlin-TI, T: 200572000, adk.de*

Alice – Museum für Kinder • Das Kindermuseum im FEZ-Berlin widmet sich noch bis Juni 2021 dem Thema Freisein in der aktuellen Ausstellung „Escape to Freedom – ein kooperatives Echtzeitabenteuer" Dabei verwandelt sich das Museum in ein großes, erlebbares Spiel, bei dem sich fünf interaktive Räume nach dem Prinzip eines Escape Games dem Thema Freiheit widmen. Gemeinsam muss man als Team genau hinsehen, um die Rätsel in der vorgegebenen Zeit zu lösen. Familien können sich der Aufgabe an den Wochenenden, feiertags und an schulfreien Brückentagen stellen. *Straße zum FEZ 2, 12459 Berlin-KÖ, T: 530710, fez-berlin.de*

Tipp ***Alte Bäckerei*** • Im Museum für Kindheit in Pankow können Besucher in der Ausstellung „Vom Korn zum Brot" alles über das Bäckereihandwerk erlernen. Das frische Brot kann man in der historischen Backstube erwerben und natürlich darf man hier auch dem Bäckermeister über die Schulter schauen, wenn er das duftende Brot aus dem Brustfeuerungsofen holt. Im alten Wohnhaus, das Besucher besichtigen können, sieht es übrigens noch aus wie um 1900. Auch abseits des Museumsbesuchs ist es ein Supertipp, hier regelmäßig vorbeizuschauen, wenn dienstags, mittwochs und freitags am Nachmittag das Brot zum Verkauf steht, das unglaublich lecker ist und lange frisch bleibt. *Wollankstr. 130, 13187 Berlin-PA, T: 4864669, alte-baeckerei-pankow.de*

Alte Nationalgalerie • Bilder und Skulpturen, soweit das Auge reicht: Ob Porträts, verwunschene Landschaften oder ungewöhnliche Tiere – in der Alten Nationalgalerie erfährt man so einiges über das Leben und die Träume der Menschen im 19. Jahrhundert. Mit allen Sinnen erkunden Familien zusammen mit Mitarbeitern der Bildung und Vermittlung oder auf eigene Faust Werke der Alten Nationalgalerie und stellen Bezüge zur heutigen Lebenswelt her. Das gesamte Veranstaltungsprogramm findet ihr auf der Website. Wie für alle Häuser der Staatlichen Museen zu Berlin gilt: Der Eintritt ins Museum ist für alle unter 18 Jahren frei, unter Pandemiebedingungen ist eine Online-Buchung erforderlich. *Bodestr. 1-3, auf der Museumsinsel, 10178 Berlin-MI, T: 266424242, smb.museum*

Altes Museum • Griechische Götter, etruskische Gräber und römische Kaiser – die Welt der Antike bietet viel Stoff für spannende Geschichten. Wer ist wer in der griechischen Götter- und Heldenwelt? Welche Aufgaben hatten Götter wie Zeus und Co? Wie war das eigentlich mit Cäsar und Kleopatra? Wie kleidete man sich? Worauf schrieb man? Mit welchem Spielzeug spielten damals Kinder? Gab es damals auch schon Comics? Kinder und Familien erkunden das Alte Museum und werden in Workshops selbst künstlerisch aktiv. Das gesamte Veranstaltungsprogramm findet ihr auf der Website. Wie für alle Häuser der Staatlichen Museen zu Berlin gilt: Freier Eintritt für Kinder und Jugendliche bis 18 Jahre, unter Pandemiebedingungen ist eine Online-Buchung erforderlich. *Am Lustgarten, Museumsinsel, 10178 Berlin-MI, T: 266424242, smb.museum*

Anne Frank Zentrum • Menschen aus aller Welt kennen Anne Frank. Sie ist eines der bekanntesten Opfer des Holocaust und berührt noch heute mit ihren handgeschriebenen Tagebüchern. Die Ausstellung „Alles über Anne" schafft einen sensiblen Lernort, an dem man sich mit der Geschichte des Nationalsozialismus auseinandersetzen und mit unserer heutigen Lebenswelt in Zusammenhang setzen kann. Der Gegenwartsbezug ist charakteristisch für das Ausstellungskonzept „Wir sollten uns über die Geschichte von Anne Fragen ins Heute stellen", sagt die Bildungsreferentin Giulia Tonelli. Eigene Positionen zu finden und sensibel zu bleiben für Ungerechtigkeiten – das wollen die Museumspädagogen an Kinder und Jugendliche vermitteln. *Rosenthaler Str. 39, 10178 Berlin-MI, T: 288865600, annefrank.de*

Neu ***ANOHA Kinderwelt des Jüdischen Museums Berlin*** • Direkt gegenüber vom Jüdischen Museum, auf der anderen Seite der Lindenstraße, sollte das neue Kindermuseum eigentlich bereits im Mai 2020 eröffnen – aufgrund der Corona-Pandemie wurde die Eröffnung auf Ende des Jahres 2020 verschoben. In der Kinderwelt des Jüdischen Museums können Kinder zwischen drei und zehn Jahren dann alles über die Geschichte der Arche Noah lernen und dank eines runden Nachbaus diese selbst erkunden. Mithilfe dieser Geschichte werden sie angeregt, über Gott und die Welt nachzudenken und ermutigt, selbst aktiv zu werden und Verantwortung für ihre Zukunft zu übernehmen. *Fromet-und-Moses-Mendelssohn-Platz 1, 10969 Berlin-KR, jmberlin.de/anoha*

Tipp ***Berlinische Galerie*** • Unweit des Checkpoint Charlie ist das Landesmuseum für Moderne Kunst, Fotografie und Architektur zu finden, das nicht nur mit tollen Ausstellungen, sondern auch mit seinem vielfältigen Kinder- und Familienprogamm zu den Ausstellungen überzeugt. Der Aktionsraum „207 m²" steht für Workshops mit Materialien zum Experimentieren, Bauen oder Basteln bereit. Auch virtuell kann man die Welt des Museums erkunden. *Alte Jakobstr. 124-128, 10969 Berlin-KR, T: 78902600, berlinischegalerie.de*

Sehnsüchtig erwarteter Neuzugang unter den Kindermuseen – das Anoha bietet Raum für 150 Tierskulpturen der Arche Noah und bereichernde Erlebnisse.

ANOHA Kinderwelt, Seite 54

Tipp *Bode-Museum* • Wie entstehen Skulpturen? Welche Funktionen haben Sockel? Was ist ein Mosaik? Wie kommen die vielen Münzen ins Museum? Welche Geschichten verbergen sich hinter den Skulpturen und Objekten? In Workshops und Ferienprogrammen erforschen Kinder im Bode-Museum die Skulpturensammlung, das Münzkabinett, Werke byzantinischer Kunst sowie Gemälde der Nationalgalerie. Auch lernen sie künstlerische Ausdrucksformen oder Techniken der Bildhauerei kennen. Das aktuelle Veranstaltungsprogramm findet ihr auf der Website. Freier Museumseintritt für Kinder und Jugendliche bis 18 Jahre. Unter Pandemiebedingungen ist eine Online-Buchung erforderlich. *Am Kupfergraben, 10178 Berlin-MI, T:266424242, smb.museum*

Bröhan-Museum • Gegenüber vom Schloss Charlottenburg ist das Bröhan-Museum zu finden. Auf 1.000 Quadratmetern wird eine einzigartige Sammlung zu Jugendstil, Art Deco und der Kunst der Berliner Secession präsentiert. Jeden dritten Sonntag im Monat können Kinder mit ihren Eltern kostenfrei einen Einstieg in die Welt der Kunst erleben. Detektivaufgaben, Rätsel und ein abwechslungsreiches Programm mit gestalterischem Teil sorgen für einen gelungenen Familiensonntag. *Schloßstr. 1a, 14059 Berlin-CH, T: 32690600, broehan-museum.de*

Brücke-Museum • Das Brücke-Museum besitzt eine der umfangreichsten Sammlungen zur expressionistischen Künstlergruppe „Brücke" weltweit. Kleine Besucher, die die Ausstellung entdecken möchten, sollten das Kartenspiel „Für Kinder!" an der Kasse mitnehmen, in dem Platz für Beobachtungen ist und Geschichten erfunden werden können. Auch das benachbarte Kunsthaus Dahlem ist nicht nur aufgrund seines Cafés einen Besuch wert, dort gibt es ebenfalls museumspädagogische Angebote für Kinder. Abrunden kann man den Ausflug nach Dahlem dann noch mit einm Abstecher zum nahen Grunewaldsee mit dem Jagdschloss Grunewald. *Kunsthaus Dahlem: Käuzchensteig 8, 14195 Berlin-ZE, T: 82227258, kunsthaus-dahlem.de; Brücke-Museum: Bussardsteig 9, 14195 Berlin-ZE, T: 83900860, bruecke-museum.de*

Tipp *C/O Berlin* • Das Ausstellungshaus im Amerikahaus zeigt Werke renommierter Fotokünstler und lädt sowohl Kinder und Jugendliche als auch Erwachsene ein, mehr über Fotografie, Film, Design und visuelle Medien zu lernen. In den verschiedensten Workshops können Kinder ab sechs Jahren sich nicht nur Fachwissen aneignen, sondern auch ihre nur eigenen kreativen Fähigkeiten entdecken und ihre visuelle Wahrnehmung schärfen. *Hardenbergstr. 22-24, 10623 Berlin-CH, T: 284441662, co-berlin.org*

Computerspielemuseum • Ganz in der Nähe des U-Bahnhofs Weberwiese kann man auf eine Zeitreise durch 60 Jahre Gaming-Geschichte gehen. Vom legendären Pong-

Automaten über den Riesenjoystick bis hin zum Tamagotchi – mehr als 300 Exponate laden zum Entdecken, Bewundern und Bestaunen ein. *Karl-Marx-Allee 93a, 10243 Berlin-FR, T: 60988577, computerspielemuseum.de*

Das Klingende Museum Berlin • Wie viel Luft muss man in eine Tuba blasen, damit ein Ton herauskommt? In diesem Museum gibt es Musik zum Anfassen, Ausprobieren und Erleben. Während die Ausstellung Kindern einen einfachen und direkten Zugang zu professionellen Orchesterinstrumenten ermöglicht, begeistern die Familienkonzerte Eltern und Kinder. Sehr empfehlenswert sind die Open Workshops am Wochenende für Familien mit Kindern ab drei Jahren, die hoffentlich 2021 wieder stattfinden können. *Behmstr. 13, 13357 Berlin-WE, T. 36466223, klingendes-museum.de*

DDR Museum • Wer wissen möchte, wie sich das Alltagsleben in der DDR angefühlt hat, kommt in das an der Spree gelegene Museum. Mehr als 45 Themenbereiche warten mit authentischen Originalen und interaktiven Installationen auf große und kleine Besucher, um ihnen auf spielerische Art und Weise ohne viel Vorwissen Geschichte zu vermitteln. Kinder unter sechs Jahren haben freien Eintritt. *Karl-Liebknecht-Str. 1, 10178 Berlin-MI, ddr-museum.de*

Deutsche Kinemathek • Schwarz-Weiß- und Stummfilme geraten zunehmend in Vergessenheit. Im Museum für Film und Fernsehen am Potsdamer Platz kann die ganze Familie in die Geschichte der bewegten Bilder, von ihren Anfängen bis in die Gegenwart, eintauchen. Während der Führungen und Workshops können Kinder ab acht Jahren alles über das bunte Medium Film lernen und sogar ihren eigenen Trickfilm produzieren. Das ist inzwischen auch möglich, ohne das Museum betreten zu müssen. Die Kinemathek baut ihre digitalen Angebote aus – wie die Online-Live-Führungen, die per Live-Streaming über Instagram kostenfrei wahrgenommen werden können. *Potsdamer Str. 2, 10785 Berlin-TI, T: 3009030, deutsche-kinemathek.de*

Tipp ***Deutsches Historisches Museum*** • Deutschland hat eine bewegte Geschichte. Genau diese möchte das Museum seinen Besuchern näher bringen. In der eintrittsfreien Dauerausstellung im Zeughaus erhalten große und kleine Museumsgänger einen umfassenden Einblick in rund 1.500 Jahre Vergangenheit, angefangen beim Mittelalter. Kinder und Familien können in verschiedenen Führungen die prägenden Ereignisse der Epochen erkunden. Der Themenpfad „Beethoven | Freiheit" bietet noch bis Juni 2021 die Gelegenheit, Leben und Wirken des Komponisten zu erkunden. Die Familiensonntage erfreuen sich wie die Ferienprogramme großer Beliebtheit. Wer lieber selbstständig unterwegs ist, lauscht dem Audioguide für Kinder oder nutzt die Entdeckertaschen. *Unter den Linden 2, 10117 Berlin-MI, T: 203040, dhm.de*

Deutsches Spionagemuseum • Späher, Spitzel, Agenten und Kodierer gehören zu den ältesten Berufen der Welt. Wer die skurrilen und raffinierten Methoden der Agenten entdecken möchte, kommt in das Deutsche Spionagemuseum am Leipziger Platz. Hier erfahren mutige Hobbydetektive alles über spektakuläre Geheimoperationen und geschichtsträchtige Agenten. Kinder können auf über 200 Monitoren und an vielen Mitmach-Stationen erleben, was ein Leben als Spion bedeutet. Neuzugang unter den Exponaten ist ein MAD-Observationsfahrzeug. *Leipziger Platz 9, 10117 Berlin-MI, T: 398200451, deutsches-spionagemuseum.de*

Tipp ***Deutsches Technikmuseum Berlin*** • Wie sah der erste Computer aus? Wie ermöglichten sich die Menschen den Traum vom Fliegen? Wer ins das Technikmuseum nahe des Gleisdreiecks spaziert, entdeckt faszinierende Exponate, die von der Papierherstellung über die Hochseeschifffahrt bis hin zum Dieselmotor erzählen. Ein umfangreiches Vermittlungsangebot leitet Kinder und Familien durch die Ausstellungen. Bei einem Spaziergang durch den Museumspark kann man kennenlernen, wie der Wind in Vergangenheit und Zukunft als Energiequelle genutzt wird. Unmöglich, alles an einem Tag zu erkunden, es lohnt sich, dieses Museum immer wieder zu besuchen! *Trebbiner Str. 9, 10963 Berlin-KR, T: 902540, technikmuseum.berlin*

Ephraim-Palais • Unter Pandemiebedingungen leider geschlossen. In dem historischen Bürgerhaus kann man in wechselnden Sonderausstellungen die Geschichte und Kultur der Hauptstadt erleben. Im Museumslabor werden spannende Workshops und Mitmach-Aktionen für die ganze Familie angeboten. Hier sind bereits die Allerjüngsten willkommen. Ein Blick hinein lohnt sich aber auch schon wegen des imposanten Treppenhauses. *Poststr. 16, 10178 Berlin-MI, T: 24002162, stadtmuseum.de*

extavium • In dem wissenschaftlichen Mitmachmuseum gibt es für jeden ab drei Jahren Spannendes zu entdecken, denn hier kann sogar der Satz des Pythagoras angefasst werden. Ob Mathematik, Physik, Biologie, Ökologie, Chemie oder Informatik – das Motto „Wissenschaft begreifen" wird hier wörtlich genommen. Zusätzlich zum Ausstellungsbesuch kann in 30-minütigen Kursen unter Anleitung eines fachkundigen Mitarbeiters zu wechselnden Themen experimentiert werden. *Am Kanal 57, 14467 Potsdam, T: 0331-60127959, extavium.de*

Filmmuseum Potsdam • In der Potsdamer Innenstadt ist das Filmmuseum zu finden, in dem junge Cineasten spannende Kinderfilme genießen oder durch die Dauerausstellung „Traumfabrik" schlendern und sich gleichzeitig am Museumsquiz erproben. Bis Dezember 2020 lockt noch die Familienausstellung „Mit dem Sandmann auf Zeitreise". *Breite Str. 1a, 14467 Potsdam, T: 0331-2718112, filmmuseum-potsdam.de*

Immer neue künstlerische Wege gehen und aufzeigen – die Berlinische Galerie hat dafür den Aktionsraum und jede Menge kreative Ideen.

Berlinische Galerie, Seite 54

Tipp ***Freilichtmuseum Domäne Dahlem*** • Direkt am U-Bahnhof Dahlem Dorf befindet sich dieses Museum für Landwirtschaft und Ernährung und lädt ein zu einem schönen Landtag für die ganze Familie. Neben herumlaufenden Bauernhoftieren wie Hühnern, die man selbst füttern kann, geht es hier um die Frage „Woher kommt mein Essen?“, die interaktive Erlebnisausstellung „Vom Acker bis zum Teller“ ist unter Pandemiebedingungen leider geschlossen. Aber glücklicherweise gibt es hier ja eine Menge Outdoor zu erleben, bei Führungen und auf eigene Faust. Auch einen echten Kletter-Traktor gibt es vor Ort. *Königin-Luise-Str. 49, 14195 Berlin-ZE, T: 6663000, domaene-dahlem.de*

Tipp ***FUTURIUM*** • Roboter-Menschen, begrünte Hochhäuser, gemeinschaftliche Ökonomie – in der Ausstellung im Haus der Zukünfte dreht sich alles um die Frage, wie wir zukünftig leben wollen. 2021 soll sie um das Thema Mobilität ergänzt werden. Das Futurium Lab ist ein Ort zum Ausprobieren: In kreativen Workshops können sich Besucher von Jung bis Alt spielerisch mit Zukunftstechnologien beschäftigen und an neuen Erfindungen tüfteln. Bausätze, Experimente und kleine Mitmachstationen stehen bereit. Wer immer schon wissen wollte, wie ein 3D-Drucker oder ein Lasercutter funktioniert, sollte auf jeden Fall in der Werkstatt des Futurium Labs vorbeischauen. Sonntags ist Familientag mit wechselnden Angeboten zum gemeinsamen Erforschen und Entdecken. Von April bis Oktober ist der Skywalk auf dem Dach geöffnet, der spektakuläre Ausblicke über die Stadt bietet. *Alexanderufer 2, 10117 Berlin-MI, T: 40818970, futurium.de*

Gedenkstätte Berliner Mauer • Zwischen Mitte und Wedding liegt am ehemaligen Grenzstreifen der zentrale Erinnerungsort an die deutsche Teilung. Hier bieten am Originalschauplatz Tafeln Hintergrundwissen und das Dokumentationszentrum eine umfangreiche multi-mediale Ausstellung zur Mauer-Geschichte. Man kann das Gelände auf 1,4 Kilometern entlang der einstigen Grenze an der Bernauer Straße auf eigene Faust erkunden oder an einer der interessanten und informativen Führungen teilnehmen. *Bernauer Str. 111, 13355 Berlin-MI, T: 213085166, berliner-mauer-gedenkstaette.de*

Gemäldegalerie • In der Gemäldegalerie kommen Kunstfans und Geschichtenliebhaber auf ihre Kosten: Ob starke Helden oder schöne Prinzessinnen, ob schillernde Libellen oder unscheinbare Fliegen – hinter jedem der von den Alten Meistern gemalten Wesen verbirgt sich eine spannende Geschichte. In Workshops und Ferienprogrammen werden bei wechselnden Themen Gemälde erkundet und künstlerische Techniken ausprobiert. Das Veranstaltungsprogramm findet ihr auf der Website. Die Themen wechseln. Mehrfach kommen lohnt sich. Online-Buchung notwendig. *Matthäikirchplatz, Kulturforum Potsdamer Platz, 10785 Berlin-TI, T: 266424242, smb.museum*

Georg-Kolbe-Museum • Nach seinem Tod hat der Bildhauer Georg Kolbe verfügt, dass sein Atelier der Öffentlichkeit zugänglich gemacht werden soll. Seitdem kann man in dem Museum und seinem idyllischen Garten Werke des Künstlers und seiner Kollegen begutachten. Der Besuch ist für alle unter 18 Jahren kostenlos. Nach der Sanierung kann man im Café Benjamine den Museumsbesuch noch gemütlich ausklingen lassen. *Sensburger Allee 25, 14055 Berlin-CH, T: 3042144, georg-kolbe-museum.de*

Gropius-Bau • Zwischen Potsdamer Platz und Anhalter Bahnhof befindet sich eines der bedeutendsten Ausstellungshäuser Europas, das stets mit innovativen Ausstellungen begeistert und so immer wieder neue Erfahrungsräume öffnet. Mitmachen und lernen – von zu Hause aus: Solange keine Workshops im Gropius Bau stattfinden können, könnt ihr euch Home Challenges eurer Wahl herunterladen und loslegen. *Niederkirchnerstr. 7, 10963 Berlin-KR, T: 254860, gropiusbau.de*

Hamburger Bahnhof • Das alles kann Kunst sein? Zeitgenössische Kunst fasziniert und irritiert – Kinder wie Erwachsene. In gemeinsamen Streifzügen mit Mitarbeitern der Bildung und Vermittlung diskutieren Kinder untereinander, ob man Kunst verstehen muss, ob Kunst schön sein muss, wann Kunst Kunst ist und was Kinder selbst daran interessiert. Zudem werden kreative und experimentelle Zugänge ausprobiert. Das Veranstaltungsprogramm findet ihr auf der Website. *Invalidenstr. 50/51, 10557 Berlin-TI, T: 266424242, smb.museum*

Tipp *Haus am Waldsee* • Seit seiner Gründung 1946 bietet das Haus am Waldsee eine Plattform für zeitgenössische Kunst. Es werden herausragende Positionen sichtbar, die in der Bildenden Kunst, Design, Mode, Architektur oder Komposition innovativ denken und arbeiten. Neben dem regulären Ausstellungsprogramm mit Veranstaltungen wie Familiensamstagen und Ferienakademien, kann für jede Schau eine interaktive Führung oder ein Workshop für Kinder gebucht werden. Der Ausflug zu dem Haus mit seinem idyllischen Skulpturengarten lässt sich auch noch mit einem Abstecher in den Grunewald verbinden. *Argentinische Allee 30, 14163 Berlin-ZE, T: 8018935, hausamwaldsee.de*

Tipp *Haus Bastian – Zentrum für kulturelle Bildung* An den Wochenenden werden Familien und Kinder im Haus Bastian kreativ. In seiner zentralen Lage bietet das Haus einen idealen Startpunkt, um in die Sammlungen der Museumsinsel auszuschwärmen und diese zu erkunden. Mit vielfältigen Materialien und Techniken finden Kinder und ihre erwachsenen Begleitungen eigene künstlerische Ausdruckformen ihrer Entdeckungen. Das gesamte Veranstaltungsprogramm findet ihr auf der Website, Anmeldung erforderlich. *Am Kupfergraben 10, 10117 Berlin-MI, T: 266424242, smb.museum*

Neu *Humboldt Forum im Berliner Schloss* • Ende 2020 soll sie nun tasächlich beginnen: Die mehrmals verschobene Eröffnung des Humboldt Forums startet im Dezember mit Untergeschoss, Erdgeschoss sowie der Berlin Ausstellung im ersten Obergeschoss. In weiteren Etappen folgen 2021 die Ausstellungen im zweiten und dritten Obergeschoss sowie die Aussichtsplattform auf dem Dach. Bildung, Vermittlung und Wissenschaft sind Kernaufgaben des Humboldt Forums, dementsprechend wird es ein vielseitiges Kinder- und Familienprogramm geben. *Schloßplatz 1, 10178 Berlin-MI, T: 2659500, humboldtforum.org*

Illuseum Berlin • Hier täuschen amüsante und verblüffende Ausstellungsstücke die Sinne der Besucher und führen sie hinters Licht. So schrumpfen Eltern im Ames-Raum, während unterhaltsame Holzspielzeuge die Köpfe zum Qualmen bringen, obwohl sie so einfach aussehen. Unterhaltsame Kindergeburtstage können hier zelebriert werden, was auch noch für Teenager ein cooles Vergnügen ist. *Karl-Liebknecht-Str. 9, 10178 Berlin-MI, T: 25784117, illuseum-berlin.de*

Jagdschloss Grunewald • Direkt am Ufer des Grunewaldsees steht Berlins ältester Schlossbau, den Mitte des 16. Jahrhunderts der Kurfürst Joachim II. von Brandenburg errichten ließ. Während er sich dort damals nach der Jagd ausruhte, kann man heute Berlins größte Cranach-Sammlung und eine Herrschergalerie mit faszinierenden Einblicken in die Entwicklung der Portraitkunst von Renaissance bis Romantik bestaunen. *Hüttenweg 100, 14193 Berlin-ZE, T: 8133597, spsg.de*

James-Simon-Galerie • Neben Tickets und Informationen zu allen Häusern finden Besucher der Museumsinsel hier ein Café, einen Museumsshop, ein Auditorium und einen Raum für Sonderausstellungen. Das Gebäude dient zudem als alleiniger Zugang zum Pergamonmuseum und über die unterirdische Archäologische Promenade als einer von zwei Zugängen zum Neuen Museum. Café und Restaurant mit Außenterrasse sind auch außerhalb der Öffnungszeiten zugänglich. *Am Kupfergraben 10, 10117 Berlin-MI, T: 266424242, smb.museum*

Neu *Jüdisches Museum Berlin* • Im September 2020 eröffnete die neue Dauerausstellung und präsentiert die Geschichte des jüdischen Lebens in Deutschland von ihren Anfängen bis in die unmittelbare Gegenwart interaktiv und facettenreich. Audioguides und Führungen vermitteln eindrucksvoll die Inhalte und Vielfalt der jüdischen Kultur. *Lindenstr. 9-14, 10969 Berlin-KR, T: 25993300, jmberlin.de*

Tipp *Jugend im Museum* • Der Verein, der sich seit mehr als 40 Jahren darum kümmert, Kindern und Jugendlichen mit Freude den reichen Kulturschatz der Berliner Museen- und Ausstellungslandschaft zu vermitteln, betreut auch das Atelier Bunter Jakob in der Berlinischen Galerie. Dort können Kinder ab sechs Jahren kostenlos am offenen Atelier teilnehmen und sich kreativ verwirklichen. Ansonsten bespielt JiM eine Vielzahl von Kulturorten mit seinen tollen Workshop- und Ferienprogrammen. *T: 50590771, jugend-im-museum.de*

Jugend Museum im Schöneberg Museum • Der interkulturelle Erlebnisort ermöglicht Besuchern zwischen zehn und 18 Jahren sowie Familien einen interessengeleiteten Zugang zu Berlins Geschichte und den Menschen, die hier leben. So können in der Ausstellung „Wunderkammern – Wunderkisten" 27 große Kisten erkundet werden, die kostbare, wundersame als auch alltägliche Dinge in sich bergen. An Familiensonntagen laden verschiedene Künstler zu kreativen Nachmittagen in die Sammlungen und Ausstellungen ein. *Hauptstr. 40-42, 10827 Berlin-SB, T: 902776163, museen-tempelhof-schoeneberg.de*

Neu *Kinderbuchmuseum im Havelland* • Im Juli 2020 wurde das neue Kinderbuchmuseum von Schloss Kleßen eröffnet. 75 Kilometer von Berlin entfernt, lädt es ebenso wie das benachbarte Spielzeugmuseum zum Eintauchen in die Kinderwelt vergangener Zeiten ein. Zu sehen sind eindrucksvolle Beispiele aus der Anfangszeit des Bilderbuchs und zauberhaft illustrierte Jugendstil-Exemplare. Auch ABC-Bücher und Fibeln aus rund 200 Jahren gehören zum Bestand. Ganz abgesehen davon ist ein Ausflug ins Havelland immer eine schöne Idee, vom Schloß kommt man durch den Englischen Garten zum Kleßener See. *Schulweg 1, 14728 Kleßen-Görne, T: 033235-1536, kinderbuchmuseum-havelland.de*

Tipp *KinderKünsteZentrum* • Ein wenig versteckt hinter dem Stadtbad Neukölln findet man Kunst von Kindern für Kinder. In Workshops arbeiten Kitas mit Künstlern zusammen und präsentieren anschließend ihre Werke. Die Mitmach-Ausstellung zum Thema Spinnen für Kinder ab drei Jahren musste aufgrund der Pandemie ins Digitale verlagert werden, was wenigstens den Vorteil hat, dass man sie dort weiterhin anschauen und Kreativanregungen bekommen kann. Das neue Thema „Stell dir vor – ... Die Stadt der Zukunft" als Schaufensterausstellung ist nicht weniger spannend. *Ganghofer Str. 3, 12043 Berlin-NK, T: 89390730, kinder-kuenste-zentrum.de*

Neu *Kindermuseum unterm Dach* • Ende 2020 soll das neue Kindermuseum in der Alten Mälzerei mit der Erlebnis-Mitmach-Ausstellung für die ganze Familie „Iss dich schlau" eröffnen. Kinder können dort zu „Essperten" werden und einiges über gesunde Ernährung, Nachhaltigkeit und Lebensmittelproduktion lernen. *Steinstr. 41, 12307 Berlin-TE, T: 902776163, kindermuseum-unterm-dach.berlin*

KLAX Kinderkunstgalerie • Hier werden die immense Schöpfungskraft von Kindern gewürdigt und ihre vielfältigen Werke ausgestellt. Neben den Ausstellungen führt das KLAX-Team ein einzigartiges Archiv an Kinderkunst. *Schönhauser Allee 58a, 10437 Berlin-PB, T: 34745346, klax.de*

Knoblauchhaus • Corona bedingt leider voerst geschlossen. Wer wissen möchte, wie Berliner im Biedermeier lebten, der kehrt in den ehemaligen Wohnsitz der Unternehmerfamilie Knoblauch ein, eines der wenigen erhaltenen Bürgerhäuser des 18. Jahrhunderts. Dank der originalgetreuen Wohnräume erhalten Besucher einen Einblick in das Alltagsleben und zugleich in Architektur, Wirtschaft, Politik und Kultur der Zeit. *Poststr. 23, 10178 Berlin-MI, T: 240020171, knoblauchhaus.de*

KÖRPERWELTEN im Menschen Museum • Eine Reise unter die Haut: In dem Museum am Fuße des Fernsehturms gehen Neugierige ab sechs Jahren auf eine Reise durch die Komplexität des menschlichen Körpers. Warum brechen Knochen? Und was passiert, wenn wir tief Luft holen? Bei Kindergeburtstagen bekommen neugierige Junior-Doktoren die Chance, bei speziellen Themenführungen mit Medizinstudenten die Fähigkeiten und Zusammenhänge unseres Körpers zu erfahren und lernen altersgerecht, wie die Körpersysteme zusammenarbeiten. *Panoramastr. 1a, 10178 Berlin-MI, koerperwelten.de*

Kunstgewerbemuseum • Bis das Haus voraussichtlich Ende November 2020 wieder eröffnet wird, ist der Besuch zunächst nur im Rahmen einer Führung durch die Sonderausstellung möglich. Noch bis März 2021 widmet sich „Atmoism – Gestaltete Atmosphären" dem Berliner Designer Hermann August Wizenegger. Teilnahme-Tickets können ausschließlich online gebucht werden. *Matthäikirchplatz, Kulturforum Potsdamer Platz, 10785 Berlin-TI, T: 266424242, smb.museum*

Tipp ***Labyrinth Kindermuseum*** • Sobald die Corona-Situation es wieder zulässt, heißt es: Aufgepasst und mitgemacht! In dem alten Fabrikgebäude an der Osloer Straße ist das großartige Kindermuseum zu finden, das bis August 2021 zu der Erlebnisausstellung „Natürlich heute! Mitmachen für morgen" einlädt. In einer Entdeckungsreise durch sechs kreative Landschaften können Kinder auf spielerische Weise Umweltschutz und Nachhaltigkeit mit ihrem Alltag verknüpfen. Geburtstagskinder können eine Wilde-Welt-Party oder einen Papieraten-Party feiern, enthalten ist in jedem Fall die Erkundung der Ausstellung, viel Wissensgewinn und Spaß rund um Umweltschutz und Nachhaltigkeit. *Osloer Str. 12, 13359 Berlin-WE, T: 800931150, labyrinth-kindermuseum.de*

Tipp ***MACHmit! Museum für Kinder*** • Der Name ist Programm, denn hier kann alles angefasst und ausprobiert werden, was den kleinen Besuchern in die Hande bekommen. Mitmachprogramm und Sonderausstellungen sind immer ein guter Tipp , das unbestrittene Highlight in dem ehemaligen Kirchengebäude ist aber das Kletterregal, mit dem inzwischen eine ganze Generation aufgewachsen ist. Toller Ort auch für kreative und aktive Kindergeburtstage! *Senefelder Str. 5, 10437 Berlin-PB, T: 74778200, machmitmuseum.de*

Märkisches Museum • Berlin ist voller Geschichte und Geschichten, die im Märkischen Museum zusammengetragen wurden. Dabei erzählt die Dauerausstellung BerlinZEIT auf leicht verständliche Weise, wie Berlin von der Eiszeit bis zum Mauerfall entstand. Begleitet wird sie durch den lebendigen Audio-Guide. In den dazugehörigen [Probe]Räumen können Besucher selbst zum Kurator werden und ihre eigene Miniaturausstellung in einer Box gestalten. *Am Köllnischen Park 5, 10179 Berlin-MI, T: 24002162, stadtmuseum.de*

Max Liebermann Villa und Garten • Inspiriert vom Garten seines Sommerhauses am Wannsee schuf Max Liebermann mehr als 200 Gemälde und eine Vielzahl an Pastellen und Grafiken. Eine Auswahl der Gartengemälde kann man in der Dauerausstellung entdecken. Die traumhafte Lage des Museums macht das Künstlerhaus zu einem schönen Familienausflugsziel. *Colomierstr. 3, 14109 Berlin-ZE, T: 80585900, liebermann-villa.de*

Tipp ***Museum Barberini Potsdam*** • Ausgehend von den Werken der Sammlung des Stifters und Mäzens Hasso Plattner präsentiert das Museum wechselnde Ausstellungen mit Themen, die von den Alten Meistern bis zu zeitgenössischer Kunst reichen. Neben spannenden Führungen gibt es Workshops für Kinder, welche die Fantasie anregen, Neugier wecken und Lust machen, selbst kreativ zu werden. Jeden ersten Mittwoch im Monat finden Führungen für Eltern mit ihren Babys statt. *Humboldtstr. 5/6, Alter Markt, 14467 Potsdam, T: 0331-236014499, museum-barberini.com*

Museum Berggruen • Wer ist die Frau mit den grünen Fingernägeln? Wer hat sie gemalt? Warum hat die Frau mit dem gelben Pullover eine so komische Nase? Im Museum Berggruen erkunden Kinder Werke von Pablo Picasso und Co., sprechen über ungewöhnliche Farben, verrutschte Perspektiven, fehlende Augen und eckige Ohren. Unter Pandemiebedingungen kann das sonst so vielseitige Vermittlungsprogramm erstmal nicht stattfinden, ein Besuch von Museum und Bettina Berggruen Garten ist aber möglich. Eintritt für Kinder bis 18 Jahre frei, die Buchung eines Zeitfenstertickets online oder an der Kasse ist erforderlich. *Schloßstr. 1, 14059 Berlin-CH, T: 266424242, smb.museum*

Museum Charlottenburg-Wilmersdorf in der Villa Oppenheim • Die Gründerzeitvilla an der Charlottenburger Schloßstraße ist heute Sitz des Museums für die hiesige Stadtgeschichte, welches auch eine beachtliche

Theater zum Mitmachen, Mitdenken und Mitreden – das FELD Theater überschreitet mit Freude für sein junges Publikum Genregrenzen und bezieht es mit ein.

FELD Theater, Seite 75

Kunstsammlung beherbergt. Im Obergeschoss steht kleinen und großen Besuchern mit der Villa O. ein Raum zur Verfügung, der zum Forschen, Lernen und Spielen einlädt. Regelmäßig stehen Rallyes, Workshops oder Stadtspaziergänge für Kinder und Familien auf dem Programm. *Schloßstr. 55, 14059 Berlin-CH, T: 902924106, villa-oppenheim-berlin.de*

Museum Europäischer Kulturen • Was hat die Mode des letzten Jahrhunderts mit mir zu tun? Was kann man von den ausgestellten Objekten über frühere Migrationsbewegungen in Europa erfahren? Kinder und Familien sind eingeladen die Alltagskultur und Lebenswelten in Europa vom 18. Jahrhundert bis heute kreativ praktisch zu erkunden. Die Ausstellungen und Angebote stellen dabei stets einen Bezug der historischen Sammlung zu aktuellen Themen her. Die Themen sind daher Brand aktuell – von Kleidung bis Comic ist alles dabei. *Arnimalle 25, 14199 Berlin-ZE, T: 266424242, smb.museum*

museum FLUXUS+ • Der Name der in den 1960er-Jahren entstandenen Kunstrichtung Fluxus bezeichnet einen fließenden Übergang von Kunst und Leben. Ihre Vertreter setzten sich für ein neues Kunstverständnis sowie für Demokratie und Menschenrechte ein. Das Potsdamer Museum präsentiert eine Vielfalt ihrer Werke und möchte auch in seinen Kinder- und Familienprogrammen das Verständnis für zeitgenössische Kunst erweitern. Kinder bis einschließlich 13 Jahren haben freien Eintritt. *Schiffbauergasse 4f, 14467 Potsdam, T: 0331-60108930, fluxus-plus.de*

Tipp ***Museum für Kommunikation*** • Einer der Kulturorte Berlins, der immer wieder gerne empfohlen wird – für Schlechtwetter-, Ferien- oder Geburtstage. Denn in diesem Museum wird es verstanden, die Geschichte, Gegenwart und Zukunft der Kommunikation spannend und kreativ zu vermitteln. Vom Faustkeil bis zum Smartphone, vom Biefkasten bis zur Mailbox werden alle Meilensteine beleuchtet. An Familiensonntagen dürfen rätselhafte Codes entschlüsselt und unsichtbare Briefe geschrieben werden. Die Dauerausstellung ist ebenso sehenswert wie die wechselnden Sonderausstellungen, aktuell „ON AIR. 100 Jahre Radio" (bis August 2021). *Leipziger Str. 16, 10117 Berlin-MI, T: 202940, mfk-berlin.de*

Museum für Naturkunde • Es zählt bei Kindern und Familien zu den beliebtesten Museen der Stadt – und das völlig zu Recht, bietet es für sie doch vielseitige Formate wie Kindersonntage, Ferienprogramme und Führungen zu den unterschiedlichsten Themen von Artenschutz bis Mineralien. Highlights sind natürlich der Dinosauriersaal und die Wand der biologischen Vielfalt mit mehr als 3.000 verschiedenen Tierarten und Mineralien. Richtig tolle Erlebnisse bieten auch Taschenlampenführungen und – besonders begehrt, daher lange im Voraus zu planen – Kindergeburtstagsfeiern im Museum. *Invalidenstr. 43, 10115 Berlin-MI, T: 8891408591, museumfuernaturkunde.berlin*

Museum in der Kulturbrauerei • Die Dauerausstellung zur Alltagskultur in der DDR kann kostenfrei besucht werden. Kindern lernen, womit in der Deutschen Demokratischen Republik gespielt und Freizeit verbracht wurde. Familien gehen auf Spurensuche durch die Historie der DDR und erkunden zusammen, wie der Alltag für die Menschen aussah. Kinder, die hier ihren Geburtstag zelebrieren, lernen, warum ein Westpaket so wichtig war und dürfen es anschließend auspacken. *Knaackstr. 97, 10435 Berlin-PB, T: 467777911, hdg.de*

Museum Nikolaikirche • Seit fast 800 Jahren ziert die Nikolaikirche das Berliner Stadtbild. Wer hierher kommt und die Stufen in das aus Feldstein gemauerte Untergeschoss des Doppelturms hinab steigt, der entdeckt die wohl ältesten Räume Berlins. Die im Museum beherbergte Dauerausstellung gibt Einblicke in die Geschichte des Bauwerks sowie die des benachbarten Nikolaiviertels. Tickets sind ausschließlich an der Kasse des Museums erhältlich und nicht an Zeitfenster gebunden. *Nikolaikirchplatz, 10178 Berlin-MI, T: 24002161, stadtmuseum.de*

Museum Pankow • Das vom Bezirk betriebene Museum zeigt an drei Standorten die Vielfalt Pankows. Während am Hauptstandort in der Prenzlauer Allee die Dauerausstellung „Gegenentwürfe" zu finden ist, zeigt das Museum in der Dunckerstraße, wie eine Wohnung um 1900 eingerichtet war. Auch in der Heynstraße wird das bürgerliche Leben dieser Zeit präsentiert. *Heynstr. 8, 13187 Berlin-PA, T: 4814047, Prenzlauer Allee 227/228, 10405 Berlin-PB, T: 902953917, Dunckerstr. 77, 10437 Berlin-PB, T: 4452321, berlin.de/museum-pankow*

Museum Reinickendorf • Wer die Pforten der alten Hermsdorfer Dorfschule betritt, erlebt die Geschichte des Bezirks hautnah. Während im historischen Klassenzimmer der Schulalltag aus früheren Zeiten nachvollziehbar wird, befindet sich auf dem Freigelände des Museums ein rekonstruiertes germanisches Gehöft mit betretbarem Wohnstallhaus, Speicher und Webhaus. *Alt-Hermsdorf 35, 13467 Berlin-RE, T: 4044062, museum-reinickendorf.de*

Tipp ***Museumsdorf Düppel*** • In dem saisonal geöffneten Freiluftmuseum dreht sich alles um das Leben im Mittelalter. Von Ostern bis Ende Oktober gehen große und kleine Besucher auf eine wahre Zeitreise und entdecken mittelalterliche Lebensweisen sowie spannende Handwerkstechniken. An speziellen Thementagen locken tolle Mitmach-Aktionen wie Stoffe färben, Honig herstellen oder sogar Häuser bauen. *Clauertstr. 11, 14163 Berlin-ZE, T: 8026671, dueppel.de*

Musikinstrumenten-Museum • Mittlerweile kann das Museum des Staatlichen Instituts für Musikforschung rund 3.500 Instrumente der europäischen Kunstmusik vom 16. bis zum 21.

Jahrhundert zu seinem Besitz zählen. Dabei beherbergt das Museum in seinem virtuellen Kuriositätenkabinett Seltsames wie das Wurstfagott oder das Nähtischklavier. Regelmäßig finden öffentliche Führungen durch die Schausammlung mit Klangbeispielen statt. *Tiergartenstr. 1, Eingang: Ben-Gurion-Str., 10785 Berlin-TI, T: 25481178, simpk.de*

Tipp *Naturkundemuseum Potsdam* • Das Naturkundemuseum in Berlins Nachbarstadt ist ein toller Tipp für kleine Naturfreunde und Forschergeister. Es weckt Interesse für die brandenburgische Flora und Fauna und vermittelt Wissenswertes über die Lebensräume, Gefährdung und Vielfalt der heimischen Arten. So kann man im Kaltwasseraquarium 40 verschiedene Fischarten entdecken, die von Plötze bis Flusswels reichen und in der bis Juni 2021 laufenden Erlebnisausstellung „Mensch Biene!“ viel über das Leben der Bienenvölker lernen. *Breite Str. 13, 14467 Potsdam, T: 0331-2896707, naturkundemuseum-potsdam.de*

Neues Museum • Hatte Nofretete Kinder? Wie liest man Hieroglyphen? Wie wurden Mumien präpariert? Welche Geschichte steckt hinter dem „Elch am Hansaplatz“ oder „Neandertaler von Le Moustier“? Mit kundigen Museumsvermittlern erforschen Kinder und Familien das facettenreiche Museum. Die Themen der Workshops wechseln, das aktuelle Programm findet ihr auf der Website, Online-Buchung notwendig. Der Museumsbesuch ist kostenfrei für Kinder und Jugendlich bis 18 Jahre. *Bodestr. 1-3, 10178 Berlin-MI, T: 266424242, smb.museum*

Oderbruch Museum Altranft – Werkstatt für ländliche Kultur • Das Umland hat eine Menge zu bieten – Naturlandschaften und einige kulturelle Highlights wie dieses Kleinod im Oderbruch. Kinder kommen hier auf ihre Kosten, denn das ganze Museum ist zum Anfassen konzipiert. Seit 2020 beherbergt es eine riesige Murmelbahn, welche die Wasserläufe in der Kulturlandschaft darstellt. In der Museumswerkstatt im Schloss können sich Kinder und Jugendliche bei Workshops ausprobieren. Der Talk Walk führt durch das einstige Fischerdorf und lässt einen an verschiedenen Hörstationen die Kulturlandschaft Oderbruch mit ihrem einmaligen Wassersystem, ihren Menschen und Kulturorten entdecken. *Am Anger 27, 16259 Bad Freienwalde OT Altranft, T: 03344-333911, oderbruchmuseum.de*

Tipp *PalaisPopulaire* • Das Vermittlungsangebot der Kunsthalle widmet sich der Kunst, Musik und Literatur und schafft einen vielfältigen Zugang zur Kultur, wobei die Förderung der Kreativität groß geschrieben wird. Jeden ersten Sonntag im Monat stehen Kinder ab sechs Jahren im Mittelpunkt: Mal gibt es beim SundayPopulaire Kunst, Musik oder eine Kinderbuchlesung. Parallel dazu können Eltern an einer kostenlosen Überblicksführung teilnehmen. *Unter den Linden 5, 10117 Berlin-MI, T: 2020930, db-palaispopulaire.de*

1
Kultur
feiern

Museen und Co. sind langweilig? Keineswegs – Berlins Kulturorte bieten richtig tolle Kulissen und Erlebnisse für Kindergeburtstage.

1

Tierischer Spaß

Tierfreunde ab fünf Jahren können im Potsdamer Naturkundemuseum auf eine tierische Schatzsuche gehen, Sieben Tierwunder erleben oder bei einer Entdeckungsreise in die Unterwasserwelt Brandenburgs eintauchen. Spiele und Rätsel ergänzen die Führungen und genügend Zeit zum Geschenke auspacken und Kuchen essen steht ebenso wie ein separater Raum dafür zur Verfügung. *Naturkundemuseum Potsdam, Breite Str. 13, 14467 Potsdam, Seite 65*

2

Kunstvoll feiern

Unter den Linden findet ihr ein festliches Ambiente vor – es hat doch Stil, zum Feiern in einen Prachtbau in Berlins Mitte zu laden. Im PalaisPopulaire erwartet die Kinderschar ein buntes Programm, bei dem sie nach einem spielerischen Rundgang durch die Ausstellung selbst im Atelier kreativ tätig werden und leckeren Geburtstagskuchen verspeisen können. *PalaisPopulaire, Unter den Linden 5, 10119 Berlin-MI, Seite 65*

Macht euch nichts vor

Sinnestäuschungen, Tricks und verblüffende Ausstellungsstücke – das Illuseum ist der ideale Ort, um bei einer spannenden Geburtstagsfeier das Hirn der kleinen Gäste ab sechs Jahren herauszufordern. Was auch für Teenager noch ein großer Spaß ist! *Illuseum, Karl-Liebknecht-Str. 9, 10178 Berlin-MI, Seite 60*

Galaktischer Spaß

Am Geburtstag in ferne Galaxien reisen? Unter den Sternen feiern? Kein Problem für Kinder ab fünf Jahren: Die Archenhold-Sternwarte, das Planetarium am Insulaner und das Zeiss-Großplanetarium bieten die Möglichkeit, eine Veranstaltung nach Wahl zu besuchen, auf eine Planeten-Rallye zu gehen und die Räumlichkeiten zum Essen, Feiern, Basteln und Spielen rund ums Thema Weltall zu nutzen. *Planetarien und Sternwarten, planetarium.berlin, ab Seite 72*

3

Hochspannung! Echte Agentenmethoden, unknackbare Codes, Gadgets, Geheimschriften und Laserparcours. *Deutsches Spionagemuseum, Seite 57*

4

Spricht für sich

Das Museum für Kommunikation ist nicht nur einer unserer Lieblingsorte, sondern auch eine prima Location für entspannte und erkenntnisreiche Geburtstagsfeiern mit Kindern ab vier Jahren. Das Programm für Forscher, Detektive, Piraten, Lichtmagier, Comicfans oder Radiomacher ist so vielfältig wie die Dauerausstellung zur Kommunikationsgeschichte und die aktuelle Sonderausstellung „ON AIR. 100 Jahre Radio". ***Museum für Kommunikation, Leipziger Str. 16, 10117 Berlin-MI, Seite 64***

Geistreiche Ideen gesucht? JIM – die Spezialisten für Geburtstage in den Berliner Museen und Ausstellungshäusern – bieten Kindern ab sechs Jahren ein breitgefächertes Programm. *Jugend im Museum, Seite 61*

5

Geburtstags-Glibber

Die Experimentierkurse wechseln, ein Klassiker bleibt: Geburtstagskinder und ihre Gäste ab drei Jahren sind stets begeistert vom Glibber-Experiment und natürlich dürfen sie den selbst hergestellten Glibberschleim dann auch mit nach Hause nehmen. Daneben warten über 80 interaktive Exponate im wissenschaftlichen Mitmachmuseum auf die Geburtstagsgesellschaft. ***extavium Potsdam, Am Kanal 57, 14467 Potsdam, Seite 57***

Tipp *Pergamonmuseum* • Tempel, Tore und Paläste: Kinder und Familien erkunden am Wochenende gemeinsam das Pergamonmuseum. Mal stehen die großen antiken Bauwerke im Mittelpunkt, mal wird der Blick auf Tierdarstellungen oder orientalische Muster gelenkt, mal geht es auf Entdeckungsreise in den Orient oder nach Mesopotamien. Wegen der Teilsanierung des Hauses sind der Saal mit dem Pergamonaltar, der Nordflügel sowie der Hellenistische Saal derzeit nicht zugänglich. *Am Kupfergraben 5, Museumsinsel, 10117 Berlin-MI, T: 266424242, smb.museum*

Pergamonmuseum. Das Panorama • Das Studio des Künstlers Yadegar Asisi hat für das temporäre Ausstellungsprojekt das Panorama der antiken Stadt wieder auferleben lassen. Zudem werden etwa 80 der wichtigsten Werke der Antikensammlung gezeigt. Absolut sehenswert! Darüber hinaus gibt es den neuen Ausstellungsbegleiter GIGANTORAMA für Kinder und Familien. *Am Kupfergraben 2, 10117 Berlin-MI, T: 266424242, smb.museum*

Potsdam Museum • Das Stadtmuseum, das in Potsdams historischer Mitte zu finden ist, präsentiert auf rund 1.300 Quadratmetern Ausstellungsfläche vielfältige Objekte zur Kultur und Geschichte der Stadt. In der ständigen Ausstellung begeben sich Besucher auf einen Spaziergang durch über 1.000 Jahre Potsdamer Geschichte und entdecken, wie sich die Stadt im Laufe der Zeit gewandelt hat. Für kleine Besucher gibt es ein abwechslungsreiches museumspädagogisches Angebot. *Am Alten Markt 9, 14467 Potsdam, T: 0331-2896868, potsdam-museum.de*

Puppentheater-Museum Berlin • Ein Anliegen des Museums ist es, über die Geschichte des Puppentheaters zu informieren, vergangene Spielformen aufzuzeigen und so auch Interesse zu wecken für das Puppen-/Figurentheater von heute. In jährlich wechselnden Ausstellungen werden immer andere Themen vermittelt. Spielerische Führungen durch die Ausstellung sowie wechselnde Puppentheateraufführungen, Märchenerzählungen, Lesungen und Workshops für Kinder ab drei Jahren und Erwachsene ergänzen das Programm. *Karl-Marx-Str. 135, 12043 Berlin-NK, T: 6878132, puppentheater-museum.de*

Sammlung Scharf-Gerstenberg • Das Gebäude der Sammlung ist wie das gegenüberliegende Museum Berggruen ein klassizistischer Stüler-Bau und vervollständigt das Ensemble am Schloss Charlottenburg, das kunst- und geschichtsinteressierte Familien lockt. Lesende Esel, verrückte Kühe, tanzende Stiere – in den Kunstwerken steht die Welt Kopf! Was dachten sich die Künstler dabei? Solange hier keine Workshops stattfinden, kann man sich selbst auf die Suche nach Antworten und eigenen Ideen dazu machen. Eintritt für Kinder bis 18 Jahre frei, die Buchung eines Zeitfenstertickets ist notwendig. *Schloßstr. 70, 14059 Berlin-CH, T: 266424242, smb.museum*

Tipp *Schloss Biesdorf* • Schon von weitem ist das Kleinod der Berliner Denkmallandschaft dank seines achteckigen Turms zu erkennen. Wer hier die Pforten durchschreitet, bekommt bei freiem Eintritt die wechselnden Ausstellungen zur zeitgenössischen Kunst und des kulturellen Erbes sowie eine kleine Dauerausstellung zur Geschichte des Hauses zu sehen. Auch ein Rundgang durch den idyllischen Schlosspark sowie das Café Schloss Biesdorf sind empfehlenswert. *Alt-Biesdorf 55, 12683 Berlin-MA, T: 516567790, schlossbiesdorf.de*

Schloss Köpenick • Aufgrund der Pandemie leider voraussichtlich bis Ende November 2020 geschlossen. Wie viele Personen wohnten hier? Wer hat das Schloss eingerichtet? Das teure Porzellan, das funkelnde Gold, die schweren Gardinen und exotischen Hölzer waren einst moderner Luxus. Wie wirkt das Schloss Köpenick heute auf uns? Wie würde ein Schloss heute gebaut und eingerichtet werden? Sobald es wieder stattfinden kann, findet ihr das vielseitige Veranstaltungsprogramm auf der Website. *Schlossinsel 1, 12557 Berlin-KÖ, T: 266424242, smb.museum*

Tipp *Spielzeugmuseum im Havelland* • Ab und zu lohnt es sich, über den Berliner Tellerrand mal hinauszuschauen und sich vom Umland locken zu lassen. Von Puppen bis Baukästen, von der Eisenbahn bis zur Spielzeugnähmaschine – das Spielzeugmuseum, das in einer alten Dorfschule im Havelland angesiedelt ist, zeigt Tausende von Spielzeugen, die aus den letzten 150 Jahren stammen. Das absolute Highlight für große und kleine Besucher ist die Vorführung der großen Eisenbahnanlage. Neu ist das benachbarte Kinderbuchmuseum im Schloß Kleßen – ein Ausflug ins Havelland lohnt sich seit dessen Eröffnung noch mehr. Nehmt euch Zeit mit, die kann man dort schnell vergessen beim Eintauchen in vergangene Kinderwelten. *Schulweg 1, 14728 Kleßen, T: 033235-29311, spielzeugmuseum-havelland.de*

Tipp *Staatliche Museen zu Berlin – Besucherdienst* Zusammen mit Freunden, Geschwistern, Eltern und Großeltern – in den Staatlichen Museen zu Berlin gibt es viel zu entdecken. Der Eintritt in die 15 Sammlungen mit 4,7 Millionen Objekten aus den Bereichen Kunst, Kultur, Archäologie und Ethnologie ist für Kinder und Jugendliche bis 18 Jahre frei. In Ausstellungsgesprächen, Workshops und Ferienprogrammen, für die ein Kostenbeitrag erhoben wird, erkunden Kinder und ihre erwachsenen Begleitungen die Museen und Ausstellungen. Die gegenwärtigen Bedingungen werden in neuen Formaten und Angeboten kreativ umgesetzt. Der Newsletter für Kinder und Familien informiert regelmäßig über die Angebote und kann kostenfrei abonniert werden. *T: 266424242, smb.museum*

Stasimuseum • Das ehemalige Ministerium für Staatssicherheit der DDR in Lichtenberg beherbergt heute das Stasimuseum, in dem sich Geschichtsinteressierte auf drei Etagen über die Funktion und Arbeitsweise der Stasi in der SED-Diktatur und deren Auswirkungen auf die Gesellschaft informieren können. Herzstück der Ausstellung stellen die historischen Diensträume des damaligen Ministers Erich Mielkes dar, die seit 1990 weitestgehend im Originalzustand erhalten sind. *Ruschestr. 103, 10365 Berlin-LI, T: 5536854, stasimuseum.de*

Tchoban Foundation – Museum für Architekturzeichnung • Was ist Architektur eigentlich? Wie entsteht sie? Und was genau macht ein Architekt? In der Tchoban Foundation am Pfefferberg lässt sich schnell erkennen, dass architektonische Handzeichnungen sehr spannend sein können. Wechselnde Ausstellungen zeigen die unterschiedlichen Perspektiven diverser Architekten. Das Museum liegt auf dem Gelände des Pfefferbergs, dort lässt sich mit Kindern gut im Braugasthaus oder Biergarten einkehren. *Christinenstr. 18a, 10119 Berlin-MI, T: 43739090, tchoban-foundation.de*

The Wall Museum • Das Museum ist direkt an der Berliner Mauer im ehemaligen Wachturm Mühlenspeicher zu finden. Hier wird in 13 thematisch gestalteten Räumen mit originalen Ausstellungsstücken, multimedialen Präsentationen und einzigartigen Originalbeiträgen berühmter Persönlichkeiten die ereignisreiche Geschichte vom Bau der Berliner Mauer bis zum Fall im Jahr 1989 präsentiert. *Mühlenstr. 78-80, 10243 Berlin-FR, T: 94512900, thewallmuseum.com*

TimeRide • Mehr als 30 Jahre nach Mauerfall gehen Besucher ab sechs Jahren im TimeRide auf Zeitreise in das geteilte Berlin der 1980er Jahre. Hier erweckt Virtual-Reality-Technik Vergangenes zum Leben, sodass Besucher die Geschichte hautnah miterleben können. An vier spannenden Stationen entdecken Besucher den berühmten Grenzübergang Checkpoint Charlie, werfen einen Blick durch die Mauer, erleben persönliche Geschichten von Zeitzeugen und gehen auf Virtual Reality-Fahrt. *Zimmerstr. 91, 10117 Berlin-MI, T: 31011300, timeride.de*

Tränenpalast • Der Tränenpalast hat seinen poetischen Namen nicht von ungefähr. Zu Zeiten der Mauer gab es hier einen Grenzübergang. Ein Wiedersehen der Westverwandtschaft, die nach dem Ostbesuch ausreiste, war ungewiss und der Abschied tränenreich. Heute beherbergt der Palast die Dauerausstellung „Ort der Deutschen Teilung". Kinder ab acht Jahren können an einem spielerischen Rundgang teilnehmen und am Ende ein Westpaket öffnen. *Reichstagufer 17, 10117 Berlin-MI, T: 467777911, hdg.de*

Tipp ***Urban Art Kids*** • Die zeitgenössische Galerie für Kinderkunst im Herzen Charlottenburgs widmet sich jungen Besuchern und gibt den Heranwachsenden einen Ort, an dem sie ihre Kreativität ausleben und ihrer Fantasie freien Lauf lassen können. In wechselnden Ausstellungen werden die Werke von lokalen und internationalen Künstlern präsentiert. Verschiedene Workshops für Kinder ab vier Jahren beleuchten das Medium Kunst in all seinen Facetten. Wie man richtig kunstvolle Kindergeburtstage feiert, weiß das Künstlerteam natürlich auch. *Sesenheimer Str. 7, 10627 Berlin-CH, T: 0173-2034030, urbanartkids.com*

URBAN NATION • Diese Sammlung verlegt die Straße buchstäblich ins Gebäude. So zeichnet die interaktive Ausstellung im Museum für Urban Art die Entstehungsgeschichte einer Kunstströmung nach, die zu einer der erfolgreichsten der Gegenwart gehört. Doch nicht nur im Ausstellungshaus sind spannende Street Art-Werke zu erblicken, hier werden auch die Architektur und Oberflächen des Gebäudes zum Bildträger, sodass das Haus selbst zum Kunstwerk wird. Die Ausstellungen widmen sich aber nicht nur Street Art, die aktuelle Ausstellung „Martha Cooper: Taking Pictures" zeichnet bis Ende August 2021 das Leben und fotografische Werk der weltberühmten Fotografin nach. *Bülowstr. 97, 10783 Berlin-SB, T: 32295989, urban-nation.com*

Werkbundarchiv – Museum der Dinge • Rund 40.000 Dinge gibt es hier zu entdecken. Darunter kleine, große, leichte, schwere, unsinnige, aber auch nützliche sowie alte Dinge. Wer hier seinen Geburtstag feiern möchte, geht auf Sachensucher-Rallye und zelebriert mit Wundertüte und gedecktem Tisch seinen Ehrentag. *Oranienstr. 25, 10999 Berlin-KR, T: 92106311, museumderdinge.de*

Technik und Naturwissenschaften

Archenhold-Sternwarte • Die älteste und größte Volkssternwarte Deutschlands bringt kleinen Sternenliebhabern den Himmel ein Stück näher. Astronomisches Grundwissen wird auf spielerische Art und Weise im himmelskundlichen Museum vermittelt und spannende Ausstellungen eröffnen die Dimensionen des Weltalls. Kleine Astronauten, die ihren Geburtstag inmitten von fernen Galaxien verbingen möchten, sind hier gut aufgehoben. *Alt-Treptow 1, 12435 Berlin-TR, T: 536063719, planetarium.berlin*

Tipp ***Besucherbergwerk F60*** • Wer nach Lichterfeld, knapp zwei Stunden von Berlin entfernt, fährt, trifft auf einen Giganten der Technik. Hier steht die alte Abraumförderbrücke F60, die mit 502 Metern Länge, 204 Metern Breite, 80 Metern Höhe und einem Gewicht von 10.000 Tonnen ein wahrer Koloss ist. Früher trug die riesige Maschine Braunkohle ab, heute können mutige Besucher auf ihr herumklettern und gleichzeitig etwas über die Geschichte und die Gegenwart des Braunkohleabbaus in der schönen Lausitz erfahren. *Bergheider Str. 4, 03238 Lichterfeld, T: 03531-60800, f60.de*

Tipp ***HABA Digitalwerkstatt*** • Es war schon vorher sichtbar, doch die Corona-Pandemie hat uns die Notwendigkeit und Vorteile der Digitalisierung klar vor Augen geführt. In der HABA Digitalwerkstatt werden Kinder zwischen sechs und zwölf Jahren auf anschauliche Art und Weise an einen kreativen und vor allem bewussten Umgang mit den digitalen Möglichkeiten herangeführt. Auch Eltern können hier noch einiges dazulernen. Klar, dass viele der unterhaltsam gestalteten Inhalte auch als Online-Kurse bereitstehen. *Linienstr. 121, 10115 Berlin-MI, T: 28874107, digitalwerkstatt.de*

Orbitall Raumfahrt im FEZ • Wer schon immer mal wie ein echter Astronaut den Flug ins Universum wagen wollte, kommt ins Orbitall. Während in der futuristischen Schleuse heiße Tipps für die kommende Expedition gegeben werden, machen sich angehende Raumfahrer in der Trainingshalle mit Drehsessel, Taumelscheibe und Rhönrad körperlich fit fürs All. Familin können an den Wochenenden gemeinsam auf Weltraummissionen gehen und Kinder ihren Geburtstag feiern, indem sie mit ihren Gästen Raumfahrtluft schnuppern. *Straße zum FEZ 2, 12459 Berlin-KÖ, T: 530710, orbitall.fez-berlin.de*

Parkeisenbahn Wuhlheide • Bitte alle einsteigen! Einmal mit der Eisenbahn durch den Park Wuhlheide düsen und mit eigenen Augen sehen, wie so eine Dampflok eigentlich funktioniert – das können Kinder in Köpenick erleben. Zu Halloween, Ostern und Co. gibt es spannende Sonderfahrten, die nicht nur den Kleinen Spaß machen. Aktuell kann nur am Hauptbahnhof der Parkbahn zugestiegen werden. *An der Wuhlheide 189, 12459 Berlin-KÖ, T: 53892660, parkeisenbahn.de*

Zentrales Zentrum für kulturelle Bildung – im Haus Bastian an der Museumsinsel steht der Spaß am Lernen, Entdecken und Selbermachen im Mittelpunkt.

Haus Bastian, Seite 60

Tipp *Science Center Spectrum* • In dem Experimentier-Museum für Kinder ab vier Jahren ist Anfassen ausdrücklich erwünscht. Über 150 interaktive Stationen laden dazu ein, spielerisch die Welt der Naturwissenschaft und Technik zu erkunden. Das ist leider wenig pandemietauglich, daher kann das Haus vorerst nur für angemeldete Gruppen öffnen. Für Familien besteht aber die Möglichkeit, via Livestreamings an Mitmachwerkstätten teilzunehmen. *Möckernstr. 26, 10963 Berlin-KR, T: 90254284, technikmuseum.berlin*

Sternenpark Naturpark Westhavelland • Sterne beobachten ist in Berlin oft schwer, denn in der Stadt, die niemals schläft, wird es auch nie richtig dunkel. Möchte man dennoch mal den Großen Wagen, die Milchstraße oder die Kassiopeia entdecken, sollte man dem Sternenpark im lauschigen Westhavelland einen Besuch abstatten. Aufgrund zahlreicher Verstöße im Jahr 2020 lautet die dringende Bitte des Fördervereins zu respektierten, dass man sich in einem Naturschutzgebiet befindet, in dem es nicht erlaubt ist, wild zu campen. *Pareyer Dorfstr. 5, 14715 Havelaue, T: 033872-7430, sternenpark-westhavelland.de*

Wilhelm-Foerster-Sternwarte mit Planetarium am Insulaner Berlin • Selbst Sterne mit dem Teleskop von der Sternwarte aus beobachten und sich von den Veranstaltungen im Planetarium unter dem Sternenhimmel verzaubern lassen – beides können Kinder ab drei Jahren am Insulaner-Hügel in Schöneberg durch die einzigartige Verbindung von Sternwarte und Großplanetarium. *Munsterdamm 90, 12169 Berlin-SB, T: 42184510, planetarium.berlin*

Tipp *Zeiss Großplanetarium* • Das Großplanetarium kann sich stolz Europas modernstes Wissenschaftstheater nennen. Hier kann man sich von 360-Grad-Fulldome-Programmen aus der Welt der Astronomie, Wissenschaft und Kultur faszinieren lassen. Kinder ab vier Jahren können sich der Welt der Planeten nähern und verschiedene spannende astronomische Programme erleben. Das Haus mit der eindrucksvollen Kuppel bietet darüber hinaus für Konzerte, Theater und Live-Hörspiele eine atmosphärische Bühne. *Prenzlauer Allee 80, 10405 Berlin-PB, T: 42184510, planetarium.berlin*

Bühnen

Astrid-Lindgren-Bühne im FEZ-Berlin • So wie es ihre Namensgeberin gewollt hätte, wird das junge Publikum auf der Bühne mitten im FEZ-Berlin in eine fantasievolle Welt aus Abenteuer, Poesie und Musik entführt. Aufgeführt werden nicht nur Stücke nach Astrid Lindgren wie „Pippi Langstrumpf" und „Mio mein Mio", es kommen viele Künstler aus dem Musik-, Tanz- und Puppentheater zu Gastspielen in die Wuhlheide. *Straße zum FEZ 2, 12459 Berlin-KÖ, T: 53071111, astrid-lindgren-buehne.fez-berlin.de*

Tipp *ATZE Musiktheater* • Das bekannte und beliebte Musiktheater für Kinder bringt Erstaunliches, Ergreifendes, Lustiges und Tiefgründiges, in jedem Fall Musikalisches für Kinder ab drei Jahren auf seine Bühnen. Kinderbuchklassiker wie „Ronja Räubertochter", „Emil und die Detektive" oder „Eine Woche voller SAMStage" werden ebenso ins Musiktheater übersetzt wie eigens entwickelte Geschichten mit Tiefgang und Unterhaltungswert. In der Spielzeit 2020/21 dürfen sich kleine und große Kinder über zwei neue Stücke auf dem Spielplan freuen: die multimediale Inszenierung „No Planet B. Das Gericht der Kinder zum Klimawandel" (ab zehn Jahren) und „Mama, ich hab mich vermalt! – oder: Blödes Bild". *Luxemburger Str. 20, 13353 Berlin-WE, T: 81799188, atzeberlin.de*

Berliner Philharmoniker • Bei den Berliner Philharmonikern sind alle willkommen – auch die Kleinsten. Wer eines der klangvollen Familienkonzerte besucht, erhält die Möglichkeit, ein Orchester live zu erleben und lässt sich für eine Stunde in musikalische Welten befördern. Mutige ab sechs Jahren, die sich im Chorsingen probieren wollen, kommen zu den Vokalhelden und stehen vielleicht bald selbst auf der Bühne. *Herbert-von-Karajan-Str. 1, 10785 Berlin-TI, T: 254880, berliner-philharmoniker.de*

CABUWAZI • Die Zelte des Kinder- und Jugendzirkusses sind überall in der Stadt zu finden. Dort gibt es alles, was das kleine Artistenherz begehrt. Balancieren, Springen, Rollen, Laufen und Strecken gehören zu den artistischen Grundlagen und können in den Nachmittagskursen für Kinder ab neun Jahren geübt werden. In den Zirkuszelten finden regelmäßig Shows statt, die zu eigenem Aufschwung in die Artistenwelt motivieren. Während des Lockdowns hat das CABUWAZI-Team zudem eine virtuelle Manege aufgebaut – die Videos ermöglichen ein artistisches Zirkustraining zu Hause. *Wiener Str. 59h, 10999 Berlin-KR, T: 54469094, Columbiadamm 84, 10965 Berlin-TE, T: 959994890, Bouchéstr. 74, 12435 Berlin-TR, T: 60969563, Otto-Rosenberg-Str. 2, 12681 Berlin-MA, T: 32669750, Venusstr. 90, 12524 Berlin-KÖ, T: 22197660, cabuwazi.de*

Circus Schatzinsel • Im Zirkus, der hier am Spreeufer sein Zelt aufgeschlagen hat, können Kinder ab sechs Jahren Zirkusshows vom Training bis zur Premiere gestalten und kreatives Miteinander erleben. Am Trapez, auf dem Einrad oder mit den Jonglierbällen wird die Schwerkraft überwunden und eigene kleine Erfolge werden in der Manege gefeiert. Aufführungen des neuen Stücks „verwundbar" wurden erstmal nach draußen in den öffentlichen Raum verlagert. *May-Ayim-Ufer 4, 10997 Berlin-KR, T: 22502461, circus-schatzinsel.de*

Coq au Vin • Humor, artistische Show-Einlagen, Situationskomik, zauberhafte Erzählungen und fantastische Handlungen, die Lachsalven und Erstaunen hervorlocken, sind bei den Vorstellungen des Kindertheaters zu bestaunen, dessen Inszenierungen an Spielorten wie dem Blue Tap (im Umspannwerk Kreuzberg) zu sehen sind. *T: 50183340, coqauvin.de*

Das Weite Theater • Wie der Name schon vermuten lässt, hat das Theater an der Lichtenberger Parkaue ein weites Spektrum unterhaltsamer und anspruchsvoller Puppenschauspielinszenierungen zu bieten. Auf dem Spielplan stehen so unterschiedliche Stücke wie „Der Löwe in dir" (ab vier Jahren), „Es klopft bei Wanja in der Nacht" oder neu in der Spielzeit 2020/21 im Repertoire „Romeo und Julia" (ab 14 Jahren). *Parkaue 23, 10367 Berlin-LI, T: 9917927, das-weite-theater.de*

Tipp *Deutsche Oper Berlin* • Im Herzen Charlottenburgs ist Berlins größtes und meistbesuchtes Opernhaus zu finden, das bereits die Allerkleinsten verzückt. Das vielfältige Programm reicht von Babykonzerten über Familienführungen bis hin zu innovativ inszenierten Klassikern. Kinder und Jugendliche können bei den Opernmäusen oder im Kinder- bzw. Jugendclub selbst aktiv werden. Mit der „Expedition TIRILI" schwärmen die Musiker mit leichtem Gepäck aus und spielen als mobiles Musiktheater vor Kitas. *Bismarckstr. 35, 10627 Berlin-CH, T: 34384343, deutscheoperberlin.de*

Tipp *FELD Theater* • Um es mit den eigenen Worten des Theater zu sagen: Tanz, Theater, Performance, Musik, Puppen- und Objekttheater – nicht das Genre ist dem Theaterteam wichtig, sondern alle Formen der darstellenden Kunst, an denen kleine und große Menschen Spaß haben und in einen Austausch kommen. Mit großartigen Stücken wie „Frida und das Wut" zeigen sie schon den jüngsten Zuschauern ab vier Jahren, dass sie ernstgenommen werden. Darüber hinaus versteht es sich als ein Theater zum Mitmachen und Mitreden – die Workshops unter dem Motto „springinsFELD" zeugen davon. *Gleditschstr. 5, 10781 Berlin-SB, T: 92124150, jungesfeld.de*

Felicio • Das kleine Puppentheater ist ein Ein-Mann-Betrieb. Dort können sich große und kleine Besucher für eine Zeit zu Hause fühlen, den Kristallleuchter an der Decke, den roten Samtvorhang bestaunen und vor allem die herrlich inszenierten Puppenspiele. Für Kinder ab vier Jahren gibt es altbekannte Märchen und wundersame Geschichten zu sehen. *Schivelbeiner Str. 45, 10439 Berlin-PB, T: 44673530, felicio.de*

Tipp *Figurentheater Grashüpfer* • Schon in längst vergangenen Zeiten war es ein Ritual, am Feuer zu erzählen. Das Figurentheater im Treptower Park führt diese Tradition mit gemütlichen Märchenabenden in der Jurte fort. Ob traditionelles Handpuppenspiel in der Guckkastenbühne, freie Animation von Objekten, kunstvolles Marionetten- oder Schattenpuppentheater oder offenes Spiel- und Mitspielpuppentheater – alle künstlerischen Formen des Genres werden

An der Parkaue kommt alles auf die Bühne, was Kinder und Jugendliche bewegt, interessiert und zum Nachdenken anregt.

Theater an der Parkaue, Seite 78

hier gepflegt und dargeboten. Im Anschluss an Familienvorstellungen gibt es die Möglichkeit der gestalterischen Nachbereitung der erlebten Vorführungen. Einer der Kulturorte in Berlin, an dem alle Altersklassen Vergnügen finden, auch das alljährliche Figurentheater-Festival ist ein Highlight! *Puschkinallee 16a, 12435 Berlin-TR, T:53695150, theater-grashuepfer.de*

Fliegendes Theater • Durchschreitet man die Toreinfahrt in der Urbanstraße, entdeckt man schnell das ehemalige Fabrikgebäude, in dem das Fliegende Theater mit modernen Figuren- und Objektinszenierungen zu finden ist. In der Spielsaison 2020/21 dürfen sich Besucher auf Stücke für Kinder ab drei Jahren freuen, die auch Erwachsenen Freude bereiten. *Urbanstr. 100, 10967 Berlin-KR, T: 6922100, fliegendes-theater.de*

Friedrichstadt-Palast Berlin • Seit fast 100 Jahren ist der Palast Berlin mit seiner imposanten Theaterbühne die erste Adresse für Unterhaltung. Die spektakulären Shows sind musikalisch, tänzerisch und akrobatisch. Das Kinderstück „Im Labyrinth der Bücher" des größten Kinder- und Jugendensembles Europas kommt erst im November 2021 wieder auf die Bühne. *Friedrichstr. 107, 10117 Berlin-MI, T: 23262326, palast.berlin*

Galli Theater • Im Theater in den Heckmannhöfen werden die Märchen von den Bremer Stadtmusikanten, Rotkäppchen oder Aschenputtel zum Besten gegeben. Aber man kann man nicht nur zuschauen, sondern auch selbst in Rollen schlüpfen. Bei Geburtstagsfeiern und in Kursen für Kinder ab vier Jahren können sie ihr Talent erproben. *Oranienburger Str. 32, in den Heckmann-Höfen, 10117 Berlin-MI, T: 27596971, galli-berlin.de*

Tipp ***Grips Theater*** • Seit nunmehr 50 Jahren ist die renommierte Bühne darauf ausgerichtet, durch Theater Kinder und Jugendliche zur Mitsprache zu ermächtigen und sie an kritisches Fragen heranzuführen. Dabei werden Stücke aus den 1970er-Jahren wie „Bella, Boss und Bulli" (ab sechs Jahren) auch mal neu inszeniert. Jede Spielzeit bereichern zudem neue Stücke den Spielplan an den zwei Spielorten. 2020/21 kommen „Kai zieht in den Krieg und kommt mit Opa zurück" (ab neun Jahren) und „Das Leben ist ein Wunschkonzert" (ab acht Jahren) als Uraufführungen dazu. *Altonaer Str. 22, 10557 Berlin-TI, T: 39747477, Grips Podewil, Klosterstr. 68, 10179 Berlin-MI, T: 39747477, grips-theater.de*

Tipp ***Hans-Otto-Theater*** • Im Potsdamer Kulturquartier findet man dieses produktive Schauspielhaus. Neben einem reichhaltigen Erwachsenenprogramm spielt es für Kinder ein umfang- und abwechslungsreiches Repertoire, das in der Spielzeit 2020/21 unter anderen um „Wolf sein" (ab sechs Jahren) und „Die erstaunlichen Abenteuer der Maulina Schmitt" (ab neun Jahren) ergänzt wird. *Schiffbauergasse 11, 14467 Potsdam, T: 0331-98118, hansottotheater.de*

Hexenberg Ensemble • Das Hexenberg Ensemble begeistert mit tollen Stücken im Glashaus des Pfefferberg Theaters und präsentiert auf eindrucksvolle Weise Grimms Märchen. Da gibt es Klamaukspektakel, Gruseliges, Romantisches, Stilles und Finsteres zu sehen. Nachmittags sind die Märchen kindgerecht, während abends Eltern erwachsenere Theaterstoffe konsumieren dürfen. *Schönhauser Allee 176, 10119 Berlin-MI, T: 9120658295, hexenberg-ensemble*

Tipp ***Komische Oper Berlin*** • Wie überaus faszinierend Musiktheater sein kann, zeigt die Komische Oper bereits ihren jüngsten Zuschauern. Junge Opernfreunde zwischen vier und 18 Jahren können an spannenden Workshops, Führungen oder dem Kinderchor teilnehmen. In der Spielzeit 2020/21 können Familien mit dem Musiktheater „Das kleine Ich bin ich" (ab vier Jahren) in eine Geschichte eintauchen, die sich einfühlsam und turbulent auf die abenteuerliche Suche nach Identität macht. Außerdem kommt im April 2021 die Kinderoper „Jim Knopf und Lukas der Lokomotovführer" (ab sechs Jahren) erneut auf die Bühne und man darf sich auch auf einige Kinderkonzerte freuen. *Behrenstr. 55-57, 10117 Berlin-MI, T: 47997400, komische-oper-berlin.de*

Tipp ***Konzerthaus Berlin*** • Die Spielzeit 2020/21 ist eine besondere: Das Konzerthaus am Gendarmenmarkt feiert im Mai 2021 sein 200-jähriges Bestehen. Dazu gehört genauso gratuliert wie zu dem vielfältigen und spannenden Angebot für Kinder und Jugendliche, das KlangKüken-Programm richtet sich bereits an Kinder ab drei Jahren. Zudem gibt es für den Nachwuchs abwechslungsreiche Stücke, Führungen und Veranstaltungen – das Haus am Gendarmenmarkt ist verlässlich ein guter Tipp für musikbegeisterte Familien! *Gendarmenmarkt, 10117 Berlin-MI, T: 203092101, konzerthaus.de*

Pfefferberg Theater • Im historischen Ambiente heißt das Theater seine Besucher willkommen. Im Winter verwandelt sich der Glaspalast in einen kuscheligen Platz, an dem Märchendarbietungen des Hexenberg Ensembles genossen werden können. Auch Veranstaltungen im Rahmen von Literatur LIVE finden am Pfefferberg statt, der vor oder nach dem Kulturgenuss auch mit Braugasthaus und Biergarten lockt. *Schönhauser Allee 176, 10119 Berlin-PB, T: 9393585555, pfefferberg-theater.de*

Tipp ***Pierre Boulez Saal*** • Ein Konzert zu erleben und die Freude an der Musik miteinander zu teilen, ist ein wunderbares Abenteuer, für kinderfreie Abende ist der schöne Konzertsaal in Mitte ein gute Wahl. Aber auch als frischgebackene Eltern kann man dort Musik genießen: Mit seinen Elternzeit-Konzerten bietet der Pierre Boulez Saal Eltern mit Babys jeweils 45-minütige Auszüge des aktuellen Programms, in ungezwungener und gemütlicher Atmosphäre. *Französische Str. 33d, 10117 Berlin-MI, T: 47997411, boulezsaal.de*

Prenzlkasper • Die Puppenspieler Uli und Christian sind das Herz des Prenzlauer Berger Theaters und bringen spannende Märchen und Geschichten auf die Bühne rund um Kaspers Abenteuer am Meer, auf dem Bauernhof, mit der Feuerwehr oder mit dem Krokodil. *Marienburger Str. 39, 10405 Berlin-PB, T: 21791060, prenzlkasper.de*

Puppentheater Firlefanz • Die Puppen und Marionetten des Theaters sind in Handarbeit angefertigt und werden seit der Eröffnung 1982 gehegt und gepflegt. Das Repertoire umfasst Kinderklassiker wie „Der Froschkönig", „Aschenputtel oder „Das tapfere Schneiderlein". Aufgrund der Corona-Auflagen kann das Theater nur geschlossene Vorstellungen für Gruppen und einzelne Familien spielen. *Sophienstr. 10, 10178 Berlin-MI, T: 2833560, puppentheater-firlefanz.de*

Tipp ***Rundfunk-Sinfonieorchester Berlin*** • Das RSB ist für seine liebevoll inszenierten Familien- und Kinderkonzerte bekannt. Im Dezember 2020 präsentiert Malte Arkona das Musik-Quiz „Knack die Nuss" als neues Konzert-Format für Familien, im Januar 2021 ist der beliebte KiKA-Moderator Juri Tetzlaff mit „ Der blaue Vogel" erneut zu Gast. Aber auch die Abo-Konzertreihen „Rapauke macht Musik" und „Tubadur im Konzert" sind von großer Beliebtheit. *Charlottenstr. 56, 10117 Berlin-MI, T: 20298715, rsb-online.de*

Schaubude Berlin • Der Spielplan der Schaubude vereint unterschiedliche ästhetische Handschriften des zeitgenössischen Puppen-, Figuren- und Objekttheaters. Beim jährlich stattfindenden Festival „Theater der Dinge" geben nationale und internationale Gastspiele ihre Stücke zum Besten. Darüberhinaus wird hier ein kreatives Kinder- und Abendprogramm geboten. *Greifswalder Str. 81-84, 10405 Berlin-PB, T: 4234314, schaubude.berlin*

Schlossplatztheater • Das Köpenicker Theater hat mit „Das grüne Haus" für Kinder ab drei Jahren ein neues multimediales Musiktheaterstück, das sich mit den Gedichten, Geschichten und Märchen der fast vergessenen Berliner Dichterin Paula Dehmel beschäftigt, im Repertoire. Aber auch beliebte Stücke wie „Tomte Tummetott" oder „Das Märchen von der Prinzessin, die unbedingt in einem Märchen vorkommen wollte" kommen weiterhin zur Aufführung. *Alt-Köpenick 31, 12555 Berlin-KÖ, T: 6516516, schlossplatztheater.de*

Staatsoper Unter den Linden • Das vielfältige Programm der Jungen Staatsoper lädt Kinder und Jugendliche ein, die Oper während spezieller Familienvorführungen, Kinderkonzerten, der Kinderoper oder aber Produktionen des Kinderopernhauses hautnah mitzuerleben. Zudem veranstaltet die Staatsoper einmal im Jahr unter freiem Himmel die „Staatsoper für alle" auf dem Bebelplatz. *Unter den Linden 7, 10117 Berlin-MI, T: 203540, staatsoper-berlin.de*

Tipp ***Theater an der Parkaue*** • Das Kinder- und Jugendtheater zählt zu den spannendsten Bühnen der Stadt. In der Spielsaison 2020/21 können Besucher Premieren intelligenter Inszenierungen wie „Pythonparfum und Pralinen aus Pirgendwo" (ab fünf Jahren), „In welchem Wort versteckt sich die Welt?" (ab zehn Jahren) oder „Herkunft" (ab zwölf Jahren) erleben. Das Repertoire umfasst noch zahlreiche weitere sehenswerte Stücke für Teenager, Grundschul- und Kitakinder. *Parkaue 29, 10367 Berlin-LI, T: 55775252, parkaue.de*

Theater der kleinen Form • Schön, dass auch die familiären Räume des Kindertheaters in Friedrichshain wieder bespielt werden können. An den beeindruckenden Inszenierungen wie „Das sehr unfreundliche Krokodil", „Die Nachtigall" oder „Die Zuckerfee" für Kinder ab drei Jahren haben auch Erwachsene ihre helle Freude. Neben Vorstellungen bietet das charmante Theater in seinen Räumen zudem musikalische Kurse und Kindergeburtstage. *Gubener Str. 45, 10243 Berlin-FR, T: 29350461, theater-der-kleinen-form.de*

Theater Jaro • Die Theatergruppe bringt ausschließlich eigene Stücke auf die Bühne und begeistert damit Zuschauer von zwei bis zehn Jahren. Schauspieler, Puppen und viel Musik erzählen liebevolle Geschichten von Dinosauriern, Feen und fliegenden Kamelen. *Schlangenbader Str. 30, 14197 Berlin-WI, T: 3410442, theater-jaro.de*

Theater Mirakulum • Mirakulum bedeutet Wunderwerk. Allroundtalent Thomas Mierau leitet das Theater, welches bei Berliner Kindern und Erwachsenen für seine Individualität und kreative Atmosphäre sehr geschätzt wird und seit 1991 Märchenadaptionen, Fabelbearbeitungen und Alltagsgeschichten in den Spieltechniken Marionette, Handpuppe, Farbschemen und Schattenspiel darbietet. *Brunnenstr. 35, 10115 Berlin-MI, T: 4490820, mirakulum.de*

Tipp ***Theater o.N.*** • Das kleine großartige Theater im Kollwitzkiez hat sich einen Namen mit seiner Theaterarbeit für das jüngste Publikum gemacht: Die künstlerisch anspruchsvollen Inszenierungen für Kinder ab zwei Jahren und einigen für Babys ab sechs Monaten zeugen davon. Da die Stücke für das jüngste Publikum nicht sprachbasiert sind, sind sie auch für nichtdeutschsprachige Kinder und Eltern gut geeignet. In der Spielzeit 2020/21 werden in Kooperation mit der Offensive Tanz für junges Publikum Berlin innovative Tanz- und Vermittlungsformate für Menschen zwischen null und 18 Jahren entwickelt. *Kollwitzstr. 53, 10405 Berlin-PB, T: 4409214, theater-on.com*

Theater Strahl • Das Theater Strahl richtet sich ausschließlich an das jugendliche Publikum ab zwölf Jahren und entführt es in die Interaktion, verbindet Tanz mit Theater und inszeniert Klassiker in zeitgemäßen Fassungen. Besonders cool sind die

Masken-Beatbox-Theaterstücke „Klasse Klasse“, „Klasse Tour“ und neu seit Oktober 2020 „Klasse Glück“. *Martin-Luther-Str. 77, 10825 Berlin-SB, T: 69599222, theater-strahl.de*

Varia vineta • Kleine Theaterfans ab drei Jahren können in dem gemütlichen Theater mit Stücken rund um die bekannten Figuren Schneewittchen, Rapunzel, Frau Holle oder Hänsel und Gretel in die Welt der Märchen eintauchen. *Berliner Str. 53, 13189 Berlin-PA, T: 43723244, stadttheaterpankow.de*

Wintergarten – Das Varieté • Dunkler Samt, edles Holz und der einzigartige Sternenhimmel bilden eine Atmosphäre, die Vorfreude weckt. Pünktlich zur besinnlichen Zeit des Jahres setzt der Wintergarten von November 2020 bis Januar 2021 seine beliebte Familienveranstaltungsreihe „Zimt & Zauber“ in Zusammenarbeit mit CABUWAZI fort, in dieser Spielzeit widmet sich die Show der Sterntaler-Geschichte. *Potsdamer Str. 96, 10785 Berlin-TI, T: 588433, wintergarten-berlin.de*

Zimmer 16 – camera dell‘ arte • Sowohl Spielstätte für Theater, Comedy, Musik und Film als auch Ausstellungsraum für Malerei und Fotografie ist das Zimmer 16 im Herzen Pankows. Kinder ab drei Jahren kommen beim Kindertheater auf ihre Kosten. *Florastr. 16, 13187 Berlin-PA, T: 48096800, zimmer-16.de*

Kulturzentren

Die gelbe Villa • Die Kreuzberger Villa ist immer Schauplatz des Familienfests im Rahmen des internationalen literaturfestivals berlin. Hier können Kinder zwischen sechs und 16 Jahren ein umfangreiches und vor allem kostenfreies Angebot genießen, das handwerkliche und künstlerische Workshops beinhaltet. *Wilhelmshöhe 10,10965 Berlin-KR, T: 76765021, die-gelbe-villa.de*

Tipp *FEZ-Berlin* • Um das FEZ-Berlin kommt niemand herum, der Berlin mit Kind erobern will. Hier findet man auf einer riesigen Fläche Abenteuer, Bildung und Spaß. Einzigartig sind die inhaltlichen Angebote zu den Schwerpunkten globales Lernen und Bildung zur nachhaltigen Entwicklung. Außerdem findet man dort die Astrid-Lindgren-Bühne, das Orbitall Raumfahrtzentrum, die Öko-Insel, einen Badesee, das Alice Kindermuseum und ein vielfältiges Kulturprogramm. *Straße zum FEZ 2, 12459 Berlin-KÖ, T: 530710, fez-berlin.de*

Frei-Zeit-Haus • Das Weißenseer Stadtteilzentrum bringt alle Generationen des Kiezes zusammen und bietet ein umfangreiches Programm. Vor allem für Familien veranstaltet der Verein zahlreiche Kurse und Events, die von Babymassage bis Familienfrühstück reichen. *Pistoriusstr. 23, 13086 Berlin-WS, T: 92799463, frei-zeit-haus.de*

Für
alle
Kultur für
kleines Geld

Wertvoll muss nicht teuer sein! Kultur lässt sich in Berlin vielerorts gratis oder günstig erleben, besonders für Kinder und Jugendliche.

1

Smarte Stadterkundung

Kostenlos und spannend am Smartphone viel über die Geschichte der Stadt erfahren, die man erkundet – klingt doch nach einem Weg, Kids und Teens die Mauergeschichte schmackhaft zu machen. Möglich mit der App der Bundeszentrale für politische Bildung oder der Augmented Reality-App MauAR. *mauAR, mauar.berlin, bpb-App, chronik-der-mauer.de*

Spatzenkino

Das Kinderkinobüro organisiert seit 1986 kostengünstige Kinovorstellungen des jeweiligen sorgfältig ausgewähltem Kinderfilm des Monats für Kinder ab fünf Jahren in diversen Berliner Kinos und bietet Beratung am Kinderkinofilmbürotelefon. Das medienpädagogische Projekt Spatzenkino richtet sich mit seinem Kurzfilmprogramm an Kinoanfänger ab vier Jahren. *Kinderkinobüro, T: 23556251, kinderkinobuero.de, spatzenkino.de*

Sommerklänge

Den Sommer mit Musik begrüßen, was für eine schöne Idee, die seit 1995 zum offiziellen Sommeranfang am 21. Juni in ganz Berlin die unterschiedlichsten Sounds erklingen lässt. Programm von und für Kinder gibt es natürlich auch immer. *Fête de la Musique, 21.06.2021, berlinweit, fetedelamusique.de*

2

3

Lesefreuden

Wer kleine Geschichtenfreunde zu Hause hat, weiß: Permanent für neuen Lese- oder Hörstoff zu sorgen, kann man sich kaum leisten. Gut, dass es in jedem Bezirk öffentliche Bibliotheken mit Kinder- und Jugendbuchbereichen gibt. Besonders gut ausgestattet sind die Philipp-Schaeffer-Bibliothek und die Amerika-Gedenk-Bibliothek. Ein weiterer Anlaufpunkt, um ohne Geldeinsatz Kinderbücher zu finden und weiterzugeben, ist Pelle, der Bücherfisch vor dem MACHmit! Museum in Prenzlauer Berg. *Philipp-Schaeffer-Bibliothek, Brunnenstr. 181, 10119 Berlin-MI, berlin.de, Amerika-Gedenkbibliothek, Blücherplatz 1, 10961 Berlin-KR, zlb.de, Bücherfisch vor dem MACHmit! Museum, machmitmuseum.de, Seite 62*

4

Kinder und Jugendliche bis 18 Jahre haben immer freien Eintritt in den Staatlichen Museen zu Berlin. *Besucherdienst der Staatlichen Museen, Seite 71*

Der Berliner FamilienPass des JugendKulturServices bietet etliche Vergünstigungen für Kultureinrichtungen.

Berliner FamilienPass, Seite 88

5

Zukunftsfragen

Der Eintritt in das Haus der Zukünfte am Alexanderufer ist kostenfrei und wir sind uns sicher: Wer den Weg einmal dorthin gefunden hat, wird es zukünftig häufiger aufsuchen. Die Ausstellung, das Future Lab, die Veranstaltungen – alles dreht sich um Fragen, die unsere Kinder und uns beschäftigen. Wie wollen wir leben, arbeiten, lernen, kommunizieren? Keine Idee ist hier zu wild, um nicht in Betracht genommen zu werden. ***Futurium, Alexanderufer 2, 10117 Berlin-MI, Seite 59***

Haus der Kulturen der Welt • Die sogenannte „Schwangere Auster" im Tiergarten beheimatet eine Perle der Kultur in ihrem Inneren. Das hier gelegene Haus der Kulturen der Welt ist ein Schmelztigel für Kunst, Wissenschaft und politische Fragen, das neben spannenden Ausstellungen und Konzerten ein spannendes Bildungs- und Workshop-Programm bietet. Der Besuch lässt sich mit einem schönen Spaziergang verbinden. *John-Foster-Dulles-Allee 10, 10557 Berlin-TI, T: 397870, hkw.de*

Kulturhaus Spandau • Im Herzen der Spandauer Altstadt ist das Kulturhaus zu finden, das großen und kleinen Besuchern ein vielfältiges Angebot bietet. Nicht nur im Sommer begeistert hier die Freiluftbühne an der Zitadelle mit tollen Kinderkonzerten und -theaterstücken, auch im Winter ist das Kulturhaus einen Besuch wert, um lustige Theatervorstellungen im Theatersaal zu erleben. *Mauerstr. 6, 13597 Berlin-SP, T: 3334022, kulturhaus-spandau.de*

Radialsystem V • Das alte Pumpenwerk am Spreeufer ist eine Institution im Berliner Kulturleben. Hier finden Konzerte, spannende Workshops, Festivals und Konferenzen statt. Dabei ist es den Machern des Radialsystems V stets ein Anliegen, dass auch Kinder Zugang zum kulturellen Erlebnis bekommen und mitwirken können. Außerdem lädt bei Veranstaltungen die Spreeterrasse herrlich zum Verweilen ein. *Holzmarktstr. 33, 10243 Berlin-FR, T: 28878850, radialsystem.de*

Schwartzsche Villa • Galerie, Konzertsaal, Atelier, Proberäume, Druckwerkstatt – die Schwartzsche Villa ist all das in einem. Aus Familiensicht besonders spannend ist das reichhaltige Kindertheaterprogramm in dem Kulturzentrum, das den verschiedensten freien Kindertheatermachern und mobilen Bühnen Raum für Gastspiele gibt. Dementsprechend abwechslungsreich sind die Aufführungen auf der Bühne in der Villa. *Grunewaldstr. 55, 12165 Berlin-ST, T: 902992212, schwartzsche-villa.de*

Tipp *ufaFabrik* • Seit gut 40 Jahren können Besucher der ufaFabrik kulturelle Vielfalt erleben. Auf mehr als 8.000 Quadratmetern werden in der ökologischen Kulturoase in Tempelhof vom Musikgarten bis zur Babymassage, von der Tierpflege auf dem eigenen Bauernhof bis hin zum Beatboxmusical für Kinder altbewährte und ständig neu gedachte Programme für Familien angeboten. *Viktoriastr. 10-18, 12105 Berlin-TE, T: 755030, ufafabrik.de*

Urania • Nahe des Wittenbergplatzes ist die Urania Berlin zu finden, in der bereits seit mehr als 100 Jahren eine Schnittstelle zwischen Wissenschaft und der Stadtgesellschaft geschaffen wird. Es lohnt sich, das Programm regelmäßig zu checken, besonders wenn dort wieder Kindermusicals und Familienkonzerte veranstaltet werden. *An der Urania 17, 10787 Berlin-SB, T: 2189091, urania.de*

YAAM • Multikulti, direkt an der Spree und voller Musik: Im YAAM ist vor allem im Sommer jeden Tag etwas los. Kleine Berliner können sich im Kidscorner kreativ entfalten und bei zahlreichen kulturellen und sportlichen Aktivitäten auspowern. Das Angebot reicht von allerlei Workshops bis hin zu urbanen Sportangeboten. Und natürlich jeder Menge beschwingter Konzerte. Leider ist dieser einzigartige Ort aktuell in seinem Fortbestand bedroht – da die Uferflächen und zeitweise das Hauptgebäude gesperrt wurden. Man kann die Forderung der Betreiber nur unterstreichen: YAAM must survive! *Schillerbrücke 3, 10243 Berlin-FR, T: 6151354, yaam.de*

Tipp *Young Arts Neukölln* • Hier werden Kinder ab sechs Jahren fündig, die sich kreativ austoben möchten. In offenen Ateliers und Kursen wird ein vielseitiges Kunstprogramm vermittelt. Von Malerei über plastisches Gestalten bis hin zu Videokunst und Street-Art – es gibt viel zu entdecken. *Donaustr. 42, 12043 Berlin-NK, T: 68900780, youngarts-nk.de*

Sehenswürdigkeiten

Berliner Dom • Die Besichtigung des monumentalen Kirchengebäudes ist für Kinder in Begleitung eines Erwachsenen kostenlos. Die Hohenzollerngruft ist wegen Umbau- und Sanierungsarbeiten voraussichtlich bis 2023 geschlossen. Eindrucksvoll sind auch die Familienkonzerte, die dort zu besonderen Anlässen wie St. Martin oder zu Weihnachten stattfinden. *Am Lustgarten, 10178 Berlin-MI, T: 20269136, berlinerdom.de*

Berliner Fernsehturm • Der 368 Meter hohe Turm, der vor allem durch seine Silhouette das Berliner Stadtbild prägt, ist eine der bedeutendsten Sehenswürdigkeiten, gilt er doch als höchstes Bauwerk Deutschlands. Von hier aus erhalten Besucher einen spektakulären Ausblick über die ganze Stadt. *Panoramastr. 1a, 10178 Berlin-MI, T: 247575875, tv-turm.de*

Brandenburger Tor • Das aus Sandstein gebaute Tor ist das einzig erhaltene von 18 Berliner Stadttoren und gilt heute als Magnet für Besucher aus aller Welt. Während es in Zeiten der Deutschen Teilung auf der Grenze zwischen Ost und West stand und zum Blickpunkt der Weltöffentlichkeit wurde, gilt es heute als eines der bedeutendsten Symbole des wiedervereinigten Deutschlands. *Pariser Platz, 10117 Berlin-MI*

Denkmal für die ermordeten Juden Europas
Zwischen Brandenburger Tor und Potsdamer Platz liegt das Holocaust-Mahnmal. Das Stelenfeld besteht aus 2.711 Betonblöcken unterschiedlicher Höhe. Unterirdisch befindet sich der „Ort der Information", dessen Ausstellungen das Mahnmal inhaltlich ergänzen und auf 800 Quadratmetern über die Entrechtung, Verfolgung und Ermordung der Juden Europas aufklären. Mit Zeugnissen individueller Lebensgeschichten wird an die Opfer erinnert. *Cora-Berliner-Str. 1, 10117 Berlin-MI, T: 28045961, holocaust-denkmal-berlin.de*

Deutscher Bundestag • Dass Bundespolitik durchaus spannend sein kann, bringt man den Kids am besten vor Ort bei. Für die Besichtigung der beeindruckenden Kuppel und der Dachterrasse des Reichstagsgebäudes muss man sich anmelden. In zwölf Vitrinen erzählt die Ausstellung „Von Reichstag zum Bundestag" in der Kuppel anhand ausgewählter Bilder, Dokumente und kurzer Texte die Geschichte des Reichstagsgebäudes von den Anfängen bis heute. *Platz der Republik 1, 11011 Berlin-TI, T: 22732152, bundestag.de*

Eastside Gallery • Insgesamt 155 Kilometer war sie lang, die berühmte Berliner Mauer, die die Stadt 38 Jahre in Ost und West teilte. Das noch längste erhaltene Teilstück ist in Friedrichshain unweit der Oberbaumbrücke zu finden und ist vor allem durch seine Graffiti-Bilder bekannt. *Mühlenstr. 3-100, 10243 Berlin-FR, eastsidegallery-berlin.com*

Flatowturm im Park Babelsberg • Während es die meisten Potsdam-Besucher ins Schloss Sanssouci zieht, ist der Flatowturm ein Geheimtipp. Wer bis zum Zinnenkranz des Turms hinaufklettert, durchquert sehenswerte Schlossräume. Oben angekommen, belohnt ein herrlicher Panoramablick. Überhaupt ist das UNESCO-Welterbe Park Babelsberg immer einen Besuch wert. *Park Babelsberg 12, 14482 Potsdam, T: 0331-9694200, spsg.de*

Flughafen Tempelhof • Das unter Denkmalschutz stehende Gebäude spiegelt die wechselvolle Geschichte Berlins wider. Der nationalsozialistischen Bau diente im Zweiten Weltkrieg der Rüstungsproduktion durch Zwangsarbeiter. Doch als Symbol der Freiheit wurde der Flughafen durch die Luftbrücke von 1948/49 weltberühmt. Auf Rundgängen kann man die interessantesten Stellen des riesigen Gebäudes mit einer Fläche von 300.000 Quadratmetern erkunden. *CHECK-IN Besucherzentrum, Platz der Luftbrücke 5, 12101 Berlin-TE, thf-berlin.de*

Gendarmenmarkt • Mit seinen monumentalen Baudenkmälern gilt er als schönster Platz Berlins. Französischer Dom und Deutscher Dom flankieren das Konzerthaus. Musikfreunde kommen auch beim alljährlichen Classic Open Air auf ihre Kosten und in der Adventszeit beherbergt der Platz einen der stimmungsvollsten Weihnachtsmärkte der Stadt. *Gendarmenmarkt, 10117 Berlin-MI*

Kaiser-Wilhelm-Gedächtniskirche • Die Kirche mit ihrer Turmruine, die heute als Mahnmal für den Frieden gilt, können Interessierte in täglichen Führungen besichtigen, dort an Familiengottesdiensten oder Konzerten teilnehmen und von Ende April bis Anfang Oktober bei speziellen Wochenendführungen das Innere der Turmruine erkunden. *Breitscheidplatz, 10789 Berlin-CH, T: 2185023, gedaechtniskirche-berlin.de*

Neue Synagoge • Der prächtige Bau war einst die größte Synagoge Deutschlands. Heute ist das Gebäude der Sitz des Centrum Judaicums, in dem die Herausforderungen kultureller Vielfalt und Differenzen sowie verschiedene Ausprägungen des Jüdischseins thematisiert werden. *Oranienburger Str. 28-30, 10117 Berlin-MI, T: 88028316, centrumjudaicum.de*

Nikolaiviertel • Hier fühlt man sich wie in einer anderen Stadt. Die Häuser zwischen Spree und Rotem Rathaus vermitteln einen Eindruck aus der Berliner Vorzeit. Die Bürgerhäuser laden in den Biedermeier ein und die doppeltürmige Kirche trägt in ihrem Gemäuer Spuren aller Epochen. Das Gebiet war das Herzstück der einstigen Siedlungen Berlin und Cölln, doch die die Gebäude sind größtenteils nicht original. Sie wurden im Vorfeld der Feierlichkeiten zur 750-Jahr-Feier Berlins von 1981 bis 1987 errichtet. In der Nikolaikirche kann man in Miniaturmodellen die Geschichte des Viertels nachvollziehen. *Rund um den Nikolaikirchplatz, 10178 Berlin-MI*

Olympiastadion • Wer sich auf die Spur der deutschen Sport- und Architekturgeschichte begeben möchte, geht auf eine Tour im Olympiastadion. Bei verschiedenen Führungen können die Spielerkabinen, die unterirdische Aufwärmhalle oder die historische Multifunktionsarena besichtigt werden. Wer möchte, kann hier auch seinen Geburtstag feiern. *Olympischer Platz 3, 14053 Berlin-CH, T: 28018118, olympiastadion.berlin*

Tipp *Schloss Charlottenburg* • Früher residierte hier die preußische Königin Sophie Charlotte, heute beherbergt der für sie gebaute Prachtbau mehrere Ausstellungen, in denen unter anderem die Schätze aus der Silberkammer der Hohenzollern oder die Residenz ihres Enkels Friedrich des Großen zu besichtigen sind. Führungen mit der Kammerzofe durch die Gemächer und das Lustwandeln im barocken Park garantieren royalen Spaß für die ganze Familie. *Spandauer Damm 10-22, 14059 Berlin-CH, T: 320910, spsg.de*

Schloss Schönhausen • Das Barockschloss Schönhausen in Pankow hat sich vom Sommersitz der preußischen Königin über ein Kunstdepot während des Nationalsozialismus und bis zum Amtssitz des DDR-Präsidenten einer starken Wandlung unterzogen. In kaum einem anderen preußischen Schloss ist die Zeitgeschichte Deutschlands so ablesbar wie in Schönhausen. Heute beherbergt das Schloss wechselnde Veranstaltungen in den prächtigen Zimmern. *Tschaikowskistr. 1, 13156 Berlin-PA, T: 4039492625, spsg.de*

Tipp *Schloss und Park Sanssouci* • Ein Familienausflug nach Potsdam ist immer wieder eine gute Idee, dann steht das weltbekannte Parkensemble meist ganz oben auf der Wunschliste. Hier können Besucher die von Eleganz geprägten Räume oder den Schlosspark zwischen der Orangerie, dem Chinesischen Teehaus und den berühmten Weinbergterrassen erkunden. Auch ein Besuch des westlich gelegenen Neuen Palais lohnt sich, ebenso wie die Teilnahme am vielseitigen Veranstaltungsprogramm für Kinder und Familien! *Maulbeerallee, 14469 Potsdam, T: 0331-9694200, spsg.de*

Siegessäule • Geziert wird die Säule inmitten des Tierparks von der Figur der römischen Siegesgöttin Viktoria, vom Volksmund aufgrund ihrer Vergoldung Goldelse genannt. Wer genug Puste aufbringt, erklimmt die im Inneren gelegene Wendeltreppe mit ihren 285 Stufen und erhält einen fantastischen Panoramaausblick. *Großer Stern, 10557 Berlin-TI*

Zitadelle Spandau • Die Renaissancefestung beherbergt das älteste Gebäude Berlins, den Juliusturm. Familien können jedoch nicht nur spannende Führungen, sondern auch Open-Air-Konzerte, Workshops oder das Stadtgeschichtliche Museum besuchen. Und dann gibt es ja noch die Fledermäuse, die man im Keller besuchen kann. *Am Juliusturm 64, 13599 Berlin-SP, T: 3549440, zitadelle-berlin.de*

Expedition TIRILI – die Deutsche Oper kommt zu den Kindern und weiß auch ohne aufwändiges Bühnenbild zu begeistern.

Deutsche Oper, Seite 75

Stadtführungen

Bärentouren • Geschichtsliebhaber ab vier Jahren, die mehr von Berlins historischer Seite sehen wollen, gehen gemeinsam mit Ritter Johann auf eine spannende Erkundungstour. Zu Fuß entdecken sie interessante Orte, während der eindrucksvolle Guide von einer aufregenden Stadtchronik berichtet. *T: 34787407, baerentouren.de*

Berlin Musictours • Mit Berlin Musictours gehen große und kleine Musikfans auf eine spannende Reise und besuchen die Orte, an denen unter anderem David Bowie, Depeche Mode oder U2 ihre Spuren hinterlassen haben. Natürlich kann auch die ehemalige Ost- oder die heutige Musikszene erkundet werden. *T: 0172-4242037, musictours-berlin.de*

Berliner Wassertaxi • Berlins schönste Seiten kann man auf dem Wasserweg entdecken, denn zum Glück liegen die meisten Berliner Sehenswürdigkeiten direkt an der Spree. Während der einstündigen Schiffsrundfahrt schippert man vorbei an Fernsehturm, Nikolaiviertel, Berliner Dom, ARD-Studio, Reichstag, Regierungsviertel und Siegessäule. *T: 65880203, berlinerwassertaxi.de*

Tipp ***Foxtrail*** • Super Mix aus Schnitzeljagd, Sightseeing und Outdoor-Escape Game: Die Jagd nach dem schlauen Tier führt in kleinen Teams von zwei bis sechs Personen ab zehn Jahren quer durch die Bezirke und ist selbst für Einheimische eine spannende Herausforderung. Um dem Fuchs auf die Spur zu kommen braucht es keine App, sondern Köpfe, Hände, alle Sinne und Teamgeist. Mit den Foxtrails „Dufte" und „Knorke" lassen sich Berlin-Mitte, mit „Schnieke" die City-West und mit „Kutscher" Potsdams Innenstadt entdecken *T: 55578686, foxtrail.de*

Pindactica • Findige Spürnasen aufgepasst! Mit den Entdeckerheften können Kinder ab sechs Jahren alleine, gemeinsam mit der ganzen Familie oder mit dem Pindactica-Team auf Outdoor-Entdeckungstouren gehen, beobachten, sammeln, rätseln, malen oder kartografieren. Warum also nicht mal eine Rallye durch den Volkspark Humboldthain, Friedrichshain oder die Hasenheide unternehmen? *T: 34083124, pindactica.de*

Reederei Riedel • Wer Berlin vom Wasser aus erkunden möchte, der kann auf einer der Touren der Reederei Riedel entspannt zurückgelehnt das Herz von Berlin erkunden, unter 64 Brücken hindurch schippern, eine abendliche Lichterfahrt oder das winterliche Berlin genießen. Die Anlegestellen sind in der ganzen Stadt entlang der Wasserwege verteilt. *T: 67961470, reederei-riedel.de*

Stadt im Ohr • Familien, die auf interaktive Weise die Kieze der Stadt erkunden wollen, sind mit den durchdachten Hörspielen von Stadt im Ohr gut beraten. So entdecken Kinder ab neun Jahren gemeinsam mit dem weit gereisten Kater Socks vom Helmholtzplatz den geschichtsträchtigen Prenzlauer Berg oder folgen der Audiotour über die Oberbaumbrücke. Die Hörspiele zum Mitlaufen bekommt man als Download auf der Website oder im App-Store. *T: 20078841, stadt-im-ohr.de*

Stadtspiel (Ver-)Führungen • Bestens geeignet für Familien, die nur wenig Zeit mitbringen, um die Stadt zu erkunden, ist die Schnitzeljagd „Berlins City für Kids". In zwei bis drei Stunden erkundet man die bekanntesten Sehenswürdigkeiten der Berliner Innenstadt und erfährt ganz nebenbei viel über Berlins Geschichte. Die Schnitzeljagd-Stadtführung eignet sich auch schon für Kinder im Vorschulalter. *T: 0351-2136800, stadtspiel-berlin.de*

StattReisen Berlin • Kinder zwischen acht und zwölf Jahren können gemeinsam mit ihren Eltern an einer der öffentlichen Kindertouren teilnehmen und auf spielerische Weise Berlin entdecken. So gehen Nachwuchsdetektive auf die Suche nach dem Dieb mit dem schwarzen Hut und Spürnasen versuchen, den verschwundenen Schatz der Museumsinsel aufzuspüren. *T: 4553028, stattreisenberlin.de*

Stern und Kreisschifffahrt • Durch die City, über die Havel oder die Spree – Wasserbegeisterte erkunden die funkelnden Lichter bei einer abendlichen Stadtrundfahrt, erleben die Geschichte Berlins und entdecken die Stadt gleichzeitig aus einer ganz neuen Perspektive. *T: 5363600, sternundkreis.de*

Vergünstigungen

Tipp ***Berliner FamilienPass und SuperFerienPass*** • Die sechs Euro, die der Familienpass des Jugendkulturservices kostet, sind gut investiert, enthält er doch zahlreiche Vergünstigungen für echte Highlights. Auch der SuperFerienPass, der unzählige Rabatte, freien Eintritt in die Berliner Bäder und zig Ideen für die schulfreien Zeiten liefert, ist ein Must-Have für Berliner Familien. *jugendkulturservice.de*

berlinerjugendabo • Preiswerte Konzert-Tickets, um klassische Konzerte zu erleben, von Dirigenten zu lernen, mit Musikern zu sprechen. Junge Abonnenten im Alter von 14 bis 21 Jahren erhalten Tickets für insgesamt sechs Konzertabende von Januar bis Juni 2021 mit Einführungen und Gesprächen zu einem Gesamtpreis von 36 Euro. *berlinerjugendabo.de*

Familienpass Brandenburg • Der Familienpass Brandenburg 2020/2021 bietet rund 470 rabattierte Angebote aus den Bereichen Freizeit, Bildung, Sport und Spaß. Der Pass ist bis Juni 2021 für die ganze Familie gültig und lohnt sich für alle, die häufiger Ausflüge ins Umland wagen und Neues entdecken möchten. *familienpass-brandenburg.de*

Aktiv

CH Charlottenburg, **FR** Friedrichshain, **HE** Hellersdorf, **HO** Hohenschönhausen, **KÖ** Köpenick, **KR** Kreuzberg, **LI** Lichtenberg, **MA** Marzahn, **MI** Mitte, **NK** Neukölln, **PA** Pankow, **PB** Prenzlauer Berg, **RE** Reinickendorf, **SB** Schöneberg, **SP** Spandau, **ST** Steglitz, **TE** Tempelhof, **TI** Tiergarten, **TR** Treptow, **WE** Wedding, **WI** Wilmersdorf, **WS** Weißensee, **ZE** Zehlendorf

Parks

Botanischer Garten Berlin • Der in Dahlem gelegene Botanische Garten zählt zu einem der größten der Welt und lädt Besucher ein, die Pflanzenvielfalt der Erde zu durchwandern. Hier herscht immer Saison, denn nicht immer blüht alles, aber immer blüht etwas. Während das Freilandgeläde mit Wiesen und Wäldern, malerischen Wegen, bunten Krokussen, asiatischen Stauden-Anemonen und Strauchpfingstrosen lockt, taucht man in den Schaugewächshäusern in die faszinierende Pflanzenwelt der Tropen und Subtropen ein. *Königin-Luise-Str. 6-8, 14195 Berlin-ST, T: 83850100, bgbm.de*

Botanischer Volkspark Blankenfelde Pankow • Ein wahrhaftes Idyll ist der im Norden Berlins gelegene und rund 34 Hektar große Botanische Garten, der mit seiner faszinierenden Landschaft zum Verweilen einlädt. Umgeben von naturbelassenen Wiesen und Wäldern können Besucher auf dem ehemaligen Gelände des einst größten Berliner Schulgartens eine Vielzahl an teilweise seltenen Pflanzen, Stauden und Gewächsen entdecken oder einfach eine Runde die Seele baumeln lassen. Besonders spannend für die Jüngsten ist das Wildtiergatter, in dem das teils zutrauliche Damwild lebt, das dank der vor dem Gehege stehenden Futterautomaten gefüttert werden kann. *Blankenfelder Chaussee 5, 13159 Berlin-PA, T: 700906750, gruen-berlin.de*

Tipp ***Britzer Garten*** • Das man nicht weit reisen muss, um mitten im Grünen zu landen, zeigt der Britzer Garten. Die weitläufige Wiesen- und Seenlandschaft bietet den idealen Ort für entspannte Picknicks, ausgedehnte Spaziergänge oder Erkundungstouren der verschiedenen Pflanzenarten. Aber auch verschiedene Tierarten wie Skudden-Schafe, Waldziegen oder Salers-Rinder gilt es hier zu entdecken. An warmen Tagen begeistert junge Besucher vor allem der Wasserspielplatz, auf dem ausgiebig getobt und geplanscht werden kann. Wem bei all dem Spaß der Magen knurrt, kehrt auf die Britzer Seeterassen ein und genießt sowohl köstliche Speisen als auch den traumhaften Ausblick. *Sangerhauser Weg 1, 12349 Berlin-NK, T: 700906710, britzer-garten.de*

Bürgerpark Pankow • Mit einer Fläche von rund zwölf Hektar ist der Bürgerpark nicht nur der größte des Bezirks, sondern auch einer der schönsten Berlins. Wer durch das historische Eingangstor schreitet, landet in einer grünen Oase, die zum Spielen, Erholen und Entspannen einlädt. Familien können auf der grünen Wiese ein gemütliches Picknick genießen, herumtollen oder dem Spielplatz im westlichen Teil des Parks einen Besuch abstatten. Wer eine Pause braucht, kann im Bürgerparkcafé leckeren Kaffee und Kuchen genießen oder durch die Parkbücherei stöbern. Direkt neben dem Park ist der beliebte Kinderbauernhof Pinke Panke zu finden. *Wilhelm-Kuhr-Str., 13187 Berlin-PA, buergerpark-pankow.de*

Tipp ***Gärten der Welt*** • Familien, die eine Auszeit vom Statdleben suchen und ein bisschen Urlaubsfeeling genießen wollen, kehren in die Gärten der Welt ein. Hier laden verschiedene Themengärten zu einer kleinen Weltreise ein, auf der man nicht nur die internationale Gartenkunst entdecken, sondern sich auch in ein fernes Land träumen kann. Während Höhenprofis mit der beliebten Seilbahn auf den Kienbergpark fahren, können aktive Besucher mit der Natur-Bobbahn durch die Parklandschaft sausen. Für jede Menge Spaß sorgen außerdem die zahlreichen Spielmöglichkeiten. Empfehlenswert ist auch der Besuch des angrenzenden Wolkenhains, der einen tollen Ausblick bietet. *Blumberger Damm 44, 12685 Berlin-MA, gaerten-der-welt.de*

Gutspark Marienfelde • Der Park am Gutshof Marienfelde liegt etwas versteckt im Berliner Süden und ist ein wahres Idyll. Neben der landschaftlichen Seite des Parks, die vor allem durch ihre alten Baumbestände und weitläufigen Wiesen geprägt ist, begeistert der Schmuckgarten in unmittelbarer Nähe zum Gutshaus mit bunten Blumenbeeten, dem puristischen Brunnen und historischen Skulpturen. Für junge Frischluftfanatiker gibt es einen Spielplatz. *Säntisstr. 182, 12277 Berlin-TE*

Humboldthain • Dieser Park am Weddinger Gesundbrunnen ist auf den alten Flaktürmen des darunter liegenden Bunkers gewachsen. Während der blühende Rosengarten zum Entspannen einlädt, kann auf den weiten Wiesen mit den schattenspendenden Bäumen ein fröhliches Picknick eingelegt werden. Familien schätzen den Park vor allem für den Abenteuerspielplatz und das Freibad mit dem Kunstkiosk Tropez. Wer die Parklandschaft und dessen Geschichte weiter erkunden will, sollte sich mit einem pindactica-Entdeckerheft ausstatten. *Brunnenstr., 13155 Berlin-WE*

Körnerpark • Das Neuköllner Gartenbaudenkmal gleicht nicht nur einem wunderbaren kleinen Schlosspark, sie lädt Familien obendrein dazu ein, eine Auszeit vom trubeligen Stadtleben zu nehmen. Während sich im westlichen Teil der Grünanlage die Orangerie befindet, die ein Café sowie eine Galerie für wechselnde Ausstellungen beherbergt, liegt im nördlichen Teil ein schöner Blumengarten. *Schierker Str. 8, 12051 Berlin-NK, körnerpark.de*

Neu ***Mauerpark*** • Wo einst die Berliner Mauer die Stadt in Ost und West teilte, liegt heute der Mauerpark. Während Familien unter der Woche entspannt die Sonne genießen, Fußball spielen oder mit Freunden picknicken, verwandelt sich der Park am Sonntag in eine bunte Kulturstätte mit Flohmarkt und– außerhalb der Pandemie – auch Open-Air-Karaoke. Im Juni 2020 eröffnete der neue Mauerpark-Teil, der idyllisch bepflanzt, mit vielen Schattenplätzen und einem Spielplatz vor allem für Familien einen fantastischen Ort bietet. *Gleimstr. 55, Bernauer Str., 10437 Berlin-PB, T: 60980018, mauerpark.info*

Die Mauerpark-Erweiterung ist ein echter Zugewinn – der neue Teil lockt Familien mit Gemeinschaftsgarten, Schatten- und Spielplätzen.

Mauerpark, Seite 90

Tipp **Naturpark Nuthe-Nieplitz** • Nur knappe 30 Minuten mit dem Auto entfernt vom turbulenten Großstadttrubel landen Familien in einer vollkommen ländlichen Gelassenheit, die zu einem entspannten Tagesausflug einlädt. Auf dem ehemaligen militärischen Übungsplatz Jüterborg hat sich mittlerweile auf einer Fläche von 7.000 Hektar die Natur frei entfaltet und bietet heute eine abwechslungsreiche Landschaft aus offenen Dünen, Heiden mit Feuchtgebieten, Pionierwäldern und steppenartigen Sandgebieten. Ein guter Startpunkt für eine Entdeckungstour ist das NaturparkZentrum am Wildgehege Glauer Tal. Dank des neuen kostenlosen Audioguides können Familien ganz einfach ihre Lieblingstour aussuchen und schon kann die Wandertour beginnen. Nach der aktiven Entdeckungsreise kann im Café am Wildgehege eine Pause eingelegt werden. *Glauer Tal 1, 14959 Trebbin OT Blankensee, T: 033731-700462, naturpark-nuthe-nieplitz.de*

Naturpark Schöneberger Südgelände • Der ehemalige Rangierbahnhof ist heute ein wilder Märchenwald, der viele Geschichten erzählt. Sein Wahrzeichen ist ein 50 Meter hoher Wasserturm aus Stahl. Alte Schienen, eine Drehscheibe und eine Dampflok, die von der Natur nach und nach überwuchert werden, erinnern an eine andere Zeit und können auf einem Rundgang erkundet werden. Das Spielparadies bietet für Erfinderische und Kletterbegeisterte unzählige Möglichkeiten zum Auszutoben und Entdecken. Auch kreatives Recycling, Aktionen zu Wildnistraining sowie Hexenkräuterküche werden hier angeboten. *Prellerweg 47-49, 12157 Berlin-SB, T: 700906760, suedgelaende.de*

Park am Gleisdreieck • Wer hätte gedacht, dass aus einem Bahnhofsknotenpunkt 100 Jahre später ein wunderschöner Park zum Aktivsein entsteht? Der rund 26 Hektar große Park am Gleisdreieck besteht aus dem Ost- und Westpark und lädt Familien zu erholsamen Nachmittagen sowie entdeckungsreichen Wochenenden ein. Von Basketballplätzen über Trampoline und Schaukeln bis zu Beachvolleyballfeldern ist alles dabei. Außerdem findet man viele offene Grünflächen zum Entspannen, zahlreiche Spielplätze und den Naturerfahrungsraum im Ostpark, wo Kinder fast unberührter Natur begegnen können. Wem bei all dem Spaß der Hunger packt, legt eine Pause im Café Eule ein und genießt ein leckeres Stück Kuchen. *Möckernstr. 26, 10963 Berlin-KR, T: 700906710, gruen-berlin.de*

Tipp **Pfaueninsel** • Wenn die Sonne ihre Strahlen ausbreitet, ist eines der beliebtesten Ausflugsziele die Pfaueninsel, die sich eingebettet zwischen Wald und Wasser im Südwesten Berlins befindet. Nach einer kurzen Fährfahrt über die malerische Havel erreichen Familien das paradiesische Eiland, das als Ort der Ruhe, der Naturnähe und des preußisch-königlichen Lebensgefühls gilt. Während die märchenhafte Umgebung mit bunten Frühlingsblühern, 400 Jahre alten Eichen und dem ältesten Rosengarten Berlins lockt, lädt die Spielwiese zum gemütlichen Picknick ein. Natürlich kann man hier auch schon mal den einen oder anderen Pfau mit seinem grazilen Federkleid vorbeischreiten sehen. Kinder, die während ihres Besuchs mehr über die Insel und ihre Geschichte erfahren wollen, können sich vorher auf der Website die Entdeckungstour herunterladen, die viele spannende Infos bereithält. *Nikolskoer Weg, 14109 Berlin-ZE, spsg.de*

Tipp **Plänterwald und Neuer Spreepark** • Südöstlich an den Treptower Park schließt sich der Plänterwald an, der mit einem Waldspielplatz und einer Plansche viel Raum zum Austoben gibt. Gleichzeitig findet man an der nördlichen Spitze des Plänterwalds den Spreepark, einen stillgelegten Vergnügungspark, in dem sich Kunst, Kultur und Natur in den letzten Jahren stark verbunden haben. Wer diesen geheimnisvollen Ort erkunden möchte, hat die Chance, von März an bis in den Herbst hinein, an einer Führung teilzunehmen. Bis 2026 soll sich der verschlossene Ort mit interessanter Vergangenheit wieder in einen offenen, lebendigen Freiraum verwandelten. Neugierige, die wissen möchten, was die Planungen für den Neuen Speepark vorsieht, werden im Info-Pavillion oder auf der Website fündig. *Dammweg, 12437 Berlin-TR, gruen-berlin.de, spreepark.berlin*

Schloss und Landschaftsgarten Glienicke • Auf der Berliner Seite der Glienicker Brücke liegen Schloss und Garten, die zum UNESCO-Weltkulturerbe zählen. Über Wiesen, Bäume und Hügel erstreckt sich die Parkanlage bis zur Havel hinunter. Das Schloss sollte man unbedingt betreten und sich von der Farbenpracht verzaubern lassen: In Rot und Blau leuchten die Salons im Innern des Guts und untermalen die Ausstellung der antiken Möbelstücke. *Königstr. 36, 14109 Berlin-ZE, T: 80586750, spsg.de*

Schlosspark Pankow • An herrlichen Sommertagen kommen Familien gerne in den Pankower Schlosspark, um sich auf den grünen Wiesen niederzulassen und ein paar entspannte Stunden zu genießen. Entlang der zahlreichen geschwungenen Wege kann man dem Lauf der Panke folgen, bevor es zu dem Türenspielplatz im Norden oder dem Eisenbahnspielplatz im Osten des Parks geht, wo aktive Kinder großen Kletterspaß erleben. Wer eine Abkühlung benötigt, stattet dem Sommerbad Pankow im südlichen Teil einen Besuch ab. Auch das im Park liegende Schloss Schönhausen und der Klostergarten sind beliebte Ausflugsziele. *Am Schloßpark, 13187 Berlin-PA*

Stadtpark Steglitz • Der Stadtpark ist eine grüne Oase, größtenteils bewaldet, so findet man dort immer ein Schattenplätzchen. Neben Spazierwegen, Liegewiesen und einem Musikpavillon mit Sommerkonzerten bietet der Park Spielplätze, eine Minigolfanlage und ein Restaurant im Rosengarten. Im Winter eignet sich der kleine Hügel perfekt zum Rodeln. *Albrechtstr./Sedanstr., 12167 Berlin-ST*

Tipp **Tempelhofer Feld** • Wo einst Flugzeuge in den Himmel abhoben oder auf der Landebahn landeten, können Berliner und Berlinbesucher heute eine herrliche Auszeit vom turbulenten Stadtalltag im Grünen genießen. Das ehemalige Flughafengelände bietet genügend Platz, um im Herbst einen Drachen steigen zu lassen, mit dem Skateboard übers Rollfeld zu sausen oder auf der grünen Wiese ein gemütliches Picknick zu machen. Zudem gibt es übers Jahr verteilt zahlreiche Veranstaltungen für Familien, wie das Festival der Riesendrachen. Ein einmaliger Ort, den die Berliner nicht mehr missen möchten. *Eingänge: Tempelhofer Damm, Columbiadamm, Oderstr., 12101 Berlin-NK/TE, gruen-berlin.de*

Tiergarten • Zwischen Brandenburger Tor und Zoo findet man das grüne Herz Berlins, das mit weitläufigen Wiesen und Schatten spendenden Bäumen viel Platz für Erholung bietet. Zudem ist der Park gesäumt von Statuen, Teichen und zwei Spielplätzen. Im westlichen Teil des Parks liegt die schillernde Siegessäule, die mit ihrer Aussichtsplattform einen herrlichen Blick über den Tiergarten bietet. *Großer Stern, Straße des 17. Juni, 10557 Berlin-TI*

Treptower Park • Die große Parkanlage, die sich an die Spree anschmiegt, bietet viele Freiflächen zum Ballspielen, Austoben und Picknicken. Es können Tretboote ausgeliehen, Fischbrötchen verzehrt oder Ehrendenkmäler besucht werden. Am Ufer entlang gelangt man zur Insel der Jugend mit Blick auf die Halbinsel Stralau. An der südöstlichen Seite geht der Park in den dichten Plänterwald über. *Am Treptower Park, Puschkinallee, 12435 Berlin-TR, treptowerpark.de*

Viktoriapark • Der Viktoriapark bildet mit seinem 66 Meter hohen Kreuzberg den höchsten Punkt der Berliner Innenstadt. Neben dem Ausblick über die Stadt ist vor allem der Wasserfall, der sich laut plätschernd seinen Weg hinunter bahnt, ein wahres Highlight. Wer nach dem Auf- und Abstieg noch genügend Energie hat, kann sich auf dem Spielplatz am Fuße des Bergs verausgaben. *Duden-, Katzbach-, Kreuzbergstr., 10965 Berlin-KR*

Volkspark Friedrichshain • Der älteste Park Berlins ist eine grüne Oase, die vor allem bei jungen Familien sehr beliebt ist. Ob Körbe werfen, Volleyball spielen, picknicken, sich in der Sonne rekeln, auf den Spielplätzen herumklettern oder einfach nur über die grünen Wiesen toben – das Angebot für Kinder und Jugendliche ist riesig. An lauen Sommerabenden lockt zudem das Freiluftkino mit spannenden Filmen. *Am Friedrichshain, Friedenstr., Landsberger Allee, 10407 Berlin-FR*

Volkspark Hasenheide • Von dem früheren Hasengehege sind dem Neuköllner Park sein Name und fünfzig Hektar Grünfläche geblieben. Als Ausflugsziel für die Familie eignet sich der Volkspark Hasenheide vor allem wegen seiner vielfältigen Freizeitangebote. Neben mehreren Spielplätzen finden sich hier ein Freiluftkino, ein Tiergehege, eine Minigolfanlage und ein Rosengarten. Auf dem Baumlehrpfad kann man alle „Bäume des Jahres" seit 1989 kennenlernen. *Columbiadamm, 10967 Berlin-NK, volkspark-hasenheide.de*

Volkspark Jungfernheide • Im Norden Charlottenburgs finden Familien mit dem Volkspark Jungfernheide den zweitgrößten Park Berlins, der nicht nur mit seiner Fläche sondern auch mit seinem dichten Waldbestand aus Eichen, Kiefern und Buchen überzeugt. Hier kann man nicht nur prima einen entspannten Spaziergang unternehmen, sondern auch richtig viel Action erleben. Während Höhentaugliche im östlichen Teil des Parks im Waldhochseilgarten umherklettern, genießen Wasserfreunde im westlichen Teil ein Bad im Frei- oder Strandbad. *Heckerdamm, 13627 Berlin-CH*

Tipp **Volkspark Potsdam** • Im Norden Potsdams geht es bunt, fröhlich und lebendig zu. Hier laden tolle Spielplätze mit Wasserbecken oder Riesenrutschen, attraktive Sportangebote wie Disc-Golfen, Klettern und ein toller Skatepark, ein gemütliches Dorf mit original kirgisischen Jurten und süßen Shetlandschafen sowie zahlreiche Veranstaltungen an den Wochenenden zum Familienausflug ein. 2021 feiert der Volkspark Potsdam sein 20-jähriges Jubiläum. Wir gratulieren! *Georg-Hermann-Allee 101, 14469 Potsdam, T: 0331-6206777, volkspark-potsdam.de*

Volkspark Prenzlauer Berg • Im Osten des Bezirks Prenzlauer Berg liegt der gleichnamige Volkspark, der Kinder mit seinem Spielplatz und der großen Wiese zum Austoben einlädt. Während Familien im Sommer auf ihrer Picknickdecke entspannt die Sonne genießen können, eignet sich der Park im Herbst ideal zum Drachensteigen. Wenn der Park im Winter mit Schnee überdeckt wird, können Mutige mit ihrem Schlitten vom Hügel herunterrodeln. *Hohenschönhauser Str., 10407 Berlin-PB*

Volkspark Rehberge • Der Volkspark ist eine idyllische Ruheoase zwischen dem geschäftigen Wedding und der Kleingartenkolonie von Reinickendorf. Mit Tiergehegen, Liegewiesen, Spielplätzen, Sportplätzen sowie einer Rodelbahn von 20 Metern Höhenunterschied ist der Park ein ganzjähriges Ausflugsziel. Die Freilichtbühne lädt an Sommerabenden zum Oper Air-Kino ein. *Afrikanische Str., 13351 Berlin-WE*

Volkspark Schöneberg-Wilmersdorf • Der Grünstreifen zieht sich zweieinhalb Kilometer durch den Bezirk und ist dabei nur rund 150 Meter breit. Unter alten Kastanien kann man Steintische mit vorgeprägtem Schach- und Mühlemuster nutzen. Eine Vielzahl an Spielplätzen mit Klettergeräten und Schaukeln sowie Sportmöglichkeiten von Tischtennis bis zu Minigolf werden Bewegungshungrigen jeden Alters gerecht. *Am Volkspark, Straße am Schoeler Park, 10715 Berlin-WI*

tiv
iern

Tobt euch aus! Zu jeder Jahreszeit gibt es Möglichkeiten, aktive Kindergeburtstagsfeiern mit viel Bewegung zu veranstalten.

Freudensprünge

Perfekt für bewegungshungrige Kinder und Teenager ist ein Geburtstagsausflug nach Reinickendorf, wo auf 4.000 Quadratmetern mehr als 70 Trampoline und, besonders cool für alle ab zwölf Jahren, ein Sky Ninja-Parcours auf die Gästeschar wartet. Nach der Jumperei können sie Platz am Partytisch nehmen oder sich noch an den Spieltischen vergnügen. *JUMP House Berlin, Miraustr. 38, 13509 Berlin-RE, Seite 125*

Rauf aufs Board

Am Schlachtensee könnt ihr eine SUP-Geburtstagsfeier mit Verköstigung in der Fischerhütte verbinden. Nach einer kurzen Einführung zum Stand Up Paddling geht es auch schon aufs Wasser, wo mit Spielen und Übungen Geschicklichkeit und Wagemut der Kinder herausgefordert werden. *Stand Up Paddling am Schlachtensee, Fischerhüttenstr. 136, 14163 Berlin-ZE, Seite 118*

Wellenreiten

Dieses Wassersport-Erlebnis könnt ihr zu jeder Jahreszeit als Kindergeburtstags-Event organisieren – eine Kinder Surf-Session ist im Wellenwerk für Nachwuchs-Surfer zwischen sieben und 14 Jahren möglich. Dank einer Haltestange kommen dabei schon absolute Anfänger zu ersten Erfolgserlebnissen auf der Welle. *Wellenwerk Berlin, Landsberger Allee 270, 10367 Berlin-LI, Seite 118*

Partylocation oder professionelle Partyplanung gesucht? Partylicous macht beides möglich, für Kinder und Teenager. Partylicious, *Pestalozzistr. 88B, 10625 Berlin-CH,* partylicious-berlin.com

Feiern und Forschen

Das Tempelhofer Feld ist unser Lieblingsort zum Picknicken, Drachen steigen lassen und Kinder auspowern lassen – also bestens geeignet für Freestyle-Geburtstagsfeiern. Wenn ihr aber gerne ein bisschen Programm habt, bei dem die Kinder auch noch die Natur der riesigen Freifläche besser kennenlernen, könnt ihr von April bis Oktober eine Wiesenforschertour beim Freilandlabor als Kindergeburtstagsevent buchen. *Freilandlabor Britz, Seite 102, Tempelhofer Feld, Seite 93*

Schnitzeljagd

Das House of Tales beherbergt nicht nur fünf verschiedene Escape Rooms (die sich vor allem für Teenager-Geburtstage eignen), sondern ist auch Ausgangspunkt für die Operation Fuchsjagd. Bei der spannenden Outdoor-Mission gehen Kinder ab acht Jahren als Nachwuchsdetektive im Tiergarten auf Verbrecherjagd und versuchen, dem berüchtigten Meisterdieb "Fuchs" das Handwerk zu legen. *House of Tales, Zimmerstr. 90, 10117 Berlin-MI, Seite 139*

Spurenlesen, Schleichen, Schnitzen: Wilde Abenteuer in der Natur können Kinder ab sechs Jahren mit der Wildnis- und Survivalschule erleben. Richtig cool für Teens ist ein Survivalausflug mit Übernachtung. *walk-on-the-wildside.de*

4

Das fezt!

Ein Ort für viele Feiern: Im FEZ-Berlin kommen alle Geburtstagskinder auf ihre Kosten, so vielfältig sind die Möglichkeiten, einen fantastischen Tag mit seinen Gästen zu verleben. Kinder können auf eine interaktive Entdeckungstour (ab zehn Jahren) oder eine Geocachingtour (ab neun Jahren) gehen, Raumfahrtluft im orbitall schnuppern (ab acht Jahren) oder im fezino mit Bilderbuchkino (ab drei Jahren), Greenbox (ab neun Jahren) oder im Trickfilmstudio (ab acht Jahren) feiern.
FEZ-Berlin, Straße zum FEZ 2, 12459 Berlin-KÖ, Seite 79

Gärten

Allmende Kontor Gemeinschaftsgarten • Von zehn Beeten und 20 Gärtnern auf 300 Beete und 900 Gärtner: Innerhalb der letzten Jahre hat sich der Gemeinschaftsgarten stark entwickelt. Im Südosten des Tempelhofer Felds hat der Verein seinen eigenen Garten mit Hochbeeten konzipiert. Dort ist eine der schönsten Ecken zum Picknicken. Auch ein Bienengarten mit acht fleißigen Bienenvölkern ist Teil der Anlage. *Oderstr., 12049 Berlin-NK, allmende-kontor.de*

Tipp *Bauerngarten* • Das Gras wachsen hören, lebendige Erde zwischen den Fingern spüren sowie knackiges Bio-Gemüse frisch ernten und genießen?! Das geht im Bauerngarten. Einfach eine Parzelle buchen und schon kann im Frühjahr auf dem bereits vorbereiteten kleinen Acker gepflanzt, gepflegt und später auch geerntet werden. Dabei kümmert sich das Bauerngarten-Team um den Boden und die automatische Bewässerung, mäht, repariert, besorgt Bio-Saatgut, Gartenwerkzeug und stellt kräftige Bio-Jungpflanzen bereit. *Blankenfelder Chaussee 5, 13159 Berlin-PA, Kladower Damm 57, 14089 Berlin-SP, Eichner Grenzweg/Ahrensfelder Chaussee, 16356 Ahrensfelde, Querweg 6 1/2, 12529 Schönefeld, T: 28482436,bauerngarten.net*

Bürgergarten Laskerwiese • Vom Brachland zu einem wunderschönen Gemeinschaftsgarten mitten in Friedrichshain: Der Bürgergarten Laskerwiese ist eine Initiative von Anwohnern unterschiedlichster Generationen und Herkunft, die sich beim nachbarschaftlichen Gärtnern begegnen. Neben dem Gemeinschaftsgarten und einzelnen Parzellen gibt es auch eine Grünanlage mit Ballspielfeld. Das schöne Fleckchen Grün bietet viel Raum für Austausch. *Laskerstr., 10245 Berlin-FR, T: 29772610, laskerwiese.blogspot.de*

Neu *ElisaBeet* • Sommerwiese, Schlummerwald und Gemüsegarten – die Macher vom himmelbeet starten ein neues Garten-Projekt im nordöstlichen Teil des Friedhofs St. Elisabeth II. und lassen im Soldiner Kiez einen neuen Kiezgarten entstehen. Nachdem im Juni 2020 Ideen für den neuen Begegnungsort gesammelt wurden, wird es immer wieder Mitmachtage geben, bei denen große und kleine Gartenfreunde helfen können, Beete anzulegen und einige Pflanzen einzupflanzen. Die Stadt braucht mehr Projekte wie diese! *Wollankstr. 66., 13359 Berlin-WE, himmelbeet.de*

himmelbeet • Zwischen dem Nauner- und dem Leopoldplatz ist der Gemeinschaftsgarten himmelbeet zu finden, dessen Fokus mit dem urbanen Gärtnern auf der Erzeugung von Nahrungsmitteln in der Stadt und dem ökologischen Anbau regionaler und alter Kultursorten liegt. Ein Teil der Beete wird von Nachbarn gepachtet und ein Teil von der Gemeinschaft gepflegt. *Ruheplatzstr. 12, 13347 Berlin-WE, himmelbeet.de*

Kiezgarten Rosa Rose • Nahe des S- und U-Bahnhofs Frankfurter Allee befindet sich der grüne Nachbarschaftsgarten, der das Gärtnern im Kiez unabhängig von finanziellen Mitteln oder Besitzverhältnissen ermöglichen möchte. Neben Zierpflanzen wird hier auch Obst und Gemüse angepflanzt. Während der Gartensaison treffen sich die Hobbygärtner der anliegenden Kieze vor allem an sommerlichen Abenden zum gemeinsamen Gärtnern. *Zugang über Jessnerstr. 3 oder 13, 10247 Berlin-FR, T: 32298531, rosarose-garten.net*

Kiezgarten Schliemannstraße • Mitten in Prenzlauer Berg und etwas versteckt liegt einer der ältesten und gleichzeitig kleinsten Gemeinschaftsgärten Berlins. Gemeinsam planen, bepflanzen und hegen die Anwohner des Kiezes das urbane Mini-Ackerstück mit Gemüse und Blumen. Darüber hinaus wachsen hier auch Beeren sowie einige Obstbäume. Große und kleine Gärtner, die Lust haben, mitzumachen, sind hier herzlich willkommen. *Schliemannstr. 8, 10437 Berlin-PB, gruenanteil.net*

Laupi • Großstädtler, die auf der Suche nach einem Erholungsort sind und vom eigenen Garten träumen, werden bei Laupi fündig. Die Vermittlungsagentur hilft Berliner Familien, das passende Stück Grün zu finden und bietet dabei vom Kleingarten über Wochenendgrundstücke bis hin zum Bauernhof alles an, was Familien begehren. *Immanuelkirchstr. 19, 10405 Berlin-PB, T: 34725103, laupi.de*

Tipp *meine ernte* • Wer gerne selbst Gemüse anbauen möchte, ist bei meine ernte genau an der richtigen Stelle. Hier kann man für eine Saison auf einem der Felder einen kleinen Familiengarten mieten und schon geht das Gartenglück los. Im Vorfeld sät ein Landwirt rund 20 verschiedene Gemüsesorten auf dem in Gärten unterteilten Acker. Ab Mai können dann die Gartenbesitzer pflegen, gärtnern und ernten, was das Zeug hält. *Grüne Trift, 13059 Berlin-HO, Hof Lutz Gericke, Klein-Ziethener-Weg 17, 12355 Berlin-NK, Neue Späthstr., 12437 Berlin-NK, T: 0228-28617119. meine-ernte.de*

Menschenskinder Garten • Auf der ehemaligen Brache nahe des Strausberger Platzes ist ein interkultureller und generationsübergreifender Nachbarschaftsgarten entstanden. Menschen aus aller Welt treffen sich hier, um zusammen zu gärtnern und sich auszutauschen. *Fürstenwalder Str. 30, 10243 Berlin-FR, T: 235999650, menschenskinder-berlin.eu*

Peace of Land Gemeinschaftsgarten • Permakultur verschreibt sich dem Entwurf von dauerhaften, naturnahen und nachhaltigen Systemen. Im Blumenviertel hat sich eine gut gelaunte Gärtnergemeinschaft formiert, die leidenschaftlich eine ehemalige Brachfläche in einen blühenden Permakultur-Garten verwandelt. Zu den regelmäßigen Gartentagen, Sommerfesten und Workshops sind alle Interessierten eingeladen. *Am Weingarten 14, 10407 Berlin-PB, peaceof.land*

Prachttomate Gemeinschaftsgarten • Immer wieder erstaunlich, was sich nur wenige Meter von den Hauptverkehrsstraßen entfernt für grüne Oasen verbergen. Ursprünglich aus dem Mobilen Garten an der Lahnstraße hervorgegangen, gibt es unweit der Karl-Marx-Straße die Prachttomate seit dem Frühjahr 2011. Aus einer ehemaligen, stark vermüllten Brachfläche ist durch gemeinschaftliches Engagement ein idyllischer Nutzgarten entstanden, der allerdings wie andere Urban Gardening-Projekte von Verdrängung bedroht ist. *Borndofer Str. 9-11, 12053 Berlin-NK, prachttomate.de*

Prinzessinnengarten Kollektiv Berlin • Nomadisch Grün, der gemeinnützige Träger der Prinzessinnengärten, hat 2019 den Moritzplatz verlassen und einen neuen Standort auf einem Teilstück des St. Jacobi Friedhofs in Neukölln eröffnet. Gemeinsam können Gartenfreunde und Naturbegeisterte hier auf Entdeckungstour durch den Garten gehen und den Naturraum vor Ort untersuchen. Dabei lernt man, wie das Gemüse wächst und was das alles mit der Stadt zu tun hat und vor allem, wie man die Stadtnatur unterstützen kann. Im Anschluss versorgt das Gartencafé und Restaurant Besucher mit einem köstlichen gastronomischen Angebot. *Hermannstr. 99-105, 12051 Berlin-NK, prinzessinnengarten-kollektiv.net*

Prinzessinnengarten Kreuzberg • Nach dem Wegzug von Nomadisch Grün hat sich 2019 eine Initiative zum dauerhaften Erhalt des Gemeinschaftsgartens am Moritzplatz gebildet, wo weiterhin Veranstaltungen und Aktionen stattfinden. Common Grounds setzt sich darüber hinaus politisch für Urban Gardening-Projekte in der ganzen Stadt ein, deren Erhalt bedroht ist, wie beispielsweise die Prachttomate in Neukölln. *Prinzessinnenstr. 15, Prinzenstr. 35-38, 10969 Berlin-KR, prinzessinnengarten.net, common-grounds.net*

Tipp *Späth'sche Baumschulen* • Große und kleine Pflanzenliebhaber kommen hier auf ihre Kosten, denn das umfangreiche, vielfältige und hochwertige Pflanzensortiment lässt jedes Gärtnerherz höher schlagen. Darüber hinaus lohnt sich ein Besuch des weitläufigen Geländes der historischen Baumschule aber auch zu einer der spannenden Veranstaltungen wie Frühlingfest oder Weihnachtsmarkt. *Späthstr. 80/81, 12437 Berlin-TR, T: 63900363, spaethsche-baumschulen.de*

Stadtgarten Neue Grünstraße und Stadtgarten Heizkraftwerk Mitte • Im Herzen Berlins hat Vattenfall zwei grüne Fleckchen geschaffen, in denen Familien nach Lust und Laune gärtnern können. Dabei ist es egal, ob man Anfänger oder Profi ist, denn die Devise ist: Hauptsache, man hat Freude am Gärtnern. Neben den vielen Hochbeeten gibt es unter anderem auch Sandkästen, in denen die Jüngsten buddeln können, während sich Eltern im Liegestuhl ein paar Minuten Auszeit gönnen. *Neue Grünstr. 13/14, 10117 Berlin-MI, Köpenicker Str. 60, 10179 Berlin-MI, pflanz-was.vattenfall.de*

Tierparks, Zoos und Aquarien

AquaDom & SEA LIFE Berlin • Ob Clownfisch oder Hai, Seepferdchen oder Oktopus – große und kleine Besucher tauchen im Sea Life in die faszinierende Unterwasserwelt ein und entdecken die spannenden Meeresbewohner der verschiedenen Ozeane ganz nah, ohne selbst dabei nass zu werden. Spielerisch werden die wichtigsten Informationen für den Lebensraum und den Schutz der Tiere präsentiert, um das Umweltbewusstsein zu fördern. Besonders spannend sind die täglichen interaktiven Führungen. *Spandauer Str. 3, 10178 Berlin-MI, T: 0180-66690101, sealife.de*

Biosphäre Potsdam • In Potsdam gehen Familien auf eine Erkundungstour durch den Dschungel und entdecken mit all ihren Sinnen den tropischen Regenwald, in dem rund 20.000 tropische Pflanzen und 140 exotische Tierarten leben. Los geht die Reise am Wasserfall und führt über verschlungene Pfade zum Schmetterlingshaus und der Unterwasserwelt bis auf den Höhenweg, von dem man das beliebte Weißbüschelaffen-Paar beobachtet kann. Dabei informieren verschiedene Ausstellungselemente über Themen wie Arten- und Naturschutz. Wem nach der aufregenden Expedition der Magen knurrt, kehrt ins Café Tropencamp ein und lauscht dem stündlichen Gewitter. *Georg-Hermann-Allee 99, 14469 Potsdam, T: 0331-550740, biosphaere-potsdam.de*

Tipp *Sielmann Natur-Erlebniszentrum Wanninchen* Knapp anderthalb Autofahrstunden vom Herzen Berlins entfernt liegt die Naturlandschaft, die Ausflügler einlädt, unter freiem Himmel ein Stück heimische Tier- und Pflanzenwelt zu genießen. Wo einst ein Braunkohletagebau beheimatet war, hat sich in den letzten Jahrzehnten die Natur diese geschundene Fläche zurückerobert und in eine faszinierende Landschaft mit wertvollen Mooren und Feuchtgebieten sowie Wüstenlandschaften, Wäldern, Seen und Dünen verwandelt. Besonders sehenswert sind die zahlreichen Kraniche, die im September und Oktober auf ihrer Reise gen Süden am Schlabendorf See rasten. *Wanninchen 1, 15926 Luckau OT Görlsdorf, T: 03544-557755, wanninchen-online.de*

Sielmanns Naturlandschaft Döberitzer Heide • Vor den westlichen Toren der Berliner Großstadt erstreckt sich der Wildniserlebnispark Döberitzer Heide, der auf dem früheren Truppenplatz Döberitz angesiedelt wurde. Auf den rund 55 Kilometer langen Wanderwegen., die durch das zirka 3.600 Hektar große Gebiet führen, kann man vom Wisenten, die sich an alten Eichen schuppern, über Przewalski-Pferde bis hin zum scheuen Rotwild so einiges entdecken. Verschiedene Aussichtsplattformen bieten einen einzigartigen Rundumblick über die weitgehende Landschaft. *Zur Döberitzer Heide 10, 14641 Wustermark OT Elstal, T: 05527-914430, sielmann-stiftung.de*

Sielmanns Naturlandschaft Kyritz-Ruppiner Heide Wer sich auf den etwas weiteren Weg in die Naturlandschaft Kyritz-Ruppiner Heide macht, wird mit einem idyllischen Fleckchen Natur belohnt. Besonders beliebt sind die Kremserfahrten, bei denen man die faszinierende Flora und Fauna beobachten kann. Vor allem seltene und bedrohte Tierarten haben hier eine Heimat gefunden und lassen sich in der Heidelandschaft entdecken. Aber auch zu Fuß kann die Landschaft entlang der Wanderwege erkundet werden. *Neuglienicke, 16818 Neuruppin, T: 05527-924430 sielmann-stiftung.de*

Tier-, Freizeit- und Urzeitpark Germendorf • Findige Füchse, flauschige Alpakas oder Affen, die geschwind von Baum zu Baum hüpfen – im Tierpark Germendorf leben rund 650 Tiere, die es zu entdecken gilt. Wer noch tierfer in die Tiergeschichte eintauchen möchte, ist im Urzeitpark gut aufgehoben, in dem es zahlreiche Modelle von Mammuts, Säbelzahnkatzen und allen möglichen Dinosaurierarten gibt. Für noch mehr Spiel und Spaß sorgen die Spielplätze im Park. *An den Waldseen 1a, 16515 Oranienburg OT Germendorf, T: 03301-3363, freizeitpark-germendorf.de*

Tipp *Tierpark Berlin* • Mehr als 10.000 Tiere tummeln sich im größten Landschaftstierpark Europas und warten darauf, von Kinderaugen bestaunt zu werden. Vor allem die 2020 eröffnete Afrikalandschaft sowie das Alfred-Brehme-Haus sorgen für Entzückung bei den großen und kleinen Besuchern. Doch auch der Rest des Tierparks ist einen Besuch wert. Ob Elche in der Berglandschaft, Affen im Vari-Wald oder Kängurus im begehbaren Gehege – hier gibt es immer etwas zu entdecken. Neben den vielen Tieren sorgt der Wasserspielplatz beim jungen Publikum für jede Mege Begeisterung. *Am Tierpark 125, 10319 Berlin-Li, T: 515310, tierpark-berlin.de*

Tierpark Kunsterspring • Wer auf den Spuren von Fontane beim schönen Neuruppin wandert, entdeckt im malerischen Tal der Kunster den zirka 16 Hektar großen Tierpark. Über 500 Tiere 90 verschiedener Arten leben in dem naturbelassenem Park, der von Wiesen und Wäldern umgeben ist und Großstädtlern ein Stück Entspannung bietet. Besonders beliebt bei den Besuchern sind die selten gewordenen Arten wie Fischotter, Wölfe, Wisente oder Luchse. *Kunsterspring 4, 16816 Neuruppin OT Gühlen Glienicke, T: 0339-2970271, tierpark-kunsterspring.com*

Vogelpark und Streichelzoo Teltow • Vom Ara bis zum Zebrafinken, von der Ziege bis zum Hängebauchschwein, oder vom Damwild bis zum Esel – im südlich von Berlin gelegenen Vogelpark können große und kleine Besucher mehr als 300 Tiere entdecken und beobachten. Für Kinder gibt es einen Spielplatz und im Streichelzoo kann man mit den Tieren auf Tuchfühlung gehen. *Kastanienstr. 13-19, 14513 Teltow, T: 0171-3861763, vogelpark-streichelzoo-teltow.de*

Wildpark Johannismühle • Das Gelände des Wildparks ist von der Eiszeit geprägt. Hohe Kiefern finden sich neben dichten Schonungen, Wiesen- und Teichlandschaften. Hier kann man Mufflons, Polarwölfe, Seeadler und Braunbären beobachten. Wer nicht genug bekommt, kann auch ein ganzes Wochenende hier verbringen. *Johannismühle 2, 15837 Baruth OT Klasdorf, T: 033704-97011, wildpark-johannismuehle.de*

Wildpark Schorfheide • Eine knappe Autofahrstunde von Berlin entfernt befindet sich im Biosphäreneservat Schorfheide-Chorin der schöne Wildpark, in dem es viel zu entdecken gilt. Auf den sieben Kilometer langen Wanderwegen verbringen Familien lehrreiche und gleichzeitig erholsame Stunden und entdecken in den großzügig angelegten Gehegen verschiedene Wildtiere. Besonders spannend für Kinder sind das Streichelgehege und der Spielplatz. *Prenzlauer Str. 16, 16244 Schorfheide OT Groß Schönebeck, T: 033393-65855, wildpark-schorfheide.de*

Tipp *Zoo-Aquarium* • Kein zweites Aquarium hat eine solche Artenvielfalt zu bieten. Im Zoo-Aquarium lässt sich eine Unterwasserwelt mit exotischen Fischen und Korallen wie im Bilderbuch bestaunen. Ganz besonders spektakulär sind die Schaufütterungen, bei denen man den Raubfischen des Hauses bei ihrer Mahlzeit zusehen kann. Gleich hinter dem Kassenbereich findet sich eines der beliebtesten Becken: das Koi-Streichelbecken. Abenteuerlustige können das Aquarium nachts mit der Taschenlampe erforschen. *Budapester Str. 32, 10787 Berlin-Ti, T: 254010, aquarium-berlin.de*

Zoologischer Garten • Im ältesten Tiergarten Deutschlands, der zugleich auch der artenreichste der Welt ist, könne große und kleine Besucher rund 20.000 Tiere aus knapp 1.200 Arten bestaunen. Wer wissen möchte, wie Flachlandtapire, Rotducker oder Wasserschweine aussehen, ist hier definitiv an der richtigen Stelle. Neben den zahlreichen Tiere erfreuen vor allem Abenteuerspielplatz und Streichelzooj die jungen Gäste. *Hardenbergplatz 8, 10787 Berlin-Ti, T: 254010, zoo-berlin.de*

Tipp *Zoologischer Garten Eberswalde* • Zirka 45 Minuten mit der Bahn braucht man, bevor man den Zoologischen Garten in Eberswalde erreicht und auf Tiersafari gehen kann. Hier liegt die wohl aufregenste Löwenanlage, die viele Besucher bisher gesehen haben. Über einen Tunnel gelangt man in eine voll verglaste Höhle inmitten des Löwengeheges, so dass diese auf einmal zum Anfassen nah erscheinen. Doch auch die Weißkopfmakis und Kattalemuren gehen im Zoo mit den Besuchern auf Tuchfühlung, denn sie dürfen sich hier völlig frei durch den Wald bewegen. Da kann es schon mal vorkommen, dass ein Äffchen im Hühnergehege sitzt. Für die jungen Besucher gibt es eine Vielzahl an Spielplätzen, die sich über die komplette Parkanlage verteilen. *Am Wasserfall 1, 16225 Eberswalde, T: 03334-22733, zoo.eberswalde.de*

Naturpädagogik

Tipp *Berliner Artenschutz Team – BAT* • Wer Fledermäusen mal ganz nah sein möchte, der kommt in die Zitadelle Spandau, die einen Fledermauskeller beherbert. Hier lernen große und kleine Besucher Wissenswertes und Interessantes rund um das Thema Fledermäuse und entdecken im Schaugehege rund 30 Nilflughunde aus Afrika und 120 Brillenplattnasen aus Südamerika, die sich in dem Gewölbe herumtummeln. Das Spannende: Im Schaugehege leben die Tiere im umgekehrten Tag-Nacht-Rhythmus, um den Besuchern die Beobachtung der sonst nur nachtaktiven Tiere zu ermöglichen. Kinder ab dem sechsten Lebensjahr können im Fledermauskeller ihren Geburtstag feiern und dabei eine spannende Besichtigung des Gewölbes erleben und sogar eine Fledermaus füttern. *Am Juliusturm 64, Zitadelle, Haus 4, 13599 Berlin-SP, T: 36750061, bat-ev.de*

Berliner Waldmuseum mit Waldschule Grunewald • Mitten im Grundewald befindet sich die gleichnamige Waldschule mit ihrem Museum. Während die Waldschule vor allem Kita- und Schulgruppen zu einem spannenden Erlebnistag einlädt, können Familien im Waldmuseum dank spannender Tierpräparate, Schaubilder und Exponate viele Einblicke in den Wald gewinnen. In den Ausstellungsräumen besteht die Möglichkeit, sich dem Wald und seiner Vielfalt auf spielerischem Weg, durch sinnliche Wahrnehmung oder bei praktischen Mitmachstationen zu nähern. *Königsweg 4, Jagen 57, 14193 Berlin-WI, T: 8133442, waldmuseum-waldschule.de*

Besucherzentrum Rühstädt • Berliner und Berlinbesucher, die etwas Zeit mitbringen, sollten einen Ausflug ins Storchendorf Rühstädt unternehmen, das direkt am Elberadweg zwischen Havelberg und Wittenberge liegt. Bereits seit Jahren kehren im Frühjahr und Sommer rund 30 Storchenpaare hierher, um in den hochgelegenen Nestern ihren Nachwuchs zu bekommen. In der Ausstellung des Besucherzentrums lernen Familien Interessantes über die hier lebenden Störche. So erfährt man, was den Störchen außer Fröschen sonst noch schmeckt, wo der Weißstorch Adebar im Winter steckt und welche Abenteuer er auf dem langen Zugweg zu bestehen hat. *Neuhaus. 9, 19322 Rühstädt, T: 038791-98025, besucherzentrum-ruehstaedt.de*

BUNDjugend Berlin • Junge Menschen, die in einer Welt leben möchten, die nicht aus Massentierhaltung, Atomkraftwerken und Plastikozeanen besteht, tun sich am besten zusammen. In Sachen Klima, Ernährung und Landwirtschaft oder Active For Future setzt sich der Berliner Jugendverband bei Aktionen gemeinsam mit engagierten Jugendlichen gegen den Verpackungsmüllwahnsinn, für Urban Gardening oder nachhaltigen Konsum ein. *Erich-Weinert-Str. 82, 10439 Berlin-PB, T: 3928280, bundjugend-berlin.de*

Forstbotanischer Garten Eberswalde • Nördlich von Berlin in Eberswalde ist Sitz der Hochschule für nachhaltige Entwicklung, die den 1830 gegründeten Lehrgarten heute noch betreibt. Aber auch für Besucher mit weniger Vorwissen ist der Besuch in dem idyllischen Garten lehrreich und erholsam zugleich. Die Stiftung WaldWelten veranstaltet darüber hinaus in ihrem Wald- und Forschungspark regelmäßig Aktionen für Kinder. *Am Zainhammer 5, 16225 Eberswalde, T: 03334-657476, hnee.de, waldwelten.de*

Tipp *Freilandlabor Britz e.V.* • Dass die Natur in der Stadt viele spannende Erlebnisse für uns bereit hält und zudem noch von enormer Bedeutung für unsere Gesundheit sowie unser Wohlbefinden ist, zeigt das naturpädagogische Angebot des Umweltzentrums im Britzer Garten. Bei diversen Veranstaltungen lernen Naturliebhaber Spannendes über die Tier- und Pflanzenwelt oder beschäftigen sich mit den verschiedenen Elementen. Aber auch die Ausstellungen im Außenbereich zeigen das ganze Jahr über Wissenswertes zu Natur- und Umweltthemen. *Sangerhauser Weg 1, 12349 Berlin-NK, T: 7033020, freilandlabor-britz.de*

Haus Natur und Umwelt • Ob tierische Geburtstagsparty oder Ponyreiten am Wochenende – wer ins Haus Natur und Umwelt kommt, kann nicht nur einen wunderbaren Tag im Grünen verbringen, sondern lernt auch gleichzeitig noch etwas über die einheimische Tier- und Pflanzenwelt Geburtstagsgäste bekommen eine große Tierführung, können auf Pferden und Ponys unter Bäumen entlang reiten, eine Kremserfahrt machen oder auf Wunsch auch eine Abenteuerschatzsuche erleben. *An der Wuhlheide 169, 12459 Berlin-TR, T: 5351986, hnu-berlin.de*

Lehrkabinett Teufelssee • Während sich die Waldschule im Obergeschoss vor allem an Kitas und Grundschulen richtet, können Familien in der öffentlichen Ausstellung im Erdgeschoss eine Vielzahl an Informationen über den heimischen Wald bekommen und einige Präparate von den hier lebenden Tierarten begutachten. Das angrenzende Teufelsseemoor Köpenick sowie die Müggelberge laden zu einem ausgiebigen Spaziergang durchs Grüne ein. *Müggelheimer Damm 144, 12559 Berlin-KÖ, T: 41763703, ws.inu-berlin.de*

MarmeLädchen • Wer den begrünten Kräuter-Hexen-Garten von Annegret Ebel betritt, landet in einem kleinem Naturparadies, das es zu entdecken gilt. Während Kindergeburtstagsfeiern erleben die Gäste spannende naturverbundene Angebote, bei denen sie selber Brot backen, Papier schöpfen, filzen, Kerzen ziehen oder köstliche Kräuteressige oder Öle herstellen. Ob mit dicken Boots im verschneiten Winter, Gummistiefeln im Herbst oder Barfuß im Sommer – die Geburtstagspartys können bei zu jeder Jahreszeit gebucht werden. *Schönhauser Str. 55, 13127 Berlin-PA, T: 4741844, marmelaedchen-berlin.de*

Naturerfahrungsraum am Spieroweg • Auf der fast 10.000 Quadratkilometer großen Fläche mit Dschungelcharakter erhalten Kinder die Möglichkeit, nach Lust und Laune zu spielen, sich zu verstecken, die Natur zu entdecken und einfach Spaß zu haben. Verschiedene Obst- und Nussbäume laden zum Naschen ein und die Spielhügel und Senken geben Kindern die Möglichkeit, ihren Tast- und Bewegungssinn einzusetzen. *Cosimarweg 71, 13591 Berlin-SP, T: 0151-15353892, stiftung-naturschutz.de*

Tipp *Naturerfahrungsraum Kienberg* • Hoch oben auf dem Kienbergpark liegt das rund 16.000 Quadratmeter große Gelände der Wilden Welt, das fast vollständig bewaldet ist. Hier können Kinder ganz ohne Vorgaben und unbeobacht nach Herzenslust spielen. Auf einer von Obstbäumen umsäumten Lichtung kann eine Pause eingelegt werden, bevor es dank des reichlich vorhandenen Baumaterials ans Höhle bauen geht. *Hellersdorfer Str. 159, 12619 Berlin-HE, gruen-berlin.de*

NaturParkHaus Stechlin • Erleben, entdecken und anfassen – Besucher die einen Ausflug ins NaturParkHaus im wunderschönen Stechlin unternehmen, erkunden die Erlebnisausstellung und den Naturpark mit allen Sinnen. Darüber hinaus laden auf dem Gelände ein Sinnesgarten, ein großes Aquarium mit einheimischen Fischen und ein Barfußpfad zum Genießen, Staunen und Ausprobieren ein. *Kirchstr. 4, 16775 Stechlin-Menz, T: 033082-51210, naturparkhaus.de*

Naturschutzstation Marienfelde • Im Grünen Klassenzimmer erhalten kleine Ranger die Gelegenheit, spannende Veranstaltungen zu besuchen und Wissenswertes über die Insektenwelt, Schneckenarten, Schafe, Fledermäuse oder die hier zu findende Pflanzenwelt zu lernen. *Diedersdorfer Weg 3-5, 12277 Berlin-TE, T: 75774766, naturwachtberlin.de*

Tipp *Naturschutzzentrum Ökowerk* • Mitten im Grunewald befindet sich das Naturschutzzentrum Ökowerk, dass bereits seit mehr als drei Jahrzehnten ein beliebter Lern- und Erlebnisort ist. Während Familien bei spannenden Veranstaltungen am Wochenenden Wissenswertes über das alte Berliner Wasserwerk am Teufelssee und den Grunewald erfahren, können Kinder in den Schulferienkursen spannende Naturerlebnisse sammeln. Aber auch ohne Programm hat das einstige Wasserwerkgelände jede Menge zu bieten. So lassen sich im Garten oder an den Teichen unzählige Frösche, Ringelnattern, Libellen und viele weitere Arten beobachten. *Teufelsseechaussee 22, 14193 Berlin-WI, T: 3000050, oekowerk.de*

Naturtreffpunkt • Können wir Menschen weiter als Eichhörnchen hüpfen und brennen Brennesseln wirklich? Mit der Naturpädagogin Birgit Wackwitz geht es für Groß und Klein auf eine Entdeckungsreise der besonderen Art. Spielerisch werden Sinne geschult, Pflanzen entdeckt und Zusammenhänge verstanden. *Bänschstr. 77, 10247 Berlin-FR, T: 58863491, naturtreffpunkt.de*

Öko-Insel • Der Lern- und Erfahrungsort des FEZ-Berlin lädt Familien an Wochenende sowie in den Ferien zu einer spannenden Erkundungstour ein. Auf die großen und kleinen Besucher warten wechselnde Aktivitäten wie das Gartenquiz, Filzen im Gartenhaus, Honig verkosten, Naturspiele oder Backen im Lehmofen. Auch naturverbundene Kindergeburtstage können hier gefeiert werden. *Straße zum FEZ 2, 12459 Berlin-KÖ, oeko-insel.fez-berlin.de*

Waldschulen in den Berliner Forsten • Wer einmal einen richtigen Erlebnistag im Wald erleben möchte, bei dem der Bewegungs-, Entdeckungs- und Forschungsdrang geweckt wird, der kommt zu den Berliner Waldschulen. Vom Spandauer Forst bis hin zum Grunewald gibt es jede Menge Freiraum, um den Wald mit allen Sinnen zu erkunden, den aromatischen Duft der Kiefernholzwälder zu genießen, dem Zwitschern der Vögel zu lauschen oder das weiche Moos zu ertasten. *Alle Standorte unter jibw.de*

WasserWerkstatt • Wie der Name schon verrät, dreht sich hier alles um das Element Wasser. Während der warmen Sommermonate können kleine Wasserliebhaber an den verschiedenen Stationen des Wasserparcours und bei aufregenden Experimenten alles über das spannende Element lernen und sich mit seinen erstaunlichen Eigenschaften vertraut machen. Dabei steht der Spaß an oberster Stelle. *Dillenburger Str. 57, Tor 2, 14999 Berlin-WI, T: 89732395, wassermuseum-berlin.de*

Kinderbauernhöfe

Tipp *Alte Fasanerie* • Tief einatmen, staunen, lernen, mitmachen: Auf dem Aktivbauernhof Alte Fasanerie im Norden Berlins können alle, egal ob klein oder groß, richtig Spaß haben. Der ökologische Hof bietet neben einer Vielzahl von Pflanzen und Tieren auch Workshops, Seminare und Geburtstagsprogramm an. Kerzen ziehen, Brotbacken im Lehmofen, Holzwerkstatt und kreatives Töpfern sind nur einige Beispiele des breitgefächerten Programms. *Alte Fasanerie 10, 13469 Berlin-RE, T: 81729150, familienfarm-luebars.de*

Jugendfarm Moritzhof • Kinder und Jugendliche von sechs bis 16 Jahren können hier aktiv eigene Ideen einbringen und kreativ ihre Freizeit gestalten. Es wird sich um die Tiere gekümmert, alles rund um Pflanzen und ihren Anbau gelernt und mit der Verarbeitung auseinandergesetzt. Kinder können handwerklich arbeiten und an der nachhaltigen Gestaltung des Hofes partizipieren. Während der Pandemie werden die Projekte in Kleingruppen durchgeführt. *Schwedter Str. 90, 10437 Berlin-PB, T: 44024220, jugendfarm-moritzhof.de*

Ausflüge

Vom Tagebau zur Seenlandschaft

Wo Neues entsteht und Altes entdeckt werden kann

Über Jahrzehnte war die Lausitz vor allem als Tagebauregion bekannt. Mehr als zwei Millionen Tonnen Braunkohle wurden hier über die Jahrzehnte gefördert, ganze Ortschaften mussten dafür den riesigen Schaufelbaggern weichen. Damit ist jetzt Schluss, stattdessen findet sich hier nun die größte von Menschenhand geschaffene Seenlandschaft Europas. Mit Flutung der hinterlassenen Tagebaugruben sind inzwischen mehr als 20 Seen entstanden, einige davon sind durch Kanäle miteinander vernetzt. Zu den größten gehört der Senftenberger See, der mit einer Fläche von 1300 Hektar reichlich Platz für Bootsvergnügen und Wassersport aller Art bietet.

Rad- und Rätseltouren

Wie im ganzen Seengebiet ist man hier am besten mit dem Fahrrad unterwegs, der 18 Kilometer lange Rundweg ist auch für Kinder gut zu schaffen. Wer eine Pause braucht, legt einen Stopp am Sandstrand oder auf der Liegewiese ein. Ein bisschen mehr Ausdauer braucht man für die rund 37 Kilometer lange Tour um den Senftenberger und Geierswalder See, dafür erfahren Kinder dabei an acht Stationen Wissenswertes zum Braunkohletagebau und zur Flutung der Seen. Den Tourenweg samt Rätselfragen bekommen Familien am Infopunkt am Stadthafen oder in der Touristeninformation Senftenberg, hier gibt es dann für ausgefüllte Tourenflyer auch ein kleines Geschenk.

Ausflug, Wochenendtrip, oder Kurzurlaub – es tut immer gut, mal aus der Stadt auszufliegen. Hier ein paar tolle Ziele für Familien.

Gigant der Technik

Als Relikt der Braunkohle-Hochzeit erlaubt das etwa 30 Minuten vom Senftenberger See entfernte Besucherbergwerk F60 einen Blick in die industrielle Vergangenheit der Gegend. Mit einer Länge von mehr als 500 Metern und unfassbaren 11.000 Tonnen ist die ehemalige Abraumförderbrücke ein Gigant der Technik, der mit der 75 Meter hohen Aussichtsplattform einen beeindruckenden Rundblick auf die Lausitz bietet. Neben der größten beweglichen Maschine der Welt fühlt man sich doch plötzlich ziemlich klein – nicht nur für Technikfans ein außergewöhnliches Erlebnis! Die Führungen verschaffen außerdem einen Überblick über Geschichte und Alltag des Bergbaus.

Rückeroberung durch die Natur

Vom Besucherbergwerk F60 aus lässt sich per Fahrrad die nahegelegene Naturschutzfläche Grünhaus der NABU-Stiftung erkunden. Der stillgelegte Tagebau ist heute wieder Heimat für über 3.000 Pflanzen- und Tierarten, darunter auch selten gewordene wie der Rothirsch, der Seeadler und sogar der Wolf. Zwei Panoramawege führen Besucher an die Randbereiche des Gebiets, zahlreiche Schautafeln verraten viel über Flora, Fauna und Geschichte.

Senftenberger See, 01968 Senftenberg, lausitzerseenland.de, Touristischer Informationspunkt am Stadthafen Senftenberg, Markt 1, 01968 Senftenberg; Naturschutzgebiet Grünhaus der NABU-Stiftung, gruenhaus.org; Besucherbergwerk F60, Bergheider Str. 4, 03238 Lichterfeld-Schacksdorf, f60.de, Seite 72

Durch die Schorfheide

Urwüchsige Landschaft

Kiefern- und Buchenwälder, weitläufige Grasflächen und Moorlandschaften und mehr als 200 Seen bieten im Biosphärenreservat Schorfheide-Chorin unzähligen, auch vom Aussterben bedrohten Tier- und Pflanzenarten einen Lebensraum. Mit rund 130.000 Hektar ist es eines der größten Schutzgebiete Deutschlands und in vielen Teilen Besuchern nicht zugänglich, aber auf den ausgewiesenen Wander- und Radwegen lässt sich die Natur und die Ruhe richtig genießen. Auf der Wandermeile zur Gesundheit der Grünen Liga bekommt man nicht nur ein einzigartiges Naturpanorama geboten, sondern darf an den einzelnen Stationen auch gleich kleine Übungen zur Stressprävention absolvieren.

Raus aus dem Alltag

Der Rundweg startet und endet auch wieder am denkmalgeschützen Bahnhof von Chorin-Kloster, der von Berlin aus schnell mit dem Zug zu erreichen ist und außerdem einen kleinen Bahn-Hofladen sowie das Bio-Bistro Lindenblatt beherbergt. Von hier geht es durch Wälder und Wiesen Richtung Kloster Chorin und jeder Stopp öffnet die Sinne ein bisschen mehr für die umliegende Natur. Bei den Wahrnehmungs- und Körperübungen haben auch Kinder schon Freude, insbesondere das Lach-Yoga auf freier Wiese kommt zumindest bei jüngerem Nachwuchs gut an. Schritt für Schritt lässt man bei dieser Wanderung den Alltagsstress hinter sich – perfekt, um den Kopf mal richtig frei zu kriegen. Je nach Lauffestigkeit kann die Route von fünf auf neun Kilometer ausgedehnt werden. Im Sommer lockt zudem der Amtssee für eine Baderunde.

Lebendige Geschichte

Auch das Kloster Chorin liegt auf dem Wanderweg und lohnt unbedingt einen Stopp. Mitte des 13. Jahrhunderts erbaut, ist das Kloster nicht nur ein beeindruckendes Baudenkmal, sondern beherbergt darüber hinaus Ausstellungen zum Alltagsleben der Mönche und der Klostergeschichte von ihren Anfängen bis heute. Das Klostercafé versorgt mit Süßem und Herzhaftem und der Kosterladen führt nicht nur Literatur und Mitbringsel, sondern auch Klosterführer für Kinder, die die Klostergeschichte altersgerecht vermitteln.

Wanderweg zur Gesundheit Choriner Weg, Karte verfügbar unter wandermeilen.eu; Kloster Chorin, Amt Chorin 11a, 16230 Chorin, kloster-chorin.org

Von Ziegeln und Schafen

Trip in die Industriegeschichte

Wer durch den Prenzlauer Berg spaziert und die imposanten Gründerzeitbauten bestaunt, hat dabei unbemerkt ein Stück Industriegeschichte vor sich. Denn so gut wie jede von ihnen wurde mit Ziegeln aus der Ziegelei Mildenberg erbaut. Einst das größte Ziegeleirevier Europas, wurden hier zu Hochzeiten bis zu 700 Millionen Ziegel pro Jahr produziert. Bis zur Wiedervereinigung herrschte noch Betrieb, heute findet sich hier ein Industrie- und Technikmuseum.

Mitmachstationen und Abenteuerwiese

Der Ziegeleipark Mildenberg bietet auf einer Fläche von 40 Hektar einen multimedialen Einblick in die Geschichte des Geländes. Einen Überblick verschafft eine Fahrt mit der Ziegeleibahn, die vorbei an Ringöfen, ehemaligen Zieglerkasernen und sogar mitten durch die alte Ziegelei Stackenbrandt mit einer betriebsfähigen Dampfmaschine führt. An zahlreichen Mitmachstationen darf gebaut, gekurbelt, gestapelt und gedrückt werden. Sie vermitteln einen Eindruck, wie die Maschinen damals durch die Hallen dröhnten. Wer mag, kann sogar seinen eigenen Ziegel selbst streichen und als Andenken brennen lassen. Dass man sich hier nicht nur auf einem Industriedenkmal, sondern auch inmitten der Natur befindet, zeigt sich beim Pause machen auf der Picknickwiese mit Grillplatz oder an der kleinen Badestelle. Die große Abenteuerwiese mit zwölf Meter hoher Rusche, Riesenschaukeln und Labyrinth sowie ein Besuch im Kleintierbereich sind ein gelungener Tagesabschluss.

Länger verweilen

Noch mehr Naturerlebnis wartet auf dem nicht weit entfernten Thomashof. Seit 2008 leben Jörg und Heike Thomas hier gemeinsam mit ihren Hunden, Katzen, Schafen, Hühnern und Kaninchen. Vier liebevoll hergerichtete Ferienwohnungen stehen für Gäste bereit, Kinder freuen sich besonders über die tierischen Bewohner, die Schaukeln in der Scheune und den Sandkasten im Hof. Für Trips in die umliegende Schorfheide verleiht man hier auch gerne Fahrräder. Ein absolutes Muss ist der selbstgebackene Kuchen im charmanten Hofcafé.

Ziegeleipark Mildenberg, Ziegelei 10, 16792 Zehdenick, ziegeleipark.de, Seite 138; Thomashof, Alter Anger 8, 16792 Zehdenick, thomashof-kleinmutz.de

Schlaue Birnen

Was schon Fontane schätzte

„Herr von Ribbeck auf Ribbeck im Havelland, ein Birnbaum in seinem Garten stand" – kaum einer, dem Theodor Fontanes berühmtes Gedicht nicht in Schulzeiten begegnet ist. Der beschriebene Herr von Ribbeck lebte tatsächlich im gleichnamigen Örtchen im Havelland, und tatsächlich wuchs auch ein Birnbaum aus der Familiengruft. Von dieser ist heute nur noch der Stumpf übrig, besichtigen kann man ihn in der Dorfkirche. Der ehemalige Sitz der Familie, das Schloss Ribbeck, ist allerdings noch erhalten und beherbergt neben dem Restaurant mit Bier- und Cafégarten auch ein Museum, das Einblicke in die Geschichte des Hauses und der Region bietet und in die Welt Theodor Fontanes entführt.

Schlemmen in der Schule

Die Birne spielt in Ribbeck natürlich die Hauptrolle und kommt in der Alten Schule als Kuchen oder auch Schnaps auf den Tisch. Das historische Gebäude diente von 1841 bis in die 1960er Jahre als Dorfschule, seit 2006 darf man sich im ehemaligen Lehrer-Wohnzimmer mit Selbstgebackenem und Kaffee bewirten lassen, während nebenan das historische Klassenzimmer mit originaler Einrichtung und Alltagsgegenständen einen Eindruck davon vermittelt, wie der Unterricht vor mehr als 150 Jahren ausgesehen hat. Für Kinder auf jeden Fall ein eindrucksvolles Erlebnis! Auch im Alten Waschhaus wandelt man kulinarisch auf Fontanes Spuren. Zur Berühmtheit hat es mittlerweile die hier gefertigte Birnentorte gebracht, die es in den verschiedensten Variationen gibt, aber auch Birnenkakao, Birnensekt oder Ribbecker Birnenweiße hat das Café iim Repertoire.

Abstecher zum Kinderbauernhof

Die erschlemmten Kalorien verbrennt man am besten bei einem Spaziergang zum etwa zwei Kilometer entfernten Kinderbauernhof Marienhof Ribbeck. Neben Hühnern, Enten, Ziegen und Schafen sind hier auch Esel und Pferde beheimatet, auf denen Kinder am Wochenende reiten können. Wer mag, kann sich auch länger einmieten – im Familienzimmer, der Ferienwohnung oder im Schäferwagen.

Schloss Ribbeck, Theodor-Fontane-Str. 10, 14461 Nauen OT Ribbeck, schlossribbeck.de; Alte Schule Ribbeck, Am Birnbaum 3,14641 Nauen OT Ribbeck, alteschule-ribbeck.de; Altes Waschhaus, Am Birnbaum 6, 14641 Nauen OT Ribbeck, waschhaus-ribbeck.de; Marienhof Ribbeck, Am Marienhof 1, 14641 Nauen OT Ribbeck, marienhof-ribbeck.de

Fernweh stillen in Mecklenburg

Urlaub bei Weltenbummlern

Er hat das Fernweh einfach im Blut: Fotojournalist und Expeditionsleiter André Schumacher hat sich schon in die entlegensten Winkel der Welt aufgemacht. Per Fahrrad durchquerte er Südamerika von Patagonien bis zur Karibik, wagte sich in die Antarktis und durchwanderte die Kanarischen Inseln. Auch die Geburt ihres Kindes hielt den Weltenbummler und seine Frau nicht davon ab, auf große Reise zu gehen. Mit dem Lastenrad erkundeten sie die Wildnis Europas auf dem Weg von Wismar nach Pamplona. Wie sie dabei mit einem Containerschiff trampten, auf Pyrenäengipfeln zelteten und von Nonnen umsorgt wurden, erzählt ihr Buch „Eine Familie, zwei Räder und das Abenteuer unseres Lebens".

Kunterbunte Oase

Nach so viel Abenteuer wuchs aber auch die Sehnsucht nach einer Heimat – die fand sich im winzigen Dörflein Bäbelin, das zwischen Ostsee und Sternberger Seenlandschaft gelegen gerade einmal 29 Einwohner zählt. Dort haben André und Jenni mit dem Kunterbunthof eine echte Oase geschaffen. Auf dem drei Hektar großen Grundstück wartet nicht nur das wunderschöne alte Bauernhaus und Platz für Wohnmobile und Zelte, sondern auch zwei echte Jurten mit Blick in den Sternenhimmel sowie ein Tinyhouse, das mit seinem Hexenhäuschen-Look ein Übernachtungshighlight bei Kindern ist. Sowieso können die sich hier richtig austoben, während sie das Gelände erkunden, zwischen den Bäumen spielen, Schafe streicheln oder das Trampolin austesten. Abends dann noch entspannt am Lagerfeuer sitzen, und der Tag ist perfekt.

Künstlerhof in Ostseenähe

Eigentlich mag man hier gar nicht mehr weg, aber auch die Umgebung lohnt sich, entdeckt zu werden. Mit dem Fahrrad ist man schnell bei einem der zahlreichen Seen in der Umgebung, und die ursprüngliche Waldlandschaft lädt zum Spazierengehen ein. Wer vom Kunterbunthof aus einen Tagesausflug plant, ist in 30 Autominuten an der Ostsee oder in der Hansestadt Wismar. Auch die Insel Poel lässt sich so schnell erreichen, die man dank zahlreicher Radwege sehr gut mit dem Rad erkunden kann.

Kunterbunthof, Dorfstr. 5, 23992 Züsow, kunterbunthof.de

Seesaurier und Wassersport

Blick in die Geschichte

Direkt vor den Toren Berlins gelegen, ist der Museumspark Rüdersdorf auch hervorragend mit dem ÖPNV zu erreichen – die Tramlinie 88 fährt vom S-Bahnhof Friedrichshagen fast direkt vor den Parkeingang. Das 17 Hektar große Gelände lässt Geschichte lebendig werden, denn hier wird seit 800 Jahren Kalkstein abgebaut, mit dem unter anderem das Brandenburger Tor oder Schloss Sanssouci erbaut wurden. Während der Tagebau weiterhin aktiv ist, dient das ehemalige Brennereigelände heute als Freilichtmuseum und Industriedenkmal. Von den Rumfordöfen bis zu der Schachtofenbatterie gibt es jede Menge beeindruckende Architektur zu bestaunen, die einen Blick in andere Zeiten erlaubt. Noch weiter in die Vergangenheit können Besucher bei den geologischen Führungen schauen: Tatsächlich finden sich im Steinbruch versteinerte Tiere des einstigen Trias-Meeres, die man bei den Touren selbst bergen kann. Sogar das Skelett des Nothosaurus, einem ottergroßen Meeressaurier, wurde hier gefunden und ist heute im Museum für Naturkunde Berlin zu Hause.

Zeitreise mit der Tram

Wer schon mal in der Gegend ist, sollte einen Abstecher ins nahegelegene Woltersdorf einplanen, das man vom Museumspark aus bequem per Bus erreicht. Und nicht nur das: Als Deutschlands kleinste Gemeinde mit eigener Straßenbahn ist eine Fahrt mit der Linie 87 nicht nur für Kinder ein Erlebnis der besonderen Art. Hier sind nämlich immer noch die originalen Wagen aus DDR-Zeiten auf den Schienen unterwegs. Die Bahn bringt Besucher direkt zum nächsten Highlight: Die Woltersdorfer Schleuse verbindet den Kalksee mit dem Flakesee und bietet mit der Fußgängerbrücke eine gute Sicht auf den Schifffahrtsbetrieb.

Museumspark Rüdersdorf, Heinitzstr. 9, 15562 Rüdersdorf bei Berlin, ruedersdorf-kultur.de; Schleuse Woltersdorf, An der Schleuse 2, 15569 Woltersdorf; Spree-Safari, Strandpromenade 7, 15569 Woltersdorf, spree-safari.de; Café & Bar Almchen, Schleusentor 34, 15569 Woltersdorf, almchen.de

Spree-Safari und Einkehren an der Schleuse

Von hier aus kann man außerdem hervorragend selbst in See stechen, das Team von Spree-Safari verleiht neben Kanadiern und Paddelbooten auch Motor- und Floßboote, mit denen man die umliegenden Gewässer erkunden kann. Für nicht ganz so seetaugliche Ausflügler bietet sich ein Besuch im Café Almchen an. Direkt an der Schleuse gelegen, darf man hier köstlichen Kuchen, Quiche und andere Köstlichkeiten in charmantem Ambiente und bei guter Musik genießen. Klein und fein und absolut zu empfehlen!

PFERDELAND
BRANDENBURG
natürlich
BRANDENBURG
pro agro e.V.
Foto: Adobe Stock / andreipugach

Kinderbauernhof im Görlitzer Park • Der Schwerpunkt des Kinderbauernhofs mitten im Görlitzer Park liegt vor allem auf den Stammkindern zwischen sechs und 15 Jahren, die den Hof regelmäßig besuchen, sich an der Arbeit im Hofalltag beteiligen und ihren Tierführerschein gemacht haben. Aber neue Kinder und Familien sind willkommmen. Gegen eine Spende können die hier lebenden Schafe und Ziegen gefüttert werden, nachdem man den Hof erkundet hat. *Wiener Str. 59B, 10999 Berlin-KR, T: 6117424, kinderbauernhofberlin.de*

Kinderbauernhof in der ufaFabrik • Der Kinderbauernhof in der ufaFabrik am Teltowkanal versteht sich als grüner Lernort und fördert und begleitet Kinder und Jugendliche zwischen sechs und 16 Jahren bei einem gesunden und umweltbewussten Aufwachsen. Dafür bietet der Hof eine aktive Freizeitgestaltung, bei der die Besucher unter Anleitung beim Füttern und der Tierpflege von Pony, Kaninchen, Schwein und Co. helfen. Darüber hinaus gibt es noch andere spannende Angebote, wie Reiten, Werkeln oder Tanzen. In Pandemie-Zeiten kann der beliebte Kinderbauernhof leider nur in kleinen Schritten wieder öffnen. *Viktoriastr. 13, 12105 Berlin-TE, T: 7517244, kinderbauernhof.nusz.de*

Kinderbauernhof Knirpsenfarm • Der Kinderbauernhof ist ein fester Bestandteil im Schulalltag der Gemeinschaftschule Grüner Campus Malchow. Aber auch Besucherkinder, Jugendliche und Familien können dem öffentlichen Bauernhof einen Besuch abstatten, rund 100 Tiere beobachten und an den öffentlichen Fütterungen teilnehmen. *Malchower Chaussee 2, 13051 Berlin-HO, knirpsenfarm-berlin.de*

Kinderbauernhof Mauerplatz • Dieser Kreuzberger Kinderbauernhof ist als erster seiner Art in Berlin entstanden. 1981 begrünte eine Mutter-Kind-Gruppe das ehemalige Trümmergrundstück an der Mauer, baute Ställe und schaffte Tiere an, um Kindern ein Stück Grün in der grauen Betonwüste zu schenken. Heute können Kinder noch immer Kontakt zu Schaf, Esel und Kaninchen aufnehmen, lernen, wie Futter und Gemüse angebaut werden und Verantwortung für sich und ihre Umwelt übernehmen. *Leuschnerdamm 9, 10999 Berlin-KR, kbh-mauerplatz.de*

Tipp *Kinderbauernhof Pinke-Panke* • Seit 1991 ist dieses Idyll am Rande des Bürgerparks Pankow ein Ort voller Freiräume und Naturerlebnisse für Kinder zwischen sieben und 14 Jahren, die dort gerne ihre Freizeit verbringen, sich gemeinsam mit den pädagogischen Betreuern um die Tiere kümmern, Feuer machen, backen, kochen, basteln, bauen. Auf dem Kinderbauernhof gibt es jeden Tag viel zu erleben. Familien dürfen ihm auch mit kleineren Kindern einen Besuch abstatten, was ganz besonders schön zu den jahreszeitlichen Festen ist. *Am Bürgerpark 15-18, 13156 Berlin-PA, T: 47552593, kinderbauernhof-pinke-panke.de*

Kinderbunter Bauernhof Wedding • Auf dem Weddinger Bauernhof können Kindern im nachhaltigen Umgang mit Tieren und ihrer Umwelt wichtige Werte erfahren. Empathie und Verantwortung sind wesentliche Grundbausteine des Miteinanders. Enten, Gänse, Hühner, Schafe und auch Ponys sowie verschiedene Pflanzenarten gehören mit zum Bestand. Mit pädagogischer Unterstützung können die Kinder sich und der Natur näherkommen. *Luxemburger Str. 25, 13353 Berlin-WE, T: 23942975, kinderbunter-bauernhof.de*

Tierhof Alt-Marzahn • In diesem urigen, denkmalgeschützten Bauernhof fühlt man sich wie um 1900. In Gehegen und auf Koppeln kann man Pferden, Enten, Schafen und anderen Nutztieren begegnen. Während Führungen erfahren Familien Wissenswertes zur artgerechten Haltung und zum richtigen Umgang mit den Tieren. Ponyaffine Besucher, die beim Reiten ihrem Hobby nachgehen möchten, müssen sich hierfür vorher anmelden. *Alt-Marzahn 63, 12685 Berlin-MA, T: 74776509, agrar-boerse-ev.de*

Vierfelderhof in Gatow • Familien, die auch in der Stadt mal Landluft schnuppern wollen, kommen zum Vierfelderhof in Gatow. Der mit den öffentlichen Verkehrsmitteln gut erreichbare Kinderbauernhof beherbergt verschiedene Tiere, die man beobachten und besuchen kann. Während spannender Exkursionen können Kinder und Erwachsene erfahren, warum ein Ganter faucht, sich Hühner gegenseitig picken oder Quessent-Schafe auch ökologische Rasenmäher genannt werden. *Groß-Glienicker Weg 30, 14089 Berlin-SP, T: 36996915, vierfelderhof.de*

Berliner Badeseen

Flughafensee • Nördlich des Flughafen Tegels gelegen befindet sich der Flughafensee, der stets ein beliebter Ort zum Baden ist. Trotz der Nähe zum Flughafen sind zahlreiche große und kleine Badelustige zu dem Baggersee gepilgert, der in den 50er-Jahren durch Kiesaushebungen entstand. Während die Nordseite des Sees einen weitläufigen Badestrand bietet, befindet sich am Südwest-ufer ein abgesperrtes Vogelschutzgebiet. Flugzeuge wird man hier nun wohl nicht mehr beobachten können, aber das tut dem Badespaß ja nur gut. *Betzdorfer Pfad, 13507 Berlin-RE, badegewaesser.berlin.de*

Tipp *Kleiner Müggelsee* • Wer gemeinsam mit der Familie einen entspannten Badetag genießen möchte, der ist am kleinen Müggelsee genau an der richtigen Stelle. Während Sonnenhungrige ihren Platz auf dem weitläufigen Sandstrand finden, können sich Schattenfreunde unter einem der schönen Bäume niederlassen. Zur Abkühlung geht es dann – im Unterschied zum Großen Müggelsee – fernab von lauten Booten und umherkreuzenden Hobbywassersportlern ins kühle Nass. *Odernheimer Str., 12559 Berlin-KÖ*

Krumme Lanke • Nach einem kleinen Fußmarsch erreicht man das erfrischende Gewässer, das Besucher zu einem herrlichen Badetag einlädt. Dabei bietet der See mehrere Badestellen, um es sich auf dem Sandstrand oder den begrünten Liegewiesen bequem zu machen und den herrlichen Ausblick zu genießen. Dank des umliegenden Waldes finden sich vor allem an heißen Sommertagen angenehme Schattenplätze. Doch auch im Winter lohnt sich der Ausflug hierher, um einen angenehmen Spaziergang durch die Natur zu unternehmen. *Krumme Lanke, 14163 Berlin-ZE*

Tipp *Schlachtensee* • Direkt an der gleichnamigen S-Bahnstation gelegen und nur ein paar Gehminuten von der Krummen Lanke entfernt findet man den Schlachtensee. Während Sonnenanbeter auf der Liegewiese Platz nehmen, planschen Wassernixen ausgiebig im kühlen Wasser. Wer etwas mehr Action möchte, kann sich im naheliegenden Stand-Up-Paddling-Verleih ein Board ausleihen und über das Gewässer gleiten. Lädt das Wetter mal nicht zum Baden ein, kann man auch prima um den See spazieren und anschließend in der Fischerhütte einkehren. *Fischerhüttenstr. 136, 14163 Berlin-ZE*

Seebad Friedrichshagen • Ob Sonnenhungrige, Wasserratten oder Adrenalinjunkies – im Seebad im idyllischen Friedrichshagen kommt jeder auf seine Kosten. Den ganzen Sommer über können Familien hier einen entspannten Badetag erleben, sich im kühlen Nass des Müggelsees erfrischen, am Sandstrand kleine Burgen bauen oder sich bei einer der vielen Aktivitäten , die hier angeboten werden, wie Tischtennis oder Volleyball, vergnügen. Mutige Badegäste wagen einen Sprung von den verschiedenen Ebenen des Sprungturms. *Müggelseedamm 216, 12587 Berlin-KÖ, T: 6455756, seebad-friedrichshagen.de*

Tipp *Strandbad Grünau* • Seit der Sommersaison 2020 erstrahlt das älteste Berliner Familienbad nach einer umfangreichen Modernisierung im neuen Glanze. So warten im Strandbad nicht nur schattenspendende Sonnenschirme, ein großer Sandstrand sowie das kühle Nass der Dahme auf die Badegäste – hier gibt es noch mehr zu erleben. Für aktive Kids, die zwischen den Planschgängen Energie abbauen wollen, gibt es einen Outdoor-Spielplatz sowie die Möglichkeit, Tischtennis, Federball oder Volleyball zu spielen. Für besonderen Komfort sorgen die Liegestühle, Strandkörbe und Daybeds, die für einen kleinen Aufpreis gemietet werden können. *Sportpromenade 9,12527 Berlin-KÖ, T: 98209432, strandbadgruenau.de*

Strandbad Lübars • Im schönen Lübars im Norden Berlins liegt das altbekannte Strandbad, das schon seit Generationen Familien und Touristen vergnügte Badetage bereitet. Nach einem entspannten Sonnenbad am Strand sorgt der Ziegeleisee für eine angenehme Erfrischung. Für besondere Freude sorgt bei mutigen Badegästen die lange Wasserrutsche, über die man mit einem großen Platscher im Nu ins Wasser befördert wird. Gegen den kleinen oder auch großen Hunger hat das Restaurant zarte sowie deftige Speisen parat. *Am Freibad 9, 13469 Berlin-RE, T: 53086035, strandbad-luebars.de*

Tipp *Strandbad Orankesee* • Wem es an heißen Sommertagen nach einer Abkühlung sehnt, der kommt ins Strandbad Orankesee. Hier kann man es sich auf der grünen Wiese, dem schönen Sandstrand oder in einem der mietbaren Strandkörbe bequem machen, bevor es ins angenehme Wasser geht. Während Nichtschwimmer im abgetrennten Bereich planschen, können Schwimmer im Rest des Sees ihre Runden ziehen. Wie es sich für einen richtigen Badetag im Strandbad gehört, kann man sich bei einer leckeren Portion knuspriger Pommes stärken. *Gertrudstr. 7, 13053 Berlin-HO, T: 9864032, strandbad-orankesee.de*

Strandbad Plötzensee • Dank des neuen Betreibers knüpft das Traditionsbad mit seinem markanten Backsteingebäude seit 2019 wieder an alte Zeiten an. Saniert, sicher, sauber und kinderfreundlich ist das Strandbad am Rand des Volksparks Rehberge ein entspannter und toleranter Ort für herrliche Familiensommertage. Unterschiedliche Foodtrucks sorgen für Leckereien und bunte Hängematten laden zum Verweilen im Schatten ein. *Nordufer 26, 13351 Berlin-WE, T: 85976425, strandbad.ploetzensee.de*

Neu *Strandbad Tegel* • Nach jahrelangem Ruhestand soll das ehemalige Strandbad Tegel endlich wiederbelebt werden, denn das traditionsreiche Bad hat einen neuen Betreiber gefunden. Die Eröffnung soll schon im Mai 2021 rechtzeitig zur Sommersaison stattfinden. *Schwarzer Weg, 13505 Berlin-RE, berlinerbaeder.de*

Strandbad Wannsee • Es ist ein schöner Waldspaziergang vom S-Bahnhof Nikolassee bis zu Berlins Traditionsstrandbad am Großen Wannsee. Wo schon Generationen von planschenden Steppkes den ersten Sprung ins Wasser gewagt haben, kann man sich auch heute noch im Sand herumbuddeln, im Strandkorb die Zeit vergessen oder sich ein Bötchen ausleihen. *Wannseebadweg 25, 14129 Berlin-ZE, T: 22190011, berlinerbaeder.de*

Strandbad Weißensee • Nur 15 Minuten vom Alexanderplatz mit der Straßenbahn entfernt ist das Strandbad am Weißen See gelegen, das Familien einlädt, an warmen Sommertagen einen herrlichen Strandtag einzulegen. Hier können Wassernixen in das kühle Nass hüpfen, die ein oder andere Sandburg bauen oder einfach nur die Seele in der Sonne baumeln lassen. Für den kleinen Hunger gibt es verschiedene Snacks und kühle Getränke. *Berliner Allee 155, 13088 Berlin-WS, T: 9253241, strandbadweissensee.de*

Wassersport

Tipp *Ahoi Ostkreuz* • Wer Berlin aus der Wasserperspektive erkunden möchte, der sollte Ahoi Ostkreuz einen Besuch abstatten. Der in der Rummelsburger Bucht gelegene Bootsverleih bietet großen und kleinen Wasserfreunden die Möglichkeit, mit Kajak, Tretboot oder SUP eine Tour über die Spree zu unternehmen. Einfach hinkommen, ausleihen, einsteigen und schon kann losgepaddelt werden. Falls ihr nicht auf eigene Faust losrudern wollt, könnt ihr auch an einer der geführten Touren teilnehmen, die am Molecule Man, dem Treptower Park oder der Oberbaumbrücke vorbei führen. *Paul und Paula Ufer/Zillepromenade, 10317 Berlin-LI, T: 0179-8888372, ahoi-ostkreuz.de*

Backstagetourism • Dass man nicht nur durch Südschweden eine herrliche Kanutour, sondern auch auf der Spree unternehmen kann, zeigt Backstagetourism. Etwas versteckt hinter dem Funkhaus Berlin befindet sich der Bootsverleih, der Familien einlädt, eine Tour auf dem Wasser zu unternehmen und gleichzeitig Berlin aus einer anderen Perspektive zu erleben. Einmal ins Kanu gestiegen, beginnt die idyllische Fahrt auf dem glitzernden Wasser vorbei an begrünten Ufern und verschiedenen Sehenswürdigen, dem Plänterwald und dem Molecule Man. *Nalepastr. 18 12459 Berlin-KÖ, T: 53215742, backstagetourism.com*

BergerTours Kanutouristik • In der Ruppiner Schweiz kann man sein Boot auf dem Rheinsberger Rhin zu Wasser lassen und dank BergerTours ein paar erholsame Stunden auf dem Wasser verbringen, fernab vom trubeligen Stadtleben. Die Kanutouristik bietet zwei Standardtouren an, die einem die Natur um Berlins Stadtgrenzen näherbringen. Zu sehen gibt es dabei eine artenreiche Pflanzen- und Tierwelt. Auf der Tour zum Zermützelsee passiert man Auenwaldgebiet und schwimmende Ufer. Die Boote sind auch ohne Buchung einer Tour für eigene Ausflugsrouten auszuleihen. *Am Hellsee 2, 16831 Rheinsberg, T: 033931-2042, bergertours.de*

Bootsvermietung Moisl • Wer bei sonnigem Wetter ein paar schöne Stunden auf dem Wasser verbringen möchte und auf der Suche nach dem richtigen Gefährt hierfür ist, wird bei der Bootsvermietung am Templiner See fündig. Die Auswahl reicht vom Kajak und Kanadier übers Motor- und Tretboot bis hin zum SUP. Dank des Angebots der One-Way-Touren für Kajaks und Kanadier bekommen Paddler die Möglichkeit, ganz frei vom Templiner See zur Freundschaftsinsel zu paddeln und hier das Fortbewegungsmittel wieder abzugeben. Natürlich ist dies auch in der anderen Richtung möglich. *Templiner Str. 102, 14473 Potsdam, T: 033209-84779, Freundschaftsinsel Potsdam, Lange Brücke, 14473 Potsdam, T: 01520-1688883, wassersport-caputh.de*

Tipp ***Kanuliebe*** • Wer Berlin vom Wasserweg aus erkunden will, ist beim Bootsverleih Kanuliebe genau richtig. Ob Canadier, Tretboote oder Stand Up Paddling-Boards – hier findet man alles, um eine Stunde oder doch lieber den ganzen Tag auf dem Wasser zu verbringen. Sogar Babys kann man hier mit Schwimmwesten ausstatten und mit aufs Wasser nehmen. *Alt-Treptow 6, Insel der Jugend, 12435 Berlin-TR, T: 0170-4892680, kanuliebe.de*

Nordlicht Tour & Kanu • Familien, die der Großstadt einen Tag den Rücken kehren wollen, unternehmen einen Ausflug nach Fürstenberg. Nach etwa einer Stunde Bahnfahrt erreicht man die Kanustation, die kleinen Kapitänen die Möglichkeit gibt, gemeinsam mit ihrer Familie von hier aus die Mecklenburgische Seenlandschaft zu erkunden. Wer länger als einen Tag Auszeit benötigt, dem seien die Eltern-Kind-Reisen empfohlen, die durch die schöne Uckermark führen. *Brandenburger Str. 33, 16798 Fürstenberg, T: 033093-37186, nordlicht-kanu.de*

Segelschule Pura Vida • Wer nicht vom Uferrand zusehen, sondern selbst in See stechen möchte, kommt in die Segelschule am Ostkreuz. Hier lernen Kinder in verschiedenen Kursen, wie sie die Optimisten handhaben und selbst segeln. Mitmachen darf jeder, der das sechste Lebensjahr erreicht hat und mindestens 15 Minuten frei schwimmen kann. *Zillepromenade, 10317 Berlin-LI, T: 0177-4440437, segelschule-rummelsburg.de*

Stand Up Paddling Verleih am Schlachtensee • Die Verleihstation am idyllischen Schlachtensee bietet Einsteigern die ideale Möglichkeit, um den Trendsport Stand Up Paddling auszuprobieren, denn das ruhige Gewässer besticht durch seine windgeschützte Lage. Wem danach der Magen knurrt, der kehrt in die nahegelegene Fischerhütte ein und genießt eine köstliche Mahlzeit. *Fischerhüttenstr. 136, 14163 Berlin-ZE, Nalepastr. 18, 12459 Berlin-KÖ, steh-paddler.com*

StandUpClub • Hier können sich Wassersportler aufs Brett schwingen, in die Welt des Stand Up Paddlings eintauchen und gleichzeitig Berlin von der Wasserseite aus entdecken. Kinder ab zwölf Jahren, die die Sportart noch nicht beherrschen, können in den Einsteigerkursen die Grundtechniken erlernen. *Eichenstr. 4, am Badeschiff der Arena, 12435 Berlin-TR, T: 54031123, standupclub.de*

Tipp ***Wellenwerk Berlin*** • Wer denkt, dass man nur an den Stränden von Australien auf guten Wellen surfen kann, der wird vom Wellenwerk eines Besseren belehrt. Wasserbegeisterte, die bereits das siebte Lebensjahr erreicht und die 35-Kilogramm-Marke geknackt haben, können in den speziellen Kids Sessions erste Surferfahrungen im 26 Grad warmen Wasser machen. Dabei sind die Wellen etwa 1,10 Meter hoch. Aber auch echte Profis können ihr Talent unter Beweis stellen. *Landsberger Allee 270, 10367 Berlin-LI, wellenwerk-berlin.de*

Wet & Wild Wasserski Velten • Am schönen Bernsteinsee etwa 35 Autominuten vom Herzen Berlins entfernt können Adrenalinjunkies erste Wakeboard- und Wasserski-Erfahrungen machen. Einfach in den Neoprenanzug geschlüpft, Schwimmweste angelegt und schon kann das lustige Vergnügen losgehen. Für Anfänger, die noch nie auf einem solchen Wassersportgerät standen, gibt es extra Anfängerkurse, in denen sie alle Grundlagen, die man für die Sportart braucht, erlernen kann. *Am Bernsteinsee 1, 16727 Velten, T: 03303-400145, wakeboard-berlin.de*

Schwimmbäder

Berliner Bäder-Betriebe • Ob Abkühlung im Freibad, Planschen im Kinderbad, Saunieren im Stadtbad oder doch Schwimmen lernen – die Berliner Bäder Betriebe haben für jede Lebenslage das richtige Bad und den richtigen Kurs parat. Eine Übersicht über die mehr als 60 Schwimmhallen, deren Angebote, Öffnungszeiten sowie alles rund um das Thema Tickets findet ihr unter: *T: 22190011, berlinerbaeder.de*

Kinderbad Marzahn – Platsch • Im Norden des Bürgerparks Marzahn ist das Kinderbad Platsch zu finden, in dem sich alles rund um die kleinen Wasserliebhaber dreht. Wenn die Sonne wieder ihr Bestes gibt, kann im knietiefen Becken geplanscht oder am kleinen Wasserfall mit dazugehörigem Flusslauf gespielt werden. Falls dann nach all dem Wasserspaß der Magen knurrt, lädt die grüne Liegewiese zum Picknicken ein. Wer danach noch Energie hat, dreht eine Runde durch den Bürgerpark und tobt sich auf dem Spielplatz aus. *Max-Herrmann-Str. 7, 12687 Berlin-MA, T: 22190011, berlinerbaeder.de*

Tipp *Kinderbad Monbijou* • Kleine Großstadtkinder, die im heißen Sommer eine Abkühlung benötigen, zieht es ins zentral gelegene Monbijoubad im Herzen Berlins. Das im gleichnamigen Park, zwischen dem Hackeschen Markt und der Museumsinsel gelegen Bad richtet sich speziell an Kinder und Familien, die hier nach Lust und Laune planschen können. Wer zu lange im Wasser war, kann sich auf der sonnigen Liegewiese genüsslich wieder aufwärmen. Super Ort mit Babys und Kleinkindern im Sommer! *Oranienburger Str. 78, 10178 Berlin-MI, T: 22190011, berlinerbaeder.de*

Schwimm- und Sprunghalle im Europasportpark (SSE) Gleich neben dem Velodrom an der Landsberger Allee befindet sich das Hallenbad im Europasportpark, das ursprünglich für die Olympischen Sommerspiele im Jahr 2000 konzipiert wurde. Neben den sportlich Ambitionierten paddeln Nichtschwimmer vergnügt im Planschbecken herum oder erproben im Lehrschwimmbecken ihre ersten Schwimmzüge, während Schwimmer im 50-Meter-Becken ihre Bahnen ziehen. *Paul-Heyse-Str. 26, 10407 Berlin-PB, T: 22190011, berlinerbaeder.de*

Sommerbad Am Insulaner • Während Nichtschwimmer im eigenen Bereich planschen, ziehen Profis ihre Bahnen im 50-Meter-Becken. Mutige, die hoch hinaus wollen, wagen einem Sprung vom Ein-, Drei- oder Fünf-Meter-Turm. Aber auch außerhalb der Wasserlandschaft gibt es dank des Buddelskastens, Klettergerüsts und Spielplatzes jede Menge zu entdecken. Wer möchte, verbindet den Ausflug mit einem Besuch im benachbarten Planetarium. *Munsterdamm 80, 12169 Berlin-ST, T: 22190011, berlinerbaeder.de*

Sommerbad Humboldthain • Herrlich kühles Wasser lädt die Besucher des Sommerbades an heißen Tagen zu einer angenehmen Erfrischung ein. Dabei sorgen eine kleine Sprunganlage und die türkische Wasserrutsche für jede Menge Spaß. Für die Jüngsten gibt es ein Plnaschbecken sowie einen Kinderspielplatz. Kunstbegeisterte lockt der Kiosk Tropez mit verschiedenen Ausstellungen. *Wiesenstr. 1, 13357 Berlin-WE, T: 22190011, berlinerbaeder.de*

Sommerbad Kreuzberg • Unweit des U-Bahnhofs Prinzenstraße, gleich neben dem Landwehrkanal, ist das Kreuzberger Sommerbad zu finden. Während Wasserneulinge im Planschbecken herumspritzen, können Schwimmer in den beiden 50-Meter-Becken endlos ihre Bahnen ziehen. Eins der beiden Becken ist sogar beheizt, sodass auch an kühleren Tagen dem Schwimmspaß kein Abbruch getan wird. Wem nach dem Wasserspaß der Magen knurrt, gönnt sich den Schwimmbadklassiker Pommes und verschnauft auf der sonnigen Liegewiese. *Prinzenstr. 113-119, 10969 Berlin-KR, T: 22190011, berlinerbaeder.de*

Sommerbad Neukölln • Im Neuköllner Sommerbad wartet auf Wasserliebhaber ein besonderes Badevergnügen. Nachdem man zum Aufwären ein paar Runden im 50-Meter-Becken geschwommen ist, geht es auf die Sprunganlage, bei der man aus einem, drei, fünf oder sogar zehn Metern ins kühle Nass springen kann. Wer danach noch nicht genug hat, traut sich auf die 83-Meter-Rutsche und saust diese hinunter. Doch auch für Schwimmneulinge hält das Bad einige Attraktionen bereit. So können Nichtschwimmer im Babybecken planschen, von der Kinderrutsche sausen oder sich unterm Wasserpilz vergnügen. *Columbiadamm 160, 10965 Berlin-NK, T: 22190011, berlinerbaeder.de*

Sommerbad Pankow • Rutschsüchtige haben hier besonders viel Spaß, denn das Bad ist gleich mit drei Rutschen ausgestattet – eine davon mit einer High-Speed-Geschwindigkeit. Wem das noch nicht genug ist, lässt sich im Strömungskanal treiben und wagt anschließend einen Sprung aus schwindelerregender Höhe. Für junge Wassernixen gibt es ein Kinder-Planschbecken, in dem sie ungestört im Wasser spielen können. *Wolfshagener Str. 91-93, 13187 Berlin-PA, T: 22190011, berlinerbaeder.de*

Stadtbad Lankwitz • Dass man nicht nur im Sommer, sondern auch im Winter einen vergnügten Badetag erleben kann, zeigt das Stadtbad Lankwitz. Schwimmer können im angenehmen 30 Grad warmen Becken ihre Bahnen ziehen, während Nichtschwimmer im eigenen Bereich ihre ersten Schwimmzüge machen. Ruhebedürfte finden eine Auszeit im Whirpool und Mutige sausen von der 60-Meter-Rutsche oder wagen einen Sprung vom Drei-Meter-Brett. *Leonorenstr. 39, 12247 Berlin-ST, T: 22190011, berlinerbaeder.de*

Tipp ***Stadtbad Neukölln*** • Der Rixdorfer Wassertempel ist eines der wohl schönsten Bäder Berlins. Wer die Hallen betritt, fühlt sich wie in einem griechischen Tempel, der mit sieben Meter hohen Säulen, Wandelgängen und kunstvollen Mosaiken geschmückt ist. Nixen können in einem großen und einem kleineren Becken mit Nichtschwimmerbereich ihre Runden ziehen oder im Griechisch-Römischen-Dampfbad entspannen. *Ganghoferstr. 3, 12043 Berlin-NK, T: 22190011, berlinerbaeder.de*

Stadtbad Schöneberg • Direkt am Heinrich-Lassen-Park finden Wasserfans das schöne Hallenbad, in dem man vor allem in den kalten Wintermonaten einen herrlichen Badetag verbringen kann. Während Hobbyschwimmer im warmen 25-Meter-Becken eine Runde nach der anderen ziehen, genießen Wellnessfans das angenehme Blubbern des Whirpools oder einen Aufenthalt im Solebecken. Badeneulinge planschen im Kinderbecken mit eigener kleiner Rutsche. *Hauptstr. 39, 10827 Berlin-SB, T: 22190011, berlinerbaeder.de*

Wellenbad am Spreewaldplatz • Direkt neben dem Görlitzer Park ist das Wellenbad am Spreewaldplatz zu finden, in dem Wasserfanatiker das ganze Jahr über planschen können. Während Babys ihre ersten Wassererfahrungen in speziellen Babykursen machen können, hüpfen Sprungfreunde vom Drei-Meter-Brett oder sausen die Wasserrutsche hinunter. Besondere Freude bereitet das Wellenbecken. *Wiener Str. 59h, 10999 Berlin-KR, T: 22190011, berlinerbaeder.de*

Thermen und Erlebnisbäder

AquariUM • Wer auf der Suche nach einer Menge Wasserspaß ist, der kommt ins AquariUM in Schwedt. Hier können Wassernixen im Spaßbecken mit Strömungskanal, Kleinkinderbereich oder dem beheizten Außenbecken gemeinsam mit ihren Eltern planschen. Sonnenanbeter entspannen auf der großen Liegewiese im Außenbereich. *Am Aquarium 6, 16303 Schwedt, T: 03332-449360, aquarium-schwedt.de*

Neu ***blu*** • Planschen, spielen und rutschen – Familien, die einen Tag voller Wasserspaß erleben wollen, kommen in das Familienbad in Potsdam. Kleine Wasserratten planschen im 34 Grad warmen Becken, während sich große Badenixen durch den Strömungskanal treiben lassen oder die Kletterwand vom Wasser aus erklimmen. Im Außenbereich kann man an Spiel- und Sportgeräten aktiv werden oder einfach nur die Sonne auf der Liegewiese genießen. Für besondere Begeisterung sorgt die Reifenrutsche mit drei Animationsprogrammen. *Brauhausberg 1, 14473 Potsdam, T: 0331-6619851, swp-potsdam.de*

Fläming-Therme Luckenwalde • Bereits seit 20 Jahren können Familien in der Fläming-Therme eine Auszeit vom turbulenten Alltag genießen und das Element Wasser in spannenden Variationen erleben, denn die Badelandschaft hat einiges zu bieten. Während Familien vor allem viel Spaß im Erlebnisbecken oder in der Kleinkinderwelt haben, sausen Mutige die Turbo-Rutsche hinunter und Sportler ziehen ihre Bahnen im Sportbad. Für noch mehr Erholung und Entspannung sorgt die Bio-Sauna in der Saunalandschaft. *Weinberge 40, 14943 Luckenwalde, T: 03371-40020, flaeming-therme.de*

Marienbad Brandenburg • Hier laden Wasserrutschen und ein Gegenstromkanal zum Wasserspaß ein. Wer sich ein wenig mehr Wärme gönnen möchte, entspannt sich eine Runde in der Sauna. Aber auch Sonnenanbeter kommen im Sommer nicht zu kurz, dank der großen Liegewiese. Das Highlight: die 80-Meter-Röhrenrutsche mit Zeitmessanlage. *Sprengelstr. 1, 14770 Brandenburg an der Havel, T: 03381-322780, marienbad-brandenburg.de*

Tipp ***NaturTherme Templin*** • Ankommen, loslassen und abtauchen – in der Familientherme in Templin können große und kleine Gäste die Seele baumeln lassen, dem Alltagsstress entfliehen und jede Menge Wasserspaß genießen. Die Badelandschaft lockt mit einem eigenen Kinderbereich, in dem ein Wellenbecken, ein Strömungskanal, ein Erlebnisbecken sowie Rutschen für Kinder und Kleinkinder zum Spielen einladen. Wer es lieber wohlig warm mag, stattet dem Saunabereich einen Besuch ab. Hungrige Thermengäste genießen das köstliche Speiseangebot, das mit einem raffinierten Mix aus guter Hausmannskost und regionaler sowie mediterraner Küche überzeugt. *Dargersdorfer Str. 121, 17268 Templin, T: 03987-201200, naturthermetemplin.de*

Saarow Therme • In der schönen Therme in Bad Saarow entschleunigen Familien mit allen Sinnen und entspannen im herrlich warmen Wasser. Während Eltern im AquaSound-Becken die wertvolle Natursole bei angenehmen Klängen und stimmungsvoller Beleuchtung genießen, können sich Kinder bei verschiedenen Schwimmkursen dem Element Wasser nähern. Wer wieder Kraft getankt hat, nutzt die Chance und erkundet die herrliche Umgebung, die mit Sommerrodelbahn und begrüntem Kletterwald der ganzen Familie einen vergnügten Ausflug bereitet. *Am Kurpark 1, 15526 Bad Saarow, T: 033631-8680, bad-saarow.de*

Schwimm- und Wasserparadies Schwapp • Ob Sonne oder Regen – das Schwapp ist bei jedem Wetter ein echtes Wasserparadies für die ganze Familie. Im Spaßbad können Eltern mit ihren Kindern im Wärmebecken planschen, während Teenies durch die Turborutsche sausen und sich durch den Strömungskanal trudeln lassen. Wer neue Energie tanken möchte, lässt es sich in der Familiensauna oder im Whirlpool gut gehen. *Große Freizeit 1, 15517 Fürstenwalde, T: 03361-36370, schwapp.de*

Spreewald Therme • Wenn der Wunsch nach einer Auszeit groß ist, lockt das Erholungsgebiet südlich von Berlin mit der Spreewald Therme. Der Gesundheit zuliebe kann die ganze Familie im SoleBad, bestehend aus sechs Innen- und einem Außenbecken, deren Temperaturen von kühlen 18 bis warmen 38 Grad reichen, ein abwechslungsreiches Angebot für Aktivität und Erholung genießen. Wem bei all der Entspanung der Magen knurrt, kommt im Thermen-Restaurant auf seine Kosten. *Ringchaussee 152, 03096 Burg, T: 035603-18850, spreewald-therme.de*

Spreewelten Bad Lübbenau • Wer mit Pinguinen um die Wette schwimmen möchte, muss dafür nicht extra zum Südpol reisen, sondern kommt ganz einfach nach Lübbenau. Nur durch eine Plexiglasscheibe getrennt, können große und kleine Wassernixen hier das einmalige Erlebnis genießen und mit echten Pinguinen auf Tauchgang gehen. Für noch mehr Badespaß sorgt die interaktive Rutsche, die mit Lichteffekten und Musik ein ganz besonderes Rutschvergnügen zaubert. *Alte Huttung 13, 03222 Lübbenau, T: 03542-894160, spreewelten.de*

Tropical Islands • Knapp 60 Kilometer südlich von Berlin entfernt tauchen Familien in eine tropische Erlebniswelt ein. Hier wächst der größte Indoor-Regenwald der Welt, Mutige schleudern sich von Deutschlands größtem Rutschturm und der satte 35.000 Quadratmeter große Außenbereich lockt ganzjährig zum Schwimmen unter freiem Himmel. Ein Tag hier mit der Familie kann darüber hinaus mit Wasserscooter-Fahrten, einem Ballonflug oder Minigolf begeistern. Im Tropino Kinderclub darf der Nachwuchs in ein gigantisches Bällebad hüpfen. Ein Riesen-Spaß für Kinder! *Tropical-Islands-Allee 1, 15910 Krausnick, T: 035477-605050, tropical-islands.de*

Turm ErlebnisCity • Im Oranienburger Erlebnisbad sorgen ein 400 Quadratmeter großes Wellenbecken sowie aufregende Rutschen für jede Menge Spaß und Action. Die Jüngsten können im 32 Grad warmen Wasserspielgarten planschen, während sich die größeren Kinder im Erlebnisbecken mit Strömungskanal und Regenduschen vergnügen. Der Außenbereich mit großzügiger Liegewiese lockt Gäste auch bei warmen Temperaturen in die Bäderanlage im Norden Berlins. *André-Pican-Str. 42, 16515 Oranienburg, T: 03301-57381111, erlebniscity.de*

Es tut immer wieder gut, der Stadt mal zu entkommen – die Erlebniswelt bietet Tropenfeeling und Wasserspaß für alle.

Tropical Islands, Seite 121

Wonnemar • Das Erlebnisbad im Süden Brandenburgs bietet nicht nur großen Besuchern ein umfangreiches Angebot, vor allem kleine Wasserratten kommen in der Kinderweltvoll auf ihre Kosten, denn hier locken ein Piraten-Erlebnisschiff, Wasserfälle und eine Kinderrutsche. Auch Babys fühlen sich im eigenen Bereich bei einer Wassertemperatur von 34 Grad wohl. *Am Kurzentrum 1, 04924 Bad Liebenwerda, T: 035341-49020, wonnemar.de*

Wellness

Aspria • Nur ein paar Meter von der beliebten Shoppingstraße Kurfürstendamm entfernt, befindet sich eine City-Oase für die ganze Familie. Aspria hat es sich zur Aufgabe gemacht, die Fitness und sportlichen Fähigkeiten der ganzen Familie zu fördern und bereits jungen Menschen eine gesunde Lebensweise nahezubringen. Während sich Mama und Papa im Fitnessbereich auspowern können, gibt es für die jungen Mitglieder verschiedene Kurse, die sich an den Altergruppen orientieren und mit Spiel und Spaß kognitive und körperliche Fähigkeiten stärken. Zudem gibt es für Kleinkinder einen eigenen Bereich mit Kinderbetreuung. *Karlsruher Str. 20, 10711 Berlin-WI, T: 89068880, aspria.com*

Kinder Salzparadies • Frische Meeresluft tut besonders gut, vor allem wenn die Jüngsten von Allergien, Haut- oder Atemwegserkrankungen geplagt sind. Damit man für die angenehme, salzige Luft nicht mehr weit reisen muss, gibt es in Pankow das speziell für Kinder entwickelte Salzspielzimmer, in dem über einen Salzgenerator samtfeiner, trockener und tragfähiger Solenebel produziert wird, den die Kinder beim Spielen auf dem künstlich angelegten Strand unbemerkt aufnehmen. *Blankenburger Str. 3, 13156 Berlin-PA, T: 40999660, kindersalzparadies.de*

Tipp *Salzhain* • Nicht nur Erwachsene, auch Familien kommen bei der Halotherapie im Salzhain auf ihre Kosten. Bei den Spiel-Sessions können Kinder in dem rundum mit Salz verkleideten Raum spielen und die gemeinsame, entspannte Zeit mit ihren Eltern genießen. Dabei atmen sie die salzhaltige Luft, die antibakteriell und entzündunghemmend wirkt, ein und genießen deren positive Wirkung. Während der Corona-Pandemie bietet Besitzerin Linzi die Sessions komplett privat an, sodass Familien alleine in einem Raum entspannen können. *Scharnweberstr. 3, 10247 Berlin-FR, T: 21237845, salzhain.de*

StadtSaline • In den Charlottenburger Salzräumen können Gäste eine Auszeit genießen und die positive Wirkung des Natursalzes spüren. Während der gesonderten Kindersitzungen können sich die kleinen Besucher im Soleverneblungsraum wohlfühlen, unbeschwert spielen und nebenbei die salzige Luft genießen. *Windscheidstr. 30, 10627 Berlin-CH, T: 64495515, stadtsaline.de*

Tipp *the little things* • Ob Yoga, Floating oder Massage – wer sich und seinem Baby etwas Gutes tun möchte, kommt in die Wellnesoase für Babys, in der nicht nur die Jüngsten, sondern auch die Eltern Entspannung und Ruhe finden. Während beim Baby-Yoga Schwangere und frisch gebackene Mütter mit ihrem Nachwuchs gezielte Übungen machen, die ganz den Bedürfnissen in dieser Zeit angepasst sind, können sich Mütter beim BabySteps-Kurs in entspannten Gesprächsrunden austauschen und Singspiele und Sinnesanregungen für den Alltag mitnehmen. Beim Baby Bonding, dem Herzstück von the little thing, erleben die Jüngsten eine perfekte Kombination aus Floating und Massage, wodurch gleichzeitg die Bindung zwischen Baby und Eltern vertieft wird. *Am Spreeboard 9, 10589 Berlin-CH, T: 28707692, thelittlethings-baby.de*

Klettern und Bouldern

AbenteuerPark Potsdam • Ein unvergessliches Natur-erlebnis mit viel Abenteuer und Spaß bietet der Kletterwald in Potsdam. Auf zehn verschiedenen Parcours können Hobbykletterer vom Anfänger bis hin zum Profi ihre Kletterkünste erproben. Bereits ab einer Körpergröße von einem Meter dürfen Kinder auf dem Kidsparcour ihre ersten Klettererfahrungen sammeln, balancieren und hangeln. Eine gemütliche Pause können Familien im Waldcafé bei einem Stück Kuchen einlegen. *Albert-Einstein-Str. 49, 14473 Potsdam, T: 0331-6264783, kletterpark.info*

Tipp *BergWerk* • Etwas versteckt inmitten des Shopping-Centers Helle Mitte finden Familien Europas größten Indoorkletterpark, der mit einem Mix aus Bewegung, Abenteuer und Bauchkribbeln lockt. Auf diversen Parcours mit verschiedenen Schwierigkeitsgraden kommt vom Kleinkind bis hin zum Kletterexperten jeder auf seine Kosten. Ein besonderes Highlight ist der Indoor Bungee Jump, der garantiert für einen Adrenalin-Kick sorgt. *Stendaler Str. 25, 12627 Berlin-HE, T: 99274373, bergwerk.berlin*

Berta Block Boulderhalle • Begeisterte Boulderfans, die auch in den kühlen Monaten nicht auf ihren Kletterspaß verzichten wollen, kommen die Pankower Boulderhalle. Für Kinder unter 13 Jahren gibt es eine Kinderkletterwand, die sie in Begleitung einer Betreungsperson erklimmen können. Älte Kinder können sich frei in den Hallen 1 und 2 bewegen und sich an verschiedenen Schwierigkeitsstufen probieren. *Mühlenstr. 62, 13187 Berlin-PA, T: 91424730, bertablock.de*

Boulderworx • Unweit des U-Bahnhofs Blissestraße können Kletterfreunde ab drei Jahren im Kinderbereich ihre ersten Bouldererfahrungen machen. In kleinen Klettergruppen lernen sie spielerisch die ersten Techniken, bevor es dann langsam an die Wand geht. *Berliner Str. 46, 10713 Berlin-WI, T: 79784646, boulderworx.de*

Bright Site • In der Boulderhalle am Naumannpark kommen sowohl große als auch kleine Kletterfreunde auf ihre Kosten. Während Kinder ab zwei Jahren in der Kinderhalle im Erdgeschoss erste Erfahrungen zwischen Krabbeln, Tapsen und Klettern machen können, dürfen größere Kinder in dem kinderfreundlichen Bereich der großen Halle klettern, bevor es Stück für Stück an die schwierigeren Routen geht. *Wilhelm-Kabus-Str. 40, Naumannpark Haus 10, 10829 Berlin-CH, T: 49080707, boulder-project.de*

Tipp ***Climb up – Kletterwelten*** • Im schönen Berliner Umland gibt es gleich drei Kletterwälder, in denen Kinder ab sieben Jahren ihre Kletterkünste auf herausfordernden Parcours erproben können. Damit die kleinen Geschwister nicht traurig sind, gibt es auch einen Kids-Parcours, der von Kindern ab drei Jahren genutzt werden kann. Ein besonderes Highlight ist die Bergwelt, die direkt neben der Kletterwelt Strausberg liegt. Mutige können sich hier vor und hinter einem sieben Meter hohen Wasserfall entlang hangeln. *Sport- und Erholungspark 32, 15344 Strausberg, T: 0152-56788990, Glindower Str. 28, 14547 Klaistow, T: 0152-56788991, Ruppiner Chaussee 99, 16761 Hennigsdorf, T: 0152-56788992, climbup.de*

DAV Kletterzentrum • Ob klettern oder bouldern – im Kletterzentrum kommt jeder auf seine Kosten, der sich gerne an Wänden entlang hangelt. Neulinge zwischen zehn und 13 Jahren können im Toprope-Kurs erste Erfahrungen und alles wichtige übers Sichern lernen, bevor es an die Wand geht. Aber auch beim Kindergeburtstag kann in die spannende Sportart geschnuppert werden. Wen das Kletterfieber gepackt hat, der kann Mitglied werden und Vergünstigungen wahrnehmen. *Seydlitzstr. 1h, 10557 Berlin-MI, T: 330998636, dav-berlin.de*

Disati Kletterwald Grünheide • Im schönen Naturhochseilgarten am Nordstrand des Werlsees können Kletterbegeisterte auf sechs verschiedenen Parcours und 88 spannenden Elementen zeigen, was sie können. Während sich Anfänger ab vier Jahren auf dem Kleinkinder-Parcours erproben, hangeln sich Profis in schwinderlerregender Höhe über die Elemente und wagen anschließend den Sprung aus 15 Metern Höhe in ein sicheres Netz. Während der Pandemie wird um eine Anmeldung gebeten. *Friedrich-Engels-Str. 14b, 15537 Grünheide (Mark), T: 0151-10798181, kletterwald-gruenheide.de*

Tipp ***Kletterpark Bernau*** • Festes Schuhwerk angezogen und schon kann es losgehen! Der Kletterpark Bernau bietet großen und kleinen Kletterfreunden die Möglichkeit, sich unter freiem Himmel in schwindelerregende Höhen zu begeben. Kinder ab vier Jahren wagen in Begleitung ihre ersten Kletterversuche auf dem separaten Kids-Parcours, während sich große Kletteraffen bei variablen Routenführungen an den 80 herausfordernden Kletterelementen probieren und über die elf Seilrutschen sausen. Ein besonderes Highlight ist die 10 Meter hohe Riesenschaukel, die bei dem ein oder anderen für einen ordentlichen Adrenalinschub sorgt. Besucher, die lieber auf dem Boden bleiben wollen, probieren sich bei einer gebuchten Tour am Segwayfahren aus oder erlernen in einem Schnupperkurs das Bogenschießen. *Nikolaus-Otto-Str. 7, 16321 Bernau, T: 03338-7061349, vectoura.de*

Kletterwald am Wildpark Schorfheide • Direkt am Wildpark Schorfheide grenzt der Kletterwald an, der bereits Kindern ab fünf Jahren, die eine Mindestgriffhöhe von 1,25 Metern erreichen, auf ein munteres Kletterabenteuer mitnehmen. Dann heißt es nur noch festes Schuhwerk an, die Haare zu einem Zopf gebunden und schon kann es losgehen. Wer danach noch Energie hat, besucht die Tiere im Wildpark. *Prenzlauer Str. 16, 16244 Schorfheide OT Groß Schönebeck, T: 0176-38242588, kletterwald-schorfheide.de*

Kletterwald Bad Saarow • Nur eine Stunde Fahrt von Berlin entfernt ist die schöne Kletteranlage am Scharmützelsee zu finden, die bereits Sprösslingen ab drei Jahren die Möglichkeit bietet, ihre Höhentauglichkeit zu testen und erste Klettererfahrungen zu machen. Wer schon etwas geübter ist, traut sich weiter in die Höhe und überwindet vom Greta-Parcours bis hin zum Araweg die spannenden Hindernisse. Wer danach noch Energie hat, kann den Tag mit einer Runde Bogenschießen abrunden und dabei sein Geschick erproben. *Seestr. 47, 15526 Bad Saarow, T: 033631-404831, kletterwald-badsaarow.de*

Tipp ***Kletterwald Wuhlheide*** • Auf die Bäume, fertig, los! Inmitten des Volksparks Wuhlheide direkt am FEZ-Berlin bietet der Kletterwald Familien die Möglichkeit, vom Boden abzuheben und den Wald aus der Vogelperspektive zu entdecken. Dabei warten mehr als 130 Kletterelemente auf neun Parcours, die jede Menge Spaß und Nervenkitzel mitbringen. Während kleine Kletterfreunde zwischen drei und sieben Jahren ihre ersten Erfahrungen auf den beiden Zwergenparcours sammeln, klettern Kinder, die das siebte Lebensjahr erreicht und die 1,30 Meter Marke geknackt haben, auf dem großen Parcours. *An der Wuhlheide 199, 12459 Berlin-KÖ, T: 30135267, kletterwald-wuhlheide.de*

Magic Mountain • Wenn Bäume, Mauern oder Klettergerüste für die kleinen Kletterwütigen zu langweilig werden, dann geht es auf den Magic Mountain. Während die Kleinsten spielerisch an den Klettersport heran geführt werden und nebenbei ihre Balance, Koordination und Ausdauer trainieren, können Größere ihre Fertigkeiten ausbauen. Wer noch Kletterneuling ist, probiert sich im Schnupperkurs aus. Auch Kindergeburtstagsgesellschaften hangeln sich hier die Wände hinauf. *Böttgerstr. 20, 13357 Berlin-WE, T: 88715790, magicmountain.de*

Tipp *Mini Monkey Kletterwald* • Die beiden Kletterwälder im Norden und Süden Berlins sind speziell auf die Fähigkeiten kleinerer Kinder zugeschnitten. Ab zwei Jahren könnensie hier auf einer Höhe von maximal 1,5 Metern mit oder ohne Sicherungen verschiedene Hindernisse überwinden – mal springend, mal schwingend, aber auch mal balancierend oder krabbelnd. Zu guter Letzt können sie an einer Seilbahn heruntersausen. *August-Bebel-Str. 149, 15827 Blankenfelde-Mahlow, 16547 Birkenwerder OT Briese, T: 0172-3825443, minimonkey-kletterwald.de*

MountMitte • Direkt gegenüber vom S-Bahnhof Nordbahnhof befindet sich der moderne Hochseilgarten, der Familien mit auf eine spannende Kletterpartie nimmt. Kinder ab sechs Jahren dürfen hier die Hindernisse betreten und erste Klettererfahrungen sammeln. Dabei gibt es sechs verschiedene Parcours, die über mehr als 90 Hindernisse führen, wie zum Beispiel einen schwebenden Trabi. Ein besonderes Highlight ist der Skyfall, bei dem man einen Sprung aufs 13 Metern Höhe wagt. *Caroline-Michaelis-Str. 8, 10115 Berlin-MI, T: 555778922, beachmitte.de*

Ostbloc und Südbloc Boulderhallen • Beim Bouldern klettert man in Absprunghöhe – also ganz ohne Klettergut und Seil, dafür aber mit dicken Matten. Wer sich an diesem spannenden Sport probieren möchte, kommt in die Halle am U-Bahnhof Mariendorf. Hier können Boulderneulinge in speziellen Trainingskursen für Kinder erste Erfahrungen sammeln und sich spielerisch dem Sport annähern. Auch die Halle in Lichtenberg bringt jede Menge Boulderspaß. Einfach einen Zeitslot reservieren und los geht's. *Ostbloc: Hauptstr. 13, 10317 Berlin-LI, T: 55499422, ostbloc.de, Südbloc: Großbeerenstr. 2-10, 12107 Berlin-TE, T: 74001810, südbloc.de*

SportJugendZentrum Lychi • Versteckt unter einem der zahlreichen Dächer im Helmholtzkiez liegt die sieben Meter hohe Kletterwand des Jugendsportzentrums, an der sich kleine Gipfelstürmer in den Kletterkursen erproben können. Aber auch andere actionreiche Angebote, wie Volleyball, Tischtennis, Fußball oder Speedmition können im offenen Bereich wahrgenommen werden. *Lychener Str. 75, 10437 Berlin-PB, T: 44738833, sjzlychi.de*

Tipp *Waldhochseilgarten Jungfernheide* • Wer Berlin aus der Vogelperspektive erkunden möchte, kommt in den Waldhochseilgarten im gleichnamigen Volkspark. Hier können Höhentaugliche, die eine Greifhöhe von 1,45 Meter erreichen, ihre ersten Klettererfahrungen auf dem Kinderparcours wagen. Heranwachsende, deren Hände bereits die 1,90 Meter erreichen, dürfen sich auf dem Großen Parcours erproben. Knurrt nach all dem Spaß dann mal der Magen, kehrt man in den gemütlichen Sommergarten ein. *Heckerdamm 260, 13627 Berlin-CH, waldhochseilgarten-jungfernheide.de*

Trampolinhallen

Jump 3000 • Wer an trüben Regentagen nicht weiß, wo er mit seiner Energie hin soll, der kommt in die Trampolinhalle in Mahlsdorf. Hier können sich Hupfdohlen und Sprunganfänger auf über 50 Sprungtüchern auspowern. Junge Hüpfer von ein bis sechs Jahren erhalten einmal die Woche die Möglichkeit, während der MiniMover-Stunde über die Trampoline zu hopsen. Familien, die trotz der Corona-Pandemie einen aktiven Kindergeburtstag feiern möchten, können sich hier mit der Partygesellschaft auspowern. *Landsberger Str. 217/218, 12623 Berlin-HE, T: 92030003, jump3000.de*

JUMP HOUSE Berlin • Kinder, ab sechs Jahren, die sich mal so richtig auspowern wollen, kommen in Jump House nach Reinickendorf. Auf mehr als 120 Trampolinen in neun verschiedenen Spaß- und Actionbereichen kann hier gehüpft werden, was das Zeug hält. Dabei wird Sicherheit immer groß geschrieben. Besonders spannend ist der VideoJUMP in der Challenge Area. Hier wird der Springende in ein Videogame projiziert und muss sich verschiedenen Herausforderungen stellen. Aber auch der Sprung vom TowerJUMP aus 1,50 Metern Höhe in ein Luftkissen sorgt für jede Menge Spaß. *Miraustr. 38, 13509 Berlin-RE, T: 040-5407012, jumphouse.de*

Neu *MyJump* • Springen, hüpfen und spielen – in den Trampolinhallen von MyJump können sich große und kleine Hüpfer mal so richtig auspowern, coole Tricks ausprobieren und sich auf den verschiedenen Sprungtüchern üben. Buchbar sind die Zeit-Pakete in 60, 90 und 120 Minuten-Intervallen. Derzeit gibt es in Berlin zwei Standorte, für Ende 2020 ist aber schon der dritte Trampolinpark geplant. Diese eröffnet im Herzen Berlins gleich neben dem Mount Mitte und dem Beach Mitte. So können Familien hier einen wirklichen aktiven Tag verbringen und klettern, springen und beachen, was das Zeug hält. Kinder, die einen aktiven Geburtstag zelebrieren wollen, können im MyJump mit ihren Gästen feiern und eine unvergessliche Party erleben. *Königshorster Str. 11-13, 13439 Berlin-RE, T: 41408888, Allee der Kosmonauten 30, 12681 Berlin-MA, T: 0152-04680974, Caroline-Michaelis-Str. 8, 10115 Berlin-MI, myjump.de*

SPRUNG RAUM • In Marienfelde ist der Name Programm, denn in der Trampolinhalle wird gesprungen, was das Zeug hält. Hier kann man nicht nur beim Free Jump nach Lust und Laune umherhüpfen, sondern beim Trampolin-Basketball seine Koordination üben oder sich beim Dodgeball ausprobieren. Wer noch etwas zögerlich ist, lässt sich vom Trampolin in die Schaumstoffgrube katapultieren. Ist nach all dem Gehopse mal die Luft raus, kann man einen spannenden Ausblick vom Kletterturm aus genießen. Auch aktive Geburtstage können hier gefeiert werden. *Malteser Str. 139-142, 12277 Berlin-TE, T: 754488090, sprungraum.de*

Indoorfußball

BoBo Fuego Fußball Arena • Fußballbegeisterte, die einen sportiven Geburtstag feiern wollen, kommen in die Fußballarena von BoBo Fuego in Weißensee. Ob vier gegen vier oder fünf gegen fünf – in der Arena können sich Kids ein spannendes Duell liefern. Im Anschluss gibt es ein leckeres Essen und erfrischendes Eis. Neben Geburtstagspartys organisiert Bobo Fuego auch Fußballcamps und bietet eine Talentförderung bei dem ehemaligen Fußballer Rony Nikol an. Der heutige Trainer verfügt über viel Erfahrungen und entdeckt sofort, wer übrt ein richtiges Talent verfügt. *Falkenberger Str. 143E, 13088 Berlin-WS, T: 92400900, bobo-fuego.de*

KICKERWorld • In der Spandauer Halle kann gekickt werden, was das Zeug hält. Die speziellen Hallencourts ermöglichen schnelle Spiele. Wer einmal selbst der Ball sein möchte, schlüpft in eine riesige Gummiblase und kugelt herum. Möglich ist Bubble-Fußball ab einer Größe von 1,20 Metern. Neben Fußball kann man hier auch Kinder-Paintball mit ungefährlichen Schussgeräten spielen und Kindergeburtstag feiern. *Kleine Eiswerderstr. 1, 13599 Berlin-SP, T: 74744224, kickerworld-berlin.de*

Soccerworld • In der modernen Indoor-Soccer-Hallo kommen Fußballfans auf ihre Kosten. Ob zum Geburtstag oder in der Freizeit – hier kann man Lust und Laune gespielt werden. Auf jeden Fall sollte man auch das Bubble Soccer ausprobieren, bei dem in einem übergroßen Airbag steckt und so Fußball spielt. *Richard-Tauber-Damm 36, 12277 Berlin-TE, T: 7421091, soccerworld-berlin.de*

Skateparks

Flaeming-Skate • Inliner, Skateboards, Fahrräder, Kinderwagen eingepackt und ab in die Natur: Südlich von Berlin befindet sich der Flaeming-Skate. Auf rund 230 Kilometern Glattasphalt ohne motorisierten Verkehr kann hier alles andere fröhlich rollen, was Räder hat. Entlang von Wiesen, Wald und idyllischen Dörfern kann sich aktiv und nach individuellem Tempo bewegt werden. *Küstergasse 4, 14547 Beelitz, T: 033204-62870, flaeming-skate.de*

Mellowpark • Für wen Spine, Box und Wallride keine Fremdwörter sind, der packt sein Skateboard oder BMX-Rad, Helm und Schoner ein und kommt in den Mellowpark. Hier können dynamische Nachmittage verbracht und über die Rampen und Halfpipes gesaust werden, dabei finden sowohl Profis als auch Anfänger die richtige Herausforderung für sich. Wer dann doch mal eine Pause zum Verschnaufen braucht, findet im Park auch schöne Orte zum Verweilen. *An der Wuhlheide 250, 12459 Berlin-KÖ, T: 64329841, mellowpark.de*

Skatehalle Berlin • Ob Kickflip oder Ollie – in der Skatehalle auf dem RAW-Gelände können Skater ihre Tricks austesten. Nachwuchs-Skater, die noch keine oder nicht so viel Erfahrung haben, lernen in verschiedenen Workshops die Basics des Skatens, wie Balancieren, Rollen und Bremsen. Auch Fortgeschrittenere können noch eine Menge in den weiteren Kursen lernen. Wer einen Geburtstag der sportlichen Art wünscht, ist hier ebenfalls genau richtig. *Revaler Str. 99, 10245 Berlin-FR, T: 29362966, skatehalle-berlin.de*

Skatepark am Poststadion • Der Sportpark am Poststadion hält für Skater und die, die es noch werden wollen, einen rund 1.000 Quadratmeter großen Skatepark aus Ortbeton bereit. Dank der Street- und Bowl-Bereiche sowie einer Vielzahl an unterschiedlichen Einzelobjekten kann hier nach Lust und Laune geskatet werden. *Lehrter Str. 59, 10557 Berlin-MI, sportparkpoststadion.de*

Kartbahnen

Berlinkart • Nur einen Katzensprung vom Rathaus Neukölln entfernt ist Berlins größte Kartbahn zu finden. Auf einer Strecke von rund 750 Metern dürfen Hobbyrennfahrer, die das zwölfte Lebensjahr erreicht haben und mindestens 1,55 Meter groß sind, in das Kart steigen und durch die Kurven sausen. Damit die Sicherheit nicht auf der Strecke bleibt, gibt es zu Beginn eine ausführliche Einweisung durch qualifizierte Rennleiter. Dann heißt es: festes Schuhwerk angezogen, Helm auf, angeschnallt und los geht's! *Werbellinstr. 50, 12053 Berlin-NK, T: 68053565, berlin-kart.de*

Kartland • Wer einen dynamischen Geburtstag mit seinen Freunden feiern möchte, kommt ins Kartland. Hier kann jeder, der das achte Lebensjahr erreicht hat und eine Mindestgröße von 1,30 Metern vorweisen kann, über die Piste sausen. Nachdem die Geburtstaggesellschaft zunächst eine ausführliche Einführung bekommt, geht es dann in spezielle Kinderkarts, die für jede Menge Spaß auf der Rennstrecke *sorgen. Im Anschluss wartet ein reichlich gedeckter Geburts*tagstisch mit einer Stärkung, bevor es zur Siegerehrung mit Medaillienvergabe geht. *Miraustr. 62-66, 13509 Berlin-RE, T: 43566841, kartland.de*

Mobikart Fun Racing • Geschwindigkeitsliebhaber aufgepasst! Wer wie Michael Schumacher, Lewis Hamilton oder Nico Rosberg über die Rennstrecke brausen will, der ist hier genau an der richtigen Stelle. Hobbyrennfahrer ab einer Körpergröße von 1,30 Meter können auf 430 Metern durch sieben Links- und drei Rechtskurven gleiten und so ein Rennfeeling wie bei den Profis genießen. Auch Geburtstagskinder können gemeinsam mit ihren Gästen über die Kartbahn sausen. *Plauener Str. 161, 13053 Berlin-HO, T: 98638749, mobi-kart.de*

Natur schme-cken

Eines unserer liebsten Ausflugsziele mit Kindern liegt mitten im Grunewald, wo sich seit 35 Jahren das Ökowerk um Naturbildung und Umweltschutz verdient macht.

„Igittigitt, der Fenchel schmeckt ja wie Lakritz", Hannah (8) verzieht den Mund. Titus (8) will im Kräutergarten Mut beweisen und beißt beherzt auf die Pfefferkresse: „Das ist ja gar nicht scharf!" Schnell putzt er doch mit Salbeiblättern im Mund nach, für den frischen Geschmack. „Die Blattoberfläche eignet sich generell, um belegte Zähne zu reinigen!", erklärt Naturpädagogin Dina vom Ökowerk Berlin. Derweil streicheln die sechsjährigen Marie und Nelli über die fein behaarten Blätter des Wollziest. „Das ist so weich wie Kaninchenfell", sind sich beide einig und Paula (8) hat eine Idee: „Aus Wollziest können wir Kissen für Playmobilmännchen basteln!"

Naturerfahrungen sind heute nicht selbstverständlich. Für viele Menschen gehören sie nicht mehr

Das alte Wasserwerk ist heute ein Naturschutzzentrum mit einem vielfältigen Programm, das alles andere als trocken ist.

Reichlich Natur und frische Luft getankt – so erfüllt wie Marie, Nelli, Hannah, Titus und Paula sehen Stadtkinder nach einem Tag im Ökowerk aus!

zwingend zum alltäglichen Erleben. Vor allem in städtischen Ballungsgebieten fehlen im Alltag die direkten, ursprünglichen Begegnungen mit und in der Natur. „Dabei sind diese gerade für Kinder von essenzieller Bedeutung, denn sie fördern eine gesunde und ganzheitliche Entwicklung", sagt Dina, studierte Biologin und seit 2018 im Ökowerk als Umweltpädagogin tätig.

Das Ökowerk hat sich als Naturschutzzentrum in den vergangenen 35 Jahren zum Lern- und Erlebnisort mit umweltpädagogischen Programmen für Kitas und Schulen sowie als individuelles Ausflugsziel an Wochenenden etabliert. Auf dem weitläufigen Gelände, das mitten im Grunewald am Teufelssee liegt, sind über 1.000 Tier- und Pflanzenarten beheimatet. Eine der Ökowerk-Führungen heißt „Geschichten aus dem Grunewald" – heute schreibt die fünfköpfige Besuchergruppe ihre eigene.

Die umliegenden Bäume scheinen das Ökowerk zu umarmen und dabei die Geräusche der Stadt abzuschirmen. Es ist eine grüne Oase. Das Rauschen der Blätter im Wind wird plötzlich von einem Schrei übertönt: „Aua, Brennnesseln!" Nelli hält sich weinend den Ellbogen. Umgehend zaubert Naturpädagogin Dina Hilfe aus der Naturapotheke des Kräutergartens: „Nimm diesen Spitzwegerich. Wenn du die Blätter zwischen den Fingern reibst, kommt ein Saft raus, welcher hilft, Brennnesselstiche zu lindern ... Übrigens haben wir auch Tiere hier, die stechen können." Dina zeigt auf einen braunen Kasten, in dem sich ein Hornissenvolk angesiedelt hat. „Cool, Hornissen! Die will ich sehen!", ruft Titus und rennt los. Nelli ist sofort dabei, der Brennnesselstich ist schon vergessen.

Natur mit allen Sinnen schnuppern, schmecken, streicheln

Natur ist bedeutsam für die emotionale Entwicklung des Menschen. Der Aufenthalt in ihr hat eine stabilisierende, entspannende und beruhigende Wirkung für Körper und Geist. „Auch die Schulung der Motorik und der Sinne kann im Freien gefördert werden", erklärt Dina die Bedeutung von Naturerfahrung aus Sicht der Naturpädagogik. „Die Natur lehrt das Verständnis von natürlichen Kreisläufen, Lebenszyklen und Jahreszeiten und stärkt das Bewusstsein für ökologische Zusammenhänge. Das eigene Erleben von Natur ist zudem Grundlage für den Umweltschutz." Wer selbst ihre Schönheit und ihren Reichtum erfährt, weiß die Bedeutung für den Menschen zu schätzen und ist deshalb auch eher willens, sich für Naturschutz einzusetzen.

Kinderfantasien – Ökowerk wird Schokoladenfabrik

Auf dem Gelände vom Ökowerk sticht ein 35 Meter hochragender Schornstein ins Auge, ein bis heute markantes Markenzeichen des ehemaligen Wasserwerks. Vor knapp 150 Jahren (1871/72) wurde das backsteinrote Hauptgebäude gebaut, bis 1969 war es in Betrieb. Um die großen Dampfmaschinen, die das Wasser pumpten, zu betreiben, brauchte man Kohleenergie. Bis heute sind die Dampfmaschinen bestens erhalten und die Maschinenhalle ist ein Highlight für Besucher der Wasserwerksführung. Beim Betreten der großen Halle herrscht zunächst ehrwürdiges Schweigen. Dina flüstert, Kinder hätten irgendwie ein sehr feines Gespür dafür, dass sie hier Teil von etwas Altem, Besonderen sind. Dann platzt Hannah raus: „Oh, mein Gott, es sieht so aus wie eine Schokoladenfabrik!" Und ihre Freundin Paula überschlägt sich imaginär mit einer fantastischen Geschichte: „Schaut Leute! Hier wird die reine Schokolade reingegeben. Da wird sie gewalzt, damit sie schön dick ist. Dann fließt sie dort hoch und wird von den riesigen Rädern in den großen Tank befördert!" Zwischen Schrauben, Zahnrädern, Leitungen, Ventilen und Stahl stehend, pflichten die Anderen bei: „Genau, hier wird wirklich Schokolade gemacht! Sie fließt durch die Rohre in den Raum da hinten und wird hart und dann verpackt!"

Ein historischer Wasserspeicher unter dem Waldboden

In den 1960er-Jahren wuchs Berlin und die technischen wie hygienischen Standards des Wasserwerks entsprachen nicht mehr der Zeit. Es wurde aufgegeben, stand bis 1985 still, dann begann der Verein Ökowerk die Bewirtschaftung nach neuem Nutzungskonzept als Informations- und Bildungseinrichtung. „Eigentlich hätten wir in 2020 unser

Neben vielfältigen Events für Familien wie Führungen und Workshops zu natur- und umweltrelevanten Themen gibt es tolle Ferienprogramme und Kindergeburtstagsangebote im Naturschutzzentrum Ökowerk, Teufelsseechaussee 22, 14193 Berlin-WI, Seite 103

Absolutes Highlight: In den alten Wasserwerkhallen hallt das Echo 20 Sekunden nach!

35-jähriges Jubiläum gefeiert, was coronabedingt jedoch nicht stattfinden konnte wie geplant", erzählt Dina auf dem Weg zum verborgenen, alten Reinwasserspeicher. „Nachdem das Grundwasser vom Teufelssee alle Reinigungsschritte im Wasserwerk durchlaufen hatte, kam es hier rein." Im Wald versteckt und mit Moos und Pilzen bewachsen, erreicht die Besuchergruppe eine unscheinbare Tür. Dina klopft von außen und ein unverhältnismäßig lang an anhaltender Hall folgt. Die Kinder denken an die Abenteuer der drei ???, ältere Besucher unweigerlich an ein Zeitloch à la Dark-Mysteryserie. Dann öffnet Dina die Tür. Diffuses Kellerlicht ermöglicht einen Blick in den ehemaligen Reinwasserbehälter, einen unterirdischen, fensterlosen Kellerraum, der 2.900 Kubikmeter Wasser fasste. „Haaallooo!?" Die Kinder stürmen die nachträglich eingebaute Treppe, eine unbekannte Geräuschkulisse folgt. Zehn Kinderfüße hallen in tausenden Schritten wider. Es folgt ohrenbetäubendes Pfeifen, grelles Schreien, ein schauriger Klang. Hexengelächter mischt sich in Käuzchengejaule. Ein Echo hallt 20 Sekunden durch die leeren Kammern.

Umweltschutz und kindliche Naturbegegnung miteinander verknüpfen

Während die Kinder lautstark herumgeistern, erzählt Dina vor dem Speicher vom Ziel der umweltpädagogischen Programme: „Wir möchten einen bewussteren, verantwortungsvolleren Umgang mit Lebewesen und der Umwelt initiieren. Hierbei ist es wichtig, dass die Kinder der Natur spielerisch begegnen und sich durch praktische Erfahrung ein Wissen über ökologische Zusammenhänge aneignen. Die Auseinandersetzung mit der Natur, ihren Phänomenen und Prozessen in Verbindung mit direkten Naturerfahrungen bietet die Möglichkeit, positive Beziehungen zur Natur aufzubauen und diese wertschätzen zu lernen. Gemeinsam lassen sich individuelle Handlungsmöglichkeiten entwickeln im Hinblick auf Natur- und Umweltschutz. Ein praxisorientiertes Lernen steht stets im Mittelpunkt." In diesem Sinne können die Kinder als letzten Programmpunkt an diesem Tag Tiere im Teich entdecken. Sie bekommen von Dina Kescher und Becherlupen, mit denen sie „mega Larven, supergutgetarnte Frösche, und niedlichen Schnecken" untersuchen.

Dabei sind die Kinder so vertieft in ihr Tun im Ökowerk, dass sie die Kohlweißlinge gar nicht bemerken, die sie schon den ganzen Tag begleiten. Die filigranen Schmetterlinge flattern von violettem Lavendel zu den Blütenknospen des Johanniskrautes und scheinen sich am warmen Spätsommertag in der Natur ebenso zu erfreuen wie die Kinder. Ihr Forscherdrang, Entdeckergeist und die gehörige Portion Neugier ist für den Moment jedenfalls offenkundig befriedigt. ***Fotos: Manuel Miethe, Text: Sandy Bossier-Steuerwald***

Nicht nur mit Kescher und Becherlupe können Kinder im Grunewald nachhaltig wirkende Eindrücke und Erlebnisse einfangen.

Erlebnisorte

Barfußpark Beelitz-Heilstätten • Im April beginnt wieder die spannende Saison, in der die Füße im Barfußpark auf Sinnesreise gehen. Dann können Besucher auf den insgesamt drei Kilometer langen Wegen über pieksige Bucheckern und matschigen Lehm wandeln und sich ganz auf das Gefühl besinnen, das den Füßen in engen Schuhen im Alltag oft verwehrt wird. Neben dem Pfad finden sich überall Erlebnisstationen. *Straße nach Fichtenwalde 13, 14547 Beelitz, T: 0162-2909999, derbarfusspark.de*

Barnim Panorama • Der Naturpark Barnim streckt sich nördlich von Berlin in die Weite. Im Dorfkern von Wandlitz findet man das Barnim Panorama, das die Geschichte der einst eiszeitlichen Wildnis bis hin zur modernen Kulturlandschaft erzählt. Kleine und größere Forscher können auf Tour gehen und viel Interessantes erkunden. Natur und Landwirtschaft wird hier mit allen Sinnen erfahrbar – ob bei einer Führung durch die Ausstellung oder Aktionen im Schaugarten und auf dem Entdeckerpfad. Das Strandbad Wandlitzsee mit Rutsche und Springturm liegt ganz in der Nähe. *Breitscheidstr. 8/9, 16348 Wandlitz, T: 033397-360505, barnim-panorama.de*

Tipp ***Baum & Zeit*** • Mitten in den Beelitzer Heilstätten geht es auf dem Baumkronenpfad hoch hinaus. Große und kleine Besucher erhalten hier die Chance, das Gelände auf einem 20 Meter hohen Steg, kurz über den Baumwipfeln zu entdecken. Durch den extrabreiten Pfad und den barrierefreien Zugang können auch Rollstuhlfahrer an diesem Erlebnis teilnehmen. Ausflügler ohne Höhenangst trauen sich auf den Aussichtsturm, der den höchsten Punkt des Pfades bildet und genießen den fantastischen Ausblick. Wer hierher kommt, sollte auch den Barfußpark besuchen *Straße nach Fichtenwalde 13, 14547 Beelitz, T: 033204-634723, baumundzeit.de*

Berlin Dungeon • Wer auf die düstere Reise durch 800 Jahre Berliner Geschichte gehen möchte, ist im Dungeon genau an der richtigen Stelle. Doch Achtung, dies ist keine gewöhnliche Tour, denn hier wird es schaurig. Da stockt einem schon mal der Atem, wenn man mit dem Fahrstuhl des Grauens in die Tiefe fährt und durch die Folterkammer und das Labyrinth der Hohenzollern reist. Für besonders Mutige wartet zum Schluss noch der Freifallturm mit einem Sturz ins Ungewisse. Nicht zu empfehlen ist der Besuch für Kinder unter zehn Jahren. *Spandauer Str. 2, 10178 Berlin-MI, T: 01806-255544, thedungeons.com*

Burg Storkow • Das Besucherzentrum des Naturparks Dahme-Heideseen in der alten Burganlage Storkow lädt zur Besichtigung der mittelalterlichen Anlage. Es lassen sich von hier aus auch Stadtführungen durch die historische Altstadt antreten. Teil der Anlage bildet die Erlebnisausstellung „Mensch und Natur – Eine Zeitreise" im Natureum über die Geschichte der Region. *Schloßstr. 6, 15859 Storkow (Mark), T: 033678-73108, natur-schau-spiel.com*

Dong Xuan Center • Wer in eine fernöstliche Welt abtauchen möchte, kommt nach Lichtenberg in Deutschlands größten Asia-Markt. Hier geht es nicht nur lebhaft zu, es gibt auch allerhand zu entdecken, denn das Angebot der mehr als 400 Händler ist riesig. Vom Friseur über Kleidung, Spielzeug und Elektronikartikel bis hin zu köstlicher vietnamesischer Küche findet man hier alles, was das Herz begehrt. *Herzbergstr. 128-139, 10365 Berlin-LI, dong-xuan-berlin.de*

El Dorado Templin • In Templin erleben große und kleine Besucher ein Abenteuer wie im Film, denn hier geht es zu wie im Wilden Westen. Wie ein echter Cowboy können Kinder lernen, wie man ein Lasso wirft, auf die Suche nach Gold gehen oder mit der Postkutsche bequem den Park erkunden. Zudem gibt es ein spannendes Showprogramm, das eine aufregende und actiongeladene Stuntshow, traditionelle Indianertänze sowie Lieder und Geschichten der Indianer zeigt. *Am Röddelinsee 1, 17268 Templin, T: 03987-2084303, eldorado-templin.de*

Erlebnisbahn • In der Uckermark und im Fläming kann man auf einer echten Hebeldraisine über stillgelegte Schienen rauschen. Dabei ist die Muskelkraft der ganzen Familie gefragt, denn ohne kommt man hier garantiert nicht vorwärts. Auch bei Kindergeburtstagsgruppen sind die ausgelassenen Draisinenfahrten sehr beliebt. *An den Wulzen 23, 15806 Zossen, Am Bahnhof Mellensee 3, 15838 Am Mellensee, Weidendamm 5, 16798 Fürstenberg/Havel, Zehdenicker Str. 30, 17268 Templin, T: 03377-3300850, erlebnisbahn.de*

Tipp ***Familiengarten Eberswalde*** • Etwa 40 Kilometer nördlich von Berlin gelegen, befindet sich ein wahrer Erlebnisort für Familien, der zu einem vergnügten Tagesausflug einlädt. Auf dem weiträumigen Gelände gibt es allerhand spannende Attraktionen wie ein Tretauto-Parcours, der verwunschene Märchenwald, ein Sportplatz zum Austoben oder den Aussichtskran für Höhentaugliche. Wem bei all der Action der Magen knurrt, kehrt ins Haus am Walzwerk ein. *Am Alten Walzwerk 1, 16227 Eberswalde, T: 03334-384910, familiengarten-eberswalde.de*

Filmpark Babelsberg • Ein spannendes Ausflugsziel, ist der Filmpark Babelsberg. Hier können Besucher hinter die Kulissen des berühmten Löwenzahn-Bauwagens gucken, erleben, wie aus Tieren echte Schauspieler werden, einen Blick ins Hexenhaus werfen oder eine kleine Bootstour in Janoschs Traumland unternehmen. Für Action sorgt die Stuntshow im Vulkan, in der waghalsige Kämpfe und atemberaubende Stunts präsentiert werden. *Großbeerenstr. 200, 14482 Potsdam, T: 0331-7212345, filmpark-babelsberg.de*

Tipp *Hurricane Factory* • Wer der Hurricane Factory einen Besuch abstattet, der erlebt Abenteuer pur. Ab dem füften Lebensjahr können hier Kinder im größten Windkanal Deutschlands gemeinsam mit einem erfahrenen Instruktor in die Lüfte abheben. Dabei erleben große und kleine Besucher ein außergewöhnliches Erlebnis, bei dem sie Wind, Aerodynamik und das Phänomen des Fliegens am eigenem Körper spüren. *Waßmannsdorfer Allee 3, 12529 Schönefeld OT Waßmansdorf, T: 03379-3217380, hurricanefactory.com*

Irrlandia • Von Mai bis Oktober kann in Irrlandia gespielt, getobt, gemurmelt, gerutscht, geschaukelt, gebastelt, gehopst und gerätselt, geirrt, gematscht, geworfen, gestaunt, gebaut und mitgemacht werden. In spannenden Labyrinthen, zahlreichen Attraktionen und kreativen Spielangeboten, bekletterbaren Holztürmen und hoher Freierfallrutsche bleibt es für Klein und Groß eine aufregende Reise mit Mutproben und riesigem Vergnügungsspaß. Ein Tagesausflug nach Storkow lohnt. *Lebbiner Str. 1, 15859 Storkow (Mark), T: 033678-41732, irrlandia.de*

JetSim • Kinder, die davon träumen, einmal selbst ein Flugzeug zu steuern, kommen beim Flugsimulator auf ihre Kosten. Vor allem zum Kindergeburtstag ist der Ausflug hierher ein wahres Erlebnis. Nach einer kindgerechten Einweisung und einem Begrüßungs-Getränk dürfen das Geburtstagskind und seine Gäste nacheinander eine Flugroute fliegen. Dabei führt jedes Kind einen Start und eine Landung durch. Wer gerade nicht fliegt, nimmt als Passagier Platz und kann so den Flug miterleben. *Reuchlinstr. 10/11, 10553 Berlin-Tl, T: 34350650, jetsim.de*

Karls Erlebnis-Dorf • Im Elstal kann man nicht nur die leckeren Karls-Erdbeeren vertilgen, das Erlebnis-Dorf hat das ganze Jahr über viele spannende Attraktionen für die ganze Familie parat. Ob Achterbahn fahren, Stockbrot backen, die spannende Eiswelt erleben, die Kartoffelsackrutsche hinuntersausen, Ziegen im Streichelgehege schmusen, durch den Irrgarten wandeln, auf dem Wasserspielplatz toben oder auf dem Hüpfkissen in die Luft springen – hier wird es niemals langweilig. Wenn bei all dem Spaß dann mal der Hunger überkommt, kehrt ins Hofrestaurant ein und genießt allerhand Leckereien. *Döberitzer Heide 1, 14641 Elstal, T: 033234-243030, karls.de*

LEGOLAND Discovery Centre • Baufreunde, die es lieben mit LEGO zu spielen, sollten dem LEGOLAND Discovery Centre einen Besuch abstatten. Der ultimative Indoorspielplatz, in dem es über vier Millionen LEGOsteine gibt, besitzt neun spannende Bereiche wie Drachenbahn, Bauernhof oder Ninjago City Adventure, die mit spannende Attraktionen zum Toben, Spielen, Entdecken, Fahren und Bauen einladen. *Potsdamer Str. 4, 10785 Berlin-Tl, T: 0180-666690220, legolanddiscoverycentre.de*

Kunst, Kultur und Natur: Der fast vergessene Vergnügungspark mit seiner spannenden Vergangenheit verwandelt sich wieder in einen lebendigen Kulturort.

Spreepark, Seite 92

Little BIG City Berlin • Die Entstehung der Stadt, der Glamour der 1920er-Jahre, der Fall der Berliner Mauer: Die Little Big City Berlin bringt alle ins Staunen. Denn hier werden 750 Jahre Berliner Geschichte mit 3D-Projektionen, beeindruckenden Specialeffects und Hologrammen in einer Miniatur-Version Berlins dargestellt. So wird selbst der größte Geschichtsmuffel zum Mitmachen begeistert. *Panoramastr. 1A, 10178 Berlin-MI, T: 0180-6257106, littlebigcityberlin.de*

Madame Tussauds Berlin • Ob mit der Pop-Ikone Lady Gaga, dem Tatort-Star Maria Furtwängler, der Kult-Diva Marilyn Monroe oder der berühmten Star-Wars-Figur Yoda – wer schon immer mal davon geträumt hat, mit seinem Idol gemeinsam auf einem Foto zu sein, der kommt in die Wachsfiguren-Ausstellung. Verschiedene Themenbereiche präsentieren die eindrucksvollen Wachsfiguren in Lebensgröße von Berühmtheiten aus den Bereichen Musik, Politik, Fashion, Star Wars oder Kultur. Darüber hinaus gibt es spannende Mitmach-Aktionen, bei denen man selber zum Model wird oder den Hit von Wincent Weiss aufnimmt. *Unter den Linden 74, 10117 Berlin-MI, T: 0180-6545800, madametussauds.com*

Malchower Labyrinthpark • Familien, die in den uckermärkischen Park kommen, genießen eine ausgiebige Pause vom schnellebigen Alltag. Gemeinsam wandern sie durch das Schnecken-Labyrinth, den Großen Irrgarten, oder das Stroh-Labyrinth und verbringen ein paar wundervolle Momente zusammen. Während man im Sandhexagon sein eigenes Labyrinth entwirft, lässt sich im Chartres-Labyrinth der herrliche Durft des wachsenden Lavendels genießen. Für noch mehr Spaß sorgen das Riesensudoku und das Tangram. So lädt der Park zu Spiel, Spaß und Spannung, aber auch zur Besinnung und Achtsamkeit ein. *Dorfmitte 1A, 17291 Göritz OT Malchow, T: 039851-629942, malchower-labyrinthpark.de*

Modellpark Berlin-Brandenburg • Habt ihr schonmal die Goldelse aus nächster Nähe gesehen oder von oben in die Reichstagskuppel hineingeschaut? Im Modellpark Berlin-Brandenburg in der Wuhlheide kann man gemütlich innerhalb einer Stunde einige der wichtigsten Sehenswürdigkeiten Berlins und Brandenburgs aus nächster Nähe betrachten. Von April bis Oktober stehen die 80 Gebäude, die in einem Verhältnis von 1:25 nachgestellt wurden, für Groß und Klein zur Besichtigung bereit. Bei Kreativbastel- und Ferienkursen werden Kinder in den Modellbau eingeführt. *An der Wuhlheide 81, 12459 Berlin-KÖ, T: 36446019, modellparkberlin.de*

Monsterkabinett • Kinder ab sechs Jahren in Begleitung ihrer Eltern können diesen Kunstraum der besonderen Art betreten. Dabei warten außergewöhnliche Kunstinstallationen auf die Besucher, wie etwa eine riesige motorisierte Spinne, die sich über den kahlen Betonboden bewegt und dem ein oder anderen schon mal einen Schrecken einjagt. Aber auch weitere skurrile Monster aus Technik werden hier mit theatralen Mitteln wie schaurigen Klängen und Beats in Szene gesetzt. *Rosenthalerstr. 39, 13127 Berlin-MI, monsterkabinett.de*

Naturerlebnis Uckermark • Verschlungene Pfade führen durch die verschiedenen Themengärten, vorbei an duftenden Kräutern und bunt blühenden Blumen. Im Haustierpark leben Schafe, Esel, Ziegen und andere heimische Tiere, bei denen Streicheln gerne erlaubt ist. Wer etwas mehr Platz zum Austoben braucht, ist im Spielbereich gut aufgehoben, der mit einem tollen Piratenschiff lockt. Außerdem gibt es in dem Uckermärkischen Familienpark auch eine Solarwerkstatt, in der mit Segel-Windrad, Solardusche und -kocher nachhaltig Energie gewonnen wird. *Am Scharfrichtersee 2A, 17291 Prenzlau, T: 03984-806000, naturerlebnis-uckermark.de*

Sommerrodelbahn Scharmützelbob • Auch wenn kein Schnee fällt oder dieser schon geschmolzen ist, muss nicht auf Rodelspaß verzichtet werden. In der Sommerrodelbahn bei Bad Saarow geht es ganzjährig mit Action und Nervenkitzel bergab. Per Lift fährt man auf die Rauenschen Berge, von wo man durch zahlreiche Kurven und mit ordentlich Speed bis ins Tal flitzt. Mitfahren dürfen alle, die das dritte Lebensjahr erreicht haben, alleine geht es den Berg runter ab einer Größe von 1,45 Metern. *Am Fuchsbau 7, 15526 Bad Saarow, T: 03361-736035, scharmuetzelbob.de*

Tipp ***Spargel- und Erlebnishof Klaistow*** • Ob Erdbeer-, Heidelbeer-, Spargel- oder Kürbissaison – in Klaistow ist immer was los. Kinder können auf der riesigen Rutsche runtersausen, auf dem Hüpfkissen um die Wette springen, zahme Ziegen auf der Streichelwiese liebkosen, im Wildgehege Damwild beobachten oder durch den Jeep-Parcours sausen. Höhentaugliche Kinder können im Kletterwald herumklettern, mit der Seilrutsche durch den Wald fahren oder sich auf dem Kidsparcour vergnügen. Wer sich genug ausgetobt hat, sollte dem Hofladen einen Besuch abstatten, denn hier gibt es leckeres aus der Region sowie hausgemachte Fruchtaufstriche und Säfte. Aber auch das Hofrestaurant bietet allerhand köstliche Gerichte. *Glindower Str. 28, 14547 Beelitz OT Klaistow, T: 033206-61070, spargelhof-klaistow.de*

Spiegellabyrinth • Große und kleine Berliner oder Berlinbesucher erwartet mitten in der Stadt am Checkpoint Charlie ein aufregendes Erlebnis. Zwischen geschickt angeordneten Spiegeln, die nur durch bunte LED-Röhren beleuchtet sind, gilt es, sich im Spiegellabyrinth wieder den Weg nach draußen zu bahnen. Doch Achtung: Dabei werden immer wieder unendlich lange Gänge vorgetäuscht, die dann plötzlich doch ohne Weiterkommen enden. Ein Riesen-Spaß für die ganze Familie. *Friedrichstr. 207, 10969 Berlin-KR, T: 0176-24255746, spiegellabyrinth.com*

WINDOBONA Berlin • Im Lichtenberger Windkanal können Besucher ab vier Jahren ihrem Traum vom Fliegen ganz nah kommen. Einfach einen Termin buchen, saubere Sportschuhe mitbringen und schon kann das Flugerlebnis starten. Nachdem es zunächst eine Einweisung gibt, bei der die allgemeinen Flughaltungen erklärt werden, geht es mit der richtigen Schutzkleidung in die 4,3 Meter breite und 17 Meter hohe verglaste Flugkammer, die dank des künstlichen Luftstroms das Fliegen ermöglicht. *Landsberger Allee 268, 10367 Berlin-LI, T: 809334140, windobona.berlin*

Ziegeleipark Mildenberg • Knapp anderthalb Autofahrstunden von Berlin entfernt ist der Ziegeleipark Mildenberg zu finden. Während hier früher Milliarden an Ziegeln hergestellt und nach Berlin transportiert wurden, können Familien heute auf eine spannende Entdeckungstour durch hundert Jahre Ziegelei- und Technikgeschichte gehen. Dabei stehen verschiedene Attraktionen zur Verfügung, bei denen Kinder selbst Ziegel aus Ton herstellen, Schienenfahrräder erproben oder mit Rädern das weitläufige Gelände erkunden können. *Ziegelei 10, 16792 Zehdenick, T: 03307-310410, ziegeleipark.de*

Aussichtspunkte

Juliusturm • Hoch hinaus geht es auf Berlins ältestem noch erhaltenen Bauwerk. Wer die 153 Stufen des Juliusturms in der Zitadelle Spandau erklimmt, wird mit einem faszinierenden Ausblick über die weitreichende Renaissance-Festung und einem Teil der Havellandschaft belohnt. Mit ein bisschen Glück können Besucher bei gutem Wetter von hier aus sogar den Fernsehturm erblicken. Wieder unten angelangt sollte man definitiv noch den Museen auf dem Gelände einen Besuch abstatten. *Am Juliusturm 64, 13599 Berlin-SP, T: 3549440, zitadelle-berlin.de*

Klunkerkranich • Bienen summen, Kräuter duften, Musiker spielen und Kinder tollen im Sandkasten herum. Wer würde vermuten, dass man all das auf den Neuköllner Arcaden an der Karl-Marx-Straße erleben kann. Mit einem Fahrstuhl geht es bis in die fünfte Etage zum Parkdeck und von hier aus hinauf aufs Dach. Der Klunkerkranich ist ein magischer Ort mit Bar, Tanz, Spiel und Kulturprogramm. *Karl-Marx-Str. 66, 12043 Berlin-NK, klunkerkranich.de*

Müggelturm • Der markante Aussichtsturm auf dem Gipfel des kleinen Müggelbergs bietet Besuchern einen faszinierenden Ausblick. Zunächst muss man jedoch die 126 Stufen erklimmen, bevor man das atemberaubende Panorama vom Müggelsee bis zum Langen See, dem Museumspark Rüdersdorf und dem Flughafen Schönefeld genießen kann. Bei besonders gutem Wetter kann man sogar die Grenze des Spreewalds entdecken. *Straße zum Müggelturm 1, 12559 Berlin-KÖ, T: 65489950, mueggelturm.berlin*

Panoramapunkt Potsdamer Platz • Wer einmal das aufregende Erlebnis genießen möchte, mit dem schnellsten Fahrstuhl Europas zu fahren, kommt zum Panoramapunkt. Oben angelangt, erhalten Besucher von der Aussichtsplattform aus einen atemberaubenden Ausblick auf die Stadt. Obendrein gibt es eine Freiluftausstellung in über 100 Metern Höhe über die Geschichte des Potsdamer Platzes. *PotsdamerPlatz1,10785Berlin-TI,T:25937080,panoramapunkt.de*

Seilbahn Berlin • Höhentaugliche, die Berlin aus der Vogelperspektive entdecken wollen, steigen ein in das schwebende Highlight im Erholungspark Marzahn. Die 64 Kabinen der Seilbahn, die auf einer Strecke von 1,5 Kilometern vom Kienbergpark zu den Gärten der Welt fahren, bieten den Besuchern einen traumhaften Ausblick bis in das Stadtzentrum. Wer Glück hat, erwischt sogar eine der sechs Gondeln mit Glasboden. *Hellersdorfer Str. 149, 12619 Berlin-HE, seilbahn.berlin*

Tipp *Teufelsberg und Drachenberg* • Der Teufelsberg und sein Nachbar, der Drachenberg, sind beide aus dem Trümmerschutt der aus dem Zweiten Weltkrieg bestehenden Kriegsruinen entstanden. Letzerer trägt seinen Namen aufgrund des weiten Plateaus auf 99 Metern Höhe, welches vorzügliche Bedingungen zum Drachen steigen lassen bietet. Sein bekannter Nachbar ist der Teufelsberg. Mit seiner verfallenen Radarstation erzählt er eine spannende Geschichte aus Kunst, Kultur und Berliner Vergangenheit. Die Aussichtsplattform mit den Randomen darf nicht betreten werden, das große Areal lädt aber weiter zu Erkundungstouren ein. *Teufelsseechaussee 10, 14193 Berlin-WI, teufelsberg-berlin.de*

Escape Games

Cat in the Bag • Nur einen Katzensprung vom U Bahnhof Naturkundemuseum entfernt befindet sich das beliebte Escape Game, das Familien ein wahres Abenteuer verspricht. Gemeinsam müssen die Spieler Geschick und Spürsinn beweisen, um die Aufgaben zu lösen und sich ihren Weg in die Freiheit zu bahnen. Dabei darf selbst gewählt werden, ob man lieber im Bunker, Gefängnis oder der Skihütte gefangen ist. *Chausseestr. 15, 10115 Berlin-MI, T: 56837145, catinthebag.de*

Neu *Escape Berlin* • Ab Weihnachten 2020 befindet sich das Escape Berlin an einem neuen Standort. Dann dürfen Rätselfans in einer der größten Escape Locations weltweit wieder auf spannende Missionen gehen, Schlösser knacken, Geheimwege finden und Rätsel lösen. Doch nur wer gut zusammen arbeitet, findet den Weg aus der Rätselwelt hinaus. Spiele wie Big Päng oder Spielzeugladen können bereits ab acht Jahren gespielt werden, aber auch alle anderen Spiele lassen sich dank variabler Schwierigkeitsgrade individuell an Kinder anpassen. *Landsberger Allee 117a, 10407 Berlin-PB, T: 346558033, escape-berlin.de*

Exit – Live Adventures • Große und kleine Rätselfreunde erleben bei EXIT ihr ganz eigenes Abenteuer. Während in den Escape Rooms spannende Missionen gegen die Zeit gespielt werden, um den Weg aus dem rätselhaften Raum zu finden, gehen Entdeckungslustige bei der Outdoor-Mission auf eine Schnitzeljagd mitten durch das Herz von Berlin entlang der ältesten und geschichtsträchtigsten Gebäude der Stadt. Für ein besonderes Erlebnis sorgen die Virtual Reality-Spiele, bei denen man ausgestattet mit einer VR-Brille auf außergewöhnliche Abenteuer geht und somit ein ganz neues Spielgefühl erlebt. *Klosterstr. 62, 10179 Berlin-MI, T: 208499070, exit-vr.de*

Tipp *House of Tales* • Knobelfans, die auf der Suche nach dem nächsten Abenteuer sind, werden im House of Tales fündig, denn hier werden Geschichten zum Anfassen erzählt. Kinder ab zehn Jahren können sich gemeinsam mit ihrer Familie auf die Suche nach dem Stein der Iseth begeben, der in den Ruinen einer verfluchten Pyramide ruht und auf seinen wahren Meister wartet. Doch vorher müssen noch einige Rätsel gelöst werden. *Zimmerstr. 90, 10117 Berlin-MI, T: 20888765, houseoftales.de*

Labyrintoom • Wer die mit Liebe zum Detail gestalteten Escape Räume betritt, taucht in eine andere Welt ein. Spieler ab acht Jahren können gemeinsam mit ihren Eltern dem großen Geheimnis um den Heiligen Gral auf den Grund gehen, versuchen, dem verfluchten Gefängnis zu entkommen oder aus dem kahlen, weißen Cube-Raum zu entfliehen. *Wartenberg Str. 35/36, 10365 Berlin-LI, T: 97862954, labyrintoom.berlin*

The Room • Die Tür fällt ins Schloss und schon beginnt das spannende Abenteuer. In nur 60 Minuten müssen die Spieler den Weg nach draußen finden und sich dabei immer wieder kleinen Rätseln und Aufgaben stellen, um die Mission zu lösen. Besonders familientauglich ist das lustige Escape Game Go West, bei dem es auf eine schräge Zeitreise zurück in das Deutschland der 1980er Jahre geht und der Weg in den „Goldenen Westen" gefunden werden muss. *Ruschestr. 64-66, 10365 Berlin-LI, T: 37306511, the-room-berlin.com*

Abenteuerspielplätze

AKiB-Landesverband • Der AKiB ist der Landesverband der Abenteuerspielplätze und Kinderbauernhöfe und hat sich unter anderem als pädagogisches Ziel gesetzt, ein Verständnis für ökologische Zusammenhänge zu entwickeln sowie die Entfaltung von individuellen Fähigkeiten, wie beispielweise handwerkliche Betätigungen und den verantwortungsvollen Umgang mit Tieren, zu fördern. Auf der Website findet man eine nach Bezirken geordnete Liste von Berliner Abenteuerspielplätzen und Kinderbauernhöfen, die darauf warten, erkundet zu werden. *T: 75764797, akib.de*

Abenteuer- und Bauspielplatz Forcki • Der Abenteuerspielplatz hat es sich zur Aufgabe gemacht, den Kindern der Umgebung eine spannende Freizeit zu ermöglichen und ihnen ein qualitativ hochwertiges außerschulisches Bildungsangebot mit den Schwerpunkten Umwelt und Technik zu bieten. Kinder zwischen sechs und 14 Jahren können im offenen Bereich vielfältige Spielangebote wahrnehmen, wie den Holzbaubereich, die Seilschaukel, das Baumhaus oder die Kletterwand, aber auch bei festen Projekten, wie der Lehmbauwoche, dem Tag der Natur oder der Schmiedewerkstatt mitwirken. *Eldenaerstr. 12, 10247 Berlin-FR, T: 453056690, forcki.de*

Abenteuer- und Bauspielplatz KUHFUß • Auf dem Abenteuerspielplatz Kuhfuß wird gebaut, gehämmert und gebastelt, was die Fantasie hergibt, denn hier können Kinder aus verschiedenen Werkzeugen auswählen und gemeinsam eine eigene Hütte bauen. Darüber hinaus wird hier gegärtnert, gespielt, bei den Hausaufgaben geholfen oder in der Werkstatt gebastelt. Neben Brett- oder Kartenspiel können sich Kinder sportlich beim Basketball, Volleyball, Tischtennis oder Fußball betätigen. Wenn das Wetter doch mal kühl und nass ist, lädt die Teestube zum gemütlichen Beisammensein, lesen und langen Spielenachmittagen ein. *Karl-Kunger-Str. 29, 12435 Berlin-TR, T: 53699069, kinderring-berlin.de*

Tipp ***Abenteuerlicher Bauspielplatz Kolle 37*** • Kinder brauchen Freiräume, um eigene Erfahrungen machen zu können. Diesen Freiraum bekommen sie im Kollwitzkiez auf dem Kolle 37. Von Dienstag bis Freitag können sich Kinder und Jugendliche zwischen sechs und 16 Jahren nach der Schule hier frei entfalten und an vielfältigen Angeboten, die sich vor allem mit dem traditionellen Handwerken und der Bearbeitung von Naturmaterialien beschäftigen, teilnehmen. Dabei beteiligen sich die Besucher aktiv an der Gestaltung sowie der täglichen Arbeit des Bauspielplatzes und bringen hierbei ihre eigenen Ideen und Vorstellungen mit ein. *Kollwitzstr. 35, 10405 Berlin-PB,T: 4428122, kolle37.de*

Abenteuerspielplatz Fort Robinson • Auf Lichternbergs erstem inklusiven Abenteuerspielplatz treffen sich Kinder zwischen sechs und 14 Jahren, um gemeinsam Hütten zu bauen, am Lagerfeuer Stockbrot zu backen oder sich um das Hofpferd Nicole zu kümmern, das im Dezember 2019 neu hierher gezogen ist. Aber auch jüngere Kinder sind gemeinsam mit ihren Eltern herzlich willkommen. An Samstagen gibt es die Möglichkeit, Kindergeburtstage oder Einschulungen zu feiern. *Wartiner Str. 75-77, 13057 Berlin-HO, T: 9208192, kietzfuerkids.de*

Abenteuerspielplatz Humboldthain • Im hügeligen Humboldthain liegen nicht nur viele Geschichten versteckt, sondern auch der gleichnamige Abenteuerspielplatz. Mit Gruppenräumlichkeiten, einer Holz- und Fahrradwerkstatt, großer Feuerstelle, Gemüsegarten und einem Lehmbackofen wird hier ein reichhaltiges Programm zum Austausch und Aktivwerden angeboten. Seilbahn, Schaukel, Rutsche, Tischtennisplatte und die Sportaktivitäten laden Kinder und Jugendliche zum Austoben ein. *Gustav-Meyer-Allee 4, 13355 Berlin-WE, T: 4644762, asp-humboldthain.de*

Abenteuerspielplatz im Güntzelkiez • Wilmersdorfer Kinder treffen sich auf dem zentral gelegenen, kunterbunten Abenteuerspielplatz, der mit einer Fläche von rund 1.700 Quadratmetern viel Platz zum Spielen bietet. Ob Hütten bauen, Urban Gardening, Kreativ- und Handwerkskurse oder ein gemütliches Lagerfeuer, an dem sich augetauscht werden kann – hier wird Freiraum für viel Fantasie, Begegnugen und Spaß geboten. *Holsteinische Str. 45, 10717 Berlin-WI, T: 86394033, asp.nusz.de*

Abenteuerspielplatz Königshorster Straße • Im Märkischen Viertel wird Kindern der Umgebung ein Ort geboten, an dem sie eine spannende Freizeit erleben können. Auf dem großen Freigelände können sie der Fantasie freien Lauf lassen und an zahlreichen Aktivitäten teilnehmen wie Hütten bauen, Tischtennis und Fußball spielen, in der Holz- und Metalwerkstatt werkeln, filzen, malen, basteln oder einfach nur spielen. In Kooperation mit der benachbarten Grundschule wird hier auch eine schulergänze Betreuung angeboten. *Königshorster Str. 1-9, 13439 Berlin-RE, T: 4158011, berliner-naturfreundehalle.de*

Tipp ***Abenteuerspielplatz MARIE*** • Im Winsviertel auf der Grünfläche vor der Grundschule an der Marienburger Straße liegt der Abenteuerspielplatz. Dort können Kinder ab fünf Jahren nicht nur selbst mitbestimmen, sondern auch Hütten bauen, schmieden, mit Holz werkeln und in Kunstkursen kreativ werden. Im dazugehörigen Garten wird der Umgang mit der Natur geschult und vom Samen bis zur Möhre im Salat gelernt sowie verstanden, wie Nahrungsmittel angebaut werden. *Marienburger Str. 42-46, 10405 Berlin-PB, T: 44041163,an-der-marie.de*

Abenteuerspielplatz Sonnenhaus • Kinder und Jugendliche, die den rund 3500 Quadratmeter großen Erlebnis- und Erfahrungsort betreten, landen in einem wahren Abenteuerland. Hier kann man auf einem großen Piratenschiff herumklettern, Hühner, Schweine und Bienen beobachten, im Kräuter- und Beerengarten auf Entdeckungstour gehen, in der Outdoor-Kinderwerkstatt werkeln oder einfach nach Lust und Laune spielen und toben. In den Ferien bietet der Hof spannende Workshops an, bei denen zum Beispiel die Tiere des Hofs versorgt und gleichzeitig auch noch neue Futterpflanzen gepflanzt werden. Dabei lernen die Kinder, was die Tiere benötigen und welche Pflanzen sie mögen. *Teltower Damm 310, 14167 Berlin-ZE, T: 26567033, sonnenhaus.berlin*

Panda, Spitzmaulnashorn und Co. – wer in Berlin auf Tiersafari gehen möchte, kommt in den Zoo.

Zoologischer Garten, Seite 101

Abenteuerspielplatz Spirale • Nicht nur die kleinen Schnecken tragen ein Haus in Spiralform, auch das Kräuterbeet ist wie ein ansteigendes Schneckenhaus angelegt, um auf kleinstem Raum den verschiedenen Klimazonen der Kräuter und ihrer Bodenkultur gerecht zu werden. Auf dem Abenteuerspielplatz nahe des U-Bahnhofs Konstanzer Straße kann aber auch Gemüse angebaut, die Tiere gefüttert, das Hüttendorf gestaltet oder sich auf dem Sportfeld und der Spielwiese ordentlich ausgetobt werden. *Westfälische Str. 16a, Eingang: Münstersche Str., 10709 Berlin-WI, T: 8616068, spirale-abenteuerspielplatz.nbhs.de*

Abenteuerspielplatz Waslala • Abenteuerliebhabende Kinder können auf dem Abenteuerspielplatz eine eigene Hütte bauen und anschließend darin spielen, etwas über die Umwelt lernen, sich im Garten betätigen oder sich um die großen und kleinen Ponys kümmern. In der Pandemie-Zeit können an den Angeboten nur Kinder teilnehmen, die sich vorher angemeldet haben. *Venusstr. 88, 12524 Berlin-TR, T: 67909356, aspwaslala.de*

Abenteuerspielplatz Wildhüterweg • Am Rande der Gropiusstadt gibt es ein reichhaltiges Spielangebot für Kinder. Neben dem Holzspielplatz am Wildhüterweg bietet der anliegende Abenteuerspielplatz tolle Aktivitäten wie einen Niedrigseilgarten, Holz- und Töpferwerkstätten, Gesellschaftsspielrunden sowie ein vielseitiges Programm auf dem Spaß garantierenden Sportbereich für Bewegungsbegeisterte. Alle Bereiche werden von pädagogischen Mitarbeitern betreut und gestaltet. *Wildhüterweg 1-3, 12353 Berlin-NK, T: 6041078, wildhueterweg.de*

Tipp *Archäologie- und Abenteuerspielplatz Moorwiese* Kinder zwischen sechs und 16 Jahren, die Nachmittags nicht gelangweilt vor dem Fernseher sitzen, sondern ein aufregendes Abenteuer erleben wollen, kommen zur Moorwiese direkt am S-Bahnhof Buch. Hier können die kleinen Racker Hütter bauen, mit den vier Elementen spielen, Tiere pflegen oder sich an altem Handwerk erproben, und das alles an der frischen Luft. Wem das noch nicht genug ist, lernt spielerisch etwas über die Stein-, Eis- oder Bronzezeit und lernt das Bogenschießen, rekonstruiert kleine Gebäude aus ehemaligen Zeitaltern oder gießt Zinn. *Wiltbergstr. 29A, 13125 Berlin-PA, T: 0176-57266053, mooor.de*

Kinderfreizeiteinrichtung Känguruh • Zwischen Ostkreuz und Boxhagener Platz ist die Kinderfreizeiteinrichtung Känguruh zu finden. Je nach Wochentag wird in der Holzwerkstatt gewerkelt, in der Kreamikwerkstatt gebastelt, im Malraum der Pinsel geschwungen, Ton geknetet, gekocht und gebacken oder am Computer in Bildbearbeitungsprogramme eingeführt. Draußen wird auf dem Abenteuerspielplatz geklettert, Seilbahn gefahren, balanciert und die Mutigen erklimmen den acht Meter hohen Kletterturm. Wem das noch nicht reicht, der kann Saltos und Rollen auf dem Trampolin üben. *Konitzer Str. 2, 10245 Berlin-FR, T: 29350589, kfe-kaenguruh.de*

Moabiter KinderHof • Der Moabiter Spiel-, Lern- und Erlebnisort bietet Kinder in der hochtechnisierten Welt die Möglichkeit, sich mit den ursprünglichen Elemten Wasser, Luft, Feuer und Erde auseinander zu setzen und spannende Erfahrungen zu sammeln. Dabei stehen verschiedene Aktivitäten wie Gartenarbeit, Graffiti, Kugelbahn bauen oder Musik machen auf dem Wochenplan. *Seydlitzstr. 12, 10557 Berlin-TI, T: 3946662, moabiterkinderhof.de*

Naturspielplatz Pauli • Direkt am Landwehrkanal des Paul-Lincke-Ufers befindet sich der Naturspielplatz Pauli, der sich von den herkömmlichen Spielplätzen in der Umgebung unterscheidet: Außer einer Rutsche gibt es hier keinerlei konventionelle bzw. vorgefertigte Spielgeräte, wodurch den Kindern die Möglichkeit geboten wird, der Fantasie volkommen freien Raum zu lassen und die Natur ganzjährig zu begreifen. Hier wird auf Bäume und Naturhölzer geklettert, sich in Büschen versteckt, mit Steinen gebaut und über die Hügel getobt. *Paul-Lincke-Ufer 12, 10999 Berlin-KR, T: 22503041, komsu-kinder.de*

Spielhaus Schillerstraße • Das Spielhaus macht seinen Namen alle Ehre, denn auf dem großzügigen Abenteuerspielplatz kann getobt, geklettert, gerutscht, gehüpft und gespielt werden, was das Zeug hält. Bei verschiedenen Workshops erhalten die Besucher zwischen sechs und 12 Jahren die Möglichkeit zu musizieren, sich am Kochen zu üben oder kreative Erfindungen zu basteln. *Schillerstr. 86, 10627 Berlin-CH, T: 34334485, spielhaus-berlin.de*

Spielplatz Wilde Rübe • Neuköllner Schulkinder, die Lust haben miteinander zu spielen, zu toben und neue Freunde zu finden sind in der Wilden Rüben genau an der richtigen Stelle. Ob in der Kochgruppe internationale Grichte zaubern, im Garten Gemüse ernten, gemeinsam einen Film gucken, selber Kuscheltiere nähen oder sich beim Tischtennis verausgaben – hier kommt jeder auf seine Kosten. Während der Pandemie müssen sich die Kinder vor dem Besuch anmelden, um am Programm teilnehmen zu können. *Wildenbruchstr. 25, 12045 Berlin-NK, T: 56827845, wilde-ruebe.de*

Spielplatzinitiative Marzahn • Das Motto ist eindeutig: „Spiel, Platz und Initiative – diese drei Dinge sind für Heranwachsende so wichtig wie das Licht für die Blume." Umgesetzt wird es von der Spielplatzinitiative in mehreren Projekten: Der SpieleWald in Eiche ist vor allem ein Kinderbauernhof, auf dem Kinder Tiere beobachten können. Die Umweltstation Alpha II auf dem Umweltspielplatz in Marzahn-Nord ist ein rundes Lernhaus, das die Kinder und Jugendlichen für sich nutzen können. Auch der Abenteuerspielplatz lädt in einen freien Natur- und Erlebnisspielraum ein, in dem mit Holz gebaut, sowie im Garten gesät und gepflegt werden kann. Auf über 10.000 Quadratmetern wurde in Marzahn-West ein „Grüner Lernort" geschaffen, um einen bewussten Umgang mit der Natur zu schaffen. SpieleWald, Eichner Chaussee 3, 16356 Ahrensfelde, T: 0174-8182002, *ASP Nord, Schorfheidestr. 52, 12689 Berlin-MA, T: 93498192*, ASP West, *Ahrensfelder Chaussee 26, 12689 Berlin-MA, T: 93491882, spielplatzinitiative.de*

Stadt der Kinder • Mitten in Berlin finden Abenteurer zwischen sechs und 14 Jahren eine Oase, die es ihnen ermöglicht, ein Stück Freiheit und Wildheit zu erleben. Mit großer Eigenverantwortung kann man hier seine eigenen Ideen umsetzen und an spannenden Angeboten wie der Pflege der hier lebenden Tiere, bei der Gartenarbeit, dem Bauen oder Kochen teilnehmen. Auch der hauseigene Kiosk wird von den Kindern eigenständig geführt. *Rosenthaler Str. 59, 10119 Berlin-MI, T: 28387837, stiftung-spi.de/asp*

Bowling

3D Schwarzlicht Bowling • Wer die Schwarzlichtinsel betritt, der landet auf einer Bowlingbahn der ganz besonderen Art. Hier sind die Bahnen nicht nur kürzer als gewohnt, was das Spielen für Kinder erleichtert, sie sind zudem noch mit fluoreszierenden Farben geschmückt, die durch das Schwarzlicht erst richtig zur Geltung kommen. Vor allem bei Kindergeburtstagen begeistert die Anlage! *Goerzallee 190, 14167 Berlin-ZE, T: 86203180, schwarzlicht-insel.de*

Big Bowl • Am Sonntag ist Familiensonntag auf der Lichtenberger Bowlingbahn. Dann können große und kleine Bowlingfreunde wieder um die Wette bowlen und versuchen, die meisten Kegel zu treffen. Aber auch zu Kindergeburtstagen ist das Bowling-Center eine beliebte Anlaufstelle. *Bornitzstr. 105, 10365 Berlin-LI, T: 55009966, big-bowl-berlin.de*

Bowlero • Familien, die sich auch an verregneten Tagen aktiv bewegen wollen, statten dem Friedrichshainer Bowlingcenter mitten im Samariterkiez einen Besuch ab. Einfach eine Bahn reservieren, Bowlingschuhe mitbringen oder ausleihen und schon kann der Familienspaß losgehen. Schüler haben unter der Woche die Möglichkeit, eine Bowlingbahn für einen schmalen Taler zu mieten. *Samariterstr. 19/20, 10247 Berlin-FR, T: 2939930, bowling-in-berlin.de*

Bowling WORLD • Das Bowling-Center am Mercedes Benz Platz ist nicht nur supermodern, sondern auch familienfreundlich. So kann man beim Family Bowl Deal zu einem schmalen Taler bowlen und eine spaßige Zeit mit der Familie verbringen. *Mercedes Platz, 10243 Berlin-FR, T: 81825900, berlin.bowlingworld.de*

Das Bowlingstudio am ICC • In dem Bowlingstudio am Kaiserdamm wird seit 50 Jahren Bowlinggeschichte geschrieben. Während Hobbybowler hier eine ruhige Kugel schieben können, zeigen Profis bei den Turnieren, mit welchen Tricks sie die meisten Strikes erzielen. An Kindergeburtstagen wird dank des Bowl Wall Systems jeder Wurf zum Treffer, so dass kein Partygast traurig nach Hause gehen muss. *Kaiserdamm 80/81, 14057 Berlin-CH, T: 3027094, bowlingstudio.de*

Strike Lanes • Das Bowlingcenter in der dritten Etage des Alexa ist der ideale Ort, um einen lustigen Kindergeburtstag zu feiern. Spezielle Bumper sorgen für gute Laune, denn sie verhindern, dass die bunten Kugeln in die Rille am Rand der Bahn rollen. So gibt es keine Verlierer, sondern nur glückliche Gewinner. Wer nach all der Bowlingpartie Hunger verspürt, kann sich im dazugehörigen Restaurant stärken. *Grunerstr. 20, 10179 Berlin-MI, T: 290280270, strikelanes.de*

Minigolf

Brachvogel • Ein absolutes Urgestein unter den Berliner Minigolf-Anlagen ist der Brachvogel. Immerhin können Groß und Klein hier schon seit 1959 den Schläger auf den traditionellen Bahnen schwingen und ganz ohne Zeidruck die Bälle auf der 18-Loch-Anlage versenken. Wem nach all dem Spaß der Magen knurrt, der kehrt in den dazugehörigen Biergarten ein und genießt eine kühle Erfrischung oder eine köstliche Mahlzeit. Von hier aus ist auch der angrenzende Abenteuerspielplatz, auf dem sich die Kleinen nach Lust und Laune austoben können, gut einsehbar. *Carl-Herz-Ufer 34, 10961 Berlin-KR, T: 6930432, brachvogel-berlin.de*

Dockx Schwarzlicht Minigolf • Das Dockx am Tempelhofer Hafen bietet Familien die Möglichkeit, eine Minigolf-Partie der besonderen Art zu erleben: Hier darf jeder, der bereits einen Schläger halten kann, auf der mit Schwarzlicht beleuchteten 18-Bahnen-Anlage den Ball ins Loch befördern. Neben Minigolf können Besucher auch Lasertag spielen und nach Herzenslust auf dem IKinder-Indoor-Spielplatz umhertoben. *Ordensmeisterstr. 1-3, 12099 Berlin-TE, T: 72012228, dockx-berlin.de*

Minigolf am Hertzbergplatz • Wer einen lustigen Nachmittag mit seiner Familie fernab der digitalen Welt erleben und sich dabei noch etwas sportlich betätigen möchte, der kommt auf die begrünte Anlange von Hertzberg Golf und spielt eine Runde Minigolf oder Pit-Pat. Genauso wie beim Minigolf wird Pit-Pat auch auf einer 18-Bahn-Anlage gespielt, allerdings sind diese auf 80 cm hohen Tischen montiert. Das Spiel stellt eine Mischung aus Miniaturgolf und Billard dar und bereitet sowohl großen als auch kleinen Besuchern eine Menge Spaß. *Sonnenallee 165, 12059 Berlin-NK, T: 0176-93698551, hertzberg-golf.de*

Minigolf am Insulaner • Mitten im begrünten Insulaner-Park, der über die S-Bahnstation Priesterweg zu erreichen ist, werden Familien eingeladen, den Schläger bei einer Runde Minigolf zu schwingen. Wer nach dem Vergnügen eine erholende Pause braucht, macht es sich auf der Sonnenterrasse oder der Liegewiese gleich neben der Anlage gemütlich. Neuerdings können Besucher hier auch Pit-Pat spielen. *Munsterdamm/Prellerweg, 12169 Berlin-SB, T: 7961558, minigolf-insulaner.de*

Minigolf Hasenheide • Bereits seit mehr als drei Jahrzehnten können Hobby-Minigolfer auf der Anlage am Nordrand des Neuköllner Volksparks Hasenheide unter begrünten Bäumen eine Partie spielen. Für besonders schnelle Spieler sind einige Bahnen doppelt angelegt, sodass es auch die Möglichkeit gibt, zu überholen. Besucher können aber auch in der Zeit eine Pause auf den Bänken der Anlage einlegen und den anderen beim Spielen zuschauen. *Hasenheide 81, 10967 Berlin-NK, T: 6931362, minigolfplatz-hasenheide.de*

Minigolf im Stadtpark Steglitz • Dass Minigolf keine eingestaubte Sportart ist, sondern vor allem einen Riesen-Spaß für die ganze Familie bringt, zeigt die Minigolf-Anlage im Stadtpark Steglitz. Besucher ab vier Jahren können unter den Schatten spendenden Bäumen den Schläger schwingen und ihr Glück probieren, den Ball ins Loch zu befördern. Für eine Verschnaufspause sorgt das Gartencafé, in dem man kühle Erfrischungen bekommt. Kinder, die nach der Partie noch genug Energie haben, toben sich auf den Spielplätzen im Stadtpark aus. *Albrechtstr. 44, 12167 Berlin-ST, T: 0179-1056027, minigolf-steglitz.de*

Nuture Mini ART Golf • Mitten auf dem Tempelhofer Feld stehen auf einer Fläche von rund 1800 Quadratmetern 18 interaktive Kunstinstallationen, die Kunst, Klima, Nachhaltigkeit Energie und Ressourcen auf eine einzigartige Weise verbinden. Doch nicht nur das, auf ihnen kann man auch wie auf einer echten Minigolfanlage eine Partie spielen. Dabei reagieren die Installationen auf die Spielzüge, bewegen sich, leuchten, machen Töne oder speien Wasser. *Tempelhofer Feld, Eingang Columbiadamm, 10965 Berlin-TE, T: 0177-7829973, nuture-art.de*

Schwarzlichtinsel Berlin • Wer die Hallen der Lichterfelder Indoor-Minigolf-Anlage betritt, darf sich auf eine Partie der ganz besonderen Art freuen. 18 künstlerisch gestaltete Bahnen warten darauf, von den Spielern bezwungen zu werden. Mithilfe der 3D-Brille bilden die fluoreszierenden Farben eine faszinierende, bunte Traumwelt, in der die Objekte zum Greifen nah erscheinen. Doch nicht nur zum Minigolf lädt die Schwarzlichtinsel ein, Besucher können zudem in der spannenden Schwarzlichtwelt auch bowlen, Lasertag spielen oder mit einer VR-Brille in eine virtuelle Welt eintauchen. *Goerzallee 190, 14167 Berlin-ZE, T: 86203180, schwarzlicht-insel.de*

Shopping

CH Charlottenburg, **FR** Friedrichshain,
HE Hellersdorf, **HO** Hohenschönhausen,
KÖ Köpenick, **KR** Kreuzberg,
LI Lichtenberg, **MA** Marzahn,
MI Mitte, **NK** Neukölln, **PA** Pankow,
PB Prenzlauer Berg, **RE** Reinickendorf,
SB Schöneberg, **SP** Spandau, **ST** Steglitz,
TE Tempelhof, **TI** Tiergarten, **TR** Treptow,
WE Wedding, **WI** Wilmersdorf,
WS Weißensee, **ZE** Zehlendorf

C

Charlottenburg, Wilmersdorf

Baby und Schwangerschaft

baby-walz • Der Fachmarkt hat es sich zur Aufgabe gemacht, die ersten Jahre des Nachwuchs professionell zu begleiten. Auch werdende Eltern sind hier gut beraten, denn der Babyausstatter hat zudem alles für Schwangerschaft und Erstausstattung zu bieten. Neu ist der Cybex-Shop in der Charlottenburger Filiale, der für alle Transportfragen mit Tragen und Autositzen eine Lösung parat hat. *Knesebeckstr. 59-61, 10719 Berlin-CH, T: 8871680, baby-walz.de*

BabyOne • Wenn ein neuer Mensch erwartet wird, ist das eine aufregende Zeit. Vieles ist neu und die Erstaustattung für ein Leben mit Kind muss noch zusammengesucht werden. BabyOne hilft dabei in all der Aufregung nicht den Kopf zu verlieren und übernimmt die Denkarbeit für frischgebackene Mamas und Papas. Die Produkte für Kinder bis drei Jahren sind sorgfältig ausgewählt. *Bundesallee 17, 10717 Berlin-WI, T: 8833007, babyone.de*

Doppel D • Über Vieles reden Mütter, wenn der Nachwuchs nicht mehr weit ist. Dass der richtige BH besonders in Schwangerschaft und Stillzeit superwichtig und gar nicht so einfach zu finden ist, bleibt oft unerwähnt. Doppel D berät hierzu kompetent und individuell, spontan oder nach Termin. *Knesebeckstr. 8, 10623 Berlin-CH, T: 36412120, doppel-d.eu*

Hula Hup • Bei Hula Hup wird Beratung und eine große Auswahl an Umstands- und Stillmode angeboten. Ob stilvolle Fest- und Brautmode, Business Wear, gemütliche Freizeitkleidung oder Stillwäsche – das Sortiment ist sehr breit gefächert. In ruhiger Atmosphäre kann das persönliche Outfit ausgewählt und zusammengestellt werden. *Uhlandstr. 131, 10717 Berlin-WI, T: 8737924, berlin-umstandsmode.de*

Milchwiese • Rund um die allererste Nahrung versorgt die Milchwiese frisch gebackene Mütter und ihre Säuglinge. Wenn Schwierigkeiten beim Stillen auftreten, ist gute Beratung wichtig. In dem Berliner Shop hat die stillende Mama Priorität und in Notlagen sogar außerhalb der Öffnungszeiten. Das Ladenkonzept beinhaltet auch Milchpumpen zur Miete und allerlei Kleinigkeiten, die die Zeit mit Säugling schön machen. *Kaiserdamm 19, 14057 Berlin-CH, T: 89402044, milchwiese.de*

Punkt und Pünktchen • In dem Laden nahe des S-Bahnhofs Savignyplatz können werdende Mütter Bekleidung für jeden Anlass, Bademode und Unterwäsche für vor und nach der Geburt finden. Labels wie christoff, Anita, Feetje oder kite gehören mit zum Sortiment. Außerdem kann man auch gleich noch Kleidung für die größeren Geschwister besorgen. *Schlüterstr. 28, 10629 Berlin-CH, T: 3247890, punkt-puenktchen.de*

Kinderkleidung

Emil & Evelinchen • Ob Babykleidung, Bademode oder Buddelhose – von Schneeanzug bis Sonnenhut übernimmt Emil & Evelinchen die Komplettausstattung, und zwar nicht nur mit Notwendigem, sondern auch Schönem. Labels sind unter anderem Petit Bateau, Scotch & Soda, Sterntaler und Käthe Kruse. *Reichsstr. 93, 14052 Berlin-CH, T: 3059993, evelinchen.net*

Tipp *finkid Store* • Immer wieder ist es die finnische Mode, die im Nu überzeugt. Das Design der finkid-Kinderkleidung ist schlicht, schön und orientiert sich an dem, was funktional ist. So hat sich der Ausstatter fürs Stadt- und Naturleben einen Namen gemacht und ist aus Berliner Kinderkleiderschränken gar nicht mehr weg zu denken. Die Filiale auf der Bundesallee rüstet zudem mit Kinderschuhen aus – für jede Saison das passende Paar. Viele der Gummisohlen sind ökologisch aus Naturkautschuk produziert. *Bundesallee 117, 12161 Berlin-WI, T: 85757645, finkid.de*

Kleine Fische • Das Stöbern lohnt am meisten, wenn man noch nicht weiß, was man finden wird. Das Sortiment wird nach einen einfachen Prinzip ausgewählt. Was in den Laden kommt muss überzeugen, lustig sein und Spaß machen. Und so ergibt sich eine bunte Mischung aus Kleidung und Spielwaren für Kinder. *Leonhardtstr. 21, 14057 Berlin-CH, T: 28833324, kleinefische.de*

Lilly & Leon • Mit viel Liebe zum Detail macht das Sortiment aus skandinavischer Kleidung, Kinderschuhen, Taschen und Accessoires Stöbernde zu Entdeckern. Markenkleidung von MONKIND, NOA NOA, Småfolk und Joha sind mit dabei, aber auch Ausstattungen für das Kinderzimmer sowie Holzspielzeuge und Kindergeschirr. Neuerdings findet sich hier auch Damenmode und seit Oktober 2020 gibt es eine zweite Filiale in Schöneberg. *Mommsenstr. 41, 10629 Berlin-CH, T: 55959265, lillyundleon.jimdo.com*

nanos • Der Laden auf dem Ku'damm funktioniert als Gesamtkonzept ganz hervorragend. Gestaltung, Einrichtung und Beleuchtung harmonieren so wunderbar mit dem Sortiment, dass man gerne für einige Zeit in gemütlicher Stöberei versinkt. Die stilvolle Mode geht mit der Zeit und kleidet Babys, Kleinkinder und Kinder ein. *Kurfürstendamm 64, 10707 Berlin-WI, T: 22150753, nanos.es*

Geschmackvoller Neuzugang auf der Kastanienallee – HAI, der neue Concept Store für Kindersachen, ist eine wahre Freude für Mode- und Designfreunde.

HAI, Mitte, Seite 168

Rehwinkel • Rehwinkel präsentiert mit Marken wie Naya, Reset, Powell Craft, Babidu oder Condor klassische Kindermode aus Spanien, Dänemark, Großbritannien und Deutschland in seinen Räumen. Und auch für die modebewusste Mama soll es künftig mehr Auswahl im Laden geben. Zauberhafte Accessoires gibt es für Klein und Groß. *Nehringstr. 18, 14059 Berlin-CH, T: 36418906, rehwinkel-boutique.de*

Wunschbaum • Am Rüdesheimer Platz steht tatsächlich ein kleiner, hölzerner Baum mitten im Geschäft. Rund herum finden sich schöne und nützliche Dinge für Kinder. Das Sortiment setzt sich zusammen aus besonderer Kindermode, hochwertigen Kinderschuhen, Spielzeug, Accessoires und personalisierbaren Geschenkideen. Das Sortiment bekommt stetig Zuwachs. Die Menge an Holzspielzeug beispielsweise hat sich vor kurzem gesteigert und jetzt gibt es auch Kinderwagen beim Wunschbaum. Die Stickmaschine ist ebenfalls erst seit kurzem vor Ort und sorgt für viele wunderbar gestickte Motive. *Rüdesheimer Platz 1, 14197 Berlin-WI, T: 23943083, wunschbaum-berlin.de*

Kinderschuhe

Kinderschuhwelt • Neben der riesigen Auswahl an qualitativ hochwertigen Kinderschuhen aller Art und Accessoires erfährt man in dem ausgezeichneten Charlottenburger Kinderschuhladen eine persönliche und individuelle Beratung mit viel Zeit, Geduld und Liebe. Von Aigle bis Zecchino d'Oro findet man hier alles, was in der Welt des Schuhwerks Rang und Namen hat. Und da die Kinder von heute auf immer größeren Füßen leben – schon so mancher Grundschüler überholt seine Mutter in der Schuhgröße – werden Schuhe bis Größe 40 angeboten. *Bismarckstr. 69, 10627 Berlin-CH, T: 31805142, kinderschuhwelt.de*

Tipp *Kleine Helden* • Nichts ist beim Kauf eines Kinderschuhs wichtiger als eine umfassende und gute Beratung. Hier wird dafür gesorgt, dass jeder kleine Fuß seine passende Sohle findet – und zwar auch dann, wenn der Nachwuchs noch nicht selber sagen kann, wo es drückt. Von Größe 18 bis 42 findet sich bei Kleine Helden qualitativ hochwertiges Schuhwerk in cooler Optik. *Güntzelstr. 43, 10717 Berlin-WI, T: 88929794, kleineheldenberlin.de*

Schuhschaukel • Kein Fuß gleicht dem anderen – und deshalb ist es umso wichtiger sich bei der Auswahl des passenden Kinderschuhs Zeit zu lassen. Das Schuhschaukel-Team berät gerne rund um das umfangreiche Sortiment qualitativer Treter. Hergestellt ist das Schuhwerk vorwiegend aus natürlichen Materialien wie Filz, Naturkautschuk und Leder. Highlight bei jedem Besuch ist die namensgebende Schaukel in Form eines Fußes. *Neufertstr. 24, 14059 Berlin-CH, T: 3225686, schuhschaukel.de*

Secondhand

Lilli & Paul • Das Sortiment an Neuwertigem aus zweiter Hand reicht von Kinderkleidung und -spielzeug über gebrauchte Bugaboos, Tripp Trapps von Stokke und Babyschalen und Autositzen bis hin zu Bobby Cars und Laufrädern. Transgender Jungen können bei Lilli & Paul unter der Eigenmarke FINNs Binder für sich finden. *Wegenerstr. 18, 10713 Berlin-WI, T: 8612202, lilli-und-paul.de*

Männekieken • Wenn der Nachwuchs seinen Kleidern schon wieder entwachsen ist, finden sich bei Männekieken echte Schnäppchen, mit denen man sie wieder ausstaffieren kann. Gut sortiert hat der Laden viel für Babys und Kinder zu bieten. Besonders pfiffig ist der Verleih von Autositzen, Buggys und Kinderwagen. Kostengünstig und umweltschonend! *Georg-Wilhelm-Str. 7, 10711 Berlin-WI, T: 66402070, maennekieken.de*

Paulinchen • Paulinchen ist klein aber fein und hat für den Nachwuchs echte Schnäppchen zu bieten. Bei freundlicher Beratung kann man sich das Passende aus dem Angebot an Kinderkleidung und -schuhen heraussuchen. Auch Kinderwagen, Kindersitze und ein bisschen Spielzeug sind im Sortiment vorhanden. *Leonhardtstr. 11, 14057 Berlin-CH, T: 32303502*

Spielwaren

Tipp *Der kleine Zirkusladen* • Herrrrrreinspaziert! Darf es ein Einrad sein? Ein paar Jonglierbälle? Oder lieber eine Hand voll Zauberzutaten? Der kleine Zirkusladen stattet Zirkuskinder und solche, die es werden wollen, mit dem nötigen Equipment aus. Besonders in Sachen Feuerjonglage ist man hier versiert. Workshops vermitteln den Umgang mit Diabolo, Hula-Hoop und Einrad. *Schillerstr. 70, 10627 Berlin-CH, T: 0177-3131380, zirkusladen.com*

Heidi's Spielzeugladen • Unlängst feierte der Laden 45-jähriges Jubiläum. An eine Verschnaufpause ist aber trotzdem nicht zu denken. Heidis Spielzeuge kommen nicht nur im Kiez gut an, auch darüber hinaus hat sich Stammkundschaft entwickelt, die das Sortiment des Ladens zu schätzen weiß. Was das angeht wird auf Spielzeuge aus unbehandeltem Holz gesetzt, hochwertig und schnörkellos. *Kantstr. 61, 10627 Berlin-CH, T: 3237556*

LEGO Store • Ein Paradies für alle Liebhaber des kleinen Steins. Dieser Einkauf wird garantiert erlebnisreich. Ist man auf der Suche nach besonderen Bausteinen, findet man wahrscheinlich an der Pick & Build Wall genau das passende Stück. Wer statt Einzelteilen lieber ein ganzes Set mit nach Hause nehmen will, kann mit Hilfe der Digital-Box einen Vorgeschmack vom fertigen Bauwerk bekommen. Und man kann sich sein ganz persönliches Lego-Männchen zusammenstellen. *Tauentzienstr. 20, 10789 Berlin-CH, T: 21016222, lego.com*

Sandmann-Shop im rbb-Shop • Das Sandmännchen ist eine Kultfigur, die schon einige Jahre deutsche Geschichte begleitet hat. Liebhaber des drolligen Männchens sollten ihren Weg unbedingt in die Nähe des Theodor-Heuss-Platz finden. Dort kann man Kuschelkissen, Kalender, Nachtlichter und viele andere Fanartikel mit Sandmannmotiv erwerben. Die Sandmännchen-Geburtstagsbox macht kleine Geburtstagskinder glücklich. Auch andere bekannte Charaktere aus den kurzen Filmchen kann man hier wiedertreffen. *Kaiserdamm 80, 14057 Berlin-CH, T: 9799384999, sandmann-shop.de*

Tipp *Spielbrett* • Alte Spieleklassiker finden sich hier genauso im Sortiment. wie ausgefallene Neuerscheinungen. Wer seiner Familie den Konkurrenzdruck abtrainieren will, wählt aus einer der Spielvarianten, die durch ihre Spielstruktur das Teambuilding stärken. Auch eine Auswahl an Baby- und Kinderspielzeugen führt der Laden. *Berliner Str. 132, 10715 Berlin-WI, T: 86421081, spielbrett-berlin.de*

Steffis Lädchen • Der freundliche Laden hat eine solche Fülle an bunten, schönen Dingen in den Regalen, dass man kaum weiß, wohin man zuerst gucken soll. Der Spielzeugladen bleibt trotz stetig wechselndem Sortiment einigen Klassikern treu. Wer mit der vollen Wundertüte den Laden verlässt, sollte sich unbedingt noch Zeit für einen Streifzug durch den Kiez nehmen. *Knesebeckstr. 18/19, 10623 Berlin-CH, T: 3123339, steffis-laedchen.de*

Steiff Galerie Berlin • Dass die kuscheligen Tiere von der Firma Steiff in hervorragender Qualität produziert werden, muss eigentlich nicht mehr erwähnt werden. Der typische Knopf im Ohr kennzeichnet das Steifftier als solches und gibt zusätzlich Auskunft über das Exemplar, das man in den Händen hält. Ist die Stofffahne hinter dem Knopf zum Beispiel rot, handelt es sich um eine limitierte Sonderedition. *Kurfürstendamm 38, 10719 Berlin-CH, T: 88625006, steiff.com*

Tam Tam und New Tam Tam • Die Spielwaren mögen sich im Laufe der Zeit wandeln, bei Tam Tam bleibt alles so gut wie es immer war. Der bunte Laden ist mit seinem Sortiment in der Knesebeckstraße alteingesessen. Bei den Büchern, Spielen und Bastelartikeln für Kinder wird auf Qualität Wert gelegt. Vor ein paar Jahren kam der Laden in der Joachim-Friedrich-Straße dazu, der seinem Mutterschiff in nichts nachsteht. *Knesebeckstr. 59-61, 10719 Berlin-CH, Joachim-Friedrich-Str. 43a, 10711 Berlin-WI, T: 8821454, newtamtam.de*

Buchläden

Tipp *Bücherbogen am Savignyplatz* • Die Fachbuchhandlung hat ihr Sortiment Themen der Architektur, Kunst, Fotografie, Mode, Bühne, Tanz, Design und Landschaftsarchitektur gewidmet. Die große Auswahl an Büchern

Lasst euch überraschen, was Andrea Potocki und ihr kreatives Team noch alles auf Lager haben!

WE LIKE MONDAYS, Kreuzberg, Seite 166

rund um Grafikdesign brachte den Bücherbogen auf die Idee, das Sortiment um Bilderbücher zu erweitern, die in ihrer grafischen Gestaltung herausragend sind. Auch einieg wunderschön illustrierte Bücher für das erste Lesealter sind darunter zu finden. *Stadtbahnbogen 593, 10623 Berlin-CH, T: 31869510, buecherbogen.com*

Der Divan • Die Allerjüngsten finden beim Divan ihr erstes robustes Bilderbuch, während ältere Geschwisterkinder sich schon an der Kinder- und Jugendliteratur erfreuen können. Auch für Erwachsene stehen hier Bestseller, Romane und Krimis im Regal. Zum Schmökern darf es für die Eltern gerne ein leckerer Kaffee sein, während der Nachwuchs die Kinderabteilung entdeckt. Auch ein Besuch der regelmäßig stattfindenden Lesungen lohnt sich! *Reichsstr. 104, 14052 Berlin-CH, T: 3022057, divan.de*

Ferlemann und Schatzer • In der gut sortierten Buchhandlung im Güntzelkiez wird man in Sachen Lesestoff für alle Altersstufen kompetent beraten. Das Team ist auch gerne behilflich, vergriffene Titel zu besorgen. Toll sind die regelmäßigen Autoren-Kinderbuchlesungen! *Güntzelstr. 45, 10717 Berlin-WI, T: 86396067, ferlemannundschatzer.de*

Hacker und Presting • Ladenhund Ella schmückt nicht nur das Logo der einladenenden Buchhandlung, die sich ganz in Kaminrot präsentiert. Ella gehört zum Inventar und freut sich über Lesebegeisterte. Regalweise finden sich hier nicht nur Romane für Erwachsene, auch ein großes Sortiment an Kinderbüchern ist vorhanden. Dazu englische Literatur, Papeterie und schöne Kleinigkeiten. *Leonhardtstr. 22, 14057 Berlin-CH, T: 32702014, hacker-presting.de*

J-Store • J steht für Japan. Und Japan steht in diesem quietschbunten Charlottenburger Laden für Manga, große Rehaugen und ausgeflippte Illustrationen. Wer einen Ort sucht, der ein umfassendes Sortiment der japanischen Comics bietet und darüber hinaus noch mit Spielzeug, Mode, Merchandise und Goodies aus Japan aufwarten kann, ist hier an der richtigen Adresse. Selbst die ausgefallenen Süßwaren von Sakuma Drops bis Pockys haben ihre Fans. *Kantstr. 125, 10625 Berlin-CH, T: 31801400, j-store-berlin.de*

Tipp *Langer Blomqvist* • Hinter den hohen Fenstern ist viel Raum für günstigen Lesestoff. Seit inzwischen zehn Jahren erwartet einen hier ein lebendiger Ort mit großartigen Büchern und literaturverliebten Mitarbeitern. Die handverlesene Auswahl setzt sich aus reduzierten Buchexemplaren der Bereiche Belletristik, Kinderbuch, Kochbuch und Kunst- und Fotobuch zusammen. In Berlin gibt es drei Filialen, wer aber den Weg dorthin nicht machen kann, findet auch im Onlineshop eine feine Auswahl. *Kantstr. 117a, 10627 Berlin-CH, T: 30831325, langer-blomqvist.de*

Tipp *Marga Schoeller Bücherstube* • Nicht weit vom Kurfürstendamm gibt es in der Knesebeckstraße ein Bücherreich, das sich sehen lassen kann. Schon das große, grün umrahmte Schaufenster lockt mit unzähligen Titeln die frisch aus der Druckerei kommen und mit solchen, die ihren Weg immer wieder neu in Kinder- und Erwachsenenhände finden sollten. Zweimal wurde die traditionsreiche Buchhandlung nun schon mit dem deutschen Buchhandlungspreis ausgezeichnet. *Knesebeckstr. 33, 10623 Berlin-CH, T: 8811112, margaschoeller.de*

Modern Graphics • Graphic Novels und Comics erfreuen sich so großer Beliebtheit wie noch nie. Bei Modern Graphics können sich Liebhaber mit englischen und deutschen Werken der Comic-Kunst eindecken. Besonders stark sind Titel des Panini Verlags vertreten, ergänzt von einem großen Sortiment an Mangas und Merchandise. *Tauentzienstr. 9-12, im Europa-Center, 10789 Berlin-CH, T: 85999054, modern-graphics.de*

Schmargendorfer Buchhandlung • In der Wilmersdorfer Buchhandlung sind die Regale gut gefüllt. Angesichts dieser Fülle ist die Expertise des Personals Gold wert. Schmökern kann man hier barrierefrei in entspannter Atmosphäre. Die Auswahl an Kinder- und Jugendliteratur in Kombination mit regelmäßigen Veranstaltungen für Kinder hat dem Bücherparadies das Gütesiegel Leseförderung eingebracht.. *Breite Str. 35/36, 14199 Berlin-WI, T: 82309777, schmargendorfer-buchhandlung.de*

Wohnen

Baby Manufactur • Die Gestaltung des Kinderzimmers muss oft besonderen Vorstellungen gerecht werden. Erst sind es die Eltern, die für ihr Neugeborenens ein behütetes Nest bauen wollen. Mit den Jahren weiß der Nachwuchs immer besser selbst, wie der eigene Raum gestaltet werden sollen. Die Baby Manufactur wartet mit der passenden Einrichtung auf. Kindermöbel, Teppiche, stimmungsvolle Lampen, innovatives Spielzeug und auch das eine oder andere schöne Kleidungsstück präsentiert der schöne Laden. Nicht vom Namen irreführen lassen: Die Baby Manufactur hält verstärkt Produkte für ältere Kinder und Teenager an. *Pariser Str. 21, 10707 Berlin-CH, T: 31805752, babymanufactur.com*

Tipp *Hase Weiss* • Zeitloses Design und unendliche Kombinationsmöglichkeiten führen dazu, dass man die guten Stücke des Berliner Labels immer wieder allen ans Herz legen möchte. Die Möbel wie die Puppenhäuservon Hase Weiss sind einfach schön, hochwertig und langlebig – die Anschaffung lohnt sich! Auch Puppen und Lederranzen gehören zum Sortiment, ebenso wie wohlausgewählte Schul- und Bastelmaterialien. Wer genug gesehen hat, der gönnt sich einen Kaffee in einem der bezaubernden Cafés rundum. *Windscheidstr. 25, 10627 Berlin-CH, T: 31996737, haseweiss.de*

Neu **Klein-Holz** • Das Kindermöbelhaus hat sich seit fast vier Jahrezehnten und auch am neuen Standort der Aufgabe verschrieben, Kinderzimmer vernünftig auszustatten. Schrank, Bett Schreibtisch und Co. gibt es hier robust, hochwertig verarbeitet und garantiert schadstofffrei. Zum Service gehört neben der kompetenten Beratung auf Wunsch die Planung und fachgerechte Montage. *Bamberger Str. 30/Ecke Berliner Str. 1, 10779 Berlin-WI, T: 86421278, klein-holz.de*

WohnOpposition • Das inhabergeführte Möbelhaus setzt auf allerbeste Qualität. Die Einrichtung, die man hier erstehen kann, ist aus Vollholz hergestellt und wurde ökologisch und nachhaltig produziert. Für einen ruhigen Schlaf sorgt die ÖkoControl-Matratzenlinie aus eigener Produktion oder die Produkte der Premiummarke Hüsler Nest. *Schlüterstr. 17, 10625 Berlin-CH, T: 3933817, wohnopposition.de*

Taschen

Tipp **HÄNSKA** • Das Berliner Label entwirft Taschen, Rucksäcke und Accessoires, die durch ihr schönes, praktisches sowie minimalistisches Design überzeugen. Ein richtiger Hingucker ist der Schulranzen, der vorwiegend aus nachwachsenden Rohstoffen gefertigt ist und sich dem Kinderrücken optimal anpasst. Einfach, schlicht und schön! *Mommsenstr. 5,10629 Berlin-CH, T: 88676814, haenska.com*

reisenthel • Ob auf Reisen, beim nächsten Picknick, für den Besuch bei Oma und Opa oder für das Kinderzimmer: Mit den Taschen von reisenthel ist immer alles gut verpackt. Diese erstrahlen in bunten Farben und schönen Mustern und sind somit ein absoluter Blickfang. Eine Auswahl der tollen Taschen ist im Store im Bikini Berlin zu finden. *Budapester Str. 38-50, 10787 Berlin-CH, T: 26933969, reisenthel.com*

schulranzen.com • Der neue Ranzen soll nicht nur besonders sein, sondern auch einiges transportieren und den Kinderrücken schonen. Im Europacenter kann man alle Marken, Größen und Modelle testen und vergleichen. Auch für Kita-Kinder sind Taschen von Labels wie Lizenz und Scouty zu bekommen. *Tauentzienstr. 9-12, 10789 Berlin-CH, T: 23002023, schulranzen-europacenter.de*

Selbermachen

Boesner • Boesner hat sich voll und ganz der Kunst verpflichtet. Die kreative Szene wird hier mit allem ausgestattet, was der Künstlergeist benötigt, um sich zu manifestieren. Die Fülle an Farbkästen und -tuben, Öl- und Pastellkreiden, Pinseln, Leinwänden und Co. machen Laien und professionelle Künstler gleichermaßen glücklich. Nur raus mit der kreativen Energie! Am Ende ist eben Künstler, wer Kunst macht. *Franklinstr. 12, Hof II, 10587 Berlin-CH, T: 96060690, boesner.com*

idee. Creativmarkt • Einst eröffnete hier die erste Berliner Filiale des Fachmarkts für kreative Köpfe. Mittlerweile ist das Geschäft im Kant-Center alteingesessen und zieht Tüftler, Künstler und Selbermacher in die reich gefüllten Räume. Neben einer breiten Auswahl an Bastel- und Künstlerbedarf hat auch ein großes Sortiment an Partydeko, Papeterie und Schmuckzubehör hier seinen Platz. *Wilmersdorfer Str. 108-111, 10627 Berlin-CH, T: 31997035, idee-shop.com*

Paint your Style • Blütenweiß und unschuldig stehen die Keramikrohlinge bei Paint your Style in den Regalen, bevor sie einen bunten Anstrich bekommen. Jeder kann hier zum Keramikmaler werden und mit einer Auswahl an Farben Tassen, Teller, Krüge, Schalen oder Dekoobjekte bepinseln. Die fertigen Stücke werden vor Ort glasiert und gebrannt und können dann abgeholt werden. Selbstverständlich lassen sich auch Kindergeburtstage als buntes Paint your Style-Event gestalten. *Bleibtreustr. 46, 10623 Berlin-CH, T: 88552223, paintyourstyle.de*

Perlenbar • Die Perlenbar versammelt in vielen kleinen Kästen Fädelbares aus aller Welt. Den Vorstellungen von Material, Form und Farbe sind keine Grenzen gesetzt. Auch das nötige Zubehör, um das runde Kleinod zum Schmuckstück zu machen ist vor Ort. Wenn die Lieblingskette mal reißt, kann man den Repararaturservice in Anspruch nehmen. Selbst Hand anlegen und eigene Perlenkreationen erschaffen kann man bei den regelmäßig stattfindenen Workshops. *Uhlandstr. 156, 10719 Berlin-WI, T: 8816496, perlenbar.com*

StempelBar • Stempel sind nicht nur Behördenwerkzeug, sondern auch Mittel und Weg zum kreativen Gestalten. Es gibt fast nichts, das sich nicht bestempeln lassen würde. Und kaum ein Motiv, das nicht als Stempel hergestellt werden könnte. Wovon man sich in der StempelBar selbst überzeugen kann. Egal, was ihr bestempeln möchtet, um Laden findet ihr alle erdenklichen Stempel und eine Menge Zubehör. Außerdem gibt es hier Scrapbookpapiere, Motivstanzer und Stanzschablonen. und samstags finden Workshops zu Gestaltungsthemen statt. *Weimarer Str. 17, 10625 Berlin-CH, T: 32708777, stempelbar.de*

Outdoorausrüstung

Grashüpfer – Kinder Outdoor Shop • Für die großen Abenteuer in der Natur stattet der Outdoorladen kleine Entdecker mit allem Notwendigen aus. Expeditionen in der wilden Welt machen doch mehr Spaß, wenn die Füße trocken bleiben und die Buddelhose vor dem Gröbsten schützt. Was sich hier im Sortiment findet, ist langlebig und stammt von Marken wie Viking, Ducksday oder Crocodile Creek. Aber auch Schönes für zu Hause oder den Spielplatz bekommt ihr beim Grashüpfer. *Rüdesheimer Platz 1, 14197 Berlin-WI, T: 81055234, grashuepfer-outdoor.de*

F

Friedrichshain, Kreuzberg

Baby und Schwangerschaft

Die Zwergperten • Die Zwergperten beraten rund um Transportfragen und verfügen über ein breites Sortiment an Babyschalen und Kindersitzen. Zudem findet man bei ihnen spezielles Zubehör wie Trittschutz, Kühlmatte oder Regenschutz für die Babyschale. Fündig wird auch, wer Kindertransportmöglichkeiten fürs Fahrrad sucht. *Straße der Pariser Kommune 29, 10243 Berlin-FR, T: 29777222, zwergperten-shop.de*

Kinderkleidung

Dollyrocker und Konsorten • Nachhaltige Kindermode am Boxhagener Platz, die sich sehen lassen kann. Die wunderschönen Unikate aus gut erhaltenen, gebrauchten Stoffen kommen so einzigartig wie ihre zukünftigen Träger daher. Auch ausgefallene Kindertaschen und -beutel, Schreibwaren und Federmäppchen finden sich hier im Sortiment. *Gärtnerstr. 25, 10245 Berlin-FR, T: 54719606, dollyrocker.de*

Ella & Monster • Ein Shoppingausflug in den Boxhagener Kiez lohnt sich nicht nur für Friedrichshainer Familien. An dieser Ecke kann man gleich durch mehrere schöne Läden wie Frieda Hain, hausen oder eben Ella & Monster bummeln. Dort gibt es viele schöne Dinge zu entdecken – Lieblingsstücke aus dem Sortiment sind Kinderruckssäcke in Form unterschiedlicher Tiere, Klamotten für kleine Menschen mit fetzigen Mustern und peppigen Prints und die Sammlung an Büchern, bei deren Auswahl gutes Gespür bewiesen wurde. *Gärtnerstr. 8, 10245 Berlin-Fr, T: 23915639, ellaundmonster.de*

Tipp *HeimatKinder* • Die HeimatKinder-Kollektion bietet Kleidung, die über drei Größen mitwächst. Wer seinen Lieblingsstoff aussucht und mitdesignt, kann alsbald sein eigenes Produkt abholen. Außerdem werden Stoffe wie Jersey, Sweat, Nicky und Jeans sowie Bündchenware angeboten – für zu Hause oder die Nähkurse im Laden-Atelier. Außerdem findet ihr bei Heimatkinder coole Tattoos und andere Accessoires wie Portemonnaies und Taschen. *Böckhstr. 49, 10967 Berlin-KR, T: 0176-41715972, heimatkinder.blogspot.com*

La fraise rouge • Handgemacht und hochwertig: Basics für Babys und Kinder mit frechen Sprüchen sind ebenso Teil des Sortiments wie Rasseltiere. Spieluhren und Kirschkernkissen helfen den Kleinen beim Einschlafen, während Kita-Kinder die bebilderten Filz-Rucksäcke lieben. *Großbeerenstr. 64a, 10963 Berlin-KR, T: 25359812, lafraiserouge.de*

Tipp *mjot* • Im Bergmannkiez liegt bei der Marheineke-Markthalle mjot. Von lässig bis festlich gibt es Kinder- und Damenmode französicher, belgischer und spanischer Labels, dazu Spielzeug, Deko und Accessoires. Eine unglaublich unerschöpfliche Fundquelle für ausgesprochen Schönes. Einige der hier vertretenen Marken findet man kaum sonstwo in Berlin. *Friesenstr. 5, 10965 Berlin-KR, T: 62901346, mjot.de*

Snugata • Für die Kleinsten nur vom Feinsten: Bei Snugata im Samariterkiez wird der Nachwuchs nur in Kleidung gesteckt, die aus nachhaltiger und fairer Produktion stammen. Darüber hinaus gibt es Bambusgeschirr, Edelstahlflaschen oder Taschen – gut für die Umwelt und das ästhetische Empfinden. *Bänschstr. 34, 10247 Berlin-FR, T: 29381075, snugata.de*

Tipp *vincente* • Die Strickmodelle für Babys und Kinder sind aus feinsten Naturmaterialen wie Wolle, Seide und Kaschmir gefertigt. Bei der Herstellung der Jäckchen, Hosen, Schals und Mützen hat das Tierwohl einen hohen Stellenwert. Die Designs sind fullyfashioned – das bedeutet: Die Kleidungsstücke werden schon beim Stricken geformt, für eine bessere Passform. *Dieffenbachstr. 15, 10967 Berlin-KR, T: 24612010, vincente.de*

Platz für gutes Spielzeug

Kirsten Opdenplatz von Sönneken in Kreuzberg

Der Spielzeugladen am Lausitzer Platz und seine Inhaberin sind eine Institution, wenn es um gute und nachhaltige Spielsachen geht. Kirsten Opdenplatz entdeckt auf Messen und bei lokalen Herstellern immer wieder tolle Neuheiten für ihr Sortiment.

Inspiriert durch ihre eigenen Kinder hat Kirsten vor zwölf Jahren das Sönneken am Lausitzer Platz eröffnet. Eigentlich Politologin und PR Beraterin, hat das Leben und die Familie sie die Spielzeugbranche für sich entdecken lassen. Man sieht die Hingabe, die Leidenschaft und den Entdeckergeist in beiden Läden. Ihre Freude an Spielzeug und schönen und sinnvollen Spielsachen für Kinder in jedem Alter, treibt sie an.

Die sorgfältige Auswahl der Spielzeuge und die Ansprüche an Nachhaltigkeit und Diversität stehen im Mittelpunkt. Die Vorteile von Holzspielzeug gegenüber anderen Materialien, liegen dabei für sie auf der Hand. Holzspielzeug ist aus einem nachwachsenden Rohstoff gefertigt. Kinder können damit von Geburt an die Haptik der Natur erleben und erste Erfahrungen mit dem wandelbaren und fast universellen Werkstoff machen. Holzspielzeug ist vor allem auch bei Babyrasseln und Babygreiflingen vorteilhaft, da das Holz eine offene, raue Oberfläche hat, die Feuchtigkeit bindet. Auf dieser trockenen Oberfläche können sich Bakterien nicht, wie auf Kunststoffspielzeug, vermehren. Zudem haben viele Hölzer, wie Erle, eine natürliche antibakterielle, keimabtötende Wirkung. Nicht so pauschal und nur im Gespräch lässt sich die Frage beantworten, wieviel und welches Spielzeug Kinder in welchem Alter brauchen. Das hängt individuell von Spielgewohnheiten, Begabungen und ggf. Schwierigkeiten des Kindes und seiner Familie ab. Auch dafür lohnt sich ein Ausflug zur Spielzeugexpertin am Lausitzer Platz.
Sönneken – Lieblingssachen für Kinder, Lausitzer Platz 13, 10997 Berlin-KR, Seite 157, Friedelstr. 29, 12047 Berlin-NK, Seite 176

Kinderschuhe

avesu – Vegan Shoes • Hier gibt es Schuhwerk aus umweltfreundlichen, nachhaltigen Materialien, für die kein einziges Tier leiden musste. Dazu halten die Treter von Avesu lange, wurden unter fairen Bedingungen produziert und bedienen von schick bis lässig alles, was gesunde Füße gerne haben. *Warschauer Str. 33, 10243 Berlin-FR, T: 29044317, avesu.de*

Der Kinderschuh am Platz • Hier gibt es genau das Richtige für kleine Kinderfüße. Krabbelkinder kriegen weiche Prewalker an die Füße oder Füßlinge von Marken wie Froddo oder Däumling. Etwas ältere Kinder werden mit Material zum Laufenlernen und von dann bis ins Teenie-Alter beglückt. Bis Größe 42 findet sich qualitatives Schuhwerk in allen Farben. Auch die angrenzende Piñata-Manufaktur ist einen Besuch wert!. *Schönleinstr. 8, 10967 Berlin-KR, T: 61659926, derkinderschuhamplatz.de*

Grimmel Kinderschuhe • Der Laden bietet genug Raum, dass man mit dem neuen Schuhwerk Pirouetten drehen kann. Dazu hat man auch allen Grund: Lieblingsstücke finden sich von Naturino, Camper, froddo, Nanga und Co. Auch Kinderkleidung hängt hier an der Stange und wartet darauf, getragen zu werden. *Grimmstr. 10, 10967 Berlin-KR, T: 81408365, grimmel-kinderschuhe.de*

Klein Eppenpriem • Um neue Pfade zu gehen und die Welt zu erobern, braucht es Schuhwerk, das optimal passt und die Kinderfüße bei ihrer Entwicklung unterstützt. Krabbler und Lauflerner werden bei Klein Eppenpriem mit ihrem ersten Schuhwerk ausgestattet. Für alle weiteren Schritte gibt es Stoff-, Leinen- und hochwertige Lederschuhe. Auch zum Pfützenspringen ist das passende Schuhwerk zu haben. Von der Eigenmarke finden sich niedliche Klamotten. *Kopernikusstr. 34, 10243 Berlin-FR, T: 91481545, eppenpriem.berlin*

Kleiner Schuhbladen • Der Schuhbedarf im Kiez ist riesig und so finden unentwegt kleine Füße ihren Weg zum kleinen Schuhbladen. Von Größe 18 bis 35 ist alles da und sogar Mamas werden in den Regalen fündig. In Sachen Nachhaltigkeit werden dabei keine Kompromisse gemacht. Produziert wird ausschließlich mit natürlichen und schadstoffreien Materialien *Seumestr. 12, 10245 Berlin-FR, T: 82717300, kleiner-schuhbladen.de*

LOVECO • Loveco ist die Adresse für nachhaltige Schuhe und faire Sneaker in Kreuzberg. Viel Schuhwerk für große Menschen füllt die Regale, aber auch Kinder ab neun Jahren werden fündig. Besonders beliebt sind die Schuhe der französischen Marke Veja, deren veganes Schuhwerk aus recycelten PET-Flaschen, Bio-Baumwolle und Abfällen der Getreidindustrie hergestellt sind. *Manteuffelstr. 77, 10999 Berlin-KR, T: 69579796, loveco-shop.de*

pantinchen • Hier gibt es keine Geschmacksverirrungen – pantinchen sorgt für eine gute Ausgangslage für den Schuhkauf mit Kindern. Der Laden ist klar sortiert und bietet viel Raum zum Probelaufen. Schuhe finden sich in den Größen 18 bis 41 von Marken wie bellybutton, Living Kitzbühel, Naturino oder beberlis. Auch die ein oder andere coole Klamotte lässt sich erstehen, nicht zu vergessen die schönen Schulranzen von zweijk in schlichtem Design. *Pücklerstr. 19, 10997 Berlin-KR, T: 81865908, pantinchen.de*

Stadt Land Fluss • Wer die Welt erobern will braucht zu aller erst einmal das passende Schuhwerk. Schließlich beginnt jedes Abenteuer mit dem ersten Schritt. Stadt Land Fluss hat eine feine Auswahl an Erstlingstretern und Kleinkindsohlen, mit denen man sich in jeder Umgebung hervorragend zurecht findet. Zusätzlich zum guten Schuh gibt es auch noch Mützen, Hüte, Strümpfe oder Handschuhe. *Bänschstr. 46, 10247 Berlin-FR, T: 42086327, stadtlandflussberlin.de*

Tipp *Zitrone Berlin* • Bei der Zitrone gibts kleines Schuhwerk bis Größe 36. Der Laden hat sich mittlerweile etabliert und verteilt Schuhe an alle Kiezkinder und darüber hinaus. Ganz neu im Sortiment sind die Marken Naturino , Bundgaard, New Balance, Falcotto und Nanga. Das Sortiment an Kinderkleidung hat sich zugunsten der Auswahl an Schuhwerk verkleinert. Trotzdem gibt es noch bezaubernde Accessoires und Regenbekleidung. *Reichenberger Str. 63, 10999 Berlin-KR, T: 23883514, zitrone-kinderschuhe.de*

Secondhand

Amitola • Das Sortiment von Amitola ist bunt zusammengewürfelt und reicht von ausgewählter secondhand Mode über neue Markenbekleidung für Kinder bis hin zu Spielwaren und Büchern. Den Cafébetrieb hat der freundliche Ort eingestellt, aber die Keramikwerkstatt und kreativen Kurse bringen den Kiez weiterhin zusammen. *Krossener Str. 35, 10245 Berlin-FR, T: 29361871, amitola-berlin.de*

Anna och Larson • Im gut sortierten Laden findet jeder kleine Rabauke etwas Passendes. Kindersachen hängen hier in den Größen 50 bis 152 an der Stange. Auch Spielzeuge und Kinderbücher finden sich im Sortiment. Neuwertig und produktionsfrisch, dafür aber aus recyceltem Material sind die Woll- und Kaschmirhosen. *Graefestr. 1, 10967 Berlin-KR, T: 6939614*

Tipp *Bella Bimba* • Wenn man vom Bergmannkiez zum Viktoriapark will, lohnt sich der Schlenker über die Hagelberger Straße, denn Bella Bimba bietet schon seit Jahrzehnten verlässlich gut erhaltene, ausgewählte Kinderkleidung. Hier zu stöbern lohnt sich immer! Spielecke und der Eisladen nebenan sorgen für Kurzweil bei den Kleinen. *Hagelberger Str. 4, 10965 Berlin-KR, T: 7868494*

Collect Boutique • Aus zweiter Hand kommt hier nur an die Stange, was als stilvoll befunden wird. Viele schöne Vintagestücke für Große und einiges für Kleine gibt es zu ergattern, dazu Designerware und Wohnaccessoires. Auch Neuware für die Jüngsten in Form von Holzspielzeug, Schnullerketten und kleinen Geschenken findet ihr unweit des Oranienplatzes. *Oranienstr. 44, 10969 Berlin-KR, T: 22051676, collectboutique.de*

Pfeil & Piefke • Der Seemannspullover aus reiner Schurwolle von der Eigenmarke des kleinen Lädchens ist so gut geschnitten, dass er jedem Körper schmeichelt. Ausgewählte Marken und echte Fundstücke aus zweiter Hand ergänzen das Sortiment der kleinen Schneiderwerkstatt. *Böckhstr. 46, 10967 Berlin-KR, T: 95613767, pfeilundpiefke.de*

rosenrot • Die Fassade des niedlichen Lädchens erstrahlt stellenweise in Rosenrot. Im Inneren wird die Farbgebung fortgesetzt. Im schönen Ambiente finden sich Lieblingsstücke aus zweiter Hand für Schwangere und Kinder. Aber auch brandneue Stücke von Marken wie Cosilana und Reiff Strick oder Kinderwagen-Fußsäcke aus Lammfell könnt ihr hier für eure Kleinen erwerben. *Eisenbahnstr. 48, 10997 Berlin-KR, T: 69518349, rosenrot-in-kreuzberg.blogspot.de*

Spielwaren

Tipp *Der kleine Zirkusladen* • Manege frei! Alle möglichen und unmöglichen Dinge, die der schillernden Zirkuswelt zuzuordnen sind, kann man hier bekommen. Und was im Sortiment noch fehlt, wird kurzerhand in Eigenproduktion hergestellt. Angehende Artisten, Feuerspucker, Jongleure und Zauberer werden fachmännisch beraten und unterstützt. *Kopernikusstr. 10, 10245 Berlin-FR, T: 0177-3131380, zirkusladen.com*

GroßstadtPony • Das Leben ist vielleicht kein Ponyhof, aber der üppig gefüllte Friedrichshainer Laden ist definitiv ein Wunschkonzert. Spielzeug aller Couleur, Luftballons und am Wochenende Popcorn – so schnell kommt man hier nicht mehr weg. Wer bald Geburtstag hat, füllt eine der ladentypischen Holzkisten mit den Geschenkewünschen für seine Gäste. *Simplonstr. 27, 10245 Berlin-FR, T: 23916176, grossstadtpony.de*

Jibboo • Jibboo bietet eine feine Auswahl an Spielwaren für große und kleine Kreativlinge. Besonderes von Marken wie Brio, Schleich, Sigikid, Djeco und Selecta geht hier über den Tresen und auch ein paar spezielle Designs von Santoro, Lilliputiens, Jellycat oder Bako. Die Heliumballons in allen Farben und Formen sorgen für Höhenflüge. *Bänschstr. 53, 10247 Berlin-FR, T: 45305245, jibboo.de*

Juno • Die Bergmannstraße lockt als Hauptschlagader des Kiezes mit vielen ungewöhnlichen Shops und Cafés. Mitten darunter sind auch Junos Spielwaren eine tolle Anlaufstelle. Die Regale sind gut gefüllt mit Dingen zum Basteln, Musizieren, Lesen, Rätseln und Dekorieren. *Bergmannstr. 3, 10961 Berlin-KR, T: 23617564, spielwaren-juno.business.site*

Neu *Just Juggling* • Wer es mit der Schwerkraft aufnehmen will ist hier genau richtig. Der bunte Inhalt der Regale wartet nur darauf in die Luft geschleudert zu werden. Die Keulen, Diabolos, Bälle, Flowersticks und Feuerrequisiten gibt es von den führenden Herstellern. Darunter Gora, Henrys, UNICYCLE, Juggle Dream und flowtoys. Auch Zirkusartikel und hochwertiger Artistenbedarf ist zu haben. Nicht wundern, der Shop ist zwei Hausnummern weiter gezogen. *Zossener Str. 26, 10961 Berlin-KR, T: 23617564, justjuggling.com*

Lilofee • Lilofee ist vollgepackt mit guten Dingen. Man schaut und schaut und staunt und unversehens ist aus dem Sortiment an Spielwaren der eine oder andere Gegenstand im Einkaufskorb gelandet. Das Sortiment wird stetig erneuert und ergänzt, unlängst durch entzückende Spieluhren und Traumlampen. *Spreewaldplatz 4, 10999 Berlin-KR, T: 6175135, lilofeespielwaren.de*

Piñateria • Piñatas kommen nicht nur in Lateinamerika gut an. Die witzigen Figuren, die man zerschlagen muss, um an ihre vielversprechende Füllung zu gelangen, sind auch in Berlin zu Hause. In Kreuzberg werden Piñatas aller Art hergestellt. Für kleinere Kinder gibt es eine Version, bei der die Piñata durch das Ziehen an einem Faden geöffnet wird. Der absolute Hit auf jedem Kindergeburtstag! *Schönleinstr. 8, 10967 Berlin-KR, T: 017696981421, pinateria.de*

siebenschön • Nahe des Boxhagener Platzes lockt das bunte Sortiment des Lädchens die Laufkundschaft an. Zu Recht! Dort wird viel Liebe und Sorgfalt in die Auswahl der Spielwaren gelegt. Vor allem jüngere Kinder werden hier fündig und freuen sich über griffiges Holzspielzeug. *Gärtnerstr. 26, 10245 Berlin-FR, T: 74078833, siebenschoen.de*

Tipp *Sönneken* • Wer den Laden am Lausitzer Platz betritt, findet sich in einem gut sortierten Kinderparadies wieder. Damit auch bei Stammkunden des fest im Kiez verankerten Ladens keine Langeweile aufkommt, sorgt Inhaberin Kirsten stets für Abwechslung. Im Gespräch mit kleinen und großen Kunden wird Neues entdeckt. Überhaupt wird Kommunikation groß geschrieben und die Fachberatung erst recht. Nicht fehlen dürfen gutes Holzspielzeug, Naturmaterialien und die Konzentration auf kurze Lieferwege. Die Puppen werden in Spanien hergestellt und spiegeln das Ausssehen der Kinder im Kiez. Schneideobst und Gemüse kommt aus dem Erzgebirge und der Stapelfernsehturm aus Berlin. Neu im Sortiment sind Spiele von Leona Games, die einen spielerischen Zugang zu gesellschaftlichen Themen vermitteln. *Lausitzer Platz 13, 10997 Berlin-KR, T: 69564190, soenneken-spielzeug.de*

Kreatives Bauen – Kapla-Box mit 200 Teilen, *Goldfish Kinderkaufhaus, Brunnenstr. 24, 10119 Berlin*

Ein witziges und zauberhaft illustriertes Vorlesebuch für die ganze Familie
beltz.de

„AION" von „IUMI" – wir lieben ökologisches, nachhaltiges Licht
licht-freude.de

Stofftiere von Jellycats bei
Junghans Kindermode
Schivelbeiner Str. 10, 10439 Berlin

Ein Objekt — endlos viele Spielmöglichkeiten
stapelstein.de

Stapelstein

Bewegungsabenteuer ab einem Jahr. Balancieren, kreiseln, sitzen, bauen: Die bunten Stapelsteine verwandeln jeden Raum in einen Abenteuerspielplatz! Die vielseitigen Stapelsteine werden klimaneutral in Deutschland produziert.

stapelstein.de

Schöne Schuhe für Kids: nachhaltig – pflanzengegerbt – aus Portugal
telyoh.eu

Dein Nussbaum direkt vor den Toren Berlins – fair und bio-vegan
hof-windkind.com

Lernturm „CARL": Sicher und mitwachsend, mit Liebe und nachhaltig produziert, *prinzenkinder.de*

Nachhaltig, regional, multifunktional: Stuhlbaukunst aus dem Erzgebirge
znkg.de

ZAUNKÖNIG

Der Zaunkönig ist Lernturm, Hochstuhl und Spielmöbel in einem. Für kleine Entdecker, die sich nichts entgehen lassen wollen. Für Eltern, die die Zeit mit ihren Kindern so richtig genießen möchten. Ausgezeichnet mit Green Product Selection 2020 und Universal Design Award 2020.

znkg.de

Egal, was ihr vorhabt, zusammen ist es schöner
znkg.de

Klassisches Puppenhaus von Petite Amélie
mypetiteamelie.de

Drei Bilderbücher in einem Magazin, einmal gratis testen:
gecko-kinderzeitschrift.de/himbeer

Neue Farben bei den schönen und leichten Klassikern handmade in Berlin
kundschafter.net

LÄSSIG Trinkflaschen und Brotdosen „Adventure"
laessig-fashion.de

Auf zu neuen Abenteuern

Mit der „Adventure" Kollektion von LÄSSIG seid ihr bei eurem nächsten Ausflug perfekt ausgestattet. Im Rucksack können die passende Brotdose und Trinkflasche aus Edelstahl sicher verstaut werden. So steht dem Picknick zwischendurch nichts mehr im Weg.

laessig-fashion.de

Ökologische und bunte Kindermöbel, die mitwachsen
ekomia.de

Uhr mit Sekunden- u. Minutenanzeige,
d.nik – KinderConceptStore
Mode, Möbel, Bewegung, Kreativität

Mode von 0 bis 18 Jahre
d.nik – Wörther Str. 14
10405 Berlin-Prenzlauer Berg

Chelseaboots, gefüttert und ungefüttert
instagram.com/d.nik_berlin

Apfel-Siebdruck aus den 60er-Jahren und mehr Schönes zum Einrichten
maisinger.com

Brotboxen, Trinkflaschen und mehr aus Edelstahl – fair und nachhaltig
ecobrotbox.de

Erinnerungen aus eurem Leben als Familie – natürliche Familienfotografie
sinadiehl.de

LÄRNA Lernturm und Hochstuhl: sicher – nachhaltig – vielseitig – aus Hamburg, *Laerna.de*

Lustiges Freundebuch zum Ausmalen für Kindergarten- und Schulkinder
msslow.de

Schultasche aus Biobaumwolle – auch farblich individuell gestaltbar
haenska.com/school

Spielbrett • Eine unversiegbare Quelle an Gesellschaftsspielen findet sich unweit vom U-Bahnhof Südstern. Ob Glücksspiel, strategisches Abenteuer, Knobelei oder Teamaufgabe. Der Laden hütet in seinen Hallen alles, was die Welt der Spiele an alten Klassikern und innovativen Neuentdeckungen zu bieten hat. Nach dem Einkauf kann man die neue Errungenschaft gleich in der nahgelegenen Hasenheide ausprobieren. *Körtestr. 27, 10967 Berlin-KR, T: 6924250, spielbrett-berlin.de*

Spielwiese Ludothek • Hier wird gespielt was das Zeug hält. Die Spielwiese verleiht ein großes Sortiment an Spielen für kleines Geld. Wer nicht so lange warten möchte, kann das Spiel der Begierde auch vor Ort schon mit der ganzen Familie zu zelebrieren. Das Café öffnet abends seine Türen für gemütliche Spielerunden und bewirtet dabei mit Getränken in Bio-Qualität und leckeren Speisen. *Kopernikusstr. 24, 10245 Berlin-FR, T: 28034088, spielwiese-berlin.de*

Buchläden

Anagramm • In den freundlichen Räumen befindet sich seitenweise gute Literatur. Getreu dem Motto „Buchladen für Kinder und Erwachsene" liegt großes Augenmerk auf der Qualität der Kinder- und Jugendbücher. Regelmäßig finden Lesungen und Vorlesenachmittage statt. *Mehringdamm 50, 10961 Berlin-KR, T: 7859510, anagramm-buch.buchkatalog.de*

Bilder-Buch-Laden • Hier gibt es alles zu erstehen, was sich in Wort und Bild an Kinder richtet. Die Inhaberinnen haben nicht nur ein Händchen für die Auswahl wunderschön illustrierter Seiten, sondern auch für die Gestaltung der Schaufenster. Der Laden hat bietet auch christliche Literatur an und hat eine Auswahl an Titeln parat, die jungen Menschen das Thema Tod, Sterben und Trauer kindgerecht näher bringen. Als Station der Flotte Berlin verleiht der Laden außerdem Lastenräder für größere, autofreie Transporte. *Zossener Str. 6, 10961 Berlin-KR, T: 6911080, bilder-buch-laden.de*

BUCHBOX! • Von den vier Filialen der unverwechselbaren Buchhandlung mit dem knallgrünen Design war die Buchbox am Boxhagener Platz die erste. Schon lange hat sie sich etabliert und ist mit ihrem kulturellen Angebot zum Kiezmittelpunkt geworden. Zahlreiche Bücher für Jung und Alt gibt es hier, Bestseller und Besonderes. Zudem haben die BUCHBOX!-ler immer gute persönliche Tipps parat! Wer ganz in Ruhe stöbern mag, kann sich sogar für einen Abend in die Buchhandlung einschließen lassen. *Grünberger Str. 68, 10245 Berlin-FR, T: 20078243, buchboxberlin.de*

Extra-Buch • Hier gibt es frischen Lesestoff für wenig Geld. Bücher aller Genres und Themen finden sich oft für den halben Preis oder sogar weniger. Die langen Regalreihen sind gefüllt mit Büchern zweiter Wahl, Verlagsresten und Sonderproduktionen, wobei auf Stapelware und Ramsch verzichtet wird. Der Abstecher lohnt sich immer, vor allem für Viel-Leser. *Mehringdamm 66, 10961 Berlin-KR, T: 78951797, extra-buch.de*

Grober Unfug • Wer glaubt, „Asterix und Obelix" wäre das letzte Brauchbare aus der Comicwelt gewesen, liegt glücklicherweise falsch. Grober Unfug präsentiert die Neuerscheinungen der Szene und hat stets den richtigen Riecher. Das Sortiment ist handverlesen und reicht vom Graphic Novel bis zum Manga – einiges ist auch in Originalsprachen vorrätig. *Zossener Str. 33, 10961 Berlin-KR, T: 69401490, groberunfug.de*

Krumulus • Pippi Langstrumpf hat versucht, mit der Krumulus-Pille ein Mittel gegen das Erwachsenwerden zu finden. In der herausragenden Buchhandlung gibt es keine Wunderpillen, aber viele wunderbare Bücher und Erlebnisse für alle, die gerne in der Welt der Kinderbücher versinken. Das Sortiment verleitet mit den schönsten neuen Titeln und besten Klassikern zu Leseabenteuern. In der Druckwerkstatt wird zum Kreativsein angeregt, im Vorlesesalon erwacht das geschriebene Wort zum Leben und in Ausstellungen wird regelmäßig das Werk verschiedener Illustrationskünstler gewürdigt. *Südstern 4, 10961 Berlin-KR, T: 25051140, krumulus.com*

Langer Blomqvist • Einen Katzensprung von der Gneisenaustraße entfernt finden große und kleine Bücherwürmer ihr Futter in diesem liebevoll eingerichteten Buchladen. Eine handverlesene Auswahl an reduzierten Büchern sorgt dafür, dass hier günstige und besondere Exemplare zu finden sind, von Kinderliteratur bis zu Kunstbildbänden. *Schleiermacherstr. 25, 10961 Berlin-KR, T. 02409204, langer-blomqvist.de*

LeseGlück • Die Kreuzberger Buchhandlung bringt Menschen und gute Literatur zusammen. Im besten Fall führt das zu eben jenen Höhenflügen, wie sie sich schon im Namen des Ladens ankündigen. Als Treffpunkt lädt die Buchhandlung zu gutem Kaffee und immer wieder auch zu Lesungen, Konzerten und Ausstellungen. Zeitgenössische und moderne Literatur ist hier genauso vertreten wie Publikationen von kleinen Verlagen, Literaturzeitschriften und natürlich Kinderbücher. *Ohlauer Str. 37, 10999 Berlin-KR, T: 32518641, leseglueck-berlin.de*

Lesen und lesen lassen • Bis zur Decke sind die Regalwände mit Büchern gefüllt. Gleich verspürt man den Impuls, es sich mit einem Schmöker in dem großen Sessel in der Raummitte gemütlich zu machen. Lesenswertes aus den Bereichen Belletristik, Philosophie, Kulturwissenschaften und Comic, sowie eine große Auwahl an Kinderbüchern und wunderschön Bebildertem hält die unabhängige Buchhandlung im Boxhagener Kiez für euch bereit. *Wühlischstr. 30, 10245 Berlin-FR, T: 2915382, lesen-und-lesen-lassen.de*

Libelle • Die Libelle heißt mit ihrer freundlichen Atmosphäre jeden kleinen Lesegast willkommen. Die Buchhandlung ist auf Kinder- und Jugendbücher spezialisiert und lässt, was das angeht, kaum einen Wunsch offen. Die Klassiker teilen sich die Regale mit Neuentdeckungen und auch ein kleines Angebot für Erwachsene gibt es. Geschenke und Spielsachen lockern die Bücherwände auf und oft sind es die Helden aus Roman und Bilderbuch selbst, die einem beim Stöbern begegnen. *Bänschstr. 44, 10247 Berlin-FR, T: 41724996, libelle-kinderland.de*

Modern Graphics • Die Oranienstraße ist eine der pulsierenden Hauptschlagadern Kreuzbergs. Inmitten des Treibens hat ein Ableger des beliebten Comicladens sein Domizil errichtet. Ein vollständigeres Sortiment an Büchern im Wort-Bild-Duktus wird sich kaum finden lassen. Die marktführenden Verlage und Buchserien sind hier genauso vertreten wie die ausgefalleneren Exemplare. *Oranienstr. 22, 10999 Berlin-KR, T: 6158810, modern-graphics.de*

ostPost • Der schöne Mix aus Buchladen, Café und Veranstaltungsraum hat Berlin Mitte verlassen, um sich in Friedrichshain ein neues Nest zu bauen. Keine Angst, das Konzept, das nette Flair und die freundlichen Mitarbeiter – all das macht auch am neuen Ort kultur- und literaturaffine Menschen glücklich. Die Literatur, Kulturveranstaltungen und kulinarischen Köstlichkeiten sind dem Osten Europas gewidmet und bringen uns deren kulturelles Erbe und aktuellen Gedanken näher. *Richard-Sorge-Str. 25, 10249 Berlin-FR, T: 017699806329, ostpost-berlin.de*

Unforgotten Books • In den Regalen steht Lesenswertes von der Weltliteratur bis zum aktuellen Bestseller sowie Kinder- und Jugendbücher. Beim Schmökern in der freundlichen Buchhandlung im Samariterkiez bekommt man nicht selten Gesellschaft vom verschmusten Ladenhund Elmo. *Proskauer Str. 5, 10247 Berlin-FR, T: 60273066, unforgottenbooks.de*

Wohnen

bob – boxoffberlin • Vier Wände voll Berlin: Dieser Laden ist randvoll mit schönen Dingen aus den Händen Berliner Designer. Außerdem werden Werke lokaler Künstler ausgestellt und im Bobstudio gibt es dann und wann Konzerte. Wer mal eine Verschnaufpause vom Großstadtlärm braucht, trinkt in Ruhe einen Espresso im Café und widmet sich den schönen Seiten der Stadt. *Zimmerstr. 11, 10969 Berlin-KR, T: 47982171, boxoffberlin.de*

DIM – Die Imaginäre Manufaktur • Bürstenmanufaktur, Keramikladen, Papeterie-Shop und Textilgeschäft – Die Imaginäre Manufaktur ist vieles. Was hier verkauft wird, soll im Zusammenspiel von Form, Material und Funktion überzeugen. Die ansehnlichen Gegenstände wurden in Eigenproduktion hergestellt und zwar traditionell handwerklich. Die Herstellung ist ein partizipativer Prozess, bei dem Menschen mit und ohne Behinderung Hand in Hand zusammenarbeiten. Das Ladencafé ist in selber Weise partizipativ geführt und versorgt den hungrigen Einkäufer mit Kaffee, Kuchen und Köstlichkeiten. *Oranienstr. 26, 10999 Berlin-KR, T: 285030121, dim-berlin.de*

Tipp *hAusen* • Betritt man den Laden, möchte man am liebsten gleich einziehen. Die Option, die einem bleibt, ist, so viele der skandinavischen Designs wie nur geht in das eigene Heim zu integrieren. Vom Kissen über eine Auswahl an Kleinmöbeln bis zur Deckenlampe gibt es hier alles, was ein wohliges Zu Hause braucht. *Krossenerstr. 25, 10245 Berlin-FR, T: 98354410, hausen-berlin.de*

polli überall • Wohnaccessoires, Kleidungsstücke und Geschenke – der gemeinsame Nenner all der Dinge, die hier aufbewahrt werden, bis sie einen neuen Besitzer gefunden haben, ist wohl das farbenfrohe, frische Design. Oder aber, dass die kleinen Label ihren Standort fast alle in Berlin haben. Auch in Eigenproduktion wird Schönes hergestellt, passend zum Namen „Werkstatt-Laden für alles, was dich glücklich macht". *Körtestr. 3, 10967 Berlin-KR, T: 0179-3703793, polli-ueberall.com*

Kinderbrillen

Brillenkammer • In schlichter und entspannter Atmosphäre kann man sich in Friedrichshain dem Augenlicht widmen. Die Brillenkammer weiß genau, wie man dem Kinderauge begegnet, das sich noch in der Entwicklung befindet. Das Know How paart sich mit Stilgefühl und so wird bei der Auswahl an Gestellen jede Suchende glücklich. Geschwisterkinder können sich derweil in der Spieleecke gut beschäftigen. *Grünberger Str. 58, 10245 Berlin-FR, T: 27589849, brillen-kammer.de*

Brillenmode am Lausitzer Platz • Der Lausitzer Platz hat optisch richtig was zu bieten! Die Brillenmode in dem großzügigen Fachgeschäft richtet sich an Menschen jeden Alters. Hier dürfte wirklich für jeden Geschmack etwas dabei sein und die individuelle Beratung hilft Unentschlossenen. *Lausitzer Platz 12a, 10997 Berlin-KR, T: 6127381, brillenmode-berlin.de*

Brillenwerkstatt • Die Wahl der richtigen Brille ist ein sensibles Thema. Schließlich will man das zarte Gestell noch einige Zeit auf der Nase tragen. Am Ende sollte es vor allem gut sitzen und sich ins das Gesicht einfügen. Das Sortiment beherbergt Brillenfassungen namenhafter Designer von Marken wie ic! berlin, Freudenhaus, Mikli, Tom Ford und Vielen mehr. Auch kleine Brillenträger können aus einer großen Auswahl wählen und werden gut beraten. *Oranienstr. 32, 10999 Berlin-KR, T: 6147318, Die Maske by Brillenwerkstatt, Mehringdamm 66, 10961 Berlin-KR, T: 7863013, brillenwerkstatt.de*

Selbermachen

1000stoff • Zugegeben, es sind nicht ganz 1.000 Stoffe, aber bestimmt 700, die sich in dem kleinen Laden eng aneinander schmiegen. Ob ihr Gängiges oder Ausgefallenes sucht, bei den Designerstoffen aus Kollektionen von Robert Kaufmann, Kokka fabrics, Meet Milk oder Nani Iro werdet ihr ganz gewiss fündig. Die Bekleidungsstoffe sind gestrickt oder gewebt und weitestgehend ohne Kunstfasern hergestellt. Nähvorhaben werden hier gerne bis aufs Ausführlichste besprochen, was dank der persönlichen Atmosphäre ohne weiteres möglich ist. *Muskauer Str. 49, 10997 Berlin-KR, T: 63960253, 1000stoff.de*

bokx • Die bokx ist eine wahre Fundgrube für liebenswerte kleine Kostbarkeiten. Produkte regionaler Designer werden ergänzt durch schöne Stücke aus der bokx-Manufaktur. Die Vielzahl an Dingen umfasst feinste Papeterieartikel, Töpferware, Genähtes und Geschriebenes. Kurse und Workshops bringen Kindern die Freude am Material näher und das Ferienangebot lässt produktiv werden. An den Wochenenden kann die Kreativwerkstatt für Kindergeburtstage gebucht werden. *Schreinerstr. 21, 10247 Berlin-FR, T: 0176-31556632, bokx-kreativ.de*

Die WollLust • Die Auswahl an Designerwolle in exklusiver Qualität lässt jeden Maschenfreund vor Freude Luftsprünge machen. Auch das nötige Zubehör für große und kleine Strickereien hat der Kreuzberger Shop in petto. Viele der hier erhältlichen Strickanleitungen für Schals, Tücher, Accessorires, Socken und mehr sind vom Laden selbst konzipiert und um einiges verständlicher. *Mittenwalder Str. 49, 10961 Berlin-KR, T: 69536691, wolllust-berlin.de*

Tipp *Frieda Hain* • Lagenweise stapeln sich die bunten Stoffe in dem Lädchen. Wer ein besonderes Material für das Nähvorhaben sucht, wird hier genau so fündig, wie solche, die sich zum allerersten Mal an die ratternde Maschine trauen. Frieda Hain steht mit Rat und Tat zur Seite. Wer sich lieber nach den eigenen Vorstellungen benähen lassen will, kann die individuellen Wünsche gerne im Laden besprechen. *Gärtnerstr. 10, 10245 Berlin-FR, T: 41761475, friedahain.de*

Tipp *Modulor* • Material total – so der Slogan des DIY-Paradieses am Moritzplatz. Modulor ist Fundgrube, Inspirationsquelle und Leidenschaftsort. Auf zwei Etagen versammelt der Fachhandel alles, was sich für einen kreativen Beruf oder ein künstlerisches Hobby nutzbar machen lässt. Wer einmal ins Aufbau Haus eingetreten ist, kommt so schnell nicht wieder und ganz sicher nicht mit leeren Taschen raus. Schließlich locken hier auch noch die Buchhandlung am Moritzplatz und der minimum Store mit ihrer jeweils feinen Auswahl an Lesestoff und Designmöbeln. *Prinzenstr. 85, 10969 Berlin-KR, T: 690360, modulor.de*

Gemeinsam einzigartig

Maria-Christina Piwowarski von ocelot in Mitte

Bevor Maria-Christina ihre Ausbildung – hochschwanger mit Kind Nummer zwei – zur Buchhändlerin abschloss und bei ocelot landete, hat sie in den verschiedensten Branchen und Gegenden der Republik gearbeitet – in Kneipenjobs, im Kindergarten, als Sekretärin, Zimmermädchen und Leiterin einer Sushibar. Diverse Lebenserfahrungen sind sicher nicht das Schlechteste, um Literatur mit ungewöhnlichen Blickwinkeln und Erzählformen schätzen zu wissen.

Mit dem wachsenden Fokus auf Nachhaltigkeit und kulturelle Vielfalt haben Läden wie ocelot, die darauf achten, dass unabhängige Verlage trotz weniger Marktmacht und Marketingbudget sichtbar sind, Aufwind bekommen. Bücher, die bei ocelot im Sortiment aufgenommen werden, sind oft eine Mischung aus vielen kleinen guten Entscheidungen. Das merkt man auch der Kinderbuchabteilung sofort an. Das ocelot-Team liebt eine gute Haptik und Gestaltung, wertvolles Papier, ansprechende Typografie und Illustration – wenn das auch noch mit guten Themen zusammenkommt und Vielfalt gezeigt wird, dann hat ein Buch ihr Herz meist schon gewonnen. Wessen Herz ebenfalls für solche Kleinode und guten Kaffee – nicht nur Maria-Christinas Lieblingskollegin ist die La Marzocco Siebträgermaschine – schlägt, ist richtig in der Brunnenstraße.
ocelot – not just another bookstore, Brunnenstr. 181, 10119 Berlin-Mi, Seite 169

Eine der wichtigsten Aufgaben unabhängiger Verlage und Buchläden wie dem von Maria-Christina Piwowarski geleiteten ocelot ist der Fortbestand der Bibliodiversität. Auf dass nicht nur Bücher großer Verlage nach Massengeschmack produziert werden, sondern auch die kleinen literarischen Perlen ihre Leser finden.

Paint your Style • Tassen, Teller und Schüsseln in allen Formen stehen in den Friedrichshainer und Kreuzberger Filialen der Keramikwerkstatt im Regal. Aber das soll nicht lange so bleiben. Der Besucher ist aufgefordert, das Stück seiner Wahl zu bepinseln. Nach dem Glasieren und Brennen stehen die Kunstwerke zur Abholung bereit. Kreative Kindergeburtstage lassen sich so prima verbringen. *Simplonstr. 8, 10245 Berlin-FR, T: 69548726, Mehringdamm 73, 10965 Berlin-KR, T: 28837355, paintyourstyle.de*

Neu *WE LIKE MONDAYS Studio* • Ende 2020, Anfang 2021 – je nachdem, was Pandemie und Weihnachtstrubel zulassen, wird Kreativgenie Andrea Potocki den Laden zu ihrem fantastischen Onlineshop und DIY-Blog eröffnen. Dort brkommt man dann alle Zutaten zu ihren originellen Bastelideen vor Ort, die man aber natürlich weiterhin auch online bestellen kann. *Arndtstr. 13, 10965 Berlin-KR, wlkmndys.com*

Wollen Berlin • Der Wollladen im quirligen Boxhagener Kiez bietet Häkel- und Strickfreunden ökologisch unbedenkliche Garne aus Seide, Wolle, Leinen und Bambus-Viskose. Auch edle Vertreter wie Kaschmir und Mohair sind vorrätig. Wer gerne würde, aber bis jetzt noch nicht kann, sollte einen der angebotenen Häkel- oder Strickworkshops besuchen. Fortgeschrittene dürfen sich gerne an komplexere Themen wagen wie Raglan von Oben, Fair Isle oder Tunesisch Häkeln. *Gärtnerstr. 32, 10245 Berlin-FR, T: 29351995, wollen-berlin.de*

Outdoorausrüstung

360° Outdoor • Wildniswanderung, Kanutour im Spreewald oder Trekking im Himalaya – 360° stattet den Abenteuerwütigen aus und zwar, wie schon der Name sagt, rundum. Der Fokus liegt auf Ausrüstung die hier von den führenden Marken wie Fjällräven, Deuter, Marmot, Icebreaker, Mountain, Woolpower und vielen anderen über den Tresen geht. *Oranienstr. 164, 10969 Berlin-KR, T: 79789449, 360-outdoor.de*

Der Aussteiger KIDS • Die innerliche Vorbereitung auf den geplanten Wildnistrip ist die eine Sache. Gute Ausrüstung die andere. Das Aussteiger-Team in Friedrichshain berät gerne, egal ob für den anstehenden Familienurlaub oder die Extremtour. Der Nachwuchs wird hier für die wilde Welt gerüstet, mit Kleidung, Rucksack und Equipment. *Warschauer Str. 27a, 10243 Berlin-FR, T: 29777277, der-aussteiger.de*

Der Berg Ruft & Boarderline • Der Kreuzberger Shop kann noch mehr als Outdoor-Equipment. Fitness- und Speedskater kommen hier ebenos auf ihre Kosten wie solche, die dem Brettsport lieber auf dem Wasser nachgehen wollen. Wakeboards der Top-Hersteller und die passende Ausrüstung sind für große und kleine Sportler hier erhältlich. *Schlesische Str. 26, 10997 Berlin-KR, T: 6116484, bergruft.de*

McTrek • Ob zum Wandern, Zelten, Fahrradfahren oder für Festivalfreunde – alle wissen, wie schön es ist, nach einem abenteuerlichen Tag in einen gemütlichen Schlafsack zu kriechen und auf einer weichen Matratze in einem gut geschützten Zelt zu schlafen. Bei McTrek findet man alles rund um Outdooraktivitäten, damit man die Natur bei jedem Wetter voll genießen kann. *Karl-Marx-Allee 112-114, 10243 Berlin-FR, T: 29048904, mctrek.de*

Lichtenberg, Hohenschönhausen

Baby und Schwangerschaft

Firlefanz • Wer auf der Suche nach einem Kinderwagen ist, wird bei Firlefanz fündig: Über 500 neue und gebrauchte Kinderwagen vieler Hersteller warten auf den nächsten kleinen Fahrgast. Darüber hinaus findet man alles, was der Alltag mit Kind unerlässlich macht: Kindersitze, Babyschalen, Tragesysteme sowie Kleidung, Spielzeug und Möbel. *Falkenberger Chaussee 101, 13059 Berlin-HO, T: 88001222, firlefanz.club*

Kinderkleidung

Hoppla Charlotte • Hier wird nur verkauft, was aus fairer und ökologischer Produktion stammt. Einkleiden können sich kleine und ganz kleine Kinder, aber auch die großen werden fündig. Der Laden lädt dazu ein, Infos über ökointelligentes Design und den Produktionsvorgang vor Ort zu erfragen und zu diskutieren. Schöne Accessoires und Spiele sowie eine Büchererecke runden das Sortiment ab. *Alfredstr. 4, 10365 Berlin-LI, T: 22346360, hopplacharlotte.de*

Secondhand

Amitola • Ausgewähltes Secondhandsortiment, neue Markenbekleidung und jede Menge Spielzeug und Bücher für kleines Geld, das alles bietet Amitola und ist zudem ein kreativer Treffpunkt für alle, die sich für Keramikmalerei begeistern können. Ganz nebenbei ist Amitola auch noch ein Inklusions- und Ausbildungsbestrieb: Jugendliche mit körperlicher oder geistiger Einschränkung werden hier ausgebildet und gehören zum Personal. *Treskowallee 86, 10318 Berlin-LI, T: 86204984, amitola-berlin.de*

Buchläden

Buchhandlung paul + paula • Mitten in der Viktoriastadt, keine zehn Minuten vom S-Bahnhof Ostkreuz entfernt, ist der gemütliche Ort beliebter Kiezmittelpunkt. Belletristik steht hier gleichwertig mit Kinder- und Jugendliteratur in den Regalen. Teil des Sortiments für junge Leser ist eine große Auswahl an Literatur, die Körperbewusstsein und Empowerment thematisiert. *Pfarrstr. 121, 10317 Berlin-LI, T: 5578414, buchpaula.de*

Spielwaren

Kind & Kegel • Die handgefertigten Pumphosen gehen hier über den Tresen wie warme Semmeln. Kein Wunder, schließlich wachsen die guten Stücke mit und können so für lange Zeit zum Lieblingsstück werden. Aber auch die anderen Nähereien für Kind und Kinderzimmer können sich sehen lassen. Auf Bestellung sind Sonderbestellungen möglich. Ergänzt wird das Sortiment durch eine umfangreiche Auswahl an Holzspielzeug und Heliumballons in ausgefallenen Formen und Farben. *Weitlingstr. 37, 10317 Berlin-LI, T: 81721910, abinskindundkegel.de*

Mitte, Tiergarten, Wedding

Baby und Schwangerschaft

BABYBOX by Winzig & Klein • Der Family Flagship Store am Zionskirchplatz bietet auf seinen stilvoll eingerichteten Quadratmetern Erstausstattung für Neugeborene. Neben ausgewählten Einzelteilen gibt es Geschenksets und Erstlings-Boxen, die mit viel Feingefühl zusammengestellt werden. Der Store hat sich jetzt voll und ganz auf Kleidung für Kinder bis drei Jahre spezialisiert und hat alles über Größe 110 aus dem Sortiment genommen. *Fehrbelliner Str. 24, 10119 Berlin-MI, T: 01702200471, babyboxfamily.com*

Bugaboo Brand Store • Dass man als frischgebackene Familie nicht unbedingt seine Mobilität einbüßen muss, wird bei Bugaboo mit den verschiedenen, immer chic designten Modellen eindrucksvoll bewiesen. Mit seinen robusten Rädern und der leistungsstarken Lenkung lässt das bequeme Handling und das unübertroffene Fahrgefühl selbst auf Waldwegen, Schnee oder Sandstrand nicht nach. *Alte Schönhauser Str. 3, 10119 Berlin-MI, T: 54777038, bugaboo.com*

Hug & Grow • Den Sprössling vom Säuglingsalter bis in die Teeniejahre zu begleiten, ist eine große Aufgabe. Hug and Grow hat im Sortiment, was es für diese aufregenden Jahre braucht. Von der Stoffwindel über den Lauflernschuh bis zum Schulrucksack gibt es hier alles zu finden, was ein Kind beim Wachsen benötigt. Dabei sind alle Marken im Angebot ökologisch und fair gehandelt. Werdende Eltern und auch solche, die es schon sind, können von dem umfangreichen Kursangebot profitieren oder im Sortiment der Ratgeber zu liebevoller Elternschaft stöbern. *Kirchstr. 20, 10557 Berlin-TI, T: 75569769, hug-and-grow.de*

Kleine Fabriek • Wer an der Einrichtung des Kinderzimmers verzweifelt, der sollte dem Shop in Mitte unbedingt einen Besuch abstatten. Die skandinavischen Kindermöbel wachsen mit und sind in schlichtem, schönem Design gehalten. Auch Kinderwagen, Autositze, Babyprodukte, Kinderkleidung und hübsche Deko gibt das Sortiment her. Immer wieder überrascht die kleine Fabriek mit Neuentdeckungen kleiner, wenig bekannter Label. *Kastanienallee 63, 10119 Berlin-MI, T: 692015130, kleinefabriek.de*

Kinderkleidung

Goldfish Kinderkaufhaus • Nicht weit vom Weinbergspark haben stilbewusste Eltern eine Shopping-Anlaufstelle. Das Kinderkaufhaus führt Kinderbekleidung und -schuhe von Lilly Balou, Living Kitzbühel oder Naturino sowie Kindermöbel, Rucksäcke und Accessoires. Ausgewähltes und wirklich schönes Spielzeug rundet die Auswahl ab. *Brunnenstr. 24, 10119 Berlin-MI, T: 40054326, goldfish.berlin*

Neu *HAI* • Little Treasures for Loved Ones – wer danach sucht und schöne Dinge schon für die Kleinsten zu schätzen weiß – für den ist der neue Concept Store in der Kastanienallee ein heißer Tipp. HAI hat im September 2020 seine Türen für alle geöffnet, die nach echten Lieblingsstücken von Labels wie Donsje Amsterdam, FUB Kids oder Soft Gallery Ausschau halten. Klar, dass hier auch das stilvolle Ladendesign zum Verweilen einlädt. *Kastanienallee 43, 10119 Berlin-MI, T: 0162-3388983, haiberlin.com*

Langbrett • Bei Langbrett werden keine halben Sachen gemacht. Alle Produkte des Shops sind kompromisslos nachhaltig und fair produziert. Die Skateboards sind aus regionalem Holz handgefertigt und die Kleidung aus Bio-Baumwolle und ohne chemische Zusätze. Boards fürs Wellenreiten gibts in großer Auswahl und vor Ort auch einen Reparaturservice. Die meisten Produkte für Kids finden sich von Patagonia, aber auch die Eigenmarke Langbrett hat einiges für den Nachwus in Petto. Genau wie Klean Kanteen, ECO Brotbox, Fjällräven, Millican und Opinel. *Kastanienallee 44, 10119 Berlin-MI, T: 41997155, langbrett.com*

Neu *ScHöNeS fÜr Kinder* • Der bunte Laden, der den Ansprüchen von großen und kleinen Kindern gerecht wird, ist umgezogen. Im selben Kiez, zwei Straßen weiter, hat er sich im schönsten Bioladen des Viertels ein Domizil gesucht.Im Sortiment nach wie vor lokale Kleidung mit ökologischem Anspruch, Spiel- und Bastelbedarf für Kreativlinge und Secondhand-Artikel. Dass es dazu jetzt auch noch regionale Bioprodukte zu kaufen gibt und leckeren Kaffee und Kuchen, ist ein wahrer Gewinn! *Tegelerstr. 30, 13353 Berlin-WE, T: 23967918*

Walking the Cat • Der hübsche Laden im Scheunenviertel sorgt für kurze Wege zu den hochwertigen Labels aus Skandinavien, Spanien, Frankreich oder England. Ausgestattet mit Kleidung von Mini Rodini, Bobo Choses, Soft Gallery, Monkies oder Sunchild geht der Nachwuchs auf den Catwalk der Nachbarschaft. Eingekleidet werden Kinder bis zwölf Jahre. *Mulackstr. 32, 10119 Berlin-MI, T: 20658458, walkingthecat.de*

Spielwaren

Die kleine Gesellschaft • Ganz zentral, zwischen Tacheles und Friedrichstadtpalast, findet sich die kleine Gesellschaft. Bevölkert werden die Regale des hinreißenden Spielzeugladens von Drachen, Prinzessinnen, Feen und anderen Spielfiguren der Marken Schleich und Sylvanian Families. Auch zum Basteln und Malen findet sich hier reichlich und das Sortiment an Spielwaren für Babys und Kleinkinder ist immens. *Friedrichstr. 129, 10117 Berlin-MI, T: 13893400, kleinegesellschaft.com*

Levy's Contor • Messinglampen und Kerzenleuchter, Spieluhren und Becher, Blechspielzeuge, Meditationskissen und Handwerkskunst – all das gibt es in dem gut sortierten, nostalgischen Laden in den Hackeschen Höfen. Abwechslungsreiche Einkaufserlebnisse mit Fundstücken, die das Internet einfach nicht hergibt, sind hier garantiert. *Rosenthaler Str. 40/41, 10178 Berlin-MI, T: 2808203, levyscontor.de*

Playmobil Fun Store • In der Mall of Berlin befindet sich auch der Playmobil Fun Store, in dem sich auf 111 Quadratmetern das gesamte Sortiment der begehrten Marke findet. Und auch ein Paar exklusive Extras hat der Shop im Sortiment. Stetig tauschen sich die Sets in den Regalen gegen spannende Neuheiten aus. *Leipziger Platz 12, 10117 Berlin-MI, T: 0911-96662384, playmobil.de*

Neu *Steiff Shop* • Der Shop ist von der Mall of Berlin zum Hackeschen Markt ungezogen. 150 Quadratmeter hat der Laden dort zur Verfügung und füllt diese mit einer Vielzahl kleiner Spiel- und Kuschelkameraden mit dem unverwechselbaren Knopf im Ohr. Diese können vor Ort sogar individuell gestaltet werden. Auch für aktuelle Kindermode bis Größe 122 und Geschenkideen hat der Laden noch Platz. *Oranienburgerstr. 4, 10178 Berlin-MI, T: 20214778, steiff.com*

Trommler • In Moabit findet man nicht nur hochwertiges Spielzeug von HABA, Fridolin oder Sigikid, sondern auch Kinderkleidung von finkid, Serendipity oder Tragwerk. Lebensverschönernde Accessoires. Spannende Kinderliteratur und hübsche Schuhe warten ebenfalls auf neue Besitzer. Neu im Sortiment sind die Holz-U-Bahnen, die den gängigen Berliner Linien nachempfunden sind. *Jagowstr. 40, 10555 Berlin-TI, T: 3917222, trommler.org*

Viel Spiel • Umweltfreundlich, farbecht und speichelfest muss gutes Kinderspielzeug sein. Schließlich soll beim Spielen die Welt möglichst mit allen Sinnen erfahrbar werden. Viel Spiel macht seinem Namen alle Ehre und bietet gut sortiert und in freundlicher Atmosphäre eben jene kreative Ware feil. Von hier aus sind auch die Hackeschen Höfe nicht weit. *Große Hamburger Str. 28, 10115 Berlin-MI, T: 96065266, vielspiel.de*

Buchläden

A Livraria + Mondolibro • Ein kulturelles Potpourri findet sich im Herzen Berlins. Der Laden versammelt Bücher, CDs, Lebensmittel und Handwerk aus gleich vier Kulturen in seinen Räumlichkeiten. Waren es bis vor kurzem noch Kostbarkeiten aus Brasilien, Portugal und Italien, die sich in den Regalen fanden, ist der internationale Reigen nun um die spanische Kultur bereichert. *Torstr. 159, 10115 Berlin-MI, T: 28095519, alivraria.de*

Buchkantine • Buchladen und Bistro gibt es hier unter einem Dach und es ist kaum zu sagen, wo das eine anfängt und das Andere aufhört. Die Mischung aus Lesbarem und Essbarem ist durchaus gelungen, schließlich macht so viel geistiger Input hungrig. Zu schmausen gibt es Kaffee und Kuchen, aber auch echte Mittagsmahlzeiten. Vor, nach und zwischen dem Gaumengenuss kann man dann in Belletristik blättern und die Kinderbuchabteilung erobern. *Dortmunder Str. 1, 10555 Berlin-TI, T: 94883729, buchkantine.de*

Tipp *Dussmann – Das Kulturkaufhaus* • Willkommen im Paradies der Buchwürmer, Musikbegeisterten und Papeteriefanatiker. Auf fünf Etagen wird vom Krimi bis zum Notenheft alles angeboten, was zwischen zwei Buchdeckel passt. Auch die Kinder- und Jugendbuchabteilung wartet mit allem auf, was junge Leserherzen und erwachsene Vorleser begehren. *Friedrichstr. 90, 10117 Berlin-MI, T: 20251111, kulturkaufhaus.de*

Grober Unfug • Die Literatur in Wort und Bild ist begehrt wie eh und je. Im Herzen der Hauptstadt versammelt der Laden alte Klassiker und Neuerscheinungen. Ergebnis ist ein ausgesuchtes Sortiment an Comics und Graphic Novels, das nicht nur Liebhaber glücklich macht. *Torstr. 75, 10119 Berlin-MI, T: 2817331, groberunfug.de*

Hundt Hammer Stein • Auf der trubeligen Schönhauser ist der Laden der literarische Fels in der Brandung aus Cafés und Geschäften. Die Bilder- und Kinderbücher sind qualitätsreich und fein ausgesucht. Wer sich zum ersten Mal in die Gegend wagt, braucht nur nach den bunt beschriebenen Schildern und Tafeln Ausschau halten, mit denen der Buchladen sein Publikum lockt. Guter Tipp auch für Berlinbesucher, die Ausgewähltes zur Stadt suchen. *Alte Schönhauser Str. 23/24, 10119 Berlin-MI, T: 23457669, hundthammerstein.de*

Langer Blomqvist • Der Lange Blomqvist hat Freude an Begegnung. Im Buchladen selbst, mit anderen Lesebegeisterten. In den Zeilen des neuen Lieblingsbuches, mit außergewöhnlichen Charakteren. Oder in ganz besonderen Fällen sogar mit sich selbst, wenn die Literatur ihre Arbeit gut macht und das Innere in Arbeit versetzt. Den vorzüglichen Lesestoff gibt es in dem schönen Laden zu reduzierten Preisem. *Reinhardtstr. 17, 10117 Berlin-MI, T: 28094611, langer-blomqvist.de*

Tipp *ocelot* • In der Buchhandlung gegenüber vom Weinbergspark ist viel Platz, um sich ungestört umzuschauen. Gibt es doch eine Frage ist gleich jemand zur Stelle und freut sich, mit literarischer Kompetenz aushelfen zu können. Der wirklich gute Kaffee macht das Schmökererlebnis auf allen Ebenen perfekt. Durch eine Glastür ist der Buchladen mit der Philipp-Schaeffer-Bibliothek verbunden. Eine architektonische Membran, welche eine literarische Osmose ermöglicht. *Brunnenstr. 181, 10119 Berlin-MI, T: 97894592, ocelot.de*

Die Hebammen Lena und Lucia aus dem Allgäu mit „Unterwegs-Tipps“

Milde Pflege bewahrt Babys Haut auf natürliche Weise vor dem Austrocknen und schädlichen Außeneinflüssen.

Praktischer Zwiebellook

Heiß und Kalt – das Wetter ist manchmal launisch. Mit Zwiebellook ziehst du dein Baby richtig an – und kannst schnell auf wechselndes Wetter reagieren. Gesichtchen eincremen nicht vergessen – gerade bei Kälte!

Hebammentipp Nr. 1

Für Babys zarten Po. Schützt die empfindliche Haut im Windelbereich. Vegan.

Bio-Babynahrung und Naturkosmetik.

Aus dem Allgäu für dich und dein Baby. Nur das Beste für zarte Haut. Denn gerade unterwegs ist Hautpflege so wichtig.

Töpfer Babywelt

toepfer-babywelt.de

Bei stürmischem Herbstwetter und Winterkälte mit Bio-Sheabutter gepflegt und geschützt. Vegan.

Heile, Heile, Segen

Aua auf dem Spielplatz? Die Wunschutzpaste mit Calendula hilft schnell gegen kleine Schrammen. Und natürlich Pusten und Trösten nicht vergessen.

Hebammentipp Nr. 2

Erhältlich z.B. bei dm.

Gewohnte Gerüche

Dein Baby ist ein „Gewohnheitstier“. Vergiss das Lieblings-Schnuffel-Tuch und den Teddy nicht! Je mehr gewohnte Düfte und Dinge, desto entspannter ist dein Baby.

Hebammentipp Nr. 3

Tucholsky Buchhandlung • Zwischen dem Hackeschen Markt und der Friedrichsstraße liegt die Tucholsky Buchhandlung. Hierhin verirren sich nicht nur Liebhaber des namenhaften Schriftstellers, obwohl es ihm zu Ehren gleich ein ganzes Regal Lesestoff gibt. Auch Freunde des Kinder- und Bilderbuchs werden nicht enttäuscht. Ein ganzer Raum an Literatur für die Kleinsten hält Geschriebenes bereit, beherbergt aber auch eine Auswahl an Spielzeug. *Tucholskystr. 47, 10117 Berlin-MI, T: 27577663, buchhandlung-tucholsky.de*

Zadig – Libraire Française • Die französische Buchhandlung ist so vernarrt in die romanische Sprache, dass sie ein großes Sortiment an französischer Lieratur bereithät, um andere ebenso dafür zu begeistern. Dabei stammen die Autoren der Werke natürlich nicht nur aus Frankreich, denn auch in Kanada, Belgien, Luxemburg und vielen Teilen Afrikas spricht man Französisch. Das Kinderbuchsortiment ist handverlesen und bietet eine Auswahl an französischen Erstlesebüchern sowie Literatur in deutscher Sprache. *Gipsstr. 12, 10119 Berlin-MI, T: 28099905, zadigbuchhandlung.de*

Wohnen

Tipp *Amodo Objects & Stories* • Amodo glaubt daran, dass es einen Unterschied macht, wie die Dinge beschaffen sind, mit denen wir uns umgeben. Denn eine schöne Umgebung ist auch in der Lage Schönes zu kreieren. Aus diesem Grund sind die Objekte kleiner Hersteller, die sich im Laden finden, mit viel Aufmerksamkeit ausgesucht. Praktisches und Ansehnliches zum Wohnen wird ergänzt durch Produkte für Neugeborene und Kleinkinder. *Linienstr. 150, 10115 Berlin-MI, T: 31169474, amodoberlin.com*

Coco-Mat • Der perfekte Schlaf – nichts Geringeres ist das Ziel des Naturbettenparadieses im Herzen Berlins. Als Zutaten dafür hat sich das Label Ungewöhnliches überlegt: Kokosnussfaser, Eukalyptus, Baumwolle, ein wenig Rosshaar, Daunen, Kaktusfaser, Holz, Algen und Lavendel. Was klingt wie ein Zaubertrank, ist nur der Anfang. Wer den Schlaf auf einem der Betten aus Naturmaterialien einmal getestet hat, wird sogleich alle eventuellen Vorbehalte vergessen! *Leipziger Str. 112, 10117 Berlin-MI, T: 20076578, coco-mat.com*

Grüne Erde • Denken und Handeln der Grünen Erde sind geleitet von der Sehnsucht nach ökologisch verantwortungsvollem, sozial gerechtem, qualitätsbewusstem und sinnlichem Leben. So ist der Store ein wahrer Ruhepol am Hackeschen Markt. Neben ökologischer Naturkosmetik, nachhaltiger Mode, Heimtextilien und Wohnaccessoires präsentiert die obere Etage eine Auswahl an Möbeln und Matratzen. Auch der gute Schlaf von Babys und Kindern ist ein Augenmerk des Ladens. *Oranienburger Str. 1-3, 10178 Berlin-MI, T: 0891200990, grueneerde.com*

Maisinger Berlin • Es lohnt sich, bei dem kleinen Laden, der voller toller Wohnaccessoires, Kleinmöbel, Lampen, Textilien, Papeterie, Schmuck und Geschenke steckt, vorbeizuschauen! Krista Elfinger beweist immer wieder ein gutes Gespür für die ansehnlichen Objekte des Alltags. Seien es hübsche Teller, Becher, Lampen, Hocker, Kissen oder Ordnungshelfer – in den langen Wochen des Lockdowns ist vielen bewusst geworden, wie wichtig es ist, sich in den eigenen vier Wänden wohl zu fühlen. Hier gibt es die Ausstattung dazu. *Veteranenstr. 22, 10119 Berlin-MI, T: 49853453, maisinger.com*

Taschen

Ranzenfee & Koffertroll • Schulrucksäcke sind eine Sache für sich. Der erste eigene Rucksack, den die frisch Eingeschulten auf ihrem Rücken ins Klassenzimmer tragen, sollte etwas ganz Besonderes sein. In den ehemaligen Osramhöfen kann bei guter Beratung aus einem breiten Sortiment gewählt werden. Und auch für Studium, Büro, Sport, Freizeit oder die große Reise gibt es Tragbares. *Oudenarder Str. 16, 13347 Berlin-WE, T: 43727165, ranzenfee-koffertroll.de*

Kinderbrillen

Brillenwerkstatt • Die Brillenwerkstatt sorgt im Herzen der Hauptstadt für den richtigen Durchblick. Sonnenbrillen und Modelle namenhafter Hersteller füllen die Regale. Wer lieber auf die Sehhilfen ohne Gestell zurückgreifen will, ist in der Kontaktlinsenabteilung gut aufgehoben. Auch auf die Bedürfnisse von Kinderaugen ist man hier eingestellt und die Auswahl an Gestellen, die ein wildes Rabaukenleben mitmachen, überzeugt. *Dircksenstr. 48, 10178 Berlin-MI, T: 28096740, brillenwerkstatt.de*

Selbermachen

Tipp *Frau Tulpe* • Hier bekommen Nähanfänger und -fortgeschrittene Beratung und feinste Stoffe in bester Qualität und in schönen Designs. Jerseystoffe in farbenfrohester Bemusterung, Baumwolle, Leinen oder Frottee – bei Frau Tulpe stapelt sich die hübscheste Meterware. Alles, was es zur Stoffverarbeitung braucht, gibt es natürlich ebenfalls und die Auswahl an Schnittmustern sorgt für die nötige Inspiration. *Veteranenstr. 19, 10119 Berlin-MI, T: 44327865, frautulpe.de*

idee. Creativmarkt • Ein gutes Rezept gegen Ideenlosigkeit ist – wie der Name schon sagt – ein Besuch in diesem Laden. Im Obergeschoss der Mall of Berlin findet sich ein großer Reichtum an Bastel- und Künstlerbedarf, Partydeko, Papeterieartikeln und Handarbeitszubehör. Ein Shoppingausflug dorthin kurbelt die Fantasie an und die gemeinsame Bastelei kann dann gut ausgestattet starten. *Leipziger Platz 12, in der Mall of Berlin, 10117 Berlin-MI, T: 20679136, idee-shop.com*

Kreativ feiern

2

DIY-Events haben zwei Vorteile: Die Kids sind gut beschäftigt und erschaffen sich dabei ihr eigenes Mitgebsel.

Werkstatt der Wahl

Ob die Kids einen Bürstenroboter bauen, sich in der Bau-, Druck- oder Keramikwerkstatt ausprobieren, malen, filzen, coden oder einen Film drehen – die Möglichkeiten für ein kreatives Programm sind bei KLAX fast unbegrenzt. Da sollte doch für jedes Geburtstagskind zwischen vier und zwölf Jahren etwas dabei sein. *KLAX Kreativwerkstatt, Schönhauser Allee 59, 10437 Berlin-PB*

Kinder ab vier Jahren können mit ausgefallenen Kunstprojekten und einem Atelierpicknick feiern. *freiraum, Steinstr. 28, 10119 Berlin-MI, freiraum-berlin.info*

Kreativraum

Mit Kindern Keramik zu bemalen ist immer eine schöne Idee, die meisten Malwerkstätten bieten spezielle Kindergeburtstagspakete. So auch der Weißenseer Kreativraum, wo ihr das Ganze auch als Leihbox nach Hause holen könnt. *Kreativraum, Berliner Allee 172, 13088 Berlin-WS, kreativraum-berlin.de*

Eindrucksvolle Ergebnisse

Ob man den Kindergeburtstag im Friedenauer Studio feiert oder die mobile Druckwerkstatt zu euch kommt – die Ergebnisse werden Eindruck schinden. Die Auswahl an hochwertigen Farben und originellen Schablonen zum Bedrucken von Postkarten, T-Shirts oder Turnbeuteln sorgen schon bei Kindern ab sechs Jahren für sehenswerte Ergebnisse. *Druckrausch, Hackerstr. 6, 12161 Berlin-SB, druckrausch.com*

Unter allen Bedingungen Kunst machen

Die zeitgenössische Kunstgalerie für Kinder bietet jungen Kreativlingen ab vier Jahren in Workshops einen spielerischen Einstieg in die Kunstwelt. Auch für Kindergeburtstage hat das Künstlerteam um Urban Art Kids-Gründerin Astrid Bassler einen Haufen toller Ideen, die ihr ebenfalls als Online-Variante buchen könnt. Dann bekommt ihr vorher eine Materialliste und die künstlerische Anleitung via Bildschirm. *Urban Art Kids, Sesenheimer Str. 7, 10627 Berlin-CH, Seite 72*

3

4

Kreative Ecke in Friedenau: Bei Popcorner findet ihr Raum, Materialien und jede Menge fantasievoller Ideen für Kindergeburtstags-projekte. Popcorner, Hedwigstr. 12, 12159 Berlin-SB, popcorner-berlin.com

Nähparty

Im Samariterkiez können schon Nähanfänger stolz mit einer selbstgenähten Stifterolle, Handytasche, Turnbeutel oder Kissenmonster nach Hause gehen. Alle Nähprojekte für einen Kindergeburtstag werden bei Limomade so vorbereitet, dass sie für Kinder ab sieben Jahren auch ohne Erfahrung an der Nähmaschine gut zu schaffen sind. *Limomade, Bänschstr. 59, 10247 Berlin-FR*

5

KPM – Königliche Porzellan-Manufaktur • Die Königliche Porzellan-Manufaktur Berlin hat Tradition, seit über 250 Jahren wird hier Porzellan hergestellt. Doch das historische Unternehmen geht mit der Zeit und das kobaldblaue Zepter ziert neben den zeitlosen Traditionsstücken auch moderne Kollektionen. Große und kleine Manufakturisten zwischen sechs und zwölf Jahren können hier selbst Hand an das hochwertige Material legen. Im Workshop-Format wird die Herstellung eines eigenen Porzellansstücks begleitet. Auch Kindergeburtstage lassen sich hervorragend in der Manufaktur feiern. *Wegelystr. 1, 10623 Berlin-TI, T: 39009472, kpm-berlin.com*

KNIT KNIT • Weil sich hier alles rund ums Stricken dreht, sind die Regale mit vielen verschiedenen Garnen in allen Farben gefüllt. Von der Stricknadel bis zum Kurs gibt es hier alles, was man auf dem Weg zum eigenen Paar Socken braucht. Wer sich in die Materie eingearbeitet hat, findet hier auch stets tolle Anleitungen für die Babydecke oder die niedliche Strickjacke. *Linienstr. 154, 10115 Berlin-MI, T: 98366430, knitknit.de*

Outdoorausrüstung

Camp4 • Auf der Karl-Marx-Allee wird mit Leidenschaft ausgerüstet. Wer hier berät, ist selbst leidenschaftlicher Kletterer, Wanderer, Radler oder Paddler. Kompetent wird dem Suchenden alles Notwendige und Sinnvolle für Ausflüge in die nahe oder ferne Wildnis vermittelt. Bekleidung, Kletterequipment und Campingausrüstung gibt es auch für kleine Abenteurer. *Karl-Marx-Allee 32, 10178 Berlin-MI, T: 3229660, camp4.de*

Neukölln

Kinderkleidung

Tipp *Lila Lämmchen* • Der Laden am Landwehrkanal wartet mit ausschließlich ökologischer Baby- und Kindermode auf. Hier findet sich alles, was man für die Kleinen braucht, in schönen Designs und Farben. Die Inhaber achten besonders darauf, dass Produktionsbedingungen, Material und Qualität der Kleidungsstücke den Ansprüchen an Nachhaltigkeit genügen. Ebenfalls im Sortiment: Postkarten, Spielwaren, Geschenkartikel, Bücher und Hausschuhe. *Maybachufer 23, 12047 Berlin-NK, T: 23563125, lilalaemmchen-shop.de*

Limonadenbaum • Zwischen Landwehrkanal und Reuterplatz findet man den Limonadenbaum hinter einer gefliesten Fassade in Mintgrün und Gelb. Ausgesuchte Kinderkleidung teilt sich dort die Räumlichkeiten mit einer entzückenden Auswahl an Spielzeug. Neuware lässt sich genau so ergattern wie neu Gebliebenes aus zweiter Hand. Darunter Feines von Cosiliana, Maximo, Barefood, Lanka Kade, HickUps, Loud + Proud oder CeLaVi. Die Rucksäcke von Affenzahn sind besonders heiß begehrt! *Nansenstr. 17, 12047 Berlin-NK, T: 95597415, limonadenbaum.de*

Tipp *standard saubere sachen* • Neben der delikaten Auswahl an feinen Papierartikeln, Bastelutensilien und Geschenken, die sich an dem orientiert was das Auge erfreut, führt der Laden auch Gummistiefel für die Kleinen und Bekleidung für Babys, Kinder und Eltern. Besonderes Augenmerk liegt auf den Produktionsbedingungen all der schönen Dinge. Kleine Zettel informieren den Käufer darüber, wo das gute Stück seinen Ursprung hat. *Reuterstr. 53, 12047 Berlin-NK, T: 0177-5503525, standard-saubere-sachen.de*

Secondhand

Kalle, Clara & Co. • Groß steht der Name des Secondhandladens in weißer Schrift auf dem Schaufenstern. Kleine Rabauken werden besonders von der Auswahl an Spielzeug ins Innere gelockt. Ausgesuchte Kleinigkeiten gibt es aus zweiter Hand oder nagelneu. Auch für den alltäglichen Bedarf decken Kalle, Clara & Co. die Neuköllner ein. Neben gut erhaltener Kinderkleidung kann man auch mit spezielleren Wünschen im Laden fündig werden und Schlafsack oder Bademantel mit nach Hause nehmen. *Kienitzer Str. 109, 12049 Berlin-NK, T: 23937086*

Kindermarktplatz • Hier gibt es das volle Programm an Gebraucht- und Neuware – die Regale sind voll von Babykleidung, Kindersachen sowie Klamotten für Jugendliche. Aber auch Mama und Papa werden am unteren Ende der Rollbergsiedlung fündig. Wer schon genug Kleidung im Schrank hat, kann mit der großen Auswahl an Lego und Playmobil glücklich werden. *Briesestr. 8, 12053 Berlin-NK, T: 0172-3041926, kindermarktplatz.de.tl*

Spielwaren

Sönneken • Auf der lebendigen Friedelstraße befindet sich der Ableger des Kreuzberger Spielzeugladens, und beweist wie dieser viel Expertise bei der Auswahl der angebotenen Spielwaren. Das Sortiment bedient die vielseitigen Ansprüche von Kindern bis zwölf Jahren. Zwar ist der Neuköllner Laden etwas kleiner, man wird aber mit genauso viel Liebe und Sorgfalt beraten wie am Lausitzer Platz. *Friedelstr. 29, 12047 Berlin-NK, T: 62728928, soenneken-spielzeug.de*

Tipp *Zauberkönig* • Seit 1884 fühlt sich der Zauberkönig für das Unmögliche zuständig. Der Laden besitzt eine große Anziehungskraft, schließlich kann man dem magischen Sortiment in den Regalen so einiges zutrauen. Neben dem begehrten Zauberzubehör führt das Traditionsgeschäft auch Scherzartikel, Bücher, Dekoration und Süßes. Ganz neu ist das Zauberkabinett, in dessen vier Wänden echte Magie geschieht. Kinderzauberkurse und Shows für Klein und groß verlangen nach Publikum. *Herrfurthstr. 6a, 12049 Berlin-NK, T: 49205751, zauberkoenig-berlin.de*

Tipp *Zuckerfrei* • Der Concept Store will sich dem Wahn der Wegwerfgesellschaft entgegen stellen und hat es sich deshalb zur Aufgabe gemacht, Spielzeug in die Welt zu tragen, an dem man ein Leben lang seine Freude haben kann. Trotz nachhaltiger Produktion muss man den guten Stücken ja nicht gleich von hundert Metern Entfernung ansehen, dass sie öko sind. Zeitloses und schickes Design ist auch bei den angebotenen Kinderklamotten die Prämisse. Kids bis zehn Jahre werden hier fündig. *Anzengruberstr. 12, 12043 Berlin-NK, T: 23936107, zuckerfrei.berlin*

Buchläden

Buchbund • Man nennt die Neuköllner Buchhandlung auch den intellektuellen Treffpunkt des polnischen Berlins. Das Sortiment ist auf geistige Genüsse aus Mitteleuropa spezialisiert. Ansonsten versteht sich der Buchbund aber auch als Kiezmittelpunkt und macht seine Sache als solcher richtig gut. Die schönen Räume sind genau so gemütlich und vielversprechend, wie sie es sein müssen. Der frisch gemahlene Kaffee lockt mit seinem Duft die Laufkundschaft und regt Gespräche an. *Sanderstr. 8, 12047 Berlin-NK, T: 61671220, buchbund.de*

Die Buchkönigin • Die königliche Buchauswahl ist hier gelungen. Majestätisch reihen sich altbekannte Klassiker der Literaturwelt aneinander, aber auch Neuheiten hat der Kiezladen zu bieten. Der persönliche Buchladen wird als Ort der Gemütlichkeit verstanden. Auch viele Produkte aus den umliegenden Ateliers gibt's zu entdecken. Ebenso auf dem Programm: Lesungen und Kulturveranstaltungen. *Hobrechtstr. 65, 12047 Berlin-NK, T: 22494900, buchkoenigin.de*

Tipp *Die gute Seite* • Die gute Seite Berlins findet man am Richardplatz. Hier schmökern sich Leseratten und Bilderbuchmäuse durch allerlei ausgewählten Lesestoff. Die unabhängige Buchhandlung bemüht sich darum, auch viele Werke unabhängiger Verlage zu präsentieren und so findet sich Spannendes und Außergewöhnliches in den Regalen. Bei Bilderbüchern setzt die Buchhandlung auf Diversität. Über das geschriebene Wort hinaus gibt es hübsche Kleinigkeiten und Papeterieartikel für Kinder und Erwachsene. *Richardplatz 16, 12055 Berlin-NK, T: 12022243, dieguteseiteberlin.de*

Pequod Books • Der Secondhandbuchladen in Neukölln ist international aufgestellt und vereint in seinen Regalen die literarischen Werke aus über 15 Nationen. Kein Buch, das zum Verkauf steht, kostet mehr als sechs Euro – so kann man sich hier budgetschonend mit ausreichend neuem Lesefutter versorgen. *Selchower Str. 33, 12049 Berlin-NK, T: 0152-55130374, pequodbooks.de*

Wohnen

English Traders • Der schmucke Laden ist gefüllt mit besonderen Haushaltswaren und wirkt wie aus einer Londoner Seitenstraßen in den Schillerkiez teleportiert. Neben Badeaccessoires, Emailledosen, Bürsten, Staubwedeln und Praktischem für die Küche gibt es hier auch Fahrradhupen, Rasierpinsel, Postkarten, Spielsachen sowie Thermoskannen und Saatbomben. *Weisestr. 58, 12049 Berlin-NK, T: 0177-6842311, englishtraders.de*

Wildhood Store • Kaum den Shop betreten, überkommt einen große Sehnsucht nach klaren Gebirgsbächen, dem Meer und Sonnenschein, der durch ein grünes Blätterdach fällt. Es ist ein gutes Gefühl, sich eine Zeit lang in dieser Sehnsucht aufzuhalten, ganz in Ruhe durch das Sortiment an ausgewählten Outdoorsachen zu stöbern und innerlich Pläne zu schmieden. Auch viele schöne Wohnaccessoires und Geschenkideen finden sich hier. *Weichselstr. 22, 12045 Berlin-NK, T: 69800290, wildhoodstore.de*

P

Pankow, Prenzlauer Berg, Weißensee

Baby und Schwangerschaft

9 Monate Berlin • Wenn der Babybauch wächst, schwindet die Anzahl der passenden Anziehsachen. Es lohnt sich, etwas fürs eigene Wohlbefinden zu tun und sich für die Schwangerschaftsmonate gemütliche und ausgehtaugliche Sachen zu gönnen. 9 Monate Berlin kleidet Schwangere und Stillende in schönste Gewänder. Eigens für den Shop produzieren über 25 verschiedene Hersteller in Europa Schickes und Bequemes für aufregende Zeiten. *Schivelbeiner Str. 41, 10439 Berlin-PB, T: 44036604, 9monateberlin.de*

Madame Jordan • Besonders in den ersten Monaten ist es oft am unkompliziertesten sich den Nachwuchs kurzerhand auf Bauch oder Rücken zu schnallen. Madame Jordan bietet hervorragende Tragelösungen, die den Bedürfnissen von Eltern und Kind gerecht werden. Babytragen gibt es von Ergobaby, Tula, Manduca, Limas, Girasol und einigen anderen Herstellern. Aber auch Ringslinge und Tragetücher sind beliebt und sollten als Variante durchaus in Betracht gezogen werden. Heiß begehrt sind bei Geschwisterkindern die Puppentragen und regelmäßige Aktionen wie das Wimpelketten-Nähen locken den Kiez. *Pappelallee 44, 10437 Berlin-PB, T: 44312217, madamejordan.com*

MamaMotion • Die ersten Wochen und Monate nach der Geburt sind trageintensiv. Es gibt unterschiedlichste Tragesysteme, die den Rücken schonen und das Baby sanft in tiefen Schlummer gleiten lassen. MamaMotion hilft dabei aus der Fülle genau das Richtige für die eigenen Bedürfnisse herauszufiltern. Besonders die Eigenprodukte des Shops sind einen Blick wert. Die modulare Babytrage MaMo und die Jackenerweiterung Kumja überzeugen durch die hohe Qualität bei Material und Verarbeitung. *Chodowieckistr. 32, 10405 Berlin-PB, T: 40500511, mamamotion.de*

mother • Shoppen mit dem Nachwuchs kann manchmal anstrengend sein. Wenn die Vorstellungen von Eltern und Sprösslingen auseinander gehen, liegen die Nerven oft blank. Die schönen Teile von mother bringen den nötigen Coolnessfaktor mit, den größere Kinder brauchen, und genügen dennoch den elterlichen Ansprüchen. Auch Schönes für die Allerkleinsten gibt es in dem Prenzlauer Berger Shop. Die vorrätigen Marken kommen aus Skandinavien und den Niederlanden. Unter anderem Bench, Minymo, Noppies, Sanetta, Sterntaler und Kikkid. *Hufelandstr. 30, 10407 Berlin-PB, T: 40393290, mother-shop.de*

Paula Janz Maternity • Die Damenbekleidung von Paula Janz Maternity ist für ungewöhnliche Zeiten bestimmt. Die Umstands- und Stillmode ist so wunderschön, dass man sich wünscht, der Bauch würde noch ein bisschen schneller wachsen. Die Kleider im Sortiment zeigen, dass Babykugel und Stilbewusstsein sich keineswegs ausschließen. Stillmode mit unterschiedlichen Systemem überlässt der frischgebackenen Mama die Wahl. Die in Lettland produzierte Kleidung bekommt in der Choriner Straße jetzt auch noch ein bisschen mehr Platz. *Choriner Str. 32, 10435 Berlin-PB, T: 41717014, paulajanz.com*

sexymama • Die Mode von sexymama ist megabequem und kleidet werdende Mütter in schönste Designs. Die Auswahl ist groß, denn das Sortiment des Shops umfasst Stücke von über 30 verschiedenen Labels. Die Mode ist absolut erschwinglich und oft gibt es auch das ein oder andere reduzierte Teil zu ergattern. Wie gut, dass man viele Pullover, Kleider und Jacken nach der Geburt nicht aussortieren muss: Sie haben eine Stillfunktion und sind deshalb noch eine Weile verwendbar. *Lychener Str. 52, 10437 Berlin-PB, T: 54714338, sexy-mama.de*

Kinderkleidung

Tipp ***C 37*** • Die Mode für Neugeborene, Kinder und Jugendliche in diesem schönen Concept Store ist zeitlos und außergewöhnlich. Dem Laden liegt Qualität und Nachhaltigkeit am Herzen, deshalb unterstützt das Team vor allem kleine und regionale Designerlabels. Damit das Shoppen mit Nachwuchs stressfrei verläuft, können die Sachen zur entspannten Anprobe auch mal mit nach Hause genommen werden. *Choriner Str. 37, 10435 Berlin-PB, T: 41725741, c-37.de*

Tipp ***d.nik*** • Der Concept Store beherbergt hinter seinen Pforten schöne Dinge rund ums Kind. Das Sortiment umfasst Mode, Möbel und Dinge fürs Kinderzimmer, die zu Bewegung und Kreativität anregen. Marken wie Petit Bateau, Salt-Water Sandals, Ocra, Bobo Choses oder Mini Rodini verknüpfen Nützlichkeit und Esthetik ganz im Sinne des Shops. Auch für die nächste Fete kann man sich hier hervorragend mit Produkten von Meri Meri eindecken. *Wörther Str. 14, 10405 Berlin-PB, T: 30648628, dnik-berlin.de*

die kinderstube • An der Ecke Knaack- und Rykestraße kann man für den Nachwuchs alles, was ansteht, in einem fulminanten Rundumschlag eintüten. Herzensspielzeug und Schnuffeltücher sowie Vorlesebücher, Accessoires fürs Kinderzimmer, Lampen oder Bettwäsche und eine lange Stange ausgewählter Kinderkleidung gibt es am Wasserturm. *Knaackstr. 20a, 10405 Berlin-PB, T: 44352004, diekinderstube.com*

For Schur • Mit Leidenschaft für Naturfasern bietet For Schur Kleidung für Groß und Klein an: Wolle ist nicht nur angenehm auf der Haut, sie reguliert auch die Körpertemperatur, nimmt Feuchtigkeit auf, reinigt sich selbst, wäscht sich nicht leicht aus und ist zeitlos. Das wirklich tolle, nachhaltige Konzept von For Schur: Die Unikate werden aus recycelten Schur- und Kaschmirpullovern hergestellt. Neu im Sortiment ist Kleidung aus dem eigens produzierten Walkstoff. *Kollwitzstr. 52, 10405 Berlin-PB, T: 0176-31357505, forschur.store*

Fräulein S. • Die handgefertigten Unikate aus der hauseigenen Kollektion kleiden kleine Menschen bis sieben Jahren auf fabelhafte Weise. Für die wunderschönen Stoffe nimmt Fräulein S. einiges auf sich und plündert die Flohmärkte dieser Stadt. Oft ist es deshalb nicht möglich, genau das gleiche Stück noch einmal anfertigen zu lassen. Ergänzend findet man Schönes fürs Kind von Noa Noa und WHEAT. Auch Mamas werden hier glücklich, denn es gibt auch Damenkleidung und zum Shoppen einen Espresso auf die Hand. *Hufelandstr. 18, 10407 Berlin-PB, T: 42802755, fraeulein-s.de*

adventure Kollektion

AUF DEM WEG
ZU NEUEN ABENTEUERN
MIT LIBELLE UND
TRAKTOR

LAESSIG-FASHION.DE

Hucklebuck & Finja • Das Label hat sich von unseren skandinavischen Nachbarn vielleicht das ein oder andere abgeguckt, aber das ist ja wohl kein Wunder – in den nordischen Breitengraden weiß man schließlich ein bisschen besser darüber Bescheid, wie man mit windigen, stürmischen oder schneereichen Wetterlagen umgehen kann. So kommt es, dass die schicken Kinderklamotten wohlig warm und trocken halten. Accessoires und Spielbares für die Kleinsten gibt es obendrauf, *Dunckerstr. 22, 10437 Berlin-PB, T: 38106621, hucklebuck-finja.de*

Neu ***Junghans Kindermode*** • Der feine Laden für Baby- und Kinderbekleidung wechselt den Bezirk und ist von Friedrichshain an den Arnimplatz gezogen. Dabei ist aber nichts von der wunderschönen Atmosphäre des Ladens abhanden gekommen. Kupferregale und türkis-blaue Wandgestaltung geben weiterhin ein stimmiges Gesamtbild ab, sodass das Shoppingerlebnis zur ästhetischen Erfahrung wird. An der Stange hängen schöne Dinge wie Strampler aus Merinowolle von Henry and Grace. Stofftiere von Jellycat schmücken die Schaufenster genau wie Accessoires in schlichter, skandinavischer Art von Liewood. *Schievelbeiner Str. 10, 10439 Berlin-PB, T: 49965667, junghans-kindermode.de*

kleiner knorsh • Der kleine knorsh hat sich ein paar ganz besondere Schnitte einfallen lassen. Die knorsh-Buxe beispielsweise wächst mit dem Nachwuchs mit und lässt sich in Sachen Gemütlichkeit und Haltbarkeit nichts vormachen. Wer mag, kann sich Farbe und Muster der gewünschten knorsh-Sachen aussuchen und das ohne Aufpreis. Kindermode gibt es aber auch von anderen namenhaften Herstellern und einiges auch Secondhand. *Hufelandstr. 24, 10407 Berlin-PB, T: 55643723, knorsh.de*

Tipp ***Lila Lämmchen*** • Sie waren mit die ersten, die sich in Prenzlauer Berg auf Ökomode für Kinder spezialiert hatten und zählen bis heute zu den besten nachhaltigen Kinderkleidungsläden der Stadt. Unweit des Helmholtzplatzes hüllt das Lämmchen den Nachwuchs in Kleidung aus fair gehandelten Naturstoffen. Keine synthetische Faser verirrt sich in die Baby- und Kindermode aus Wolle, Baumwolle, Leinen oder Seide. Zusätzlich können Eltern auch Tragesysteme, Bettwäsche, Spielzeug und Bücher erstehen. Direkt angrenzend gibt es den Lila Lämmchen Schuhladen. *Dunckerstr. 79, 10437 Berlin-PB, T: 41722297, lilalaemmchen.de*

Lotta und Leander • Der schöne Laden versorgt den Nachwuchs über mehrere Lebensphasen hinweg mit allem Notwendigen. Säuglinge, Krabbelkinder, Grundschüler und Teenager werden hier eingekleidet. Neben dem kindgerechten Outfit finden sich auch praktische und schöne Dinge fürs Kinderzimmer. Besonderes Augenmerk liegt auf der Nachhaltigkeit, viele Produkte sind GOTS-zertifiziert. *Stargader Str. 20, 10437 Berlin-PB, T: 44676748*

Neu ***Me & my Mum*** • Das Ladengeschäft in der Marienburger Straße hat seine Fläche erweitert. Ein kleiner Raum direkt nebenan beherbergt nun die kleinen Geschenke und Spielzeugartikel aus dem Sortiment. Ansonsten ist das Lädchen bunt und vielfältig wie eh und je. Kleidung, Accessoires und Dekorationen teilen sich die Regale mit Schmuck, Stoffen und Mal-, Bastel- und Näh-Utensilien. *Marienburger Str. 2, 10405 Berlin-PB, T: 25095621, meandmymum.de*

Mia Mohnstreusel • Die Regale des Shops sind gut gefüllt mit Hinguckern für die Kleinsten. Die Mode ausgewählter Label kommt überwiegend aus Skandinavien und ist in Bio-Qualität produziert worden. Kinder bis 12 Jahre werden hier glücklich mit Lieblingsstücken von Maxomorra, Lily Balou oder Dear Sophie. Die Ladys-Kollektion von Danefae Adult bietet außerdem Auswahl für den elterlichen Kleiderschrank. *Pappelallee 18, 10437 Berlin-PB, T: 40504078, miamohnstreusel.de*

Seeweißchen • Der nette Laden in Weißensee werkelt so vor sich hin und bringt immer wieder ganz unaufgeregt niegelnagelneue Einzelstücke ins Sortiment. Die Auswahl ist bunt und kleidet Stadtkinder in weiches Material. Für den Winter halten die Designs aus Wollwalk wunderbar warm. Verschenkbare Kleinteile von Labels aus ganz Deutschland erweitern das Sortiment. *Lindenallee 56, 13088 Berlin-WS, T: 92372934, seeweisschen.de*

Kinderschuhe

Brüderchen und Schwesterchen • Hier steht der kleine Fuß im Mittelpunkt. Ausgemessen wird er und zwar aufs Gründlichste, bevor es auf die Suche nach dem rechten Schuhwerk geht. Glücklicher Weise dauert diese nicht lange, denn das Personal steht bei allen Fragen kompetent zur Seite. Neben Lauflernschuhen von Marken wie Däumling oder Richter gibt es jetzt auch Sneaker für etwas größere Kinder im Sortiment. *Breite Str. 12, 13187 Berlin-PA, T: 48490050, bruederchenundschwesterchen.info*

Der Kinderschuh im Hof • Ausmessen ist gut – aber anprobieren ist besser! Das Motto hat sich bewährt und so werden in dem schönen Kinderschuhladen im Hinterhof jeden Tag viele Schuhe anprobiert. Das Team hat die richtige Passform mittlerweile im Gefühl und hilft mit Augenmaß, Daumen und Fingerspitzengefühl. Schuhwerk gibt es nicht nur für Laufanfänger, sondern auch für ältere Kinder, Jugendliche und Eltern. *Kastanienallee 11, 2. HH, 10435 Berlin-PB, T: 44351715, derkinderschuhimhof.com*

Kleine Schritte • Aus mehr als 15 verschiedenen Labels kann sich in den drei Filialen jeder kleine Fuß den passenden Schuh suchen. Unter den Marken finden sich Froddo,

Ricosta, Primigi und Naturino. Neu im Sortiment sind einige Barfußsohlen und die Auswahl an bunten Sneakers wächst beständig. Wer sich für einen neuen Schuh entschieden hat, kann ihn auf Ästen, Bambus, Steinen und Rasen probelaufen. *Hufelandstr. 24, 10407 Berlin-PB, T: 42025556, Florastr. 20/21, 13187 Berlin-PA, T: 88668787, Berliner Allee 88, 13088 Berlin-WS, T: 30360272, kleine-schritte.com*

Kokami • Der kleine Kinderschuhladen mit den Regalen aus Naturholz im Kollwitzkiez ist immer eine erstklassige Adresse, wenn man den Nachwuchs aus einem tollen Sortiment auswählen lassen möchte, das ausschließlich geschmackvolle und gut verarbeitetes Schuhwerk bis Größe 41 zu bieten hat. Kindersocken von Falke kann man hier gleich mit einkaufen und vielleicht findet auch die Mama etwas für sich bei der kleinen Auswahl an hübschen Frauenschuhen. *Sredzkistr. 54, 10405 Berlin-PB, T: 23390895, kokami.de*

Tipp *Lieblinge* • Am besten entwickeln sich Kinderfüße ohnehin, wenn man sie in keinen Schuh steckt. Beim Barfußlaufen werden die Muskeln, Sehnen und Bänder des Fußes am unverfälschtesten angesprochen und die sensorische Entwicklung wird optimal gefördert. Lassen Wetter und Jahreszeit allerdings nicht mehr zu, dass der Nachwuchs unbesohlt umhertollt, bietet Liebling den perfekten Lauflernschuh. Ab 2021 gibts auch Straßenschuhe mit robusterer Sohle, die sich trotzdem an den Kriterien des Barfußschuhs orientieren. *Schönfließer Str. 1, 10439 Berlin-PB, T: 44737644, lieblinge.com*

Lila Lämmchen • In der Dunckerstraße findet man zwei Shops des Lila Lämmchens direkt nebeneinander. Während in der Hausnummer 79 ökologische Kinderkleidung über den Tresen geht, gibts in der Nummer 78 den passenden Schuh dazu. Das Sortiment umfasst Schuhwerke bis Größe 40. Von Marken wie Bundgaard, Froddo, Ielyoh und Emel sind sie allesamt nachhaltig produziert. Auch Mamas werden fündig! *Dunckerstr. 78, 10437 Berlin-PB, T: 24174110, lilalaemmchen.de*

Paraplü • Der schicke Shop versorgt Kinderschuhsuchende mit Schirm, Charme und Qualität. Das Schuhwerk wird hier fachmännisch an die kleinen Füße gebracht. Aber nicht nur die Schuhe können sich sehen lassen. Wer möchte, kann sich gleich das komplette Outfit zusammenstellen und Kinderklamotten von Fredis World, Engel, Pickapooh und minymo shoppen. Die schönen Schirme, denen der Laden seinen Namen zu verdanken hat, sind nicht nur dekorativ als Deckenlampen, sie können auch für den Regenschutz erworben werden. *Greifenhagener Str. 19, 10437 Berlin-PB, T: 44714764, paraplü.de*

Wildling • Das Label hat sich eingehend mit den Bedürfnissen kleiner und großer Füße beschäftigt. Besonders im Wachstum ist es wichtig, dass das Schuhwerk genug Platz bietet um dem Fuß Raum für Entwicklung zu lassen. Die Minimalschuhe von Wildling geben den Füßen ihre Freiheit und stärken die Muskulatur. Jedes Jahr gibt es Neues aus zwei Kollektionen zu entdecken. *Kollwitzstr. 81, 10435 Berlin-PB, wildling.shoes*

Secondhand

Filou • Nicht alles, was für ein Leben mit Kind gebraucht wird, muss auch unbedingt neu gekauft werden. Schließlich handelt es sich manchmal nur um kurze Phasen, in denen Fahrradsitze, Hochstühle oder Bauchtragen relevant sind. Bei Filou kann man aus diesem Grund solche Dinge auch leihen. Außerdem gibt es hier alles, was junge Eltern zum Babyglück benötigen aus zweiter Hand. Auf gute umfangreiche Beratung muss man deshalb aber nicht verzichten. *Florastr. 45, 13187 Berlin-PA, T: 53017997, filou-pankow.de*

Frauen und Kinder zuerst • Im schönen Kollwitzkiez lockt einiges zu einem ausgiebigen Shoppingbummel, bei dem man unbedingt auch diesem Secondhandladen einen Besuch abstatten sollte. „Frauen und Kinder zuerst" präsentiert Kinder- und Frauenmode aus zweiter Hand, die hier dennoch wie neu von der Stange hängt. Für den Nachwuchs gibt es auch Neuware. Diese stellt der Shop in Handarbeit her, mit qualitativen Materialien und pfiffigen Schnitten. *Kollwitzstr. 92, 10435 Berlin-PB, T: 75568564*

Tipp *Hilly's* • Hilly's verkauft aus zweiter Hand und macht dabei keine Kompromisse. An die Stange kommen nur Stücke von Qualitätsmarken, die dazu noch in einem Top-Zustand sind. Da findet sich unter anderem Schönes von Søstjernen, hessnatur, Boden, Salt Water oder Petit Bateau. Neben Kleidung für Kids gibt es auch eine Damenabteilung, die sich mit Mode fair produzierender Labels schmückt. *Kollwitzstr. 39, 10405 Berlin-PB, T: 44328671, 123secondhandberlin.de*

Kleiderwald • Im Helmholzkiez lässt es sich auf der Stargarder Straße hervorragend bummeln. Viele kleine, individuelle Läden locken mit ihrem Sortiment. Darunter auch der Kleiderwald. Die Secondhandmode, die hier an der Stange hängt, kleidet Frauen, Schwangere und Kinder ganz hervorragend. Dabei ist das Sortiment gut gemischt und zwischen hochwertigen, fair gehandelten Öko-Teilen finden sich auch Basics, die es in jedem Kleiderschrank geben muss. *Stargarder Str. 65/66, 10437 Berlin-PB, T: 60928013, die-stargarder.de*

Pusteblume • Wer einen kompetenten Babyausstatter sucht, dem hilft das Pusteblume-Team weiter. Rund um Neugeborene und Kinder gibt es hier viele gute Sachen für kleines Geld aus zweiter Hand. Absolute Rettung der mobilen Elternschaft ist die Werkstatt, in der kaputte Kinderwägen wieder zum Rollen gebracht werden. Zu diesem Zweck gibt es im Laden allerlei Ersatzteile. *Paul-Robeson-Str. 3, 10439 Berlin-PB, T: 44715907, pusteblume-kindersecondhand.de*

Zauberhafte Tradition

Karen German
und Kirsi Hinze
vom Zauberkönig
in Neukölln

Das Traditionsgeschäft für Zauber-, Scherz- und Vexierartikel, gegründet 1884, zählt zu den ältesten Läden Berlins. Seit acht Jahren bewahren Karen German und Kirsi Hinzi den ganz besonderen Charme des Zauberkönigs und bereichern ihn um Neues.

Karen und Kirsi kennen sich, seitdem sie zwölf Jahre alt waren. Inzwischen haben die Kulturwissenschaftlerin und Grafikerin selber Kinder und führen den Zauberkönig gemeinsam. Die Entscheidung dafür fiel recht spontan, als Karens Tante den Laden eigentlich schließen wollte. Den Sprung in die Selbständigkeit bereuen sie nicht – so haben sie in den letzten Jahren nicht nur Kaufmännisches, sondern auch viel über die Welt der Zauberei und die Fantasie von Kindern gelernt.

Der Charme des Zauberkönigs lebt von seinem einzigartigen Sortiment, vieles findet man nur hier. Aber auch davon, den Kunden nicht nur Dinge zu verkaufen, sondern ihnen etwas beizubringen. Viele erwachsene Besucher haben das Gefühl, in ihre Kindheit zurückversetzt zu werden. Auch wenn der Laden 2019 in neue Räume gezogen ist, scheint hier die Zeit stehen geblieben zu sein. Neben allerlei Scherzartikeln, Kostümen und Masken erhalten hier Zauberfans jeden Alters alle Zutaten und Beratung für ihre Tricks. Einen Zaubertrick zu erlernen ist etwas ganz Besonderes und auch Schwieriges. Der Zauberkünstler muss sich einen Ablauf merken und verstehen, dass nur er weiß, was wirklich in seinen Händen passiert. Wichtig ist, dass ein Zaubertrick sorgfältig vorgeführt wird, denn darum geht es – der Zuschauer darf nicht sehen, was das Geheimnis hinter dem Trick ist. Deswegen empfehlen Karen und Kirsi Zaubertricks grundsätzlich erst ab einem Alter von mindestens sechs Jahren. Es gibt die unterschiedlichsten Sparten und auch Stile in der Kunst der Zauberei – wenn man beginnt, sich damit zu beschäftigen, fängt einen dessen Zauber rasch ein.
Zauberkönig Berlin, Herrfurthstr. 6a, 12049 Berlin-NK, Seite 177

Siebenstern • Wenn auch der heißgeliebteste Pulli irgendwann zu klein ist, hat Siebenstern eine kleine Rettungsstation eingerichtet, um den schönen Stücken zu einem neuen Zuhause zu verhelfen. Neben Kinderkleidung aus Erstbesitz umfasst das Sortiment auch ausgesuchte Spielwaren, vorrangig aus Holz, alles für den Kindertransport sowie Bücher. *Florastr. 26, 13187 Berlin-PA, T: 49907446, siebenstern-berlin.de*

Stadtkind • Das wilde Stadtleben verlangt nach vernünftiger Stadtkleidung – auch in Berlin regnet und schneit es ab und an und für die Wuhlheide braucht es bitteschön die richtige Buddelhose. Glücklicherweise finden echte Großstadtrabauken in der Winsstraße gut erhaltene Kleidung bis Größe 146. Hin und wieder verirrt sich auch absichtlich ein bisschen Neuware ins Sortiment: Regensachen, Gummistiefel, Mützen und funkelnde Glitzerschläppchen gibt es brandneu. *Winsstr. 28, 10405 Berlin-PB, T: 42027456*

Spielwaren

AllerleiSpiel • Auf der Prenzlauer Allee nahe der Marienburger Straße gibt es eine kleine Fundgrube für Kinderspielzeug. Besonders für Holzspielzeuge ist der Laden eine gute Adresse. Dort gibt es Ostheimer-Tiere, Konstruktionsspielzeug von Baufix, Zubehör für die Kinderküche und viele tolle Spiele. Guter Tipp für alle, die oder Geschenkchen für Kindergeburtstage suchen, Schultüten oder Adventskalender befüllen möchten. *Prenzlauer Allee 211, 10405 Berlin-PB, T: 4428254, allerleispiel.de*

Balloonerie • Mit Luft gefüllte Freude in allen Formen und Farben – die federleichte Vielfalt der Balloonerie ist ein kleines Wunderland. Luftballons können hier auch bedruckt und für den besseren Aufstieg mit Helium befüllt werden. Die hier erhältlichen Naturlatexballons sind biologisch abbaubar und sogar um eine nachhaltigere Verpackung der Lieferungen bemüht sich der Laden. *Eberswalder Str. 31, 10437 Berlin-PB, T: 4481064, balloonerie.de*

Brettspielgeschäft • Spiele fördern Kreativität, Sozialkompetenz, Konzentration und strategisches Denkvermögen, bringen Menschen allen Alters zusammen und machen einfach Spaß. Im Brettspielgeschäft an der Eberswalder Straße gibt es eine reichhaltige Auswahl an Kinder-, Karten-, Brett- Würfel- und Aktivspielen. Beraten wird auf Deutsch, Englisch oder Spanisch. *Eberswalder Str. 27, 10437 Berlin-PB, T: 54714570, brettspielgeschaeft.berlin*

Die kleine Gesellschaft • Die Filliale der kleinen Gesellschaft ist gut gelegen. Der Spielplatz am Wasserturm ist nicht weit, genau wie der Kollwitzplatz. So lässt sich der Ausflug zum donnerstäglichen Ökomarkt oder samstäglichen Wochenmarkt mit einem Abstecher in die Rykestraße verbinden. Denn das Laden-Team weiß genau, womit es sich am besten spielt. Die Berlin-Sandformen bringen die Hauptstadt an den Sandstrand. Auch das Schleich-Angebot ist groß und allerlei Neues gibt es zu entdecken von Marken wie BRIO, Siku oder Djeco. *Rykestr. 41, 10405 Berlin-PB, T: 56734850, kleinegesellschaft.com*

Tipp ***Die wilden Schwäne*** • Der Laden ist bis zum Rand gefüllt mit Spielwaren aller Form und Farbe. Vieles darf angefasst und ausprobiert werden. Gute Beratung gibt es inklusive. Die zwei Filialen stehen sich in nichts nach. Obwohl der Shop auf der Schönhauser Allee etwas größer ist. *Breite Str. 39, 13187 Berlin-PA, T: 48098899, Schönhauser Allee 63, 10437 Berlin-PB, T: 47080812, wildeschwaene.de*

Glaube und Wahrheit • Hinter dem bedeutungsschweren Titel verbirgt sich ein Shop, der nichts geringeres im Angebot hat, als einen Freund fürs Leben. Die ausgefallenen Kuscheltiere, die man im Laden begutachten kann sind allesamt Unikate. In sorgsamer Handarbeit werden hier außerdem Kissen, Fernsehturmrasseln, Kirschkernfrösche, Spieluhren, Bodys und Geschirrtücher gefertigt. Besonders beliebt sind die Buchstaben- oder Namenskissen. *Schliemannstr. 30, 10437 Berlin-PB, T: 017634075090, glaubeundwahrheit.de*

Tipp ***Katalka Spielwaren*** • Dort, wo ein Laden schöner als der andere ist, leuchtet einem die Wimpelkette den Weg in ein farbenfrohes Nest aus Spielwaren. Die Dinge in den Regalen sind ausgesucht nach Design, Spielwert und Nachhaltigkeit. Werkzeug- und Experimentierkästen für Kinder erfreuen sich einer großen Beliebtheit. Außerdem gibt es hier die schönsten Postkarten im Kiez. *Raumerstr. 22, 10437 Berlin-PB, T: 49853377, katalka.de*

Maker Store • Der Store ist eine Mischung aus Maker Space und Shop. Hier werden innovative Ideen geschmiedet und mit dem richtigen Zubehör gleich in Realität umgesetzt. Das Sortiment umfasst alle verfügbaren Brick'R'knowledge Sets, Arduino Microkontroller, Makeblock Roboter, 3D Stifte und sogar 3D Drucker. Die angebotenen Workshops vermitteln das nötige Know-How über Stromkreise, Programmieren, Löten und 3D-Druck. Und wenn das nicht die Erfüllung eines Kindertraums ist: Ein eigener Roboter kann gebaut und programmiert werden. *Prenzlauer Allee 173, 10409 Berlin-PB, T: 47375680, maker-store.de*

Ratzekatz Spielzeugland • Kleinkinder und Säuglinge kann man mit den feinen Kleinigkeiten aus diesem bunten Laden genauso beglücken wie Schulkinder und Jugendliche. In bester Umgebung bringt dieses Mekka der Spielwaren am Helmholtzplatz schöne Dinge an alle Spielwütigen. Im Sortiment finden sich die Marken führender Hersteller und zusätzlich jede Menge Angebote, die weder im Internet noch im Kaufhaus zu haben sind. *Raumer Str. 7, 10437 Berlin-PB, T: 6819564, ratzekatz.de*

Zambomba • Musikinstrumente sind kein Kinderspielzeug? Falsch! Wer den Nachwuchs schon als Krabbelkind mit Regenmacher und Xylophon experimentieren lässt und mit Ukulele und Mini-Piano aufrüstet, hat quasi schon den ersten Teil musikalischer Früherziehung selbst übernommen. Zambomba hat sich auf Musikalisches und Klangvolles spezialisiert, führt aber auch andere Spielwaren, die zum kreativen Spiel anregen. *Florastr. 40, 13187 Berlin-PA, T: 49912009, zambomba.de*

Buchläden

Anakoluth • Das Sortiment orientiert sich weniger an Marktbedürfnissen und Verkaufszahlen, viel mehr steht hier das in den Regalen, was sich in den Nischen der großen, weiten Literaturwelt entdecken lässt. Feinste Belletristik, Kinderliteratur und Weltentdeckerhelfer, Philosophische Werke genau wie gute Krimis. Ganz besonders schön ist die Auswahl an Bilderbüchern, deren Illustrationen zum Eintauchen in andere Welten locken. *Schönhauser Allee 124, 10437 Berlin-PB, T: 87336980, anakoluth.de*

Audiamo • Manchmal braucht es keinen Urlaub im fernen Süden um sich ganz weit weg zu fühlen. Audiamo weiß Mittel und Wege, sich mit wenig Anstregung nach Anderswo zu begegben. Einfach die Kopfhörer auf die Ohren und ein nettes Fleckchen in der Sonne gesucht. Das Sortiment an Hörbüchern und Hörspielen ist riesengroß und hat Neuheiten wie Klassiker im Repertoire. Keine Chance, dass einem der Hörstoff bei dieser Fülle jemals ausgeht. *Florastr. 64, 13187 Berlin-PA, T: 23496984, audiamo.berlin*

Bötzowbuch • Der Kiezbuchladen bietet Freunden des gedruckten Wortes alles, was man sich wünschen kann: Die neuesten Schmöker, die besten Klassiker sowie abwechslungsreiche Kinder- und Jugendbücher auch fernab des Mainstreams, Noten, Spiele und Hörbücher ergänzen das Sortiment, während die kleine Antiquariatsabteilung stets bemüht ist, auch vergriffene Titel zu beschaffen. Danach kann man beim Bummel durch den Bötzowkiez noch mehr Schönes entdecken. *Bötzowstr. 27, 10407 Berlin-PB, T: 42803452, boetzowbuch.de*

Tipp *BUCHBOX!* • Gleich drei Filialen laden Leseratten freundlich dazu ein, sich in Literaturnähe zu begeben. Denn diese Buchhandlung will Bücher nicht nur verkaufen: Literatur soll erlebt werden – bei regelmäßigen Lesungen, Kinder-Events, Straßenfesten und Workshop-Angeboten. Seit kurzem hat sich die Kinderbuchabteilung in der Greifswalderstraße vergrößert. *Greifswalder Str. 33, 10405 Berlin-PB, T: 42803245, Lettestr. 5, 10437 Berlin-PB, T: 43659091, Kastanienallee 97, 10435 Berlin-PB, T: 44308385, buchboxberlin.de*

Buchhandlung Alphabet • Im besten Fall verlaufen die Grenzen von Lesen, Lernen und Spielen fließend. Damit das gelingen kann und auch Kinder Spaß am Lernen finden, die sich die Welt in langsamerem Tempo aneignen, braucht es die richtigen Materialien. Die didaktische Buchhandlung hat sich auf solches Lehr- und Lernmaterial spezialisiert. Familien können hier eine individuelle Lernberatung in Anspruch nehmen, die die Verantwortung nicht allein aufs Kind auslagert. Mit diesem Konzept ist die Buchhandlung in Berlin bisher einzigartig. *Winsstr. 33, 10405 Berlin-PB, T: 4421012, alphabet-berlin.de*

Buchhandlung Die Insel • Der Laden versteht sich als analoge Insel im Meer der Digitalisierung. Bestückt mit feinstem Lesestoff lädt sie Groß und Klein dazu ein, hier mit allen Sinnen anzulegen. Die Autorenlesungen bieten vor allem Schriftstellern aus dem Kiez eine Plattform und die monatliche wechselnde Schaufenstergestaltung stellt meist Werke unabhängiger Verlage aus. *Greifswalder Str. 41, 10405 Berlin-PB, T: 4250604, insel-buchladen.de*

Buchhandlung Moby Dick • Die Stargarder Straße lädt dank ihrer vielen schönen kleine Läden zu der ein oder anderen Bummelei ein. Unbedingt sollte man dabei seinen Weg in die Buchhandlung mit der auffällig türkis-grünen Fassade finden. Der namensgebende Klassiker der Weltliteratur ist jedem ein Begriff und wurde ganz bewusst gewählt. Moby Dick ist Beispiel und Statement zugleich – so sollten gute Bücher beschaffen sein: Spannend, informativ, abenteuerreich! *Stargarder Str. 67, 10437 Berlin-PB, T: 40045757, buchhandlung-moby-dick.de*

Buchlokal • Alt-Pankow lohnt ohnehin einen Besuch, denn Bürgerpark, Schlosspark und der Floraziez laden zum großen Spaziergang ein. Beim Buchlokal kann man dann literarische Station machen und ausgezeichnete Bücher finden. Die Auswahl ist groß – viel Lesestoff abseits des Mainstreams steht in den Regalen. Das benachbarte Schloss Schönhausen wird für 2021 einfach auch zum Ort des Geschehens erklärt und mit Lesungen für Kinder bespielt. *Ossietzkystr. 10, 13187 Berlin-PA, T: 40047333, buchlokal.buchkatalog.de*

Tipp *BuchSegler* • Eine Kinderbuchhandlung, die so gut ausgestattet ist wie der BuchSegler, ist gar nicht so leicht zu finden. Alle Bücher werden eigens auserwählt, um in den Regalen ihre großen und kleinen Leser zu erwarten. Der Laden im Florakiez hat einen besonderen Fokus auf anspruchsvolle Literatur für den Nachwuchs gelegt und berät beim Buchkauf mit Expertise und Belesenheit. *Florastr. 88/89, 13187 Berlin-PA, T: 43724120, buchsegler.de*

Comics & Graphics • Die Auswahl an bebilderten Geschichten ist hier groß. Kein Wunder, schließlich bedient auch das Format der Graphic Novels und Comics fast alle Genres, die man auch aus Literatur und Film kennt. Surreales, Persönliches, Lustiges, Dokumentarisches oder Trauriges. All das findet sich im Laden auf illustrierten Buchseiten. Stetig wächst auch die Auswahl an Kindercomics. *Prenzlauer Allee 46, 10405 Berlin-PB, T: 66408157, bluetoons.de*

Fräulein Schneefeld & Herr Hund • Herr Hund ist etwas älter gworden und Frau Schneefeld hat ein neues Kleid - ansonsten ist alles im besten Sinne beim Alten. Schokoladige Köstlichkeiten und krümelige Überraschungen sorgen für einen glücklichen Gaumen, während die Literatur des Sortiments den Geist bedient. Wir sind immer noch der Meinung, dass die Kombination aus Chocolaterie und Buchhandlung dem Paradies schon sehr nahe kommt. *Prenzlauer Allee 23, 10405 Berlin-PB, T: 77325205, schneefeld-und-hund.de*

Georg Büchner Buchladen • Der literarische Treffpunkt im Kollwitzkiez wählt sein Sortiment mit viel Herzblut. Unabhängige Verlage stehen im Vordergrund und die Auswahl reicht von Philosophischem über Belletristik bis hin zu ausgewählten Büchern für Kinder und Jugendliche. Die hier organisierten Veranstaltungen, der Kinderliteraturpreis und der Leseclub lassen den Nachwuchs zu Leseratten werden. *Wörther Str. 16, 10405 Berlin-PB, T: 4421301, georgbuechnerbuchladen.de*

Modern Graphics • In Wort und Bild finden manche Themen besseren Ausdruck als nur in druckschwarzen Buchstabenzeilen. Wer sich von den gezeichneten Geschichten inspirieren lassen will, dem ist dringend geraten, zu einer der drei Filialen, die in ganz Berlin verteilt sind, zu pilgern. Nicht weit vom U-Bahnhof Eberswalder Straße findet sich das Geschäft mit dem Schwerpunkt Kindercomics. Hier findet jeder seinen ganz persönlichen Helden. *Kastanienallee 79, 10435 Berlin-PB, T: 27493630, modern-graphics.de*

MOGWA Antiquariat • Wer auf der Suche nach guten preisreduzierten Büchern ist, wird in der Buchhandlung in Wasserturmnähe sicher fündig. Die Auswahl an Kinderbüchern – reduzierte wie neue Ware – ist ebenfalls einen Besuch wert. Zudem findet man hier feine Papeterie- und Geschenkartikel. *Prenzlauer Allee 225, 10405 Berlin-PB, T: 44038565, mogwa.de*

Tipp *Mundo Azul* • So bunt wie Berlin und die Welt sind auch ihre Bücher. Die internationale Kinderbuchhandlung an der Grenze zwischen Prenzlauer Berg und Mitte vereint die ganze Welt in Wort und Bild hinter ihren Pforten. Längst ist Mundo Azul zum multikulturellen Treffpunkt aller geworden, die sich an dem ausgesuchten Sortiment erfreuen. Darunter findet sich viel Außergewöhnliches und bei Lesungen und Ausstellungen wird die Heimat der Buchstaben zum lebendigen Ort von Geschichten und Austusch. *Choriner Str. 49, 10435 Berlin-PB, T: 49853834, mundoazul.de*

Neues Kapitel • Der kleine Buchladen hat sich in Prenzlauer Berg eine anregende Umgebung gesucht. Zwischen Cafés und Weinläden, die den Gaumen bedienen, bekommt man hier geistige Nahrung. Das Sortiment umfasst Belletristik und eine große Auswahl an Kinder- und Jugendliteratur. Bücher für die Jüngsten gibt es jetzt auch in immer größerer Zahl auf Englisch und Französisch. Neben den großen Verlagen ist auch viel Lesenswertes kleiner, unabhängiger Verlage im Sortiment. *Kopenhagener Str. 7, 10437 Berlin-PB, T: 44043092, neueskapitel.de*

Tipp *Pankebuch* • Die Buchhandlung an der Panke im Norden Berlins ist die beste Adresse für alle Liebhaber nordischer Literatur und Kultur. Im Angebot ist alles, was sich um den Norden dreht. Mit Norden ist dabei all das gemeint, was nördlich der Buchhandlung angesiedelt ist. Nordberlin, Brandenburg, Norddeutschland, Baltikum und die nordischen Länder sind literarisch vertreten. Auch in den Originalsprachen der jeweiligen Nationen ist Literatur vorhanden, brandneu oder aus zweiter Hand. Zeit sich einnorden zu lassen! *Wilhelm-Kuhr-Str. 5, 13187 Berlin-PA, T: 48479013, pankebuch.de*

Tipp ***Prior & Mumpitz*** • Hier können Nachwuchsleser in Fantasiewelten eintauchen und neue Lieblingsbücher entdecken. Mit ausgewählter Kinder- und Jugendliteratur zeichnet sich der Laden aus, der auch dem Treffen seines Leseclubs Raum bietet. Der Nachwuchs kann im Buchladen sogar seine ersten eigenständigen Einkäufe wagen, denn es gibt die Möglichkeit, ein Bücherkonto für sie zu eröffnen. Auch Erwachsene finden einiges für entspannte Lesestunden. *Dunckerstr. 72, 10437 Berlin-PB, T: 53090980, priorundmumpitz.de*

Sozialer Bücherladen • Aus dem Verein Ein Lichtstrahl e.V., der sich für eine gewaltfreie Nachbarschaft ohne Rassismus und Antisemitismus einsetzt, ist der soziale Bücherladen entstanden. Das Sortiment setzt sich aus gespendeten Büchern aller Sprachen zusammen. Ähnlich einer Bibliothek kann hier Jeder, der nach Literatur sucht ohne viel dafür bezahlen zu müssen, mitnehmen was er Lesenswertes findet. Nur gibt es keine Leihfrist, denn die Bücher dürfen behalten werden. *Immanuelkirchstr. 20, 10405 Berlin-PB, T: 88493008, einlichtstrahlev.de*

Theobald Tiger • Der Name der Buchhandlung diente einem der bekanntesten deutschen Schriftsteller als Pseudonym – Kurt Tucholsky. Die kleine Buchhandlung bringt Literatur zusammen, die zwischen zwei Buchdeckeln Spannung erzeugt und Gehalt hat. Alle Bücher, die sich nicht im Sortiment finden lassen, werden selbstverständlich bis zum nächsten Tag bestellt. Auch kleine Leseratten werden fündig! *Berliner Allee 59, 13088 Berlin-WS, T: 92375747*

Wohnen

BadaBaum • Die Konstruktionen von Badabaum sind Unikate. Das ist schon deshalb so, weil in der Natur kein Baum wie der andere ist. Die individuellen Hölzer werden mit all ihren Windungen in Kinderzimmer und co. intergriert und dienen dort als Raumdeko und Klettermöglichkeit. Aber auch in Küche oder Wohnzimmer machen sich die Knorrigen baumkonstruktionen gut. Leider hat Badabaum keinen Showroom. Unter der angegebenen Adresse findet sich die Werkstatt, der man nach Anmeldung einen Besuch abstatten kann. *Hauptstr. 30, 13159 Berlin-PA, T: 0170-2987190, badabaum.de*

Tipp ***d.nik*** • Für ein bewegtes Kinderleben gibt es am Kollwitzplatz das nötige Zubehör. Um mit dem ersten Laufrad durch die Gegend zu düsen oder ausgeküqelte Konstruktionen aus Kappla-Steinen zu bauen – der Kinder Concept Store lässt mit seiner richtig guten Auswahl an Spielzeug keine Langeweile aufkommen. Auch Kindermöbel sind Teil des Sortiments, genau wie Kinderkleidung und Kinderschuhe von marken wie Tinycottons, Petit Bateau, Marimekko, Blundstones und Salt-Water Sandals. *Wörther Str. 14, 10405 Berlin-PB, T: 30648628, dnik-berlin.de*

das goodshaus • Der Einrichtungsladen ist eine beliebte Adresse für alle Liebhaber des guten Wohndesigns. Bei all dem Schönen und Praktischen, das der Concept Store versammelt, ist der Nachhaltigkeitsaspekt stets mitbedacht. Seine Inspiraton findet das goodshaus in skandinavischem Design, Pariser Chic, Boho, japanischer Rafinesse und natürlich dem Leben im Prenzlauer Kiez. Seit kurzem ist auch ein Feinkost-Bioladen mit Café hier ansässig. *Kastanienallee 101, 10435 Berlin-PB, T: 35126896, goodshaus.com*

edel weiss • Der liebevoll eingerichtete Kinder-Concept Store besticht nicht nur mit seiner türkisfarbenen Tür, sondern auch mit wundervollen Interior-Design für Groß und Klein, die die Wohnung so richtig gemütlich machen. Aber auch niedliche Accessoires wie Rucksäcke, Schmuck oder Stofftiere gibt es hier zu ergattern. *Stargarder Str. 15, 10437 Berlin-PB, T: 65913665, edelweissdesigns.de*

Tipp ***Ekomia*** • Minimalistisches, skandinavisches Design, zertifiziertes Eichen- oder Kiefernholz und ökologische Farben und Öle – all das sind Markenzeichen der Ekomia-Möbel. Und bezahlbar sind sie noch dazu. Ein paar Teile aus der Kollektion sind auch für den Nachwuchs bestimmt. Das Babybett Lumy passt sich den Wachstumsphasen des Säuglings an, denn es kann umgebaut und so bis zum fünften Lebensjahr verwendet werden. Dazu gibt es die passende Wickelkommode, die nach der Wickelkindzeit einfach zum Schrank umgebaut werden kann. *Immanuelkirchstr. 23, 10405 Berlin-PB, T: 41761972, ekomia.de*

Tipp ***Fabienne Kid's Living*** • Das Mobiliar im Kinderzimmer muss einiges aushalten. Hier ist schließlich das Zentrum des Großwerdens angesiedelt und es wird gespielt, getobt, geschlafen und gelernt. Bei den Kindermöbeln, die in dem freundlichen Laden im Helmholtzkiez angeboten werden, wird daher besonders auf eine hochwertige Fertigung aus Massivholz geachtet. Produziert werden die guten Stücke in Deutschland und Dänemark. Betten, Schreibtische und Stühle wachsen sogar mit und können über eine lange Zeit genutzt werden. *Senefelderstr. 33, 10437 Berlin-PB, T: 5458827, fabienne-kidsliving.de*

Kunst_Schule • Zwei Innenarchitektinnen haben dieses Laden gegründet und führen ihn seitdem mit Herzblut. Der Concept Store hat Unterschiedliches, aber immer Besonderes im Sortiment: Wohnaccessoires, Geschirr und Designleuchten teilen sich den Platz mit ausgefallenen Berlin-Souvenirs. Der Mischmasch ist gewollt und soll bewusst Edles mit Sperrigem, Schrillem und Kuschligem kombinieren. Speziell für Kinder gibt es Schönes zum Anziehen. Außerdem hat der Laden einiges an Spielwaren aus dem Nachbarshop Fuchswecker übernommen, den es seit einiger Zeit nicht mehr gibt. *Hufelandstr. 13, 10407 Berlin-PB, T: 29779361, kunstschule.net*

Stoff für die Zukunft

Maren Bartz von Siebenblau in Prenzlauer Berg

Maren Bartz hat den ersten Bio-Stoffhandel in Deutschland gegründet, der seit acht Jahren GOTS-zertifiziert ist. Seit 2020 geht sie mit ihrem Sortiment noch einen Schritt weiter, indem nun alle Siebenblau-Stoffe frei von allen nicht biologisch abbaubaren Kunstfasern sind.

Maren war als Hobbyschneiderin schon immer stoffverliebt. Die Gründung von Siebenblau war für die Zweifachmutter und inzwischen dreifache Großmutter ein persönlicher Neustart und die Erfüllung eines Lebenstraumes, nachdem die Juristin ihren sicheren Job gekündigt hatte, weil er sie nicht zufrieden machte. Da ihr „Bio" auf dem Teller schon lange wichtig ist, war die Ausrichtung auf „Bio" im Kleiderschrank nur folgerichtig

Bei allen Produkten, die bei Siebenblau verkauft werden, achtet sie auf Qualität, ökologische und faire Produktionsbedingungen sowie gesundheitlich unbedenkliche Inhaltsstoffe. Marens Rat für alle, die schadstoff- und plastikfreier leben und etwas für den Umweltschutz tun möchten: Auch bei Stoffen aus reinen Naturmaterialien sollte man immer darauf achten, dass die verwendeten Farben giftfrei sind. Alle enthaltenen synthetischen Fasern in Stoffen wie Elastan oder Polyester sind Mikroplastik und nicht biologisch abbaubar. Maren merkt deutlich, dass Selbermachen zunehmend hoch im Kurs steht und sieht klar die positiven Effekte, die Selbermachen für Kinder hat. Die Freude, etwas selbst geschaffen zu haben, ein emotionaler Bezug zu den gefertigten Nähprojekten und dadurch ein sorgsamerer und langlebigerer Umgang damit. Marens Erfahrung: Selbstgemachtes wird länger benutzt, wer selber näht, näht meistens so, dass es länger passt. Und für die Gesundheit und die Umwelt ist es auch gut, wenn man genau, weiß, dass es für die zarte Baby-und Kinderhaut unbedenklich und giftfrei ist.

Siebenblau, Pappelallee 86, 10437 Berlin-PB, Seite 192

Nashornrap für Kinder

Rap für Erwachsene? Kann doch jedes Kind! Aber Rap für die Kleinen unter uns kann ein ganz bestimmtes Nashorn besonders gut: DIKKAs Album "Oh Yeah!" ist voller wilder, frecher und lustiger Songs für starke Kinder.

Auf waschechten Hip-Hop Beats mit Kopfnick-Potential nimmt DIKKA Kids an die Hand und geht gemeinsam mit ihnen und Musikern wie Lea und Mark Forster den wichtigen Fragen des Lebens nach: Warum muss man immer tun, was die Großen sagen? Rosa für Mädchen und Blau für Jungs? Warum wird einem geholfen, wenn man es doch schon ganz allein kann?

„Oh Yeah!" ist ein Album, das jede Menge macht. Zum Beispiel Mut. Dass man Lachen und sich den Bauch halten muss. Vielleicht auch einfach nur ein gutes Gefühl. Oder sich sogar so sicher und stark fühlt, dass man Dinge schafft, von denen man immer dachte, dass sie unschaffbar sind.

Der Sound ist eine Hommage an jenen HipHop, den Mama und Papa aus ihrer Jugend kennen dürften. „Ich geh nicht ins Bett" erinnert nicht ohne Grund an den Rumspring-Refrain von „Jump Around" und wenn „Pommes mit Mayo" im Refrain ein ganz kleines Bisschen nach „Hip Hop Hooray" von Naughty By Nature klingt, gehen sowieso alle Arme hoch.

„DIKKA: Oh Yeah!" erscheint am 21.01.2021 bei Universal Music

Tipp *LottiKlein* • Der charmante Laden vereint hochwertige Stoffe und ausgesuchtes Spielzeug. Die Kinderzimmer-Accessoires, Taschen, Decken, Geschirrsets, Papeterieartikel und Geschenkideen zaubern ein Lächeln auf jedes Gesicht. Die Stoffe sind dezent und stilvoll bemustert, von Marken wie Birch, Bloome, Copenhagen, Albstoffe oder Monaluna – die größte Auswahl an Bio-Stoffen in ganz Berlin. *Hufelandstr. 17, 10407 Berlin-PB, T: 52102013, lottiklein.de*

NOVeL – Concept Store für nachhaltiges Design • Novel your lifestyle – so das Motto des kleinen Ladens um die Ecke vom Kollwitzplatz, der allen Menschen Hoffung gibt, die wie daran glauben, dass schöne Wohnaccessoirss und Kleidung fair produziert werden können. Mit ihrem eigenen Label MIO ANIMO stellt sie es unter Beweis und die anderen feinen Dinge, darunter auch immer wieder etwas für Kleine unterstreichen es auf hübscheste Weise. *Rykestr. 48, 10405 Berlin-PB, T: 29774028, novelberlin.de*

Paprcuts • Wasserfest, dünn wie Papier und geschmeidig wie Leder – Tyvek, das Material, aus dem Paprcuts seine schicken Accessoires und Taschen zaubert, besteht zu Teilen aus recycelten Kunststofffasern und ist selbst zu 100% recyclebar. Der neuste Clou der Marke sind Rucksäcke und sogar Sneaker, die zu Teilen aus Tyvek gefertigt sind. Mit im Shop ist jetzt auch die hippe Swimmwear von Badaga, die ebenfalls aus recycelten PET-Flaschen und Fischernetzen hergestellt wird. *Kastanienallee 27, 10435 Berlin-PB, T: 0176-65707307, paprcuts.net*

Tipp *Pomeranza Design Ranch* • Was es bei Pomeranza gibt? Schönes Design! Jede Menge – für Küche, Kinderzimmer oder den nächsten Geschenkeanlass. Hübsche Kleinigkeiten, Kerzen, Decken, Kissen und Praktisches in überraschendem Design präsentieren sich hier. Kaum eine Chance, den Laden wieder mit leeren Händen zu verlassen! Die Produkte kommen aus der ganzen Welt, gute Qualität vereint sie alle. *Raumerstr. 19, 10437 Berlin-PB, T: 48495760, pomeranza-shop.de*

Tipp *Rössle Wanner Flagshipstore* • Gesunder Schlaf ist wichtig! Für diesen bietet der Laden in Pankow hochwertige Schlafstätten zum Ausruhen und Auftanken. Matratze und Lattenrost können auf Wirbelsäule, Schulter, Becken und Knie angepasst werden. Dabei kann sich auch das Gewissen ruhig betten, denn die Matratze besteht aus Naturlatex und wurde abfallfrei produziert. Tipp aus der Redaktion: Im Laden bekommt ihr auch einen super Luftreiniger für gesunde Luft im Schlaf- und Kinderzimmer und kompetente Beratung dazu. *Wollankstr. 1, 13187 Berlin-PA, T: 26599100, roessle-wanner.berlin*

Schnur & Staps • Wer der kahlen Zimmerwände überdrüssig ist, sollte unbedingt einen Besuch in dem hübschen Laden wagen. Dort gibt es reichlich Material in rechteckiger Form, mit dem man sich die Wände schmücken kann. Die Poster und

Plakate zeigen Wissenswertes aus Natur- und Tierwelt, kluge Sprüche oder einfach nur schöne Bilder und Zeichnungen. Auch Postkarten gibt es hier reichlich und eine feine Auswahl an Kinder- und Jugendbüchern. *Bizetstr. 113, 13088 Berlin-WS, T: 55065824, schnurundstaps.de*

Sommernest • Es wirkt als hätte das Sommernest die Schönheit für sich gepachtet. Die Regale sind randvoll mit kleinen Dingen aus dem Norden, die aus dem eigenen Heim ein wohnliches Nest zaubern. Genau der richtige Ort für eine Handvoll Inspiration. Immer wieder finden sich zwischen all den Dingen auch Kleinigkeiten für Kinder. Seit kurzem beherbergt der Concept Store zudem eine Modelinie für Frauen. *Winsstr. 16, 10405 Berlin-PB, T: 0176-29567794, sommernest.de*

Yonkel Ork •. In der Pappelallee beherbergt Yonkel Ork ein Sammelsurium der schönen Dinge. Glücklicherweise muss man nicht tief in den Geldbeutel greifen, denn die fabelhaften Designs fürs Kind sind erschwinglich. Die Rucksäcke und Bauchtaschen gehen hier über den Tresen wie warme Semmeln und auch Geschenke für das Neugeborene gibt es im Shop. Bei all dem ist der Laden wunderschön dekoriert, denn die Papierblumen aus Eigenfaltung schmücken den ganzen Raum. *Pappelallee 63, 10437 Berlin-PB, T: 0163-5041973, yonkelork.de*

Taschen

Tipp ***kundschafter*** • Ein richtiges Berliner Original: Die Schulranzen von kundschafter sind leicht, schlicht, schön und heiß begehrt. Die Berliner Architekten und Designer Ilka Koss und Arp Dinkelaker hatten 2004 die zündende Idee und produzieren seitdem in ihrer Berliner Manufaktur die monochromen und wasserdichten Unikate in verschiedenen Farben, neuerdings auch in „kunterbunt". Handarbeit, auf Bestellung, so lange Vorrat und die Zeit reicht, deshalb: Bitte rechtzeitig kümmern! *Dunckerstr. 87, 10437 Berlin-PB, T: 23944583, derkundschafter.de*

tausche • Das Konzept von tausche ist genau so simpel wie gut: Das Taschenmodell des Labels hat einen tauschbaren Deckel und kann so immer wieder neu verwandelt werden. Die Deckel sind so vielfältig gestaltet, wie man es sich nur vorstellen kann – Hunderte verschieder Deckel stehen zur Auswahl. Auch die Einsätze der Tasche und weitere Accessoires sind stehen in zig Varianten zur Kombination bereit. *Raumerstr. 8, 10437 Berlin-PB, T: 40301770, tausche.de*

Kinderbrillen

Bursche Brillen Kids & Teens • Ob Bifokal, Trifokal, Lenticular oder Gleitsicht – der Berliner Brillenladen ist auf jeden individuellen Augenkontakt bestens vorbereitet. Wem sich bei solch wissenschaftlichen Begrifflichkeiten die Nackenhaare sträuben, kann sich wieder entspannen. Die geschulten Mitarbeiter machen ihre Sache gut und klären im Rahmen einer Sehberatung ab dem sechsten Lebensmonat umfassend über alle Fragen rund ums Adlerauge auf. Die Auswahl ist markenreich und im Kinderladen mit Spielecke kann der Nachwuchs fast selbstständig aussuchen, was er sich auf die Nase setzen möchte. *Berliner Allee 51, 13088 Berlin-WS, T: 9246422, bursche-brillen.de*

Kinderbrillen in Berlin • Für den nötigen Durchblick sorgt das Fachgeschäft im Bötzowkiez. Hier dreht sich alles um die Sehfähigkeit der Jüngsten. Das Sortiment an Kinderbrillen von Miraflex, Lindberg, Swissflex, Julbo Eyewear oder Solan wird durch Kinderbrillenfassungen von Lookinooder Tartin et Chocolat erweitert. Die helfenden Gläser gibt's in kindgerechter Passform für den Alltag, zum Lesen, für Sport, Sonne und zum Schwimmen. Wer es ganz ohne Gestell mag, wird in puncto Kontaktlinsen und Pflegemittel bestens beraten. *Bötzowstr. 27, 10407 Berlin-PB, T: 49780321, kinderbrillen-in-berlin.de*

Tipp ***Lunettes Selection*** • Hier kann man sich durch über 100 Jahre Brillengeschichte stöbern. Was sich in den Regalen findet, kommt aus alten Lagerbeständen namhafter Hersteller oder aus der eigenen Kollektion. Auch die Auswahl an Kinderbrillen ist nicht von der Stange, sondern bietet eine umfangreiche Auswahl individeller Vintagegestelle. *Marienburgerstr. 11, 10405 Berlin-PB, T: 44718050, lunettes-selection.de*

Selbermachen

Boesner • Künstlerische Prozesse finden zunächst im Inneren statt. Aber sobald es darum geht, sie sichtbar zu machen, sollte man boesner einen Besuch abstatten. Mehr als 26.000 Artikel hat der Fachmarkt für kreative Köpfe und Hände zu bieten, darunter auch eine schöne Auswahl an Kunst-, DIY- und Kinderbüchern. Auch für Kinderbastelnachmittage und Schulalltag findet man hier alles, was es braucht. *Marienburger Str. 16, 10405 Berlin-PB, T: 40504260, boesner.com*

Bunte Fetzen • Wer für das geplante Nähprojekt noch ein wenig Unterstützung braucht, kann von der Expertise Petra Jordans profitieren. Die Inhaberin gleich zweier Stoffläden steht Rede und Antwort und vermittelt in den angebotenen Nähkursen ihre Fähigkeiten gerne auch praktisch. Kleine und große Nähfreunde können sich vor Ort von der bunten Auswahl an Ökostoffen inspirieren lassen. *Herbert-Baum-Str. 4, 13088 Berlin-WS, T: 0151-40371319, bunte-fetzen.de*

Feuer & Flamme • Die Auswahl der kleinen, flackernden Lichter, die schon für so manchen romantischen Abend gesorgt haben, ist groß. In allen Formen und Farben sind sie brennbar, dank der hervorragenden Qualität für viele

Stunden. Hinter dem Laden versteckt sich die Werkstatt, in der das Kerzenzieherhandwerk von statten geht. Will man sich den Lichtspender selbst herstellen, darf man das gerne tun und wird an den Kessel gelassen. Natürlich sind helfende Hände zugegen, wenn es denn welche braucht. *Chodowieckistr. 2, 10405 Berlin-PB, T: 44041973, feuer-flamme-berlin.de*

Filzkönigin • Gegen die akustischen Extremsituationen, die sich durch ein Leben mit Kind ergeben, ist kein Kraut gewachsen? Falsch! Die Filzkönigin stellt Vorhänge aus dem altbewährten Material her, die übermäßig laute Geräusche einfach verschlucken. Auch Sitzauflagen, die jedem Kinder- und Elternpopo schmeicheln, werden hier auf Maß hergestellt. Wer wissen will, was sonst noch alles filzbar ist, der schaut am besten im Shop vorbei. *Göhrener Str. 2, 10437 Berlin-PB, T: 4420665, filzkoenigin.de*

Knutselwinkel • Es ist eine wahre Freude im Knutselwinkel, das große Regal mit den Keramikrohlingen zu durchstöbern und das passende Stück herauszusuchen, dass sogleich eine Bemalung bekommt. Aus vielen Farben kann man wählen und zusammen mit Freunden oder Familie den Pinsel schwingen, um ein Unikat zu produzieren. Auch Kindergeburtstage lassen sich hervorragend in gemütlicher Atmosphäre kreativ verleben. *Knaackstr. 56, 10435 Berlin-PB, T: 44356426, knutselwinkel.de*

Kunst-Stoffe • Hier landen Restmaterialien von Baumärkten, Handwerksbetrieben oder Messen. Oft sind die geretteten Materialien Holz, Farben, Stoffe, Dekoartikel und Verpackungsmaterial. Aber das lässt sich eben nicht vorhersagen – damit ist die Überraschung perfekt. Auf der Website lässt sich unter Material des Monats einsehen, was gerade gekommen ist. Top Adresse für Kunstschaffende, Selbermacher und Dekorateure. *Berliner Str. 17, 13189 Berlin-PA, T: 34089840, kunst-stoffe-berlin.de*

Loops • Dieses Paradies der Garne und Knäuel lässt keinen Wunsch offen und bietet dem strickenden und häkelnden Publikum eine feine Auswahl: edles Kaschmir für den Winterschal, Alpakawolle für das Babyjäckchen oder Textilgarn für feinmaschige Häkeleien. Anfänger wie Fortgeschrittene finden zudem kompente Beratung. *Wörther Str. 19, 10405 Berlin-PB, T: 44054934, loops.handarbeiten.de*

Paint your Style • Bei Paint your Style kann man die Welt in Farbe tauchen. Schalen, eckig oder rund, Teller, Salzstreuer, Salatschüssel, Sushigeschirr, Fliesen oder Tischdekor warten darauf, mit Fantasie bemalt zu werden. Das bietet sich zur Feierabend-Meditation ebenso wie für den kreativen Kindergeburtstag an. Wer möchte, kann auch sein Geschirr zu Hause gestalten. *Schönhauser Allee 88, 10439 Berlin-PB, T: 81300804, paintyourstyle.de*

Tipp *Siebenblau* • Die Stoffe von Siebenblau stammen aus ökologischer und fairer Produktion und sind GOTS zertifiziert. Schon mit dieser Ausrichtung kann sich der Shop zu den Exoten zählen. Doch die Siegel von Fair und Öko reichen nicht aus, denn auch mit GOTS-Zertifikat kann sich noch Elastan und damit Mikroplastik in den Stoffen finden. Siebenblau macht es deshalb konsequent und verkauft in Zukunft nur noch Produkte, die zu 100 Prozent frei von umwelt- und gesundheitsschädlichen Materialien sind. *Pappelallee 86, 10437 Berlin-PB, T: 49853087, siebenblau.de*

Valescart • Viele bunte Perlen kann man bei Valescart ganz nach den eigenen Vorstellungen in Reih und Glied bringen. Immer wenn der Laden geöffnet ist, kann auch gebastelt werden. Handy-, Sonnenbrillen- und Schnullerketten eignen sich genauso gut für die Eigenproduktion wie aufwändigere Perlenketten oder Echtsilber-Schmuck. Zur Einschulung kommt eins von den wunderschönen Schmuckbastelset in die Schultüte, individualisiert natürlich. *Esmarchstr. 22, 10407 Berlin-PB, T: 93024645, valescart.de*

Outdoorausrüstung

Tipp *Der Aussteiger KIDS* • Wen es hinaus in die wilde Welt zieht, der sollte sich darauf gut vorbereiten. Die Filiale des Aussteigers in Prenzlauer Berg hat sich auf den Abenteuerdrang kleiner Entdecker bis 15 Jahre spezialisiert. Vom Krabbelkäferpflaster für die ersten Schnitzversuche über den Trekking-Rucksack bis hin zu Mikroskop und Teleskop findet sich im Shop Nützliches für die Welt da draußen. Absolutes Highlight ist die Raumfahrttestanlage für Teddies, welche die Kuscheltiere auf ihre astronautischen Kompetenzen prüft. *Danziger Str. 28, 10435 Berlin-PB, T: 38107180, der-aussteiger.de*

R

Reinickendorf

Baby und Schwangerschaft

BabyOne • In der Schwangerschaft und mit Baby möchte man sich gut beraten lassen und in Pandemiezeiten in sicherer Umgebung einkaufen. Die BabyOne Fachmärkte bieten neben einem umfangreichen Sortiment alle Möglichkeiten des kontaktlosen Bestellens und Abholens. Zudem kann man sich online einen Wunschberatungstermin sichern. *Pankower Allee 47-49, 13409 Berlin-RE, T: 49989450, babyone.de*

Kinderkleidung

Erdbeerengel • In seinen hellen Räumen präsentiert der Laden vor allem skandinavische Kindermode von Marken wie Elkline, Done by Deer, Name It oder Minymo. Wer treu einkauft, profitiert von der Family Card: Je größer und häufiger der Einkauf, desto größer der Rabatt beim nächsten Mal. *Heinsestr. 27, 13467 Berlin-RE, T: 40502400, erdbeerengel.de*

Tulipas Berlin • Die Boutique für Baby- und Kindermode führt alles, was es braucht, um Kinder mit hübschen und haltbaren Sachen auszustatten. Dazu wird großen Wert auf eine umweltfreundliche Produktion gelegt. Zukünftig soll es auch mehr Kreativ-Workshops bei Tulipas geben. *Schlieper Str. 68, 13507 Berlin-RE, T: 0177-6069106, tulipas-berlin.de*

Kinderschuhe

Hermelinchen Kinderschuhe • Barfußschuhe und weiche Sohlen liegen im Trend. Das hat Hermelinchen längst erkannt und führt die dementsprechenden Modelle bis Größe 39. Ansonsten sollte so ein Kinderschuh möglichst lange halten – Qualitätsschuhe mit guter Verarbeitung und hochwertigem Material sind hier selbstverständlich. *Hermsdorfer Damm 181, 13467 Berlin-RE, T: 20622371, hermelinchen-kinderschuhe.de*

Tip Toe Shoes • Kleine Zehen brauchen genug Platz zum wackeln. Das Wachstum und die Entwicklung der Füße soll unterstützt werden, auf keinen Fall aber gestört oder gar behindert. Der Schuhladen in Reinickendorf Hilft bei der gewissenhaften Wahl der neuen Treter. Die Auswahl an Markenschuhen aus natürlichen Materialien ist groß. Bei Problemfüßen kann mit orthopädischen Einlagen geholfen werden. *Gorkistr. 24, 13509 Berlin-RE, T: 43603574, tiptoe-shoes.de*

Secondhand

Neu ***Nochmall*** • Das Gebrauchtwarenkaufhaus der BSR hat im August 2020 neu eröffnet, um aussortierter Kleidung, Möbeln, Elektrogeräten, Haushaltswaren und Spielzeug zu neuen Nutzern zu verhelfen. Darüber hinaus finden in dem mehr als 2.000 Quadratmeter großen Erlebnisort Workshops und Veranstaltungen rund um Kreislaufwirtschaft und Abfallvermeidung statt. *Auguste-Viktoria-Allee 99, 13403 Berlin-RE, T: 3149330, nochmall.de*

Sachensucher • Der Sachensucher hat vieles gefunden, weswegen sich ein Besuch in dem Shop in Waidmannslust lohnt. Das Sortiment ist breit, denn sowohl für Babys und Kleinkinder wird man hier fündig, als auch in Sachen Umstandsmode. Hochwertige Marken lassen sich aus zweiter Hand bezahlen und haben noch längst nicht ausgedient. *Waidmannsluster Damm 193, 13469 Berlin-RE, T: 40375403, sachensucher-secondhand.de*

Selbermachen

Buntschmuck • Neben den handgefertigten Schmuckstücken der Inhaberin gibt es im Shop allerlei skandinavische Designs Der Werkstattbereich des Ladens wird auch für Workshops genutzt. Erwachsene fädeln sich dort genau so glücklich wie Kinder. *Nach der Höhe 14, 13469 Berlin-RE, T: 46991884, buntschmuck.de*

Hobbyshop Wilhelm Rüther • In den vollen Regalen des Fachgeschäfts für Künstlerbedarf findet man Materialien und Inspirationen gefunden werden. Von der Töpferscheibe bis zum feinen Künstlerpinsel ist hier alles vorrätig oder lässt sich im Nu bestellen. Wer selbst töpfert, kann seine Kunstwerke zum Brennen im Laden abgeben. *Berliner Str. 90/91, 13507 Berlin-RE, T: 43775400, hobbyshop.de*

Lichterglanz • Im hellen, geräumigen Laden werden Kerzen aller Form und Farbe präsentiert. Jede Kerze ist in Handarbeit hergestellt und ein Einzelstück. Natürlich wird auch individuell nach Wunsch gegossen oder man wird selbst zum Kerzenzieher. Bei Lichterglanz können Kinder wie Erwachsene ihre eigenen Kerze ziehen oder gießen. *Räuschstr. 17a, 13509 Berlin-RE, T: 43779830, die-kerzenmanufaktur.de*

Spandau

Baby und Schwangerschaft

BabyOne • Der Babyfachmarkt bietet auch in der großen Spandauer Filiale alles, was man von BabyOne gewohnt ist: Gute Beratung zum vielseitigen Sortiment, das alles umfasst, was man fürs Leben mit Baby braucht. *Nonnendammallee 117, 13629 Berlin-SP, T: 33006030, babyone.de*

Selbermachen

Hobbyshop Wilhelm Rüther • Auch in Spandau gibt es eine der gut aufgestellten Filialen des Bastelladens. Hier nimmt das Kreativsein neue Formen an, denn in dieser Fundgrube lassen sich Materialien aller Couleur auftreiben. Darunter Zubehör für die Arbeit mit Seide und Textil, Ton, Keramik, Perlen, Holz, Filz und Kork. Auch eine große Auswahl an Leinwänden in unterschiedlichen Größen ist vorrätig. *Breite Str. 30, 13597 Berlin-SP, T: 33001874, hobbyshop.de*

Verzaubereien • In der Seifenküche auf der Zitadelle kann man in Workshops das Handwerk selbst erlernen. und mit Blüten und ätherischen Ölen feinste Hautpflege oder Badekosmetik anmischen. Auch Kindergeburtstage lassen sich in der Seifenküche mit Duft und Blütenstaub feiern. *Am Juliusturm 64, 13599 Berlin-SP, T: 0172-3189191, verzaubereien.de*

S

Steglitz, Zehlendorf

Baby und Schwangerschaft

Neu ***Familie Bär*** • Der erste Roadtrip mit Nachwuchs erfordert ein bisschen Vorbereitung. Familie Bär hilft bei der Wahl des passenden Kindersitzes und berät umfassend zu Babyschalen und speziell zu Reboardkindersitzen. Auch für Flugreisen stattet der Laden aus und bietet seine Expertise an. Von der Schwangerschaft bis zum Ende der Kindersitzpflicht wird man hier optimal begleitet. *Heinersdorfer Str. 23, 12209 Berlin-ST, T: 81052830, familiebaer.com*

Kinderkleidung

Minipünktchen • Die originelle Kinderkleidung von Minipünktchen ist fetzig, frech und farbenfroh. Moder holländischer, schwedischer, englischer und deutscher Labels machen den Nachwuchs glücklich. Das Sortiment wird durch Accessoires fürs Kinderzimmer, personalisiebare Babyartikel und Spielwaren ergänzt. Wer in persönlicherer Atmosphäre stöbern will, kann zu einer Minipünktchen-Homeparty einladen. *Chausseestr. 12, 14109 Berlin-ZE, T: 0174-7094392, minipuenktchen.de*

Petit Bateau Boutique • Ein französischer Kinderreim war einst der Namensgeber für dieses großartige Label. Bekannt ist der französische Hersteller vor allem für seine qualitative Kindermode, die bei so einigen schönen Berliner Shops zu finden ist. In Steglitz gibt's die Petit Bateau Boutique, in der man sich bei großer Auswahl ungestört durch die Kollektion shoppen kann. *Schloßstr. 27, 12163 Berlin-ST, T: 79708851, petit-bateau.de*

Kinderschuhe

klix – kleine Schuhe • Die zweite Filiale des Allroundladens lässt, was Kinderkleidung betrifft, keinen Wunsch offen. Von der Mütze bist zum Winterstiefel oder eben vom Sonnenhut bis zu den Sandalen wird der Nachwuchs eingekleidet. Die Kinderfüße werden genau gemessen, um den passenden Schuh zu finden. Das klix-Team verfügt über einen Reichtum an Fachwissen, von dem man auch profitiert, wenn man Spezielles sucht. *Curtiusstr. 13, 12205 Berlin-ST, T: 67463537, klix-berlin.de*

Tipp ***POLOLO*** • Das Berliner Schuhlabel verkauft seine ökologischen Kinderschuhe nicht ohne Grund in alle Welt. Ob für Laufanfänger oder große Kinder – alle POLOLO-Schuhe haben eines gemein: Aussehen und Qualität stimmen. Das Naturleder, das bei der nachhaltigen Produktion verwendet wird, ist mit dem IVN Naturleder-Siegel zertifiziert. Ganz neu sind die Barfußschuhe für Kids. *Onkel-Tom-Str. 3, 14169 Berlin-ZE, T: 79709866, pololo.com*

Sapataria • Der Concept Store stellt sein Sortiment unter dem Motto „Schuhe und Schönes" zusammen. Das Ergebnis ist ungewöhnlich und kann sich sehen lassen. Die Auswahl an Accessoires wird ergänzt durch Feinkost aus Portugal und natürlich finden sich auch schöne Kinderschuhe von Marken wie Timberland oder Telyoh in den kunstvoll sortierten Regalen. *Breisgauer Str. 4, 14129 Berlin-ZE, T: 80499700, sapataria.de*

Secondhand

Bimbö • Das große Angebot des Secondhandladens enthält vor allem Marken- und Designerkleidung. Die schönen Teile von finkid, Mini Boden, Petit Bateau, Scotch & Soda, Superdry oder Hilfiger gibt es hier deshalb gut erhalten für kleines Geld. Spielzeug findet sich ebenso aus zweiter Hand und zur Freude aller kleinen Aktivlinge auch Fahrräder, Laufräder, Roller und Rutschautos. *Clayallee 323, 14169 Berlin-ZE, T: 8118878, bimboe.de*

Spielwaren

Löwenzahn • Der Spielzeugladen am Kranoldplatz bemüht sich, vor allem schöne Dinge kleinerer Labels und Hersteller anzubieten. Das spiegelt sich auch in der Qualität der Dinge, die hier die Regale füllen. In bunter und freundlicher Atmosphäre will man mit dem Stöbern kaum mehr aufhören. Kult hat mittlerweile schon der Schnullerbaum, dem die Kinder ihren letzten Nuckel übergeben können, wenn sie ihm entwachsen sind. *Ferdinandstr. 35, im Ferdinandmarkt, 12209 Berlin-ST, T: 76683316, loewenzahn-berlin.de*

Spielzeugladen an der Kaisereiche • Besonders LEGO-Liebhaber werden beim Anblick des Sortiments große Augen bekommen. Rund um den kleines Stein gibt es Neuware, aktuelle Sets, Gebrauchtes und auch Einzelteile. Fündig wird man ebenso auf der Suche nach Pokemon, Schleichtieren und Matchbox-Autos. *Saarstr. 2, 12161 Berlin-ST, T: 74071630, sadk-berlin.de*

Unser Alltag ist die Kindheit unserer Kinder – ein Grund mehr, ihn schön und liebevoll zu gestalten.

Amodo Objects & Stories, Mitte, Seite 171

Tam Tam Spielwaren • Im Zehlendorfer Laden kann man sich auf die gute Auswahl an Qualitätsspielwaren mit pädagogischem Mehrwert verlassen. Viele der angebotenen Spielsachen sind aus Holz, aber auch Bücher, Gesellschaftsspiele und Bastelartikel kann man bei Tam Tam erstehen. Und es gilt: Stetig wandelt sich das Sortiment, so kann man auch bei häufigeren Besuchen immer Neues entdecken. *Teltower Damm 32, 14169 Berlin-ZE, T: 8013035, tamtam-spielwaren.de*

Selbermachen

Asabi Schmuck und Perlen • Die Perlenkreationen des Shops lassen sich sehen. Hinter den gebogenen Fenstern gibt es aber auch allerlei Zubehör für die Heimproduktion. Wer fachliche Beratung bei der eigenen Fädelarbeit wünscht, oder einfach das stilvolle Ambiente genießen will, der ist zu den angebotenen Workshops mehr als willkommen. Kinder ab sechs Jahren können zu ihrem Ehrentag eine Perlenparty schmeißen. *Holsteinische Str. 14, 12163 Berlin-ST, T: 32897082, asabi.de*

Paint your Style • Wer sein Zuhause mit bunter Keramik aus eigener Hand bestücken will, ist bei dieser Adresse genau richtig. Aus einer großen Auswahl an Keramikrohlingen lässt sich wählen, was bemalt werden soll, bevor dann mit ganz eigenem Pinselschwung losgemalt werden darf. Zum Kindergeburtstag gibt es ein Fest für die ganze Bande. *Onkel-Tom-Str. 1, 14169 Berlin-ZE, T: 67827627, paintyourstyle.de*

Werken Spielen Schenken • Der Dreiklang aus Spielwaren, Modellbau und Bastelmaterialien zieht das junge Publikum in die Schloßstraße. Die großzügige Fläche des Ladens bietet viel Raum für ausgewählte Spielsachen, die wenig Kinderwünsche offen lassen. Für die Modellarbeit an Schiffen, Autos und Flugzeugen sind Material und fachkundige Beratung vorhanden. Auch für Eisenbahnen und Dampfmaschinen gibt es alles, was das Tüftlerherz begehrt. Bei Papeterie, Stoffen, Perlen und Farben kommt schließlich jeder Kreativling auf seine Kosten. *Schloßstr. 110B, 12163 Berlin-ST, T: 7908090, werken-spielen-schenken.de*

Outdoorausrüstung

Neu *Globetrotter Ausrüstung* • Der große Outdoor-Spezialist ist der Schloßstraße treu geblieben, aber mit Sack und Pack ein paar Hausnummern weiter gezogen und hat im Herbst 2020 noch einmal Neueröffnung gefeiert. Fachkundig werden große und kleine Abenteurer hier beraten und kriegen für jede Expedition – ob in die Alpen oder nach Brandenburg – das richtige Equipment. Im großen Laden kann viel ausprobiert und getestet werden. Wer plant, die Welt, sobald es wieder möglich ist, im großen Stil zu bereisen, der kann sich sogar in der Reisepraxis rund um alle Impffragen beraten lassen.*Schloßstr. 20, 12165 Berlin-ST, T: 8508920, globetrotter.de*

T

Tempelhof, Schöneberg

Baby und Schwangerschaft

BabyOne • Manchmal möchte man nicht durch etliche Läden stöbern, sondern an einem Ort alles finden, was fürs Baby angeschafft werden muss – dann ist BabyOne die richtige Adresse. *Alboinstr. 18-24, 12103 Berlin-TE, T: 75687120, babyone.de*

Girasol • Die wunderschönen Tragetücher von Girasol sind direkt aus Guatemala und Mexiko importiert. Im Berliner Laden kann man sie bestaunen, ausprobieren und natürlich käuflich erwerben. Wer lieber zu anderen Tragesystemen greifen möchte, die unkomplizierter in der Anwendung erscheinen, ist hier auch gut beraten. Der MySol, das patentierte Tragesystem der Eigenmarke, ist eine gute Alternative zum Tragetuch. *Eisenacherstr. 71, 10823 Berlin-SB, T: 7811584, girasol.de*

Kleine Fabriek • Die 260 Quadratmeter sind gut gefüllt mit Produkten der schönsten skandinavischen Marken rund um Baby, Kind und Familie. Vom weltbesten Kinderwagen über mitwachsende Kindermöbel und Deko bis hin zum Laufrad beweist der Store Geschmack und Erfahrung darin auszuwählen, was gleichermaßen funktional und schön ist. Gute Beratung ist hier Ehrensache und orientiert sich an dem, was junge Familien wirklich brauchen. *Gotenstr. 64, 10829 Berlin-SB, T: 692055780, kleinefabriek.com*

Stilllounge • In enger Zusammenarbeit mit dem Geburtshaus Schöneberg direkt um die Ecke, stellt die Stilllounge ihr Sortiment zusammen. Die Produkte rund um die Themen Schwangerschaft, Geburt, Wochenbett, Stillzeit und Babypflege sind daher Hebammengeprüft. Wer über die Beratung vor Ort hinaus noch Bedarf hat, meldet sich bei den Kursen zu spezifischen Themen an. *Dominicusstr. 25, 10823 Berlin-SB, T: 78719266, stilllounge-berlin.de*

Kinderkleidung

Tipp *finkid- & finside-Outlet Store* • Die langlebige Kinderkleidung von finkid ist gut durchdacht und dazu in einem so bezaubernden nordischen Design produziert, dass man schwer wiederstehen kann. Wer neidisch auf die Kindersachen schaut und sich auch gerne so schön, farbenfroh und gemütlich anziehen möchte, der findet bei der finside-Kollektion schöne Kleidungsstücke für Frauen. Berliner können sich glücklich schätzen, dass es hier einen Outlet-Store gibt, der beides zu günstigen Preisen anbietet. *Manfred-von-Richthofen-Str. 20, 12101 Berlin-TE, T: 89640772, finkid-outlet.de*

KaDeWe • Das Kaufhaus des Westens dürfte den meisten ein Begriff sein. Schließlich ist es das bekannteste Kaufhaus Deutschlands und das größte Warenhaus Kontinentaleuropas. Dort findet sich alles, was in der Designwelt Rang und Namen hat. Auch für den Nachwuchs gibt es Designermode und Kinderschuhe ausgesuchter Marken von Bellerose bis Zecchino d'Oro. Die sechste Etage lockt große und kleine Feinschmecker zu einem leckeren Abschluss des Shoppingausflugs. *Tauentzienstr. 21-24, 10789 Berlin-SB, T: 21210, kadewe.de*

Tipp *klix – kleine Sachen* • Bei klix gibt es Besonderes, genauso wie Basics, die in keinem Kinderkleiderschrank fehlen dürfen. Die Marken des Shops sind vorwiegend ökologisch, darunter Cosilana, disana, Engel, loud + proud und PICKAPOOH. Im netten Ambiente kann man den Sprössling von Kopf bis Fuß einkleiden, denn bei klix gibt es Kinderschuhe. Gerade dabei kommt es natürlich auf gute Beratung an, die man hier ebenfalls findet. *Apostel-Paulus-Str. 1, 10823 Berlin-SB, T: 66652545, klix-berlin.de*

Tipp *MONKIND* • Das Schöneberger Label ist bekannt für seine unaufgeregt-zeitlosen, eleganten Designs für Kinder und Erwachsene. Die organische Kleidung aus der eigenen Produktion bringt Leichtigkeit in den Kleiderschrank. Im Store in der schönen Crellestraße lassen sich die tollen Kleidungsstücke probetragen. Damit nicht genug: Die entzückenden Illustrationen von Gretas Schwester und das Label Amy & Ivor gibt es hier übrigens auch zu entdecken. *Crellestr. 3/4, 10823 Berlin-SB, T: 81726803, monkind.com*

petit cochon • Das Berliner Label steht für gute Ideen, beispielsweise Kinderkleidung so zu designen, dass sie vorwärts wie rückwärts und damit niemals falschherum getragen werden kann. Die anpassungsfähigen Sachen halten den Wachstumsschüben der Kleinen bis zu drei Jahre stand. *Manfred-von-Richthofen-Str. 15, 12101 Berlin-TE, T: 64434126, petit-cochon.de*

WARENHAUS Bouchon & Sooth • Das Warenhaus bietet einen Mix aus Dingen zum Anziehen, Wohnen, Wohlfühlen und Verschenken. Die Mode ist fair produziert und in Bioqualität für Erwachsene und Kinder zu haben. Für fleißige Schulkinder hat der Laden außergewöhnliche Schreibtischdesigns in petto. Die Modelle sind höhenverstellbar und können so im selben Tempo wie der Nachwuchs größer werden. Klare Formen und Farben überzeugen in Kombination mit natürlichen Materialien. *Südwestkorso 70, 12161 Berlin-SB, T: 52687711, warenhaus-berlin.com*

Kinderschuhe

Kleines Schuhwerk • Durch Pfützen hüpfen, über Wiesen flitzen, im Schneegestöber stapfen oder über Waldboden wandern – das Kleine Schuhwerk hilft bei der Auswahl des richtigen Kinderschuhs und stellt sicher, dass es bei all den Abenteuern nirgendwo drückt. Von Größe 17 bis 39 gibt es Tragbares in schönem Design, hochwertig und nachhaltig produziert. *Grunewaldstr. 9a, 10823 Berlin-SB, T: 55526461, kleinesschuhwerk.de*

Secondhand

Drei Käse Hoch • Unweit vom Innsbrucker Platz muss man für hochwertige Kinderbekleidung gar nicht tief in die Tasche greifen. Der Secondhandladen ist so gut sortiert, dass man für Spielzeuge, Kinderwagen, Reisebetten und Autositze nicht erst auf große Suche gehen muss. Seit kurzem gibt es hier keine Textilien und Schuhe mehr zu erstehen. Dafür liegt nun ein besonderer Fokus auf Wickeltischen, Stillecken und Bugaboos. *Hauptstr. 73, 12159 Berlin-SB, T: 85401614, drei-kaese-hoch.de*

rosarot und himmelblau • Der Inhaberwechsel des kleinen Secondhandlädchens bringt minimale Veränderungen im Sortiment mit sich. Die große Auswahl an Kinderkleidung aus zweiter Hand wird jetzt ergänzt durch Spielwaren, die auf neue Besitzer warten. Alles ist gut sortiert und so lassen sich potentielle Schnäppchen leicht aufspüren. Auch das eine oder andere handgefertigte Spielzeug kann man in den Regalen entdecken. Tipp: Hier werden auch lädierte Holzspielzeuge repariert und wieder aufbereitet. Einfach mitbringen! *Stubenrauchstr. 73, 12161 Berlin-SB, T: 01723232508, rosarotundhimmelblau.de*

Trollby • In dem schönen Laden bekommt man Hochwertigen für kleines Geld. Von der Still- und Umstandsmode über die Baby-Erstausstattung bis hin zur Kinder- und Jugendkleidung bis Größe 176 kann man bei Trollby alles finden. Darüber hinaus wird man auch auf der Suche nach Kinderwagen- und betten, Babyschalen, Autositzen und Tragesystemen fündig. *Eisenacher Str. 78, 10823 Berlin-SB, T: 37587445, trollby.com*

Spielwaren

Tipp *Flying Colors* • Ein Spielwarenladen der besonderen Art, nicht umsonst nennt er sich auch Drachenladen Berlin. Das Sortiment ist spezialisiert auf Dinge, die man gerne in die Luft wirft oder steigen lässt. Jonglierartikel und Drachen in allen erdenklichen Formen und Farben kann man hier erstehen und wer Fragen dazu hat, kann immer auf Profi-Tipps hoffen. Für den Powertag im Park gibt es zudem Frisbees, Slacklines, Federbälle und Co. im Sortiment. Für kleinere Kinder findet man Beißringe, Kugelbahnen und nette Kleinigkeiten in dem farbenfrohen Laden. *Eisenacher Str. 81, 10823 Berlin-SB, T: 78703636, flying-colors.de*

Tipp ***Kindersause*** • Hier wird nur als spielbar gehandelt, was auch den ökologischen Ansprüchen des Ladens entspricht. Betritt man das kleine aber feine Schöneberger Spielwarengeschäft wird schon auf den ersten Blick klar, wo der Schwerpunkt liegt: Holzspielzeuge aller Art schmücken die Regale. Die Auswahl an schönen Dingen für das Kinderzimmer wird ergänzt durch Mode und Schuhe von Marken wie Disana, Loud + Proud und Anna und Paul. *Grunewaldstr. 16, 10823 Berlin-SB, T: 78891856*

Spielplatz • In der Nähe des S-Bahnhofs Friedenau befindet sich ein ganz besonderer Spielplatz. In dem gemütlichen, traditionsreichen Spielwarengeschäft am Renee-Sintenis-Platz darf angefasst, bestaunt, ausprobiert und gespielt werden. Hier kann man hochwertiges Holzspielzeug, Babyartikel, Puppen und Plüschtiere, Spiele, Bastelartikel, Experimente und sogar Hörbücher entdecken. Und wer mit seiner Bonuskarte Punkte sammelt, darf sich mit einem vollen Heft etwas aussuchen. *Handjerystr. 76, 12159 Berlin-SB, T: 8513000, spielplatz-spielzeug.de*

Walters Holzspielzeuge • Unweit des Heinrich-von-Kleist-Parks kann man eine besonder Holzpielwelt betreten. Der nachwachsende Rohstoff wird hier gekonnt in Form gebracht. Die Holzspielzeuge stammen aus liebevoller Handarbeit und sind detailreich angefertigt. Gut bestückte Werkzeugkoffer, Kugelbahnen und Puppenhäuser mit herausnehmbaren Wänden gehören zu den Lieblingsstücken. Auch Sonderanfertigungen sind möglich. *Langenscheidtstr. 5a, 10827 Berlin-SB, T: 51051492, walters-holzspielzeug.de*

Selbermachen

Neu ***Selfmade Store*** • Stoff&Stil, der Laden mit dem schönen Sortiment an Designstoffen, hat einen Umzug gewagt und ein wenig am Konzept gefeilt. Im neuen Selfmade Store finden sich die feinen Meterwaren von Stoff&Stil im Erdgeschoss wieder. Die Galerie kommt als Workshop-Area und Nähstation daher und dazu gibt es noch in Fairtraide-Café mit Außenbereich. Der beeindruckende Ort des Geschehens, das barocke Gebäude am Tempelhofer Hafen, hat seinen ganz eigenen Zauber. Die riesige Halle scheint wie der perfekte Ort für Workshops, Ausstellungen oder Modenschauen. Wer sich für einen der kreativen Kurse für Kinder oder Erwachsen anmelden will, tut dies vor Ort oder telefonisch. *Friedrich-Karl-Str. 1, 12103 Berlin-TE, T: 041016019050, theselfmade.com*

Wohnen

Cremer + Cremer • Gleich gegenüber des Waschmaschinenspielplatzes liegt dieser herrliche Laden, der jeden Friedenauer Bummel abrundet. Dort findet man von dekorativen Kleinigkeiten bis zu funktionalen Unentbehrlichkeiten lauter Dinge für das eigene Zuhause. Die Kinderrutsche im Hinterzimmer hält kleine Kunden bei Laune, während die Eltern durch das mit gutem Händchen ausgewählte Sortiment von Möbeln, Leuchten und Haushaltswaren stöbern. *Handjerystr. 82, 12159 Berlin-SB, T: 85964840, cremerundcremer.com*

Tipp ***Nordliebe*** • Der Concept Store für skandinavisches Design ist immer einen Besuch wert, ganz besonders aber im Advent, wenn man dort die allerschönesten Weihnachtsdekoartikel und Geschenke findet. Aber auch im Rest des Jahres gilt: Das minimalistische Design aus Skandinavien schmückt Küche, Wohn- und Schlafzimmer mit langlebigen und stilvollen Wohnaccessoires. Für das Kinderzimmer gibt es in gleich zwei Räumen Schönes zu entdecken. *Goltzstr. 18, 10781 Berlin-SB, T: 86454451, nordliebe.com*

Süßkramdealer • In den beeindruckenden Räumen einer ehemaligen Apotheke können große und kleine Naschfreunde sich mit den Wunderwerken der Confiseriekunst eindecken. Dazu serviert das nette Team echten Friedenauer Kaffee oder Herzhaftes auf der sonnigen Terrasse sowie eine tolle Auswahl an Mitnehmseln, Kochbüchern und Geschenken. *Varziner Str. 4, 12159 Berlin-SB, T: 85077797, suesskramdealer.de*

Buchläden

Akazien-Buchhandlung • Inmitten der belebten Akazienstraße gibt es eine kleine Insel, die dem müden Stadtabenteurer eine Verschnaufpause verschafft. Die Akazienbuchhandlung lädt auf gedankliche Streifzüge durch Literaturgeschichte und gegenwärtige Themen ein. Darunter auch viele tolle Kinderbücher: Wer vom vielen Stöbern hungrig wird, kann im Kiez aus reichlich kulinarischem Angebot wählen. *Akazienstr. 26, 10823 Berlin-SB, T: 7881278, akazienbuchhandlung.de*

Der Zauberberg • Lebenselexier, geistige Anregung, Orientierungshilfe und Zeitvertreib. Bücher sind nicht einfach eine Ansammlung von Seiten mit ein bisschen Druckerschwärze und Fadenheftung. Das weiß der Zauberberg gut und deshalb versammelt er eine Auswahl an besonderen Exemplaren in seinen Regalen. Belletristik und auch ein umfangreiches Sortiment an Lyrik teilt sich die Aufmerksamkeit mit viel Kinder- und Jugendliteratur. *Bundesallee 133, 12161 Berlin-SB, T: 56739091, der-zauberberg.eu*

Tipp ***Purzelbuch*** • Die charmante Buchhandlung hat sich auf das geschriebene Wort für jüngere spezialisiert. Das ausgewählte Sortiment weckt Begeisterung fürs Lesen und vermittelt über Zeilen und Bilder nicht selten auch wichtige Botschaften. Junge Leseratten zwischen zehn und 14 Jahren sind eingeladen, sich beim regelmäßigen Buchclub-Treffen auszutauschen. *Apostel-Paulus-Str. 5, 10823 Berlin-SB, T: 78892929, purzelbuch.de*

Neu *New Tam Tam* • Noch ein Ableger des bekannten und beliebten Charlottenburger Spielwarengeschäfts hat in Schöneberg Ende Februar 2020 seine Tore geöffnet. Die Filiale, die mit ihrem wechselnden Sortiment an qualitativen Spielsachen für tellergroße Kinderaugen sorgt, befindet sich in bester Gesellschaft zum Eisladen Vanille & Marille und den anderen zum Bummel einladenden Geschäften des Akazienkiezes. *Belziger Str. 25, 10781 Berlin-SB, T: 45959377, newtamtam.de*

Kinderbrillen

Tipp *Augenoptik Friedemann Bruske* • Friedemann Bruske liegt das Sehvermögen aller Generationen, aber ganz besonders der Jüngsten, sehr am Herzen. Daher sind die Geschäftsräume so eingerichtet, dass die Bedürfnisse der ganzen Familie berücksichtigt werden. Das Sortiment an Fassungen und auch die Glasauswahl, selbst für extremste Sehkorrekturen, sind sehr umfangreich und die Beratung mehr als kompetent. *Hauptstr. 75, 12159 Berlin-SB, T: 8735505, augenoptik-bruske.de*

Selbermachen

boesner • Die riesige Fläche in den Räumen am Nunsdorfer Ring weiß boesner gut zu füllen. Auch die hauseigene Bilderrahmenproduktion hat hier ihren Platz. Ein großer Bereich steht der umfangreichen Kunstbuchabteilung zur Verfügung, während der Rest des Ladens mit einer vielseitigen Auswahl an Kunstmaterialien aufwartet. Wer einen speziellen Wunsch hat, der wird hier mit großer Wahrscheinlichkeit fündig und bei Fragen gut beraten. *Nunsdorfer Ring 31, 12277 Berlin-TE, T: 7565670, boesner.com*

Colour your day • Mal kurz den Tag in Farbe tauchen und dabei die Zeit vergessen – bei Kaffee und Kuchen kann man hier in urgemütlicher Atmosphäre Keramikrohlinge in bunte Einzelstücke verwandeln. Der Kreativling wählt Form und Farbe aus, um dann den Pinsel zu schwingen. Die kleinen Kunstwerke können innerhalb der nächsten Tage abgeholt und ins Küchenregal geräumt werden. *Schmargendorfer Str. 36, 12159 Berlin-SB, T: 85966486, colouryourday.de*

Die Wollnerin • Kaum nähert sich die dunklere Jahreszeit, kommt der Impuls auf, bei einer dampfenden Tasse Tee zur Nadel zu greifen. Aber auch Sommerzeit ist Strickzeit, mit dem Vorteil, dass der Pulli dann schon fertig ist, wenn die Kältewelle kommt. Die Garne der Wollnerin sind von feinster Qualität. Neben Merinowolle, Yak- und Seidengarnen findet sich aber auch strapazierfähige Sockenwolle. Viele Garne sind selbst gefärbt und deshalb garantiert Unikate. Auch individuelle Farbwünsche können Berücksichtigung finden. *Gleditschstr. 45, 10781 Berlin-SB, T: 21996360, die-wollnerin.de*

Schritt für Schritt

Franziska Kuntz von POLOLO Kinderschuhe in Zehlendorf

Franziska und Verena gründeten ihre Firma vor bald 20 Jahren als Mütter mit kleinen Kindern aus dem eigenen Anspruch an Qualität und nachhaltige Produktion, heute werden ihre Kinderschuhe von mehr als 800 Händlern in der ganzen Welt verkauft. Für Franziska ist das Thema Ökologie und gutes Leder sehr wichtig, daher engagiert sie sich auch ehrenamtlich für eine nachhaltige Schuh- und Lederindustrie.

Im POLOLO-Laden in Zehlendorf kann man sich davon überzeugen, wie wichtig gute Passform, flexible Sohlen und hochwertige Fertigung gerade für kleine Laufanfänger sind, deren Füße besonders empfindlich und formbar sind. Wichtig: Die Kinder sollten schon laufen können, bevor die ersten Schuhe gekauft werden. Gerne berät Franziska auch zu den Siegeln, denen man vertrauen kann, wenn man ökologisch und sozial verträglich hergestellte Schuhe sucht. Eines der höchsten ökologischen Qualitätszeichen für Leder und Schuhe ist das IVN-Naturleder-Siegel. Zudem sind alle POLOLO-Modelle auch ECARF zertifiziert, dem Siegel für allergikerfreundliche Produkte. Grundsätzlich rät Franziska zum kritischen Nachfragen: Wenn eine Marke sich als ökologisch und fair darstellt, aber keine Zertifikate vorweisen kann, sollte man nachfragen und auch keine Scheu haben, die Hersteller direkt anzusprechen. Ihr Credo lautet: „Der Verbraucher hat eine sehr große Macht und viele Möglichkeiten. Nur aus diesem Grunde werden mehr und mehr nachhaltige Produkte hergestellt."

POLOLO Kinderschuhe, Onkel-Tom-Str. 3, 14169 Berlin-ZE, *Seite 194*

Vom Zehlendorfer Weihnachtsmarkt zum weltweit agierenden Unternehmen – Franziska Kuntz und ihre Geschäftspartnerin Verena Carney haben mit ihren ökologisch produzierten Kinderschuhen nachhaltig Erfolg.

Hobbyshop Wilhelm Rüther • Ideen, aber keine Werkzeuge oder Material, sie umzusetzen? Der Schöneberger Laden mit dem Bastelspezialgeschäft, Künstlerbedarfsladen, Keramik- und Perlen-Center ist das Mutterschiff des beliebt-bekannten Hobbyshops, der mit mehreren Filialen in der Stadt vertreten ist. Von Pastellkreiden über Leinwände bis Glasperlen – es gibt in den verwinkelten Regalen so viele ungewöhnliche und zauberhafte Dinge zum Weiterverarbeiten, dass die Ideen nur so hervorsprudeln. *Goltzstr. 37, 10781 Berlin-SB, T: 2363683, hobbyshop.de*

Tipp *idee. Creativmarkt* • Für das kreative Feuerwerk hält der Fachmarkt das nötige Zubehör bereit. Pinsel, Farben und Papeterie sind hier genauso in verschiedensten Ausführungen zu erstehen, wie Handarbeitsartikel und das nötige Zubehör für die private Schmuckproduktion. Zu erwähnen wäre unbedingt noch das umfangreiche Stoffsortiment, das mit einer großen Auswahl an hochwertigen italienischen Seiden- und Designerstoffen, Jacquards und saisonalen Modestoffen aufwartet. Wer nach guten Ideen sucht oder etwas Anleitung braucht, wie man mit Kindern kreativ werden kann, findet neben dem Bastelmaterial auch Anleitungen und DIY-Bücher im Fachmarkt oder dessen Onlineshop. *Joachimsthaler Str. 41, 10623-SB, T: 21235615, idee-shop.com*

Rotznasen & Zuckerschnuten • Der kleine Laden versammelt Stoffe in bunten Farben mit außergewöhnlichen Mustern – damit werden selbstgeschneiderten Kindersachen garantiert zum Hingucker. Auch das nötige Zubehör ist vorhanden und darüber hinaus einige hübsche Accessoires und genähte Unikate. Wer Unterstützung beim eigenen Vorhaben braucht, besucht die angebotenen Kurse. Kinder sind ab acht Jahren willkommen. *Großbeerenstr. 169-171, 12277 Berlin-TE, T: 92357878, rotzschnuten.de*

Stoff'l • Neben wunderschönen Stoffen und Material zum Puppenselbermachen, kann man hier bunte Namenskissen, Söckchen und Schuhe sowie Spielwaren für die Kleinen bekommen. Wer die Weihnachtskrippe ausstatten möchte, findet hier alle nötigen Protagonisten als niedliche Holzfiguren zum Spielen. *Isolderstr. 10, 12163 Berlin-SB, T: 89094422, stoffl-laden.de*

smilla • Man merkt es gleich: Smilla hat ein Gespür fürs Nähen. Der schöne Laden an der Eisenacher Straße deckt jeden ein, der mit Nadel und Faden, Stoffen und Bordüren gerne seine Wochenenden verbringt. Neueinsteiger bekommen hier gezeigt, wie die Nähmaschine richtig zu rattern hat, Profis finden ihr Lieblingsgarn und kleine Fashionistas lernen in den Nähkursen, aus dem Schnitt ein Kleidungsstück zu machen – selbstverständlich auch als Geburtstagsevent für Kinder ab sieben Jahren möglich. *Eisenacher Str. 64, 10823 Berlin-SB, T: 32591333, smilla-berlin.de*

Treptow, Köpenick

Kinderkleidung

Neu *Bölschelino* • Das beliebte Kinderbekleidungsgeschäft ist von der Hausnummer 18 in die 106 gezogen, bleibt aber der namensgebenden Bölschestraße treu. Hier werden kleine Trendsetter eingekleidet. Markenklamotten von Kite, Frugi, Sense Organics, Minymo, Maxomorra und Co. sind in Größen von 56 bis 164 zu haben. Besonders die schicken Teile von Name it gehen über den Ladentresen wie warme Semmeln. *Bölschestr. 18, 12587 Berlin-KÖ, T: 12021595*

CharLe • Das Berliner Label produziert seine umwerfende Kindermode in Eigenregie. Die Fertigung ist deshalb garantiert nachhaltig. Man kann der Kleidung bei ihrem Entstehungsprozess sogar zuschauen, denn das offene Ladenkonzept gibt den Blick frei auf Näharbeit und Siebdruck. Selbst das Gummiband ist aus Eigenproduktion und deshalb auch zu 100 Prozent ökologisch abbaubar. Die Liebe zur Umwelt spiegelt sich auch in der Einrichtung des Ladens wieder. Viele Pflanzen und liebevolle Einrichtung aus Holz machen das Shoppen zum entspannten Erlebnis. 2021 wird das Sortiment um Zero-Waste Shirts erweitert mit denen sich der ökologische Fußabdruck deutlich minimiert. *Plönzeile 41, 12459 Berlin-KÖ, T: 53005647, charle-berlin.de*

Kinderschuhe

Ka-vali • Nicht weit vom Müggelsee ist man bemüht, das passende Schuhwerk an große und kleine Kinderfüße zu bringen. Wählen darf man aus Schuhen der Marken Bisgaard, Naturino, Meindl, Belly Button, Foddo, Ricosta und vielen anderen. Mit viel Liebe und Zeit wird dafür gesorgt, dass Kinderfüße das Geschäft in bequemen, hochwertigen Schuhen wieder verlassen. *Bölschestr. 116, 12587 Berlin-KÖ, T: 25562228, ka-vali.de*

Spielwaren

Frau Luna • Einmal hereinspaziert, kommt man nicht so schnell wieder hinaus, ohne in das verspielte Sortiment des Ladens einzutauchen. Das Kinderzimmer wird es danken, denn all die schönen Dinge machen sich dort bestimmt ausgezeichnet. Besonders niedlich sind die Lampenschirme mit bunter Bemalung, die an große Lampions erinnern. Für das angehende Schneiderlein bietet der Altglienicker Laden kindgerechte Nähkurse. *Alter Schönefelder Weg 1, 12524 Berlin-KÖ, T: 63314375, fraulunaberlin.de*

Manita • Die Welt hat sich längst digitalisiert und mit ihr das Spielzeug. Konsolen und Bildschirme halten beschäftigt und ersetzen Murmelbahn und Bauklötze. Manita hält an den alten Klassikern fest und das aus gutem Grund. Die Spielsachen die es hier gibt lassen sich mit allen Sinnen entdecken. Vieles, was die Regale füllt ist aus Holz gefertigt, anderes regt die Kreativität an und auch eine Auswahl an Büchern hat der Laden parat. *Scharnweberstr. 24, 12587 Berlin-KÖ, T: 64095530, manita-berlin.de*

Buchläden

Tipp ***Libelle*** • Lesenswertes für Kinder sowie Schönes und Nützliches hat die Libelle im Angebot. Die Bilderbücher, Romane und Graphik Novels begeistern selbst Lesemuffel. Wer dem geschriebenen Wort überdrüssig ist, kann sich hier mit der Auswahl an Spielzeug und Kreativmaterial vergnügen. Das Sortiment an bunten Dingen wurde nachhaltig produziert und kommt aus Berlin. *Karl-Kunger-Str. 63, 12435 Berlin-TR, T: 53600353, libelle-berlin.de*

Kinderbrillen

Bursche Brillen Kids & Teens • Dieser Augenoptiker hat sich auf Brillen für die junge Generation mit schönen, farbenfrohen und themenorientierten Designs spezialisiert. Mit PVC-freien Materialen, rostfreien Gestellen und ohne chemische Farben sind die Brillen nicht nur gut für die Sicht, sondern auch für Haut und Umwelt. *Bahnhofstr. 33-38, im Forum Köpenick, 12555 Berlin-KÖ, T: 65070637, bursche-brillen.de*

Selbermachen

Bunte Fetzen • Bei bunte Fetzen findet sich Material für das Kuschelkissen und auch der feine Stoff für das Abendkleid. Fachmännisch wird hier beraten und das nötige Zubehör gleich mit eingepackt. Dauert die Auswahl mal länger, fängt die Spielecke den ungeduldigen Nachwuchs auf. Wer das Nähhandwerk noch nicht so gut beherrscht, wie er gerne würde, lässt sich in den angebotenen Kursen über die Schulter schauen. Geburtstagskinder können Nähpartys feiern. *Grünstr. 22, 12555 Berlin-KÖ, T: 0176-56919324, bunte-fetzen.de*

Handhelden Berlin • Handhelden in Friedrichshagen bietet schöne Accessoires und Material zum Selberwerkeln sowie Workshops, um Geschenke oder Dekorationen zu entwickeln. Ab dem Alter von vier Jahren können Textilen selbstgestaltet, Bilderrahmen verziert oder Tiere gebastelt werden. *Müggelseedamm 162, 12587 Berlin-KÖ, T: 76730060, handhelden-berlin.de*

Impressum

Erscheinungsdatum: 13.11.2020, Redaktionsschluss: 05.10.2020
1. Auflage, 20.000 Exemplare, ISBN 978-3-8321-79038

Herausgeber
HIMBEER Verlag UG
Käthe-Niederkirchner-Str. 7, 10407 Berlin, berlinmitkind.de

Redaktionsleitung: Anja Ihlenfeld (V.i.S.d.P) **Artdirektion:** Claudia Steigleder **Anzeigenleitung:** Doro Boettcher **Druck:** Thieme Meißen GmbH, Zeschendorfer Str. 91, 01662 Meißen

Mitwirkende
Grafik: Mireya Palmeira **Bildredaktion:** Gabriele Boulanger **Foto:** Emily Kornya, Nina Lüth, Manuel Miethe, Silke Weinsheimer **Text:** Nina Heitele, Juliane Jacoby, Antje Kölling, Sabine Neddermeyer, Kira Wybierek **Sales:** Marleen Baganz, Doro Boettcher, Jenny Garcia, Alina Gast, Sophie Gottschall, Hannah Hauer, Miriam Maleh, Nina Scheele

Bildnachweise
Cover: Collage: Gabriele Boulanger, Foto: o.r. u. u.r.: © iStock.com/George Marks, u.l.: © iStock.com/RichVintage **Modecredits:** 36/37: 2. Shirt und Shorts: Boboli, Socken: Collegien, Schuhe: privat, 3. links: Kleid: Velveteen, Socken: Collegien, Schuhe: Pepe, Windrad: Djeco, rechts: Shirt: Velveteen, Strumpfhose: Collegien, Schuhe: Pepe, Krone: Oeuf 4. Shirt: Cyrillus, Fernglas: Moulin Roty **Bildcredits:** 2: l.: © Emily Kornya, r.: © Volker Kreidler, 3: l.: © Stefan Röhrscheid, r.: © Wellenwerk Berlin, 4: l.: © Nina Lüth, r.: © vincente, 5: l.: © Manuel Miethe, r.: © Silke Weinsheimer, 6: © Unsplash, Foto: Shelly Pence, 7: l.: © woodboom, Foto: Joschka Olma, r.: © Theresa Dühn, pressesalz, 8: l.: © Unsplash, Foto: Ali Amaan, r.: © Kai Dräger/Spicebar GmbH, 9: © David Geier, 10: l.: © Unsplash, Foto: William Warby, r.: © Unsplash, Foto: Jonathan Pielmayer, 11: © Victoria Tomaschko, 12: o.: © Unsplash, Foto: socialcut, u.: © Unsplash, Daiga Ellaby, 13: beide Fotos: © Laura Hoffmann, 15: © Christina Salgar, 16: © LITTLE ASHÉ organic friends, Foto: David Amoateng, 18: © GoVolunteer.com, 19: © Inka Englisch, 20: © visitBerlin/ Foto: Pierre Adenis, 21: o.: © Thomas Rosenthal/Museum für Naturkunde, u.: © visitBerlin, Foto: Dagmar Schwelle, 22: o.: © Unsplash, Pavel Nekoranec, u.: © Unsplash, Oskar Kadaksoo, 23: © Unsplash, Artem Sapegin, 24: © visitBerlin, Foto: Zeitgeistmarketing, 25: © Unsplash, Pavel Nekoranec, 26: o.: © Adrian Grunert, u.: © visitBerlin, Dagmar Schwelle, 27: o.: © Stiftung Humboldt Forum im Berliner Schloss, Foto: Stephan Falk, u.: © Anja Ihlenfeld, 46: © unsplash, Foto: Katie Emslie, 47: © Tierpark Berlin, 48: © David Beecroft, 49: © Pexels, Foto: Yan, 50: © Unsplash, Foto: Charles Deluvio, 51: © Café Zaunkönig/ Stefanie Kietz, 52: l.: © unsplash, Foto: Danielle Macinnes, r.: © Iryna Ugryumova, fotograf-arte-berlin, 53: © iStock.com/RichVintage, 55: © ANOHA – Die Kinderwelt des Jüdischen Museums Berlin, Foto: Yves Sucksdorff, 56 u.l.: © Rigg AdobeStock, 58: © Daniel Mueller, 63: © Xavier Ballester, 66: © Naturkundemuseum Potsdam, Foto: D. Marschalsky, 67: o.: © Unsplash, Foto: Ben Hershey, u.: © Mathias Schormann, 68: o.: © Natalie Toczek, u.: © Kay Herschelmann, 69: © Staatliche Museen zu Berlin/Achim Kleuker, 73: © Staatliche Museen zu Berlin / Valerie Schmidt, 78: © Christian Brachwitz, 80: © Unsplash, Foto: Johnny McClung, 81: o.: © Anja Ihlenfeld, u.: © visitBerlin / Foto: Justin Leighton (Alamy Stock Foto), 82: o.: © Unsplash, Foto: Felix Koutchinski, u.: © ZLB/ Foto: Vincent Mosch, 83: o.: © Ute Zscharnt für / for David Chipperfield Architects, u.: © Futurium, Foto: David von Becker, 87: © Stephan Bögel, 89: © iStock.com/ George Marks, 91: © GrünBerlin/ Manuel Frauendorf, 94: © Unsplash, Elizavets Dushechkina, 95: o.: © Unsplash, Louis Hansel shotsoflouis, u.: © Anja Ihlenfeld, 96: o.: © Wellenwerk Berlin, u.: © Walk on the Wildside, 97: © partyliciousberlin, 104: © Stefan Röhrscheid, 105: © Siegfried Laumen, 106: o. © TMB, Steffen Lehmann, u.: © Unsplash, Christian Bowen, 107: © Unsplash, Samuel Giacomelli, 108: o.: © Ziegeleipark Mildenberg, Foto: Susanne Wernicke, u.: © Unsplash, Sam Carter, 109: © Tourismusverband Havelland e.V., 110: © Kinderbauernhof Marienhof Ribbeck, 111: © André Schumacher, 112: o.: © André Schumacher, u.: © Unsplash, Sam Headland, 113: o.l.: © Museumspark Rüdersdorf, o.r.: und u.r.: © Annet Albert, 122: © Tropical Islands, 135: © Silke Weinsheimer, 136: © GrünBerlin, Foto: Manuel Frauendorf, 141: © Zoo Berlin/Dominik Butzmann, 142: © dabelino, HIMBEER-Coverfoto von Alexandra Klever, 145: © iStock.com/George Marks, 147: © Wild Lights Photography, 150: © Timmy Hargesheimer, 154/155: © Nina Lüth, 158: o.l.: © Kapla, o.m.: © Beltz & Gelberg, o.r.: © IUMI, m.l.: © Jellycat, m.m. und m.r.: © Stapelstein, u.l.: © Savana Portugal, u.m.: © Hof Windkind UG, u.r.: Yvonne Most, 159: o.l. u.o.r.: © Yvonne Most, m.l.: © Petite Amélie, m.m.: © Maria Karipidou, m.r: © Kundschafter, u.l.: © Lässig GmbH, u.r.: © ekomia, 160: o.: © d.nik, m.l.: © Nadja Wehling, m.m.: © ECO Brotbox, m.r.: © Sina Diehl, u.l.: © LÄRNA Kindermöbel, u.m.: © Marie Gutmann (MsSlow-Paper & Illustration), u.r.: © Hannes Hänska, 164/165: © Nina Lüth, 170: o.l.: © Töpfer, u.m.: © 4Max/ stock.adobe.com, 172: © freiraum, Foto: Sandra Schuck, 173: © Klax GmbH, 174: o.: © Urban Art Kids, u.: © freiraum, Foto: Sandra Schuck, 175: o.: © Popcorner, u.: © Monique Harning, 182/183: © Nina Lüth, 188/189: © Nina Lüth, 195: © Sticky Lemon, 200/201: © Nina Lüth

Mit-
macher

1 Jenny Garcia / *HIMBEER-Team* / Zweifachmama Jenny hat immer den Durchblick, wenn es um schöne Produkte geht.

2 Miri Maleh / *HIMBEER-Team* / Ohne Miri und ihren Mon Cheri-Nachschub würden in Stressphasen alle durchdrehen.

3 Sophie Gottschall / *HIMBEER-Team*
Unser Online-Ass denkt auch beim Buch immer mit – und verbreitet gute Laune.

4 Sandy Bossier-Steuerwald / **Autorin**
Mit drei Kindern lernt Sandy nie aus – auch am Grunewaldteich gab es Neues zu entdecken.

5 Emely Kornya / *Fotografin* / Beim Shooting im Regierungsviertel hat die gebürtige Kanadierin erneut ihr Gespür für Spitzen-Fotos und Styling bewiesen.

6 Nina Heitele / **Autorin** / Dank zwei kleiner Kinder kennt Nina die schlaflosen Nächte, die die Kitaplatzsuche bereitet.

7 Hannah Hauer / *HIMBEER-Team* / Unsere Social Media-Spezialistin heitert mit ihrer charmanten österreichischen Art alle auf.

8 Gabriele Boulanger / **HIMBEER Bildredakteurin** / Von dem besonderen Blick der Künstlerin profitiert das ganze Buch.

9 Mireya Palmeira / **Grafikerin** / Die entspannteste Zeitwahrnehmung und das ansteckendste Lachen der Welt hat Mireya.

10 Juliane Jacoby / *HIMBEER-Redakteurin* / Am Stadtrand lebend, erkundet JJ mit ihrem Hund Otto täglich die Natur und ist unsere absolute Aktiv-Expertin.

11 Manuel Miethe / *Fotograf* / Nicht als Einbrecher, sondern als begnadeter Bilder-Einfänger ist Manuel für uns im Grunewald ans Werk gegangen.

12 Antje Kölling / *HIMBEER-Redakteurin*
Die Mutter dreier Rabauken bringt keine Deadline mehr aus der Ruhe.

13 Nina Lüth / *Fotografin* / Immer wieder cool, wie Nina für uns die besten Spots und Leute ausspäht und ablichtet.

14 Silke Weinsheimer / *Fotografin* / Ihre beiden Jungs sind dem Kitaalter schon entwachsen, aber Silke weiß, wie familienlebensbestimmend eine gute Kita ist.

15 Doro Boettcher / *HIMBEER-Team*
Zwei willenstarke Töchter zu Hause, im Job den Sales-Hut auf – kein Grund zum Ausflippen für Frohnatur Doro.

16 Nina Scheele / *HIMBEER-Team* / Wenn eine den Überblick behält, was wann wo bei wem sein soll, dann ist es Nina.

17 Kira Wybierek / *Autorin* / Einst Praktikantin, kehrt Kira alljährlich zurück, um alles auf den neuesten Stand zu bringen.

18 Sabine Neddermeyer / *Autorin*
Sabine leuchtet unsere Themen – wie Diversität – stets gründlich aus und könnte dann Romane drüber schreiben.

19 Marleen Baganz / *HIMBEER-Team*
Die Studentin steckt gerade im Master – wir sind happy, dass sie sich Zeit genommen hat, um uns meisterhaft zu unterstützen.

Index

S

T

U

V

W

Y

Z